HEYNE BÜCHER

HEINZ G. KONSALIK

DER GEHEIMTIP GLÜCK MUSS MAN HABEN

Zwei Liebesromane

WILHELM HEYNE VERLAG
MÜNCHEN

HEYNE ALLGEMEINE REIHE
Nr. 01/10334

Umwelthinweis:
Dieses Buch wurde auf
chlor- und säurefreiem Papier gedruckt.

Printed in Germany 1997
Umschlagillustration: IFA-Bilderteam/Welsh, Taufkirchen
Umschlaggestaltung: Atelier Ingrid Schütz, München
Gesamtherstellung: Ebner, Ulm

ISBN: 3-453-12503-7

DER GEHEIMTIP

1

»Die abgefertigten Passagiere des Lufthansafluges 736 via Frankfurt nach Lissabon werden zum Flugsteig 4 gebeten«, röchelte ein verschnupfter Engel über die Lautsprecher des Flughafens Köln/Bonn.

Egon Meier umklammerte den Griff des Musterkoffers noch fester und überzeugte sich zum zehntenmal, daß die Bordkarte wirklich in seiner Brusttasche steckte.

Es war der erste Flug seines Lebens und auch der erste Start ins Ausland, abgesehen von einem kurzen Betriebsausflug ins Elsaß vor fünf Jahren. Fliegen fand er nicht normal, sonst hätte der Mensch doch wohl gleich Flügel mitbekommen. Ihm gefiel die Pension in Scharbeutz, in die er in jedem Sommerurlaub mit dem Auto fuhr. Da waren die Eier frisch, und die Leute sprachen deutsch.

Außerdem wollte er Alma Auslandsstrapazen nicht zumuten. Sie war sensibel und in fremder Umgebung sehr ängstlich, und im Flugzeug hätte sie sich bestimmt gefürchtet.

Egon Meier seufzte. Nun hatte er seine Alma ganz allein bei Fräulein Buttrich zurücklassen müssen. Die hatte zwar versichert, sie könne hervorragend mit sensiblen und ängstlichen Rauhhaardackeln umgehen. Aber wußte man's?

Später, in der Maschine, saß Egon am Fenster neben der linken Tragfläche mit Blick auf das Schildchen ›Notausstieg‹. Alle anderen Passagiere sahen aus, als flögen sie täglich. Als die hübschen Stewardessen sich zur Belehrung der Passagiere Schwimmwesten überstreiften und Sauerstoffmasken aufs Make-up drückten, wobei eine freundliche Stimme empfahl, man solle im Ernstfall ruhig und gleichmäßig atmen, guckten die meisten Leute gar nicht hin. Sie lasen oder blätterten im Bordmagazin.

Niemand schien auch zu bemerken, was Egon Meier deutlich hörte: daß nämlich die Motoren kurz nach dem Start ganz sonderbare, blubbernde Geräusche von sich gaben.

Egon verkrampfte die Hände ineinander. Eine niedliche Stewardeß kam den Gang entlang und lächelte sonnig in die Gegend. Vielleicht war ja gar nichts kaputt? Sonst würde sie doch nicht so entspannt wirken?

Egon drückte die Füße fest gegen den Musterkoffer. Keiner hier ahnte, welchen Wert dieses braune Köfferchen unter dem Sitz seines Vordermannes darstellte. In Gedanken ging er noch einmal seinen Auftrag durch.

Oberbuchhalter Egon Meier vor der Wende seines Lebens! Zum erstenmal war er mit einer hochbrisanten Aktion betreut worden. Gestern noch stille und monotone Pflichterfüllung am Schreibtisch, mit Knulle als Gegenüber, der sich das Rauchen immer noch nicht abgewöhnt hatte. Heute die große, weite Welt und die Aussicht auf Beförderung und Gehaltserhöhung. So konnte das Leben also auch sein.

Es war erst gestern gewesen, als die Buttrich ihn telefonisch verständigt hatte: »Der Chef erwartet Sie. Sofort.«

Ein hohes, langgestrecktes Gebäude von einfachem

Zuschnitt. In grünen Leuchtbuchstaben an der Front der Name der Firma: SCHRAUFA GmbH. Vorne Rasen, dahinter Fertigungsgebäude und Parkplatz. Alles funktional und sachlich. Nur über der Eingangstür verblüffte den Besucher ein Fries, auf dem sich einige Nackte tummelten. Der Gründer der ›Schraufa‹ hatte humanistische Bildung und eine Vorliebe für alles Griechische gehabt.

Im zweiten Stock ein großer Raum mit riesigem Fenster, Grobtüllgardinen, mächtiger Schreibtisch in schwarzer Eiche, im rechten Winkel zum Fenster so aufgestellt, daß der Besucher einen eindrucksvollen Anmarschweg von der Tür bis zu dem mickrigen Stuhl hatte, den der Mann hinter dem Bollwerk mit der Saffian-Schreibunterlage und den Knöpfchentelefonen ihm anwies.

Dicker Mann, leicht asthmatisch, rötlich rundes Gesicht mit hellen Augen und vollen Lippen, zwischen denen meistens eine erkaltete Zigarre hing. Auf Unternehmertagungen wirkte Ewald Pettenkamps rundliche Erscheinung zwischen den diätkontrollierten Hometrainer-Figuren der Manager von Großbetrieben meist etwas altmodisch. Aber der Mann war keineswegs von gestern. Er hatte sein mittleres Unternehmen straff und modern organisiert. Hundertzweiunddreißig Mitarbeiter. Jahresumsatz gute zwölf Millionen Mark. Das ursprüngliche Konzept der Firma – denn ›Schraufa‹ bedeutete schlicht Schraubenzieherfabrik – hatte er längst geändert. Mittelbetriebe mußten Marktlücken entdekken und ausfüllen, die für die großen Konzerne nicht interessant und zu pusselig waren. Seine kleine Forschungs- und Entwicklungsabteilung verschlang jährlich sechs Prozent des Umsatzes, aber sie rentierte sich schon jetzt und würde sich sehr bald noch mehr rentieren. Pettenkamp hatte inzwischen den internationalen Markt im Visier.

In Frankreich und in Singapur weihten bereits Experten die Facharbeiter der ›Schraufa‹-Kunden in die Geheimnisse moderner Maschinentechnologien ein. Und gerade jetzt, da das ganze große Geschäft mit Portugal vor der Tür stand, wurde Pettenkamps Mann auf Madeira krank.

Egon Meier war eigentlich mittelgroß, aber wenn er den Weg bis zu Pettenkamps Schreibtisch zurückgelegt hatte, fühlte er sich immer um einige Zentimeter geschrumpft. Dabei hatte er stets ein reines Gewissen. Er kam etwa, um eine besonders hohe Spesenabrechnung eines Mitarbeiters mit dem Chef durchzusprechen oder um den Antrag eines Vorschusses zu befürworten.

»Wie geht's Alma?« fragte Pettenkamp wie jedesmal. Er wußte, daß Angestellte ein persönliches Wort schätzten.

»Danke. Gesund und munter.«

An Alma verschwendete Egon all die Liebe und Zärtlichkeit, die sonst niemand haben wollte. Seine Mutter hatte ihn liebgehabt und sehr verwöhnt. Seit sie tot war, wehte ihm ein scharfer Wind ins Gesicht. Die Frauen waren alle so schrecklich selbstbewußt. Sie lachten ihn mit großen Mündern an und schienen immer etwas von ihm zu erwarten. Er fürchtete sich vor ihnen. Die, von der er heimlich träumte, gab es nicht.

Wenn Egon abends nach Hause kam, unterhielt ihn Alma mit Saltos und bissigen Angriffsspielen. Sie hatte auf ihn gewartet in der festen Überzeugung, daß Herrchen sie nie im Stich lassen würde.

So spielte sich Egon Meiers Leben vorwiegend zwischen seinem Büro bei der ›Schraufa‹ und seiner Zweizimmerwohnung ab. Die übrige Welt fand im Fernsehen und im ›Aberlinger Volksblatt‹ statt und war im Grunde nicht viel wirklicher als ›Tatort‹ oder ›Dallas‹.

Aberlingen, nun ja, das hatte es immer schon gegeben, eine kleine Stadt am Niederrhein, dort, wo er schon ganz flach wird und sich Richtung Holland wälzt. Weite Wiesen mit Pappeln und Weiden und Birken säumten die sandigen Ufer, begrenzten die lichte Weite des Landes und straften Leute Lügen, die hier nichts als rauchende Schlote und stinkende Industrieanlagen vermuteten.

An diesen Ufern des Niederrheins war Egon Meier aufgewachsen. In dem Weidengebüsch hatte er als Junge Django oder Detektiv gespielt, war mit anderen Jungens den kleinen losgerissenen Grasinseln im Rhein nachgejagt, wenn sie sich träge in der breiten Flut dem Meer zuschoben. Manchmal hatte er am Ufer gesessen, den Dampfern und Schleppern zugeschaut und geträumt von der Romantik ferner Länder, deren Namen im Schulatlas seine Fantasie beflügelten. Brasilien... Mexiko... Neuseeland...

Aber Meier war kein Traumtänzer. Als er die kaufmännische Lehre begann, hatte er sein Ziel fest vor Augen: Er würde es zu etwas bringen. So war er auch der einzige Lehrling, der sich vom alten Buchhalter Bimm schurigeln ließ. Die anderen grinsten, wenn Bimm hochrot brüllte: »Der Sitz der Briefmarke ist eine Visitenkarte der Firma!« und spotteten hinterher über den

›Heiligen Bimmbamm‹. Nur Egon bemühte sich mit herausgestreckter Zungenspitze, die Briefmarken pingelig gerade zu kleben.

So begann sein Aufstieg zum Oberbuchhalter der ›Schraufa‹.

»Worüber ich mit Ihnen reden möchte«, sagte Ewald Pettenkamp, als Egon Meier in Zwergengröße vor ihm stand, »nun, es geht um eine äußerst wichtige Angelegenheit für unseren Betrieb, für das gesamte Unternehmen.«

Er fixierte Egon, dem es kalt den Rücken hinunterlief. Sein Nacken wurde ganz steif. Es war stets dasselbe. Er schaffte es einfach nicht, locker und selbstbewußt aufzutreten, weil er jedesmal das Gefühl hatte, der Alte wolle ihn hypnotisieren.

»Nehmen Sie doch Platz«, sagte Pettenkamp, und Egon ließ sich vorsichtig auf das unbequeme Möbel nieder.

Pettenkamp legte die kalte, stinkende Zigarre auf einen Aschenbecher und schob die dicke Unterlippe vor wie eine gut gewickelte Roulade.

»Die Lage ist folgende«, sagte Ewald Pettenkamp, »unser Herr Balk, der bekanntlich die ›Schraufa‹ in Portugal vertritt, stand mit dem Regionalsekretär für Handel und Finanzen auf Madeira kurz vor dem Abschluß von Verhandlungen. Es geht dabei um einen Großauftrag für unsere Alarmanlage in Buchform, und zwar in verschiedenen Ausführungen. Sie wissen, wir haben das Patent. Unser Geschäftspartner wäre Señor del Parlango y Gosset, aber die Regierung muß natürlich zustimmen, bei einem Geschäft dieser Größenordnung. Madeira hat ja Selbstverwaltung, relativ unabhängig von Lissabon. Die Regiao Autonoma da Madeira hat sogar ein eigenes Wappen.«

»Und Briefmarken«, murmelte Egon. Er versuchte, sich ganz auf Pettenkamps Worte zu konzentrieren, mußte aber trotzdem denken, daß der Alte die schwierigen Wörter bestimmt extra auswendig gelernt hatte, um damit anzugeben.

»Herr Balk hat sich einen Virus eingefangen«, fuhr der Chef fort. »Er liegt im Krankenhaus. An sich sollte er heute hier eintreffen, um die Muster abzuholen. Zweitonsirenen, herrliches Klangbild, mit Akku ausgestattet, hochsensibel, getarnt als Goethes ›Wahlverwandtschaften‹ oder Garcia Lorcas ›Yerma‹. Die Buchform macht sie unauffällig für Einbrecher. Sie sind schwer zu entdecken, relativ preiswert und äußerst originell. Das Ganze ist natürlich Vertrauenssache.«

»Natürlich.« Egon nickte brav.

»Deshalb möchte ich, daß Sie morgen fliegen und das Geschäft an Herrn Balks Stelle abwickeln, lieber Herr Meier!«

»Ich?!«

»Ja. Sie sind gewissenhaft, können rechnen und sind durch den Umgang mit Leuten, die einen Vorschuß wollen, auch gestählt, was Widerstand und Durchhaltevermögen angeht, hähähä.«

»Hähähä«, echote Egon schüchtern.

»Außerdem ist eine Reise nach Madeira ja nun wirklich keine Strafe«, scherzte der Alte weiter. »Auf eines muß ich Sie allerdings warnend hinweisen: Die Amerikaner sind auch dran. Mit einem anderen, aber wohl leider auch durchaus brauchbaren Warnsystem. Señor Parlango muß also mit Feingefühl behandelt werden.

Eine riesige Anlage mit Hotels und Eigentumswohnungen steht zur Bestückung an. Ich verlasse mich auf Sie!«

Für einen Augenblick geriet das Gemälde hinter Pettenkamp, das den Gründer der Firma darstellte, in schlingernde Bewegung, als wolle der Verblichene als Geist seinen Kommentar dazu abgeben. Dann verzog sich der Schleier vor Egons Augen. Nur das Herz ratterte noch wie ein Preßlufthammer. War dies die Chance, von der er manchmal, in kühnen Augenblikken, geträumt hatte? Warum schickte Pettenkamp wohl gerade ihn? Warum reiste er nicht selber, wenn es so wichtig war?

»Sie können sich auf mich verlassen«, sagte Egon fest.

»Das weiß ich, mein lieber Herr Meier. Wenn es klappt, werde ich das auch honorieren, der Sessel in der Personalabteilung wird demnächst frei, da sind auch rund zwohundert netto monatlich mehr drin, so etwa, glaube ich, der Betriebsrat wird sicher zustimmen; also, viel Erfolg, Fräulein Buttrich kümmert sich um den Flug und so weiter. Sie soll auch ein Telegramm mit Ihrer Ankunftszeit an Señor Parlango senden und Sie im Hotel ›Vila Ramos‹ anmelden, das Herr Balk empfohlen hat. Gute Reise!«

Egon bemühte sich beim Hinausgehen nach Art von Betrunkenen, möglichst gerade auf einer Linie zu schreiten. Im Vorzimmer sank er auf den nächsten Stuhl.

»Na, Meierchen, dolles Ding, was?« fragte Silvia Buttrich. Sie wußte natürlich schon wieder alles.

»Wie ist er bloß auf mich verfallen?«

»Sie dürfen sich nicht unterschätzen, Meierchen!«

Silvia Buttrich war dreiunddreißig Jahre alt, kein Alter heutzutage für eine emanzipierte Frau. Doch heimlich wurde ihr die Zeit ein bißchen lang, bis aus irgendeiner der mehr oder weniger harmonischen Zweierbeziehungen eine richtig schön altmodische Ehe wurde. Und Meierchen war strebsam und verträglich und hatte beruflich die Zukunft vielleicht noch vor sich. Besonders mit Unterstützung einer tüchtigen Frau.

»Richtig glücklich sehen Sie aber nicht aus, Herr Meier«, stellte Fräulein Buttrich fest.

»Ich überlege, was aus Alma wird.«

Silvia Buttrich atmete tief ein. Ein Effekt, der nicht zu übersehen war. Hier lag vielleicht eine Chance für sie.

»Alma nehme ich natürlich«, sagte sie süß.

»Das kann ich doch gar nicht annehmen. Bei Fremden ist sie manchmal leider ein bißchen zickig.«

Fräulein Buttrich sah ihm tief in die Augen und lächelte auf diese einschüchternde Art.

»Wir sind uns doch nicht fremd, Herr Meier, oder?!«

»Nein, nein.« Egon schüttelte den Kopf. »Sie würden also wirklich ...?«

»Aber selbstverständlich. Ich mag Rauhhaardackel besonders gern. Sie erklären mir genau, wie ich mit Alma umgehen muß. Vielleicht ist es am besten, wenn ich sie heute abend bei Ihnen abhole?«

»Nein, ich bringe sie Ihnen«, sagte Egon erschrokken. »Und auch ihr Körbchen und den Gummiknochen ...« Seine Augen wurden feucht. Er nahm sich gewaltig zusammen. Das fehlte noch, daß er sentimental wurde. Ein Mann, den der Chef für eine so wichtige Aktion ausgewählt hatte.

Diesmal würde Egon Meier seine Chance wahrnehmen. Beförderung und Anerkennung lagen greifbar vor ihm. Schon jetzt war an Fräulein Buttrichs Benehmen ihm gegenüber deutlich eine vorteilhafte Änderung zu bemerken. Hatte sie ihn sonst nie anders als ›Meierchen‹ genannt, so redete sie ihn heute mit ›Herr Meier‹ an.

In der Handelsschule war er der Beste gewesen. Nie hatte er sich wie die anderen ein Mädchen geschnappt, nie eine Disco besucht, immer gebüffelt und gestrebt. Die Azubis heutzutage ließen sich ja die Butter nicht mehr vom Brot nehmen. Er hatte von Bimm sogar eine Ohrfeige eingesteckt. Wegen einer windschief geklebten Briefmarke!

Silvia Buttrich wippte zum Regal und schleppte einen Atlas herbei. Sie schlug die Karte von Madeira auf. Ein Klecks im Atlantik.

»Da ist es. Ich beneide Sie, Herr Meier«, flötete sie und stellte sich dicht neben Egon.

Es summte, und Pettenkamps Stimme kam über die Sprechanlage: »Egon Meier reist für uns nach Madeira. Bitten Sie Herrn Dr. Kranzer, daß er ihn in die technische Materie einweiht. Machen Sie bitte Flug, Spesen und das ganze Pipapo zurecht. Er sollte morgen nachmittag ankommen. Schicken Sie ein entsprechendes Telegramm an Señor Parlango. Danke.«

Egon Meier erbebte. Die Buttrich erhielt allen Ernstes Anweisungen seinetwegen. Jetzt lächelte sie ihn wieder so eigenartig an, als ob er ihr gefiele. Ihr rotes Haar saß wie eine Bademütze.

Er war nicht etwa häßlich, das hätte ihn gewiß nicht gestört, ließen doch Typen wie Belmondo und Eddie Murphy und sogar die spukhäßlichen Popknaben mit den Stehfrisuren aus Stoppeln und Gel die Mädchen vor Begeisterung rasen. Nein, häßlich war Egon nicht. Leider war er auch nicht schön. Nichts vom jungen Jean Marais, keine Spur von ›Magnum‹. Nee, er sah einfach aus wie der Junge von nebenan. Weder dick noch dünn, zwischen groß und klein, mit dunkelblondem Haar über einem netten Gesicht. Mittelblaue Augen, mittellange Nase, mittelgroßer Mund. Und ein großes, erwartungsvolles Gemüt, um das sich kein Mensch kümmerte.

Vielleicht würde sich das bald ändern?!

Madeira, dachte er, als er den langen Gang mit dem Terrazzoboden und den weißen Fugen entlangging. Immer nur: Madeira. Meier fährt nach Madeira. In einer für die Firma äußerst wichtigen Angelegenheit!

In seinem Büro setzte er sich wortlos an seinen Schreibtisch und starrte vor sich hin.

Rüdiger Knulle betrachtete ihn forschend. Dann räusperte er sich extra laut – als starker Raucher war mittleres Räuspern für ihn normal und wäre Egon gar nicht aufgefallen.

»Dicke Luft beim Alten?« fragte Knulle leise.

»Im Gegenteil. Ich soll den Auftrag von Herrn Balk auf Madeira übernehmen. Herr Balk ist erkrankt.«

»Mensch, Egon! Ich bin beinahe sprachlos. Du Glücklicher«, sagte Knulle säuerlich. »Darauf müssen wir einen trinken. Meier, da kommste nicht drum rum. Du mußt was springen lassen.«

Egon nickte gedankenverloren.

Sofort begab sich Knulle in die Expedition, um einen Mitarbeiter – keinen Azubi, die lehnten solche Aufträge oft ab – zu bitten, auf Kosten von Herrn Meier etwas Alkoholisches zu besorgen, während der noch immer dasaß und vor sich hinstarrte. Nach dem ersten Schock der Überraschung setzte jetzt die Aufregung erst richtig ein. Der Sprung vom anonymen Rädchen der ›Schraufa‹ zum Mann auf Madeira war erheblich. Da mußte man erst mal verschnaufen und wieder zu sich kommen. Jede Situation verlangt ihren Meister, und bisher hatte Egon sich noch nie so recht als Meister gefühlt.

In dieses Stadium innerer Einkehr platzten Knulle, der im Arm drei Flaschen Cognac trug, deren Sterne im Neonlicht blinkten, sowie Herren und Damen aus anderen Büros.

»Egon Meier, jetzt wird einer geschnasselt!« rief Knulle. Das hörten die anderen gerne. »Kinder!« wandte sich Knulle an seine Zuhörer, die erwartungsvoll zusammenrückten in der Stimmung, ›Hoch‹ zu rufen, »Herr Meier wird die rechte Hand vom Chef. Reise nach Madeira. Beförderung liegt in der Luft. Deshalb trinken wir hier auch auf seine Kosten auf sein Wohl. Und ich schließe meine Rede mit dem Wörtchen ›möge‹, daß nämlich Meiers Mission klappen möge!«

Meier erlebte zum erstenmal den stillen Triumph, beachtet und gefeiert zu werden. Ja, er war jetzt der Mittelpunkt!

Jovial ergriff er sein Wasserglas mit Cognac und nippte leicht daran.

»Vielen Dank«, sagte er leichthin. »Wenn alles klappt, gibt es ein Fest mit belegten Brötchen. Aber jetzt muß ich zu Dr. Kranzer. Ich brauche noch entsprechende Informationen.« Das hatte sich doch schon richtig bedeutend angehört. Und es war gar nicht schwer gewesen. Wie heißt es doch im Sprichwort: Wem Gott ein Amt gibt, dem gibt er auch den Verstand.

Egon Meier drängelte sich durch und verließ sein Büro. Im Gang atmete er tief durch. Dann begab er sich zu Dr. Kranzer. Sein Verhältnis zu diesem wichtigen Mann war ungetrübt von Unsicherheit und Unterwürfigkeit. Kranzer war ein flotter Typ. Segler, Golfspieler, Frauenheld, Junggeselle. Sein eigentlich recht üppiges Gehalt reichte weder hinten noch vorn. Für Egon Meier war er jedoch nichts weiter als eine Nummer im Betrieb, über dessen Abzüge und interne Vorschüsse er zu Gericht saß. Interne Vorschüsse kamen Pettenkamp gar nicht erst vor die Augen. Deshalb war Meier auch nicht sonderlich untertänig, als er Kranzers Büro betrat. Der legte schnell den Hörer auf. Gerade hatte die schnucklige kleine Buttrich, dieser aufreizende Rotschopf, angerufen, um ihm Pettenkamps Auftrag, Meier betreffend, weiterzugeben. Bei solchen Gelegenheiten versäumte er nie, ein paar lockere Sprüche loszulassen. Diesmal hatte er gesagt, sein grüner Porsche verlange dringend nach einer rothaarigen Beifahrerin. »Dabei mußte ich gleich an Sie denken, Silvia. Was meinen Sie dazu?«

»Geben Sie mir Ihren Porsche. Ich werde mich persönlich mit ihm verabreden«, hatte sie gesagt und aufgelegt. Sie dachte nicht daran, ihrer Liste von Windhunden einen weiteren hinzuzufügen. Jetzt war die Stunde der soliden Männer gekommen. Männer wie Meier.

»Ich weiß schon Bescheid«, sagte Kranzer zu Egon Meier. »Dann wollen wir mal. Ich brauche Ihnen wohl nicht zu sagen, daß der Musterkoffer ein Vermögen darstellt. Lassen Sie ihn um Himmels willen nie aus den Augen. Die Werkspionage floriert. Diese Modelle sind noch nicht auf dem Markt. Aber ihre Existenz ist bekannt. Bei Vermögen fällt mir ein, daß ich dringend fünfhundert brauche. Sagen Sie nicht, daß sich das nicht machen läßt, Herr Meier! Ich fresse Sie auf!«

»Damit wäre Herr Pettenkamp aber sicher nicht einverstanden«, erwiderte Egon mit neuem Selbstbewußtsein.

»Da können Sie recht haben. Versprechen Sie dem Parlango zehn Prozent, das dürfte genügen.«

»Und falls es nicht genügt?«

»Wenn er Sie rauswirft, kommen Sie zur Hintertür wieder herein und bieten zwölf Prozent. Höher als fünfzehn sollten Sie nicht gehen. Mehr wird bei den Amis auch nicht drin sein, bestimmt nicht.«

»Warum reisen Sie eigentlich nicht, Herr Dr. Kranzer?«

Kranzer seufzte. »Ich habe zu Geld und Geschäften ein rein theoretisches Verhältnis. Ich bin Wissenschaftler. In der Praxis komme ich nicht klar. Das brauche ich Ihnen wohl nicht näher zu erläutern, nicht wahr?«

Egon Meier schwieg. Eine neue Welt tat sich vor ihm auf. Die geheimnisvolle Welt des kaufmännischen Erfolges. Er begann erst jetzt, die Anfangsgründe dieser geschäftlichen Möglichkeiten wirklich zu begreifen, doch sein wendiges Buchhaltergehirn erfaßte sogleich die Tragweite des Unterschieds zwischen zehn und zwölf oder gar fünfzehn Prozent in dieser Größenordnung.

So war das Leben. Jahrelang wartete man auf irgend etwas, auf einen großen Augenblick. Und nichts geschah. Aber wenn es dann plötzlich passierte, dann waren die Jahre des Wartens wie nie gewesen. Die Ereignisse überstürzten sich, alles sollte möglichst schon vorgestern geschehen sein. Als müsse der Leerlauf von Jahren in einer Stunde aufgeholt werden.

Über Egon Meier rollte eine Woge der Geschäftigkeit hinweg. Er ließ sich mit der Technik der Wunderwarnanlagen vertraut machen, holte die helle Hose aus der Reinigung ab, packte den Koffer, notierte Daten und Adressen, die Silvia Buttrich ihm gab. Abends verstaute er Almas Habseligkeiten im Auto. Das liebe Tier sprang freudig hinein, und ihm kamen wieder fast die Tränen.

Silvia Buttrich tat alles, um ihm seine Sorgen Almas wegen zu nehmen. Und tatsächlich schien Alma sie zu mögen. Er setzte sich anstandshalber noch ein wenig auf die Couch und plauderte mit der hilfsbereiten Kollegin. Sekt lehnte er ab, ließ sich aber ein Glas Orangensaft aufnötigen.

Die Buttrich trug eine Art Kreuzung zwischen Joggingdreß und Négligé. In Rot. Sie sah ihm wieder verwirrend in die Augen und lächelte, daß man ihre Zunge sehen konnte. Aber sie hielt sich zurück. Als erfahrene Frau wußte sie, daß ein Mann wie Meier nicht im Sturm zu erobern war. Jedenfalls hielt er beim Abschied ihre Hand ein wenig länger. Alma fiepte, als er mit entschlossenen Schritten zur Tür ging.

»Gute Reise! Und denken Sie im Paradies auch mal an mich!« rief Silvia ihm nach.

Die Nacht wurde Egon lang und einsam. Er vermißte Almas Atmen. Und der Bauch tat ihm weh vor Aufregung.

Daß es am nächsten Vormittag in dicken, nassen Flocken schneite, war für Januar nicht ungewöhnlich, trotzdem fand Egon das wieder mal typisch. Wenn er etwas unternehmen wollte, das aus dem üblichen Rahmen fiel, versalzte eine höhere Macht ihm jedesmal die Freude. Dann ging ihm auf, daß er ja in ein ganz anderes Wetter flog! Und dieser Gedanke vermittelte ihm noch mehr als alles andere das Gefühl, sein bisheriges Leben versinke hinter ihm, während das Abenteuer Zukunft auf ihn warte.

2

Egon Meiers Zukunft begann genau um 15.30 Uhr, als die voll besetzte Maschine aus Lissabon auf Madeira landete. Das heißt, der Pilot nahm eine Art Notbremsung vor, um das Flugzeug auf der kürzesten Jet-Piste der Welt noch etwa fünfzig Zentimeter vor dem blauen Meer zu stoppen, in das sie kühn hineinragte. An der neuen Landebahn wurde schon emsig gewerkelt, aber Egon kam noch in den vollen Genuß der echten Madeira-Bremsung.

Er machte sich allerdings nicht allzuviel daraus. Bei dem Zwischenaufenthalt in Lissabon hatte ihm ein äußerst freundliches portugiesisches Väterchen eine hustensaftähnliche Flüssigkeit angeboten, süß und nach Kräutern schmeckend, und Egon hatte ordentlich daran genippt. Erst später wurde ihm klar, daß es sich dabei um etwas Hochprozentiges gehandelt haben mußte. So döste er die letzte Strecke angenehm beduselt vor sich hin und betrat ziemlich entspannt und sorglos den Boden von Sta. Catarina bei Funchal auf Madeira. Den Musterkoffer ließ er nicht aus der Hand.

Kaum hatte er sich seinen Koffer vom Rollband gefischt, da meinte er zu seinem Schrecken über Lautsprecher zu hören: »Señor Meier... blub blub blub blub... Information blubblub!« Sein Herz raste, und er fühlte, wie er knallrot wurde.

Der Zollbeamte winkte ihn jovial durch. Das Musterköfferchen machte keinen besonders interessanten

Eindruck. Der Mann auch nicht. Als das zweitemal ganz unmißverständlich von überall nach »Señor Meier« gerufen wurde und Egon sich aufgeregt umschaute, fragte ein Herr mit Schnauzbart ihn: »Herr Meierrrr?«

Der Mann sah eigentlich nicht so aus, wie Kunden und Geschäftspartner der ›Schraufa GmbH‹ auszusehen pflegten. Aber Egon sagte sich, daß andere Länder sicher auch andere Maßstäbe verlangten. Außerdem war er nun doch recht erleichtert, daß sich da jemand um ihn kümmern wollte.

Er nickte. »Egon Meier aus Aberlingen«, stellte er sich vor.

»Iwanow Kuljowitsch!« Der Typ entriß ihm förmlich den großen Koffer, und Egon war nun doch ein wenig unsicher, ob er sich ihm anvertrauen durfte. Der Kerl sah überhaupt nicht wie ein Portugiese aus. Eher wie der Diener in einem Tschechow-Stück, das in Sibirien spielte. Egon hatte es im Fernsehen angeschaut.

Im selben Moment wuselten aber noch zwei andere Figuren herbei, ein kleiner, runder Mulatte und ein großer Dicker, der wie der Buhmann beim Freistilringen wirkte. Sie umringten ihn. Er umklammerte den Musterkoffer. Nur über seine Leiche würden sie den bekommen!

Doch da erschien wie ein erlösender Engel ein Herr, der Egon Meier augenblicklich Vertrauen einflößte. Er trug einen weißen Anzug in Edelknitterleinen, hellgraues Seidenhemd und rosa Krawatte, hellgraue Wildlederschuhe, schicke Nickelbrille, schwarzes, streng gescheiteltes Haar mit weißen Schläfen. Obwohl Egon keine Einzelheiten wahrnahm, schien ihm der

Gesamteindruck doch höchst elegant und für einen Südländer auch seriös zu sein.

»Señor Meier! Ich Señor Pallando. Willkommen zu Funchal und zu mein Haus«, sagte er und schüttelte Egon herzlich die Hand.

»Guten Tag, Señor Pallando«, erwiderte Egon weltmännisch.

Pallando stellte sein Gefolge vor: »Das Señor Kuljowitsch. Er Russe, aber sprechen gut deutsch.«

Kuljowitsch erklärte stolz: »Sowjetische Schulen beste Schulen von Welt. Sonst alles Scheiße. Kuljowitsch in Funchal von russische Vergnügungsschiff gegangen und nicht mehr zurück, du verstehn?«

Egon nickte.

Pallando fuhr fort: »Das Pedro.«

Der Ringer rang sich ein Lächeln ab und zeigte dabei erschreckend schlechte Zähne.

»Und José«, vollendete Pallando die Vorstellung. Der kleine Farbige kicherte schrill, als hätte Pallando einen guten Witz gemacht.

»Ich möchte ins Hotel ›Vila Ramos‹«, sagte Egon. »Meine Sekretärin hat dort für mich ein Zimmer gebucht.« Die Buttrich war zwar nicht direkt seine Sekretärin, aber ein bißchen Klappern gehörte eben zum Handwerk, und die süße Luft Madeiras übte ihre eigenartig enthemmende Wirkung bereits aus. Außerdem hatte Silvia Buttrich seine Alma in Obhut! In gewisser Weise konnte er also wohl doch von ›seiner‹ Sekretärin sprechen.

Kuljowitsch rollte die Augen.

»Nix da! Wir abbestellen! Du wohnen bei Señor Pallando. Schöne Villa, du sehen!«

Sie geleiteten ihn zu einem extralangen schwarzen Mercedes. Ein Chauffeur in grauer Livree riß den Wagenschlag für Egon auf. Ach, wenn ihn doch in diesem Augenblick Rüdiger Knulle sehen könnte! Oder Silvia! Oder Dr. Kranzer, dieser verschuldete Angeber! Auch Herr Pettenkamp würde sich bestimmt freuen, daß man seinen Mitarbeiter so ehrte.

Der Wagen glitt wie ein Schiff über die Straße. Nur schneller. Der Chauffeur fuhr nämlich wie der Teufel persönlich. Aber außer Egon schien das niemand zu bemerken. Rechter Hand waren steile Berge. Links lag das tiefblaue Meer. Bananenplantagen dehnten sich, kleine Wasserfälle stürzten von den Bergen herab, Mimosenbäume standen üppig gelb in Blüte. Egon Meier sah die ersten Drachenbäume seines Lebens, und auch Papayas und Blüten, von denen er noch nicht einmal geträumt hatte. Im Flugzeug hatte er bereits die Uhr eine Stunde zurückgestellt, und nun genoß er die geschenkte Zeit. Zum erstenmal wandelte ihn eine Ahnung dessen an, was Luxus und Reichtum bedeuten könnten.

Noch vor Funchal lenkte der Chauffeur den Wagen mit Bravour in die Berge. Egon schloß die Augen. Ihm wurde leicht schwindlig. Aber Kuljowitsch rief: »Da sind Desertas-Inseln!« und deutete mit dem dicken Finger auf den kornblumenblauen Ozean. Also schaute Egon hin, und siehe da, es ging. Ja, es gefiel ihm sogar sehr, was er da sah.

Das alles war jedoch nichts gegen die Pracht der Villa, vor der sie schließlich hielten. Das weiße Gebäude mit zierlichen schwarzen Eisengittern vor allen Fenstern lag zwischen Rasenflächen, Palmen und blühenden Sträuchern. Ein Blumenmeer, und das mitten im Januar!

»Bitte sehr. Willkommen!« sagte Señor Pallando.

»Ein herrlicher Besitz!« lobte Egon. Er konnte ja nicht wissen, daß die Pracht nur gemietet war. Und schließlich war auch die Miete allemal teuer genug. Aber der Zweck heiligte die Mittel. Und Señor Pallando hatte mit diesem deutschen Meier noch einiges vor.

Pedro wollte beim Aussteigen nach Egons Musterkoffer grapschen, doch der wehrte energisch ab. Pedro sah fragend zu Pallando hin; der schüttelte leicht den Kopf.

Eine gefleckte Dogge kam in gestrecktem Galopp über den Rasen. Die Männer wurden ziemlich aufgeregt, und Kuljowitsch packte Egon am Ärmel.

»Werr hat ihn freigelassen?!« brüllte er. »Err sehrr bissig!«

Die Dogge nahm trotzdem sofort Kurs auf Egon Meier. Nun war er gewiß keine Heldennatur. Doch zu Hunden hatte er eine ganz natürlich entspannte Beziehung.

»Na du?!« fragte er den Riesenköter freundlich. Und das Vieh wedelte mit dem Schwanz und schnüffelte gutmütig an seinem Hosenbein. Als er hier noch Düfte der wundervollen Hundedame Alma wahrnahm, tänzelte er geradezu vor Wohlwollen und Entzücken.

Egon hielt ihm die freie Hand hin, und er leckte sie liebevoll ab. Die kleine Truppe um Pallando wechselte irritierte Blicke. Besorgnis lag darin. Sollte man sich mit diesem unscheinbaren Männeken verrechnet haben? Sie hatten ihn einschüchtern wollen. Und nun das! Mit Deutschen war ja oft nicht zu spaßen.

»Kommen mit«, sagte Kuljowitsch, »Pedro zeigt Zimmerrr. Serr guttes Zimmerr!«

»Vielleicht könnten wir englisch miteinander sprechen?« regte Egon Meier an, während sie die breite Freitreppe hinaufschritten und die Dogge schwanzstummelwedelnd hinter ihm hertänzelte.

Kuljowitsch und Pallando schüttelten die Köpfe.

»Wir nix englisch«, bedauerte Kuljowitsch.

Das überraschte Egon ein wenig. Pettenkamp hatte Pallando als sehr gebildeten und weltläufigen Mann geschildert. Und Englisch war im internationalen Handel schließlich immer noch die verbindliche Sprache.

»Nix Englisch in Sowjetunion?« scherzte Egon. Dieser ungewohnte Humor mochte noch von dem Kräuterlikör in Lissabon herrühren.

Kuljowitsch runzelte die Brauen. »Gutt arrabisch und deutsch!« Seine Stimme rollte. Egon beeilte sich zu nicken.

Es war alles etwas sonderbar. Aber ›erstens kommt es anders, und zweitens, als man denkt‹, hatte schon sein Opa immer gesagt. Er würde aufpassen und das Beste aus allem machen.

Was Egon Meier nicht wissen konnte, war dies:

Silvia Buttrich hatte auf Pettenkamps Anweisung hin unverzüglich nach Portugal telegrafiert, an Herrn Rodrigo del Parlango, Funchal, Santo da Serra, um ihm die Ankunftszeit des Herrn Egon Meier aus Aberlingen mitzuteilen. »Anstelle des erkrankten Herrn Balk in Sachen Alarmanlage«, hatte sie großzügig auf Pettenkamps Kosten hinzugefügt. Dafür hatte sie das umständliche und sicher unnötige ›y Gosset‹ weggelassen. Ihre Freundin Linda zum Beispiel hieß nach ihrer

Heirat offiziell ›Linda Schmidt-Schlemiehl‹, aber keiner nannte sie so. Alle sagten weiter Linda Schmidt zu ihr.

Diese an sich löbliche Regung selbständigen Denkens sollte jedoch eine Lawine von Katastrophen in Gang setzen.

In Funchal empfing ein eifriger Nachwuchspostler die Botschaft. Und da es einige Zeit dauern konnte, bis sie in den Bergen ausgeliefert wurde, entschloß er sich, sie durchzutelefonieren. Schließlich war Señor Miguel Pallando eine stadtbekannte Persönlichkeit.

Daß da ›Rodrigo‹ als Vorname stand, beachtete er nicht weiter. Das Telegramm kam von weit her, da waren Irrtümer schon möglich. So wählte er die Nummer der Villa, die der reiche Großhändler Miguel Pallando gemietet hatte, und ließ sich mit dem Herrn des Hauses persönlich verbinden.

Das Originaltelegramm wurde etwas später vorschriftsmäßig an Señor Rodrigo del Parlango y Gosset zugestellt, der allerdings verreist war. Ein reizendes Stubenmädchen nahm es mit einem Knicks in Empfang und legte es in die Schale zur anderen Post. In vier Tagen wurde Señor Parlango zurückerwartet.

In der Villa Miguel Pallando dagegen herrschte nach dem Telefonat helle Aufregung. Pallando versammelte seinen Stab um sich. Er saß im schwarzen Ledersessel und strich sich sein schwarzes, glänzendes Oberlippenbärtchen. Seine drei Musketiere standen aufmerksam um ihn herum.

»Freunde«, sagte er und meinte es ganz und gar nicht, »ich habe durch eine glückliche Fügung ein Telegramm erhalten, das eigentlich für den dicken Parlango bestimmt war. Irgendein Trottel bei der Post in Funchal dachte wahrscheinlich, daß es keine Rolle spiele, weil Parlango y Gossets protziger Besitz hier ganz in der Nähe liegt.«

»Wie lautete das Telegramm, Chef?« fragte José.

»Anstelle des erkrankten Vertreters kommt ein neuer Mann zu Verhandlungen über diese Alarmanlagen, hinter denen ich her war. Aber Parlango hat sich beim Regionalsekretär derartig lieb Kind gemacht, daß ich in die Röhre guckte.«

Er machte eine Pause und blickte in drei reichlich verdutzte Gesichter.

»Merkt ihr nichts?« fragte er.

Sie schüttelten die Köpfe. Pedro blies statt einer Antwort den Qualm seiner Zigarre an die weiße Decke, wo ihn ein Ventilator sofort verteilte.

»Diese Alarmanlagen haben Akkus zum Aufladen! Na?!«

Sie glotzten ihn an.

»Der Kerl kommt morgen an. Parlango ist nach Kuwait gereist. Wir haben, mit ein wenig Glück, freie Bahn. Diese Alarmdinger sind doch total unverdächtig. Wir werden sie über Bordeaux vertreiben. Natürlich in leicht veränderter Qualität!«

Pallando lachte laut. Seiner Truppe ging langsam ein Licht auf.

»Jawohl. Wir werden Sie ein bißchen präparieren. Kuljowitsch, setzen Sie sich bitte mit unserem Spezialisten in Verbindung. Pedro, deine Leute können sofort beginnen, den Stoff locker zu machen. Erstklassiges Heroin bitte ich mir aus, sonst könnten einige Schlauberger wenig Gelegenheit bekommen, ihren Schwindel zu bereuen. Ehrlichkeit gehört, wie ihr wißt, zu meinen Geschäftsprinzipien. Ehrlichkeit der anderen.«

»Das klappt nie, Chef«, sagte Pedro mit Grabesstimme.

»Und warum nicht?«

»Wir müssen den Mann täuschen. Er müßte doch mitspielen, bis wir Exportpapiere und Verträge unter Dach und Fach hätten. Das dauert aber bekanntlich. Außerdem brauchten wir die Muster, bevor wir überhaupt mit dem Präparieren beginnen könnten. Und eine Generalprobe mit ein paar Probeexemplaren wäre unumgänglich, um die Reaktion der Zollbeamten zu prüfen.«

Eine Ader an Pallandos Schläfe schwoll ein wenig an. Nur eine Spur, aber seine Getreuen nahmen sofort Haltung an.

»Herr Meier bleibt unser Gast, bis alles erledigt ist«, sagte der Boß leise. »Ihr kümmert euch um den reibungslosen Ablauf der technischen Dinge. Keine Fehlzündungen, das bitte ich mir aus!«

Er rückte seinen lila Schlips zurecht, auf dessen Mitte eine weiße Taube flatterte. Kuljowitsch wagte eine Frage:

»Was wird hinterher mit dem Mann?«

Pallando zog die Augenbrauen hoch. Die Ader an der Schläfe pulsierte.

»Wir wollen jetzt nicht zimperlich werden auf unsere alten Tage, nicht wahr? Die Hauptsache ist doch, daß Sie hier auf dieser schönen Insel sein dürfen, Iwanow Kuljowitsch, obwohl da einige russische Herren ganz anderer Meinung zu sein scheinen. Schließlich hat man auf Ihre Ausbildung zum erstklassigen Spion einst viel

Zeit und Mühe verwendet. Und sogar singen haben Sie gelernt, um die schwedischen Touristen zu unterhalten. Sie müssen uns auch einmal wieder mit einem kleinen Konzert erfreuen, ja?«

Kuljowitschs Augen füllten sich mit Tränen. Er breitete die Arme aus. »Ich tue alles für meine Freunde! Ich liebe Sie alle!«

»Wir sind uns also einig«, stellte Pallando ungerührt fest. »Morgen holen wir den Knaben aus Deutschland ab. Er heißt Egon Meier. Ich freue mich schon sehr auf ihn. Er wird uns alle reich machen. Die letzte Sache war ein Flop, vergeßt das nicht. Wenn es klappt, liegt eine glänzende Zukunft vor uns!«

»Und der Regionalsekretär? Er müßte zustimmen«, brachte José mit seiner Piepsstimme das Faß beinahe zum Überlaufen.

Pallando blickte die tollkühne Kreatur mit gerunzelter Stirn wütend an. Aber er brauchte den wendigen Burschen noch. Und wenn José jähzornig wurde, kannte er keine Verwandten.

»Der Regionalsekretär wird notfalls umgangen. Wir machen es illegal«, verriet der Kopf des Unternehmens ›French Connection‹. Und fügte abschließend hinzu: »An die Arbeit, Jungs!«

Egon Meier, der Mann mit dem Musterkoffer, der sich ahnungslos bereits mitten im Kraftfeld der internationalen Rauschgiftszene befand, stand am Abend eines ereignisreichen Tages am malerisch vergitterten Fenster seines Zimmers und blickte auf die Lichter von Funchal hinunter. »Ein königliches Diadem feiner Juwelen«, hatte der Dichter Delfim Guimaraes die nächtliche Stadt genannt. Egon Meier wußte das nicht, doch er empfand ähnlich.

Über dem Meer, an einem Himmel aus dunklem Samt, funkelten die Sterne. Er hatte gar nicht gewußt, daß es so viele davon gab. In Aberlingen waren sie jedenfalls nicht zu sehen. Auch auf dem Wasser schienen Sterne zu sein, die sich bewegten. Dort waren die Fischer in ihren Booten an der Arbeit. Die Sichel des Mondes spiegelte sich silbern im Ozean, und Funchals Lichter glitzerten. Bunte Lämpchen leuchteten aus Parks und Bäumen durch die glasklare Luft.

Alles Licht aber schien sich noch einmal im Hafen zu sammeln. Er sah aus wie ein riesiger Feenpalast. Sogar Egon dachte an Tausendundeine Nacht, obwohl er sonst alles andere als ein Schwärmer war. Zwei große Schiffe lagen dort, an allen Toppen beleuchtet. Und nun sah er auch, daß das eine langsam hinausglitt in den weiten Atlantik. Es war ein Bild, das eigentlich die ganze Reise schon gelohnt hatte.

Schade war nur, daß er so außerordentlich müde war. Die Aufregung, die Klimaumstellung und das frühe Aufstehen, dazu der Kräuterlikör und der rote Wein beim Abendessen wirkten zusammen wie ein Hammer. Egon wankte zu seinem Doppelbett und schlief schon, bevor er die Laken und Decken richtig um sich herum und über sich drapieren konnte.

Meier träumte gerade, daß Ewald Pettenkamp im Joggingdreß auf dem Teppich saß, während Silvia Buttrich ihm einen Bauchtanz vorführte und Alma, gefangen in einer Art Handarbeitskorb, im Hintergrund herzzerreißend heulte, als sich die Klinke des

Raumes leise senkte und wieder hob. Egon hatte selbstverständlich abgeschlossen.

Nach einer Weile, während der Traum-Pettenkamp Silvia Buttrich zu einem Foxtrott aufforderte, drehte sich der Schlüssel geheimnisvoll und leise im Schloß und flog nach einer Weile klirrend zu Boden.

Egon stöhnte laut und versuchte, Alma zur Flucht zu ermuntern. Eine Zeitlang rührte sich nichts. Draußen vor der Tür lauschten José und Kuljowitsch mit angehaltenem Atem. Dann drückte der Russe erneut die Klinke hinunter. Und diesmal gab die Tür nach. José ließ sein handliches Universalgerät elegant in der Tasche verschwinden. Beide Herren betraten auf Zehenspitzen den Raum.

Die Nacht war hell genug, um einen Gegenstand wie den Musterkoffer entdecken zu können. An sich. Nach eingehender Beratung waren Pallando und Kuljowitsch nämlich übereingekommen, das Köfferchen vorübergehend ›auszuleihen‹, um sich schon mal mit den Möglichkeiten vertraut zu machen, wie es am geschicktesten mit Heroin zu präparieren war.

»Dieser Mensch Meier läßt uns freiwillig nie ran. Vertrauen Sie meiner Menschenkenntnis, Iwanow«, hatte Pallando erklärt. »Nur über seine Leiche könnten wir den Koffer bekommen. Wir brauchen aber die genauen Abmessungen. Wenn wir den Akku austauschen, was im Prinzip niemand merken kann, denn Netz und Batterie funktionieren ja trotzdem, so muß doch nachher das Gewicht genau stimmen. Wir müssen also Heroin plus Ballast berechnen. Für José im Prinzip eine Kleinigkeit. Verstehen Sie, Iwanow, mein Freund?«

»Im Prinzip ja.«

»Wir holen das Köfferchen, machen den kleinen Test und bringen es unauffällig zurück. Kein Problem, nicht wahr?«

»Und wer ist ›wir‹?« fragte Kuljowitsch argwöhnisch.

»Da kommt nur ein entsprechend ausgebildeter Mann in Frage. Sie, mein Freund.«

»Und wenn er aufwacht?«

Pallando schüttelte den Kopf und lächelte fein.

»Kaum zu erwarten, nachdem ich ihm in seinen Wein ein wenig von unserem ›Schlafe-süß‹-Pulver getan habe.«

Iwanow Kuljowitsch lächelte breit. »Ziemlich genial! Und wenn er trotzdem aufwacht und Krawall macht?!«

Miguel Pallando blickte zur Decke auf und sah so edel und schmerzlich drein wie ein Porträt von Velasquez' Meisterhand. »Dann müßtet ihr notfalls – aber wirklich nur notfalls! – tatsächlich über seine Leiche gehen. Nehmen Sie José mit. Er hat niemals Skrupel!«

»Und wenn José alleine ginge? Ich bin nicht mehr der Jüngste.«

»Ausgeschlossen. José ist etwas unbeherrscht. Wir brauchen den Deutschen dringend für das Geschäft. Die Muster allein nützen uns gar nichts. Also, Sie bürgen für ihn, Kuljowitsch. Verdammt, denken Sie an Ihre glorreiche Vergangenheit als Spion erster Klasse. Furchtbar, was das westliche Wohlleben aus harten Kerlen macht.«

Kuljowitsch zuckte zusammen.

»Geht in Ordnung, Boß.«

Jetzt spähte Kuljowitsch in Meiers Stube umher und behielt außerdem den unberechenbaren José im Auge, der sich gerade auf die Knie niederließ und dann auf das Bett zeigte.

Kuljowitsch fluchte in sich hinein. Ohne Frage lag dieser Kerl von der ›Schraufa‹ mit dem Kopf auf dem Koffer. Ob er bereits Verdacht geschöpft hatte?

Jetzt bewegte er sich im Schlaf, und plötzlich brüllte er laut auf. Es klang irgendwie nach ›Alma‹ oder so! José zog sein Messer.

Kuljowitsch stieß José energisch in die Rippen und deutete so autoritär wie möglich auf die Tür. Sie schlichen wieder zum Ausgang. Weil Kuljowitsch aber José nicht aus den Augen lassen wollte, stieß er gegen einen hohen Zinnleuchter, der mit einem Scheppern umfiel, das Tote hätte aufwecken können. Egon fuhr hoch.

Die beiden Dunkelmänner sausten hinaus. Egon schlug tatsächlich die Augen auf. Er stöhnte laut. Da war doch ein Geräusch gewesen? Hatte nicht eben noch Alma im Korb gesessen? Oder war alles ein Traum gewesen?

Nein, das laute, blecherne Geräusch hatte er wirklich gehört! Andererseits wußte Egon von seinen spärlichen Erlebnissen in fremden Betten her, daß man in ungewohnter Umgebung oft seltsame Geräusche vernimmt, die weiter nichts zu besagen haben. Schränke knacken, Heizungen gurgeln merkwürdig, Dielenbretter scheinen unter Geistertritten zu ächzen, Fenster klirren unvermittelt und so weiter.

Halbwegs beruhigt, lehnte Egon Meier sich wieder zurück. Ihm war gar nicht gut. In seinem Kopf schien alles angeschwollen zu sein. Der Magen drückte auch. Ein Bein war eingeschlafen. Die Poren seiner Haut zogen sich schmerzhaft zusammen. Er fror unter dem Laken. Die Wolldecken waren zur Seite gerutscht und lagen neben ihm im Bett.

Als er danach greifen wollte, fuhr ein schneidender Schmerz durch seinen Hinterkopf.

»Aua!« rief er. Na na, was war denn das?! Egon Meier war fassungslos. Hätte sein Kopf nicht so weh getan, hätte er ihn ungläubig geschüttelt.

Ich liege ja auf meinem Musterkoffer, dachte er. Wie ist denn das passiert?

Er mußte ihn entweder schlaftrunken beim Hinlegen dorthin bugsiert haben, oder er hatte ihn im Verlauf eines Traumes sicherheitshalber unter die karge Kopfkissen-Bettwurst geschoben. Das ging nun doch zu weit. Natürlich sollte er sorgfältig darauf achtgeben. Selbstverständlich würde er ihn nicht aus den Augen lassen. Aber schließlich war er hier im Hause eines angesehenen Großhändlers, eines seriösen Kunden der ›Schraufa‹, in einem verschlossenen Zimmer mit vergitterten Fenstern.

Wenn es sonst auch sein Grundsatz war, daß Vertrauen gut, Kontrolle jedoch allemal besser sei, so fand er diese Asketentour mit dem Kopf auf dem harten Metallkoffer doch übertrieben.

So zog er das wertvolle Stück stöhnend und sehr vorsichtig unter seinem Kopf hervor und ließ es sanft zu Boden gleiten. Währenddessen erstatteten Kuljowitsch und José ihrem Boß kleinlaut Bericht.

»Er ist durchtriebener, als wir dachten«, sinnierte Pallando. »Vielleicht gehört er zu den Leuten, denen man ihr Format nicht so ohne weiteres ansieht. Sie tun immer, als könnten sie nicht bis drei zählen. Und plötzlich haben sie einen über den Tisch gezogen. Zu denken gab mir gleich, daß Mendoza ihn nicht gebissen hat.«

»Was tun? Schöner Mist!!« faßte Kuljowitsch ihre traurige Lage zusammen.

»Wir warten auf eine andere Gelegenheit. Morgen wird er uns auf jeden Fall die Muster vorführen. Dann kann José ja schon ein wenig spitzen.«

»Woher wissen Sie eigentlich, wie diese Dinger aussehen? Wie haben Sie von der ganzen Sache erfahren?«

Miguel Pallando holte eine Zigarette aus seinem goldenen Etui. José zog sofort sein Feuerzeug und richtete es wie eine Waffe auf seinen Chef, der sich lässig bediente.

»Ich habe natürlich einen Gewährsmann beim Sekretär für Handel und Finanzen. Er kann Gespräche ohne weiteres auf seinem Apparat mithören. Auch Auslandsgespräche. Eine Schweinerei ist das. Da dürfen die sich nicht wundern, wenn es auch ungebetene Interessenten gibt.«

»Den Gewährsmann sollten wir später verschwinden lassen«, schlug José hoffnungsvoll vor. Er rieb sich die Hände und kicherte.

Pallando richtete einen eisigen Schlangenblick auf ihn.

»Idiot«, sagte er, »man schlachtet keine Kuh, die noch Milch geben soll. Ich werde nie begreifen, wie ein so kleiner Mensch wie du ein so großer Blödmann sein kann.«

»War ja nur ein Vorschlag!« José war sehr gekränkt.

»Geht schlafen«, ordnete Pallando an. Am liebsten hätte er hinzugefügt: Ich kann eure Visagen nicht mehr sehen. Doch auf ihre Art waren sie beide tüchtig und nützlich. Echte Profis.

Nachdem sie den Raum verlassen hatten, goß er sich einen großen Brandy ein. Draußen wachten Mendoza und Pedro.

Egon Meier erwachte früh am Morgen mit einem Gefühl, als hätte er gerade die Meisterschaft im Schwergewichtsboxen durch k. o. verloren.

Er setzte sich vorsichtig auf, näherte die Füße im Millimetertempo dem Bettvorleger und wartete, bis sich der Bienenschwarm in seinem Kopf gesetzt hatte.

Dann stellte er sich – vor-sich-tig! – auf die Beine und schwankte zum Fenster. Als er es öffnete, fuhr ein Schwall kühler, prickelnder Luft herein, die nach Jasmin und Rosen und Rasen duftete.

Egon wurde beinahe ohnmächtig. Doch dann nahmen Körper und Kopf die Wohltat wahr. Er sah Palmen, die sich im Wind wiegten. Im ersten Licht öffneten sich leuchtend die Blüten auf den Beeten.

Die Luft war erfüllt von einem Geräusch, das Egon auf diesem südlichen Eiland gewiß nicht erwartet hätte: Ein Chor von Hähnen krähte wie wahnwitzig zur Begrüßung des Morgens. Jeder behauptete: Ich bin der Schönste, der Größte, der Potenteste weit und breit!

Egon staunte. Papageien, Kolibris, Flamingos vielleicht. Aber Hähne? Er wußte ja nicht, daß der Hahn sogar ein Symboltier der Insel war. Als ein unschuldig zum Tode Verurteilter einst um ein Gottesurteil gefleht hatte, war eine Hahnenplastik lebendig geworden und hatte gekräht. Zu seiner Ehre krähten seine Nachkommen immer noch.

Nun begannen auch noch ringsum in den Bananengärten Köter zu randalieren. Erbittert tauschten sie offenbar Beleidigungen aus, mit hellen oder dunklen Stimmen. Wenn nicht alles täuschte, war auch die nette Dogge von gestern abend dabei. Wie die Leute dabei nur schlafen konnten!

Das üppige Grün der Bananenstauden umschloß kleine, niedrige Wohnhäuser wie ein Dschungel. Dazwischen ragte unvermittelt ab und zu ein Hochhaus auf und wirkte, als solle es nachher abgeholt werden.

Egon beschloß, seinen hellen Sommeranzug anzuziehen, für den es in Scharbeutz meistens zu kühl war, und einen erfrischenden Rundgang durch den Park zu machen.

Er hatte noch nie einen Kater gehabt, doch dieser Zustand zwischen Achterbahn und Schuhsohle mußte einer sein. Jeder Schritt tat ihm in den Haarwurzeln weh, die Zunge pappte am Gaumen fest, der Magen war ein Paket Watte, und die Beine zitterten. Gerade heute, wo Egon Meier vor der wichtigsten Besprechung seines Lebens stand!

Er stakste zur Tür. Nanu? Der Schlüssel steckte ja gar nicht?! Trotz seiner Kopfschmerzen guckte Egon vorsichtig umher. Da lag der Schlüssel! Auf dem Boden! Neben einem umgestürzten Zinnleuchter!

Egon war fassungslos. War er denn wirklich so betrunken gewesen letzten Abend? Er drückte auf die Klinke. Die Tür war gar nicht abgeschlossen.

Egon erstarrte zur Salzsäule. Nach einiger Zeit ließ er sich vorsichtig auf die Knie nieder – Bücken kam nicht in Frage, der Kopf war einfach zu schwer –, um den Schlüssel aufzuheben.

In diesem Augenblick klopfte es.

»Herein!« rief Egon verdattert, und sofort wurde die Tür weiter geöffnet. Iwanow Kuljowitsch balancierte artig ein Frühstückstablett auf seinen großen Händen und sah belämmert auf den Gast hinunter, der da auf allen vieren hockte und zu ihm emporsah.

Vielleicht hatte Pallando sein ›Schlafe-süß‹ zu stark dosiert und der Kerl war verrückt geworden? Das hätte sicher nichts geschadet. Auf den zweiten Blick bemerkte Kuljowitsch jedoch den Schlüssel in Egons Hand, und es lief ihm heiß den Rücken hinunter. Eigentlich kam Kuljowitsch hauptsächlich, um die Sache mit dem Schlüssel zu vertuschen. Natürlich, dieser Mensch von der ›Schraufa‹ war ein gewiefter Bursche. Er grinste Egon freundlich an.

»Du machen Frrühgymnastik?«

»Ja, so kann man es nennen.« Egon erhob sich so elegant wie möglich und ließ den Schlüssel in seine Tasche gleiten. Wenn die merkten, daß er so blau gewesen war und noch einen Kater hatte, konnte er seine ›Schraufa-A1‹-Muster gleich einpacken.

»Frrühstück!« trompetete Kuljowitsch und warf einen verzweifelten Blick auf das bewußte Köfferchen, das unschuldig neben dem Bett auf dem Boden stand. Auf dem Tablett war ein Körbchen mit Toast, Ananaskonfitüre, Eis, Orangensaft, Kaffee, Butter, Schinken, Käse und ein Päckchen Aspirin. Sie ahnten also etwas.

Egon wurde bei den leckeren Düften richtig übel. Sein Betreuer setzte das Mahl elegant auf dem Tisch ab.

»Guttt fressen!« sagte er heiter. Meier zuckte leicht zusammen, aber er lächelte zurück.

Später führte er den Herren, zu denen sich noch ein langer Dünner mit weißer, spitzer Nase und Spinnenfingern namens Joao Ferreira Mendonca Caetano gesellt hatte, sein Patent ›Schraufa-A1‹ vor. Er hatte vorhin doch ein bißchen Kaffee mit drei Aspirin und einen trockenen Toast hinuntergebracht. Jetzt war ihm etwas besser.

Die Herren hielten die Luft an, als er den Buchdeckel aufklappte, hinter dessen ausgestanzter Blume sich der Lautsprecher verbarg. Jetzt war die Anordnung von sechzehn numerierten Drucktasten zu sehen, und Egon erklärte, wie Dr. Kranzer es ihm beigebracht hatte, möglichst selbstsicher deren Funktionen.

»Einbrecher, die sich arglos nähern, lösen sofort die Sirene aus. Diese Knöpfe hier alarmieren bei Feuer, die reagieren auf Nässe, wenn es reinregnet oder bei einer Überschwemmung beispielsweise und so fort; mit denen hier kann man Beleuchtung und Geräte nach Wunsch aus- und einschalten. Selbstverständlich reagiert ›Schraufa-A1‹ auch auf Geräusche, falls Baby oder Hundchen in einem anderen Raum überwacht werden sollen. Daß unser Patent außerdem als Wecker zu programmieren ist, versteht sich von selbst. Es geht ans Netz – so! Oder es läuft, wenn man es, im Garten etwa, harmlos deponieren will, um gegen Eindringlinge sicher zu sein, mit Akkumulator, der natürlich jederzeit aufgeladen werden kann.«

Bei dem Wort ›Akkumulator‹ warfen die Herren sich verständnisinnige Blicke zu. Egon hoffte, daß er nichts Falsches gesagt hatte und daß sie ihn verstanden hatten und keine schwierigen Fragen stellen würden.

Aber sie schienen begeistert zu sein. Besonders José. Der faßte den Apparat mehrmals an, wog ihn in der Hand und schnüffelte an ihm.

Die Verhandlung war kurz. Spinnenfinger fragte in akzentfreiem Deutsch: »Könnten Sie uns die Muster für einige Stunden zur Überprüfung überlassen?«

»Tut mir leid. Aber Sie werden verstehen, daß ich das Patent nicht aus der Hand geben kann«, erwiderte Egon mit Herzklopfen.

Pallando murmelte etwas wie »Cento mil«, und der Herr sagte:

»Gut, wir verlassen uns auf ihre Auskünfte. Hunderttausend Stück. Fürs erste.« Es klang süß in Meiers Ohren.

»Wann können Sie die Ware abnehmen?« fragte er kurzerhand. Es war gut, daß man solche Situationen aus dem Fernsehen bestens kannte.

»Sofort«, antwortete Spinnenfinger wie aus der Pistole geschossen. Pallando nickte nachdrücklich.

»Zehn Prozent für Sie«, sagte Meier tapfer.

Jetzt würde ja gleich das Riesenpalaver losgehen. Pallando blickte Kuljowitsch an. »Zwölf«, sagte der.

Meier nickte. Sie hätten ja auch fünfzehn verlangen können. Er holte sein Notizbuch aus der Tasche und überflog noch einmal Pettenkamps Anweisungen. Rot unterstrichen, stand da: ›Besuch beim Regionalsekretär für Handel und Finanzen. Nicht vorher abschließen.‹ Meier gab sich einen Ruck.

»Sie werden verstehen, daß ich mit dem Regionalsekretär oder seinem Bevollmächtigten sprechen möchte, bevor wir den Vertrag unterzeichnen. Bei einem Import dieser Größenordnung möchte die ›Schraufa GmbH‹ sichergehen.«

»Nix gutt«, sagte Kuljowitsch vorlaut.

»Wieso?« fragte Egon zurück.

»Sekrretärr nix gutt. Sekrretärr grroßerr Gaunerr!

Pallando blickte seinen Russen vernichtend an. Dann sagte er etwas Längeres auf portugiesisch. Der Mann mit dem langen Namen übersetzte kurz: »Selbstverständlich. Wir werden das Gespräch mit dem Herrn Perreiro dos Passos arrangieren. Sagten wir dreizehn Prozent für Herrn Pallando? Ich glaube doch, dreizehn Prozent wären in Anbetracht der Schwierigkeiten, die uns durch Ihre Bedingung erwachsen, durchaus angemessen.«

»Also gut.«

»Trinken wir schon etwas auf unser grundsätzliches Einverständnis?« fragte Spinnenfinger. Sofort meldete sich Egons Magen wieder.

»Vormittags nie«, sagte er streng. Die Herren bedauerten.

Pallandos kurze Rede hatte den anderen bedeutet, er wisse schon Rat wegen des Sekretärs. Nachdem Meier sich auf sein Zimmer zurückgezogen hatte, erläuterte er seinen Plan näher. »Wir präsentieren ihm einfach einen Strohmann als Sekretär. Er muß es aber gut machen, damit der Deutsche nichts merkt«, befahl er.

»Da bietet sich mein Vetter förmlich an«, empfahl Spinnenfinger. »Er war mal auf der Schauspielschule und hat jetzt einen Gebrauchtwagenhandel.«

»Hoffen wir das Beste«, seufzte Pallando. Es war doch wahrhaftig nicht leicht, sein Geld auf unehrliche Weise zu verdienen. Schon der Umgang mit solchen Schwachköpfen strapazierte die Nerven entsetzlich.

Nun kam es darauf an, keine Fehler zu machen. Dieser Meier durfte sich nicht langweilen, bis der Stoff beschafft und die ›Connection‹ über Bordeaux als Umschlaghafen hergestellt war.

Versonnen blickte Pallando aus dem Fenster und erschrak. Da marschierte doch dieser Mensch in dem unsäglichen dunkelweißen Dralonanzug mitsamt dem Musterkoffer den Hauptweg im Park hinunter. Mendoza, dieses blöde Vieh, hopste begeistert um ihn herum.

Jetzt brach Meier eine Hibiskusblüte vom Strauch und steckte sie sich ins Knopfloch. Unter großen Anstrengungen öffnete er das eiserne Gitter einen Spaltbreit, gab der Dogge noch einen freundlichen Klaps und verließ das Anwesen. Allein.

Pallando sank auf einen Stuhl. Das war ein Schock. Er hätte Meier kaum zurückhalten können, ohne Verdacht zu erregen. Doch wo war Pedro?! Der sollte den Schatz namens Meier doch tagsüber keine Minute aus den Augen lassen. Jetzt würde der ›Schraufa‹-Mann zum Sekretär fahren. Und schließlich würde der dicke Parlango y Gosset den ganzen Schwindel erfahren. Sie kriegten mindestens ein Verfahren wegen Betruges an den Hals, und das große Geschäft entschwebte für alle Zeiten.

Pedro lag inzwischen friedlich im Nebenzimmer auf der Couch und schlief. Das sollte er eigentlich nicht. Aber letzte Nacht war sein Hals so merkwürdig trocken gewesen. Da war er nach Funchal hinuntergefahren und hatte mit drei Matrosen einige harte Sachen zur Brust genommen. Wie es so geht, war er nun am Morgen geneigt, die horizontale Lage der vertikalen vorzuziehen. So schlief er selig und grunzte im Traum vor sich hin, während Egon beschwingt die Villa verließ, ohne etwas zu ahnen von der Aufregung, die sein harmloser Spaziergang heraufbeschwor.

Er hatte seine Devisen in den Brustbeutel gesteckt und einen Schein locker in der Tasche untergebracht. Fast sofort hielt ein Taxi neben ihm. Er zeigte den Schein vor und deutete nach Funchal hinunter.

»Quanto custa?« fragte er fließend auf portugiesisch. Das hatte er aus seinem Taschenwörterbuch für Touristen herausgesucht und auswendig gelernt. »Wieviel kostet es?« hieß es. Leider konnte er die Antwort nicht verstehen. Der Taxifahrer schrieb ihm also den Betrag auf einen Zettel. Egon Meier schüttelte den Kopf, bis die Summe etwas kleiner wurde. Einen deutschen Oberbuchhalter legte man nicht so leicht aufs Kreuz.

Als er dann kurz darauf durch Funchal bummelte, hatte er eigentlich ein schlechtes Gewissen. Er dachte an die fleißigen Kollegen in Aberlingen, an Rüdiger Knulles Witze, an die Zungenspitze von Fräulein Buttrich, wenn sie ihn anlachte. Vor allem aber an Alma.

Sein Herz krampfte sich zusammen. Ob das treue, liebe Tier ihn sehr vermißte? Bestimmt!

Sofort kaufte Egon zwei Ansichtskarten und setzte sich im Schatten auf eine Bank an der ›Praça do Infante‹ mit Blick auf Heinrich den Seefahrer. Dort zückte er den Kugelschreiber, um ein paar launige Zeilen an Knulle zu richten. Als Tarnung. Die Hauptsache war die Karte an Silvia Buttrich.

»Hoffentlich benimmt sich Alma lieb und freundlich«, schrieb er. Während er weiterging, bot ihm ein Händler gelbe Häkelmützen mit grünen Streifen an, die oben eine Spitze und an beiden Ohren Klappen hatten. Egon hatte schon einige einheimische Männer mit solchen Mützen unterwegs gesehen. Sie hatten die Klappen kleidsam hochgeschlagen gehabt und gut damit ausgesehen. Vor allem hatte niemand in Aberlingen solche Mütze.

»Quanto custa?« fragte er deshalb wieder. Sie waren nicht teuer. Er probierte eine auf. Der Verkäufer schnalzte bewundernd mit der Zunge. Egon kaufte sich eine, und, in einem Anfall von mildem Heimweh, auch eine für Knulle.

Er war stolz, daß er die Post ohne weiteres fand. Dort erstand er Briefmarken, zweimal 25 Escudos, leckte, klebte und warf die beiden Karten in den Kasten. Als er jedoch gleich ein Gespräch nach Aberlingen anmelden wollte, schüttelte die Dame am Schalter den Kopf. »Radio Marconi, Avenida Arrioga«, sagte sie kühl. Komisches Land, in dem man von der Post aus nicht einmal telefonieren konnte!

Als er auf die Straße hinaustrat, stolperte er förmlich über Kuljowitsch, der ihn begrüßte, als sei er von einer langen Nordpol-Expedition zurück. Strahlend ergriff er Egons Arm und rief: »Du kommen! Ich Auto! Wirr zurrück!«

Egon fand den Russen übermäßig erregt. Er wußte ja nicht, daß auch die anderen Herren als Suchtrupp ausgeschwärmt waren, während Pallando zu Hause tobte. So wartete José vor dem Regierungsgebäude, das Klappmesser für alle Fälle locker in der Tasche, und Pedro war gar zum Flughafen gefahren. Für den Fall des Nichtauffindens des ›Schraufa‹-Menschen waren ihnen schreckliche Strafen angedroht worden. Verständlich, daß Kuljowitsch als glücklicher Finder sich freute.

»Ich telefonieren. Mit Chef!« Meier sprach unwillkürlich im Gastarbeiterdeutsch.

»Du in Villa«, verhieß der Russe freundlich.

Also ließ sich Egon, der von Herrn Pallando wie ein verlorener Sohn begrüßt wurde, im Herrenzimmer der Villa mit Herrn Pettenkamp verbinden. Kuljowitsch verließ sofort taktvoll den Raum.

Im Nebenzimmer allerdings hörte Spinnenfinger das Gespräch ab.

»Herr Meier!« rief Pettenkamp. »Wie läuft's?«

»Gut, Herr Pettenkamp. Wir haben das Geschäft so gut wie in der Tasche. Ich wohne sogar in Pallandos Villa. Allerdings mußte ich dreizehn Prozent Rabatt gewähren, anders ließ es sich nicht durchziehen. Die Amerikaner kurbeln ganz schön. Immerhin konnte ich hunderttausend Stück absetzen. Ich muß nur noch mit dem Sekretär persönlich sprechen. Die Nummer hier ist Funchal 20363.«

»Sehr gut, Herr Meier. Ich wußte doch, daß Sie der richtige Mann sind! Welchen Eindruck macht Herr Parlango y Gosset auf Sie?«

»Einen recht guten. Ein Südländer. Er heißt übrigens nicht Parlango, sondern Pallando. Miguel Pallando«, sagte Egon, aber das Gespräch war schon zu Ende. Offenbar hatte Pettenkamp einfach aufgelegt. Das sah dem alten Knauser ähnlich. Aber wenn ihm das Gespräch zu teuer wurde, weshalb fragte er dann noch etwas?

Jedenfalls würde Egon Meier Taxifahrt, Telefongespräch und auch die Karten und Briefmarken auf die Spesenabrechnung setzen.

Pettenkamp hatte nur ein Knacken in der Leitung gehört, dann war das Gespräch unterbrochen. Dabei hätte er natürlich gern noch mehr Einzelheiten erfahren.

»Stellen Sie bitte gleich eine Verbindung mit Portugal, Funchal 20363 her, verlangen Sie Herrn Meier«, befahl er Fräulein Buttrich. Sie tat es, aber eine eintönige Stimme erklärte ihr bei ihren Versuchen: »Kein Anschluß unter dieser Nummer!« Auf deutsch! Da war bestimmt wieder ein Computer eingeschaltet, der jetzt verrückt spielte. Typisch für diesen ganzen Computerquatsch. In Aberlingen hatte man zum Glück nichts damit am Hut.

In Wirklichkeit wischte Spinnenfinger sich den Schweiß von der Stirn. Das hätte brenzlig werden können, wenn der Chef in Deutschland wegen der Namen Verdacht geschöpft hätte. Er hatte gerade noch rechtzeitig unterbrechen können.

Da klingelte es schon wieder! Diese Deutschen waren zäh. »Kein Anschluß unter dieser Nummer«, sagte er. Endlich gaben sie auf. Oder versuchten sie es bei einer anderen Nummer? Bei der von Parlango y Gosset etwa? Dann waren sie hier geplatzt!!

Silvia Buttrich hatte jedoch die kleine Nase voll von dem Blödsinn. Mit der Genialität einer guten Sekretärin, die ihrem Chef keine komplizierten Gedankengänge abverlangt, meldete sie einfach »Herr Meier ist nicht mehr im Haus. Ich versuche es später noch einmal.«

Spinnenfinger berichtete inzwischen Pallando, der sofort die Parole ausgab: »Nicht mit Namen am Telefon melden. Abheben, lauschen, auflegen, wenn Deutschland dran ist. Dieser Meier darf auf keinen Fall noch einmal mit seinem Chef sprechen, ehe das Geschäft perfekt ist. Heute nachmittag nehmen wir ihn mit zum Fußball. Da wird er kaum Dummheiten machen.«

Da täuschte er sich allerdings.

»Und wenn der Regionalsekretär da ist?« fragte Kuljowitsch.

»Nun machen Sie sich mal nicht in die Hosen, mein Freund. Meier erkennt ihn nicht. Wenn doch, trifft er morgen eben dessen Stellvertreter. Ihr Vetter muß eben flexibel sein. Kapiert?«

»Jawohl, Chef«, sagte Iwanow Kuljowitsch zahm.

Es sei noch vermerkt, daß Silvia Buttrich am nächsten Tag probehalber eine Nummer anrief, die bei ihr hinter Parlango y Gossets Namen stand. Aber dort meldete sich eine zirpende Frauenstimme, die rief: »Esta!« und auf Fräulein Buttrichs Frage nach Herrn Meier mit einem Redeschwall antwortete, aus dem Silvia nur entnehmen konnte, daß es keinen Herrn Meier gäbe. War wohl eine alte Nummer gewesen.

3

Im ›Estadio dos Barreiros‹, am Rande des Viertels ›Nazaré‹, war die Hölle los. Bei herrlich frischem Wetter fand das Fußballspiel des Jahres statt. Was heißt: Spiel des Jahres? Ein Jahrhundertspiel war das für die Madeiraner.

Der berühmte Verein ›Benefica Lasboa‹ hatte sich herabgelassen, gegen den hiesigen ›Machico Funchal‹ anzutreten, wenn auch nur mit einer sogenannten Luschenmannschaft. Die beiden Asse waren nicht dabei.

Diese Insulaner, lauter Ziegenhirten und Schwertfischangler, würden keine Sonne sehen, hatte der Trainer der Lissaboner erklärt.

Jetzt tobte die Fußballschlacht schon fast die volle Spielzeit, und Lissabon hatte immer noch kein Bein auf die Erde, geschweige denn den Ball ins gegnerische Tor gekriegt.

Die elf Madeira-Mannen, angefeuert von ihren jubelnden Fans, die von Trompeten und Kuhglocken über Sprechchöre bis zu Feuerwerkskörpern alle Mittel lautstarker Unterstützung einsetzten, wuchsen über sich selbst hinaus.

Das Spiel stand 0:0! Die Einheimischen stürmten aufs Tor!

Auf dem Teil der Tribüne, der von Festland-Schlachtenbummlern besetzt war, herrschte ratlose Verstimmung. Die ersten Jubel-Spruchbänder wurden verschämt eingerollt.

Rings um das Stadion, ganz besonders bergauf, wo die Levadas kreuzten, die aus lauter winzigen Öffnungen das Wasser für die Felder spendeten, drängten sich die Kiebitze, die keinen Eintritt bezahlen wollten oder konnten.

Sie standen Schulter an Schulter, hockten auf Zäunen oder saßen in Baumkronen. Was sie wegen der Entfernung nicht sehen konnten, erfuhren sie aus dem Live-Bericht im Radio. Wer einen Recorder mithatte, drehte ihn schön laut, damit alle es hören konnten.

Auf einem erlesenen Eckplatz in der zweiten Reihe am Spielfeld saß auch Egon Meier. Rechts von ihm thronte Miguel Pallando in grauer Leinenhose und einem apricotfarbenen Blazer, was Meier der Gipfel gewagter Eleganz erschien. Iwanow Kuljowitsch rundete das Trio an Pallandos rechter Flanke ab.

Egon Meier hatte vor dem Spielbeginn seiner Verwunderung Ausdruck gegeben, daß hier nicht statt eines Fußballspiels ein Stierkampf stattfand. Spinnenfinger hatte ihm erklärt, daß die Madeiraner keine Stierkämpfe mochten. Dieses Abstechen mit Ballett sei auf der Insel nie populär gewesen. Es gebe zwar viele Kühe auf Madeira, die in den klitzekleinen Hütten einzeln ihr Leben fristen müßten und nie eine andere Kuh, schon gar keinen Bullen, ja nicht einmal das Tageslicht zu sehen bekämen. Niemand könne sich wünschen, Kuh auf Madeira zu sein. Doch Stierkämpfe überließe man denen vom Festland. Hier sei Fußball angesagt.

Meier, der in Aberlingen noch nie ein Fußballspiel erlebt hatte und auch im Fernsehen meistens abschaltete, weil Alma sich dabei immer ängstigte, verstand jetzt die Welt nicht mehr.

Da tobten und bolzten sie da unten auf dem Spielfeld, foulten, was das Zeug hielt, warfen sich auf den Rasen wie Othello in der Sterbeszene, brachten die Menschen in Ekstase – und hatten noch nicht einmal ein Tor geschossen!

Das aber war doch wohl, wenn Oberbuchhalter Egon Meier noch bis drei zählen konnte, der Sinn dieses Spiels?

Er hätte Pallando gern danach gefragt, aber der wirkte wie hypnotisiert, direkt beängstigend war das. Er griff mechanisch in seine große Tüte mit gesalzenen Erdnüssen, die er eintönig krachend zermalmte, was bei dem Höllenlärm allerdings nicht weiter auffiel.

Die letzte Spielminute war gekommen. Es sah ganz so aus, als hätte ›Machico Funchal‹ das Wunder vollbracht, unentschieden neben Lissabon zu bestehen. Und nun glückte auch noch eine wundervolle, ja geniale Kombination bei Machico.

In diesem Augenblick, und es spielte sich alles blitzschnell und gleichzeitig wie im Zeitraffer und im Weitwinkel ab, schnappte sich ein Halbwüchsiger Egons Musterkoffer, der auf Tuchfühlung an seinem linken Hosenbein stand. Der Räuber wieselte nach links um das Rondell, den schmalen Laufsteg entlang, der die Tribünen vom Feld trennte.

Egon sprang mit einem Schrei hoch, was natürlich überhaupt nicht auffiel, da alle in diesem Augenblick nahenden Triumphes schreiend aufsprangen.

Egon nahm die Verfolgung auf.

Der Dieb war klein und flink. Lange schwarze Haare flatterten beim Laufen wie eine Seeräuberfahne um seinen Kopf. Egon kannte nur einen Gedanken: Du kriegst ihn wieder!!! Und da bot sich natürlich eine Abkürzung an.

Der Dieb lief die Kurve ums Feld aus. Egon setzte zum Spurt querfußballfeldein an. Er dachte sich gar nichts dabei. Sein Verstand war abgeschaltet vor Schreck. Der Instinkt meldete den Beinen: Gerade Strecken sind die kürzesten.

Die Kombination des ›Machico Funchal‹ war, wie gesagt, genial. Die letzte Spielminute. Dem Linksaußen Pepe Inglesias wurde der Ball in günstigster Schußposition und Entfernung vom Tor vor sein rechtes Bein serviert.

Ein Schrei der Erregung ging durch das Stadion, als seien die Massen zu einem einzigen Körper verschmolzen. Da war Egon Meier heran und rammte unversehens den entschlossenen Pepe Inglesias. Der strauchelte, stürzte und verlor das Leder.

Der Schiedsrichter pfiff gellend. Inglesias fiel offenbar in Ohnmacht oder war jedenfalls unfähig, sich zu bewegen. Die Menge explodierte wie ein Mann. Die Torchance war im Eimer.

Der kleine Dieb dachte zuerst, daß die fliegenden Bierflaschen, die Wutschreie und die vorbeizischenden Raketen samt einigen anderen Erscheinungen, die verflucht wie Platzpatronen wirkten, ihm galten. Denn auch er hatte, wie Egon Meier, den Überblick verloren.

Er schlug einen scharfen Haken, um sich von der Treppe aus zwischen die Leute zu mischen. Dabei knallte Meiers Metallkoffer gegen einen Betonpfeiler. Der Mechanismus schaltete sich ein. Und wenn es noch eines Beweises bedurft hätte, wie vorzüglich das

Patent ›Schraufa-A1‹ Diebe abschreckte, so war er nun erbracht.

Als die Sirene in seiner Rechten losheulte – bei dem Lärm im Stadion ansonsten unbemerkt –, glaubte der Langfinger an eine Art Zauberkraft. Entsetzt ließ er das jaulende Ding fallen und tauchte in der Menge unter.

Meier hätte nun seinen Koffer aufsammeln können, doch bis dahin kam er gar nicht. Ihm war blitzartig klargeworden, daß die Wut der Massen ihm galt. Ihm allein, Egon Meier aus Aberlingen, der keiner Fliege etwas zuleide tat und ein ordentliches Leben geführt hatte, bis dieser Auftrag ihn aus der Bahn warf.

Sie würden ihn glatt lynchen!

Während Inglesias unter den Bemühungen von Arzt und Kumpels allmählich wieder zum Leben erwachte, um sich sogleich weinend im Gras zu wälzen, verschwand Egon Meier in einem Gang mit der Aufschrift ›Entrada proibida‹, was ›Zutritt verboten‹ hieß. Zu diesem Zeitpunkt ließen solche Vorschriften ihn kalt.

Er erreichte einen Raum, dessen Tür offen stand. Es war eine Garderobe. Sie war leer.

Egon war klar, daß er weg mußte. Raus hier!! So schnell wie möglich!!

Und wenn sie ihn draußen erkannten? Dann war er ein krankenhausreifer Mann. Mindestens!

Kurz entschlossen riß er sein Dralonjackett herunter. Darauf kam es nun auch nicht mehr an. Er zog die gelbe Ohrenklappenmütze aus der Tasche und stülpte sie auf. Und weil handlich auf einer Bank ein Sweatshirt lag, ergriff er es und zog es im Galopp über. Das Jackett warf er in die Ecke.

Wie durch ein Wunder verließ nach Durcheilen eines

weiteren Ganges mit dem Schild ›Salida‹ unbehelligt ein mittelgroßer Typ das Stadion, mit gelber Häkelmütze, dunkelweißer Hose und einem weiß-grünen Sweatshirt bekleidet, das auf der Brust die Aufschrift ›Benefica Lisboa‹ trug.

Egon Meier hatte seine Chance.

Er sprang in ein Taxi. »Hotel!« schrie er. Seine Stimme schnappte über, und auf den Namen ›Vila Ramos‹, wo Fräulein Buttrich ursprünglich für ihn gebucht hatte, konnte er sich in der Aufregung einfach nicht besinnen.

»Hotel, Hotel«, rief er, während der Taxifahrer mit einem Affenzahn aus der ›Rua do Dr. Pita‹ in die ›Estrada Monumental‹ einschwenkte, in einer Kurventechnik, die Rüdiger Knulle scherzhaft ›mit einem Ohr im Sand‹ zu nennen pflegte.

Zu Pallando traute Egon sich nicht, denn auch unter dessen Apricot-Jackett klopfte das Herz eines Fußballfans. Vor allem fürchtete Egon sich vor Kuljowitsch. Der Russe hatte im Stadion einen fanatischen Eindruck gemacht. Und dann waren da noch Pedro und José auf den billigen Plätzen. Die reinsten Mördervisagen, gestand er sich jetzt erst ein.

Egon dachte nicht nach in diesem Augenblick, doch fühlte er dumpf, daß er Leidenschaften freigesetzt hatte. Er hatte einen So-gut-wie-Sieg, auf jeden Fall ein Unentschieden, gegen einen weltberühmten Gegner vereitelt. Noch schlimmer: Das Spiel konnte für ungültig erklärt und eine Wiederholung angesetzt werden, zu der dann natürlich ›Beneficio Lisboa‹ die beiden Asse schicken würde, die diesmal gefehlt hatten.

Im Stadion war inzwischen noch mehr geschehen.

Kuljowitsch war zwar angenehm in Ekstase. Trotzdem hatte er den Diebstahl des Musterkoffers bemerkt und ebenfalls die Verfolgung des Diebes aufgenommen, wenn auch mit etwas Verzögerung.

Der Koffer lag ihm am Herzen. Schließlich hatte er schon persönlich erfolglos versucht, ihn zu klauen. Und ihr künftiger Wohlstand hing nicht zuletzt von diesem Ding ab.

Also spurtete Iwanow Kuljowitsch los, als säße ihm der gesamte KGB im Nacken.

Als der Dieb die eingebaute Sirene hörte und den Koffer fallen ließ, wobei er aus vollem Hals sämtliche Heilige anrief, war Kuljowitsch so dicht heran, daß er das gute Stück nur lässig aufzuheben brauchte.

Höchste Zeit, denn der Gang hatte sich mit Polizisten und ihren ziemlich nervösen Hunden gefüllt. Kuljowitsch kletterte über die Barriere, zurück zwischen die total entnervten Zuschauer.

Das Temperament der Südländer schäumte bereits wie Waschmittel. Man begann, Gäste der Insel, die sonst höchst willkommen waren, zu belästigen. Einem Engländer wurde sein Toupet heruntergerissen, was dazu führte, daß dieser zu seinem Konsulat fuhr und um diplomatischen Schutz bat. Ein Franzose verlor im Gedränge seine dritte, sehr junge Frau und wurde ohnmächtig. Ein Amerikaner filmte die Szene und begann, als ihm die Kamera weggerissen wurde, einen vorschriftsmäßigen Karate-Angriff zur Selbstverteidigung. Ein paar Deutsche mischten kräftig mit. Zu ihrem Glück wußte niemand, daß der Störenfried und Spielverderber, der Inglesias gerammt hatte, ein Deutscher war.

Egon Meier schaute angstvoll durch die Heckscheibe des Taxis, ob aufgebrachte Schlachtenbummler vielleicht bereits seine Verfolgung aufgenommen hatten.

In Krimis sah das immer so herrlich aufregend und direkt belebend aus. In Wirklichkeit jedoch war es eine Angstpartie und sonst gar nichts.

Neben der Angst erfüllte Egon dumpfe Verzweiflung. Er war der Chance so nah gewesen. Nun war sie vertan. Durch seine eigene Schuld.

Wie hatte sein Boß Pettenkamp gesagt? »Lassen Sie den Koffer nicht aus den Händen, Herr Meier. Er ist die Seele von diesem Geschäft.« Und Dr. Kranzer war entgegen seiner sonstigen Art ganz ernst geworden, als er von dem ›unersätzlichen Muster‹ sprach.

Natürlich, Patente wurden gestohlen, kopiert, unter Wert verschleudert. So sah also das Ende einer Laufbahn aus, die gerade erst hoffnungsvoll begonnen hatte.

Der Koffer war weg. Für den korrekten Oberbuchhalter Meier hieß dies, daß er nicht nach Aberlingen zurückkehren konnte. Er mußte auf Madeira bleiben, bis er die ›Schraufa-A1‹ wieder vorweisen konnte.

Ohne Muster würde der Firma das Geschäft durch die Lappen gehen. Die Amerikaner waren schließlich in der Zwischenzeit auch nicht untätig gewesen. Aberlingen, dachte Egon. Ich habe es verloren. Nie mehr kann ich Herrn Pettenkamp in die Augen sehen. Ich muß vielleicht kündigen. Knulle war so nett. Und Fräulein Buttrich doch eigentlich auch. Und Alma, ach ja, wenn wenigstens Alma hier bei mir wäre!

Mitten in seiner Verzweiflung entdeckte Egon ein Schild. »Halt, Hotel!« rief er und zeigte aufgeregt nach draußen. Der Taxifahrer riß geistesgegenwärtig das Steuer herum und kurvte mit quietschenden Reifen unter dem Gehupe nachfolgender Wagen in die Einfahrt.

Sein schrulliger Fahrgast mit der typischen Mütze der madeirensischen Landbevölkerung und dem verräterischen Pullover war schließlich nicht irgendwer, das hatte der Mann am Steuer auf den ersten Blick erkannt.

Sicher war der Typ ein Ersatzmann der Fußballmannschaft ›Benefica Lisboa‹. Ein Stotterer wahrscheinlich, weil er kein Wort herausbrachte. Ein Feind der einheimischen Mannschaft ›Machico Funchal‹, aber auch ein Star! Einer vom Spitzenverein!

In der Brust des Taxifahrers stritten kurz Lokalpatriotismus und die grundsätzliche Bewunderung für echte Fußballhelden. Daß dieser prominent und reich war, sah man schon an der Wahl des Hotels.

Er bremste scharf und winkte ab, als Egon bezahlen wollte. Mit einem Schwall von Worten und großer Geste bedeutete er ihm, daß es für ihn eine Ehre gewesen sei, den berühmten Kicker kostenlos zu fahren. Dann reichte er Egon einen Block und einen Kugelschreiber und verlangte ein Autogramm. Konnte man immer noch verkaufen.

Egon war so verdattert, daß er brav seinen Namen schrieb. ›Egon Meier‹ setzte er in seiner ordentlichen Schrift platzsparend auf die obere Hälfte. Der Taxifahrer wunderte sich nicht weiter. Es war klar, daß ein so berühmter Verein wie ›Benefica‹ ausländische Spieler einkaufte. Dieser schien aus Deutschland zu sein. Wo Beckenbauer herstammte!

Kaum machte Meier Anstalten auszusteigen, riß auch schon ein Boy den Schlag auf. Der Portier grüßte und nahm respektvoll Haltung an. Zwei Kofferträger eilten herbei und drehten enttäuscht wieder ab, als sie merkten, daß nichts auszuladen war.

Egon wankte mit weichen Knien durch die Drehtür des ›Reid's‹, die ein Boy für ihn in Schwung setzte. Er wußte nicht, daß er soeben das feinste Hotel der Insel betrat. Und das teuerste natürlich. Sonst hätten ihm die Knie womöglich noch mehr geschlottert. Für ihn war das ›Reid's‹, das in einem Paradiesgarten am Meer vor sich hinträumte, nichts als eine Rettungsstation.

Gleich links war die Rezeption. Und hinter dem Tresen lächelte die schönste junge Frau, die Egon je gesehen hatte. Die Damen aus Dallas und Denver eingeschlossen.

Sie ist wirklich schön, fuhr es Meier durch den Kopf.

»Boa tarde! Bemvindo!« sagte sie freundlich. Sie war schlank, zierlich und zart. Und sie hatte schwarze kurze Locken, Haselnußaugen, eine winzige Nase mit einem kleinen Stups himmelwärts, einen Herzkirschenmund und Haut wie Nougatschokolade, Egon Meiers Lieblingsnäscherei. Natürlich kann sie kein deutsch, dachte er. Woher sollte sie auch deutsch können? Er fühlte sich mehr denn je als tragische Gestalt. Der Don Quichotte von Madeira, jawohl.

»Boa tarde«, murmelte er. Das schien ja wohl ›Guten Abend‹ zu heißen. Tränen traten in seine Augen. Neben dem schönen Mädchen stand auf der Theke ein kunstvolles Arrangement aus Obst und Blumen. Abendsonne durchflutete den Raum. Elegante Herrschaften, die aussahen wie aus einem alten Film, der in den britischen Kolonien spielte, durchquerten gemessen und anscheinend sorglos die Halle. Alle Welt war glücklich. Nur Egon Meier aus Aberlingen nicht. Im Gegenteil. Jetzt, da die erste Aufregung etwas nachließ, kam erst die richtige Verzweiflung.

»Ich werde verfolgt«, sagte er zu dem Mädchen. Es verstand ihn ja ohnehin nicht. Er zog sein Papiertaschentuch aus der Hosentasche.

Aber nun geschah immerhin ein kleines Wunder. Sie las seine Aufschrift.

»Sie möchten ein Zimmer?« fragte sie. »Ihre Fans verfolgen Sie, mein Herr? Eigentlich sind wir komplett, aber in diesem Fall werde ich Ihnen die Suite ›Herzogin von Kent‹ geben. Sie ist für besonders liebe Gäste reserviert«, und sie warf Egon einen dunklen Blick zu, der ihn augenblicklich in einen reichen Prinzen verzauberte.

Sie sprach deutsch! Er bekam ein Zimmer! »Es sind nicht die Fans. Es ist viel schlimmer«, sagte er hastig. »Ich bin wirklich in echter Gefahr!«

Sie nickte lächelnd und gab einem Boy den Zimmerschlüssel. Der setzte sich zum Fahrstuhl in Bewegung. Aber Egon Meier war so erschöpft von der Aufregung vorhin und der Begegnung jetzt eben, daß er wie in Trance geradeaus ging. Plötzlich stand er mitten im Teeraum. Der Chefkellner im Frack glitt auf die merkwürdige Gestalt zu, die ein Hemd mit Aufschrift und eine gelbe Klappohrenmütze trug. Lieber Himmel! Schon wieder so ein spleeniger reicher Engländer!

Ganz allgemein wurde das Stimmengemurmel im Raum noch etwas leiser. Aller Augen richteten sich möglichst unauffällig auf Egon Meier. Man war allerhand gewöhnt. Die hundertjährige Opernsängerin aus Glochester war gestern zum Dinner wieder in knallroter Robe erschienen. Lord Swenton hatte vorhin einen Gepard an der Kette geführt. Die alte Lady Oxford brachte immer einen gelben Teddybären mit zum Essen. Die beiden Tennisdamen benahmen sich wie ein Liebespaar. Der Schweizer Großindustrielle hatte jede Nacht Krach mit seiner Frau und machte dabei soviel Lärm, daß die Leute nebenan ein anderes Zimmer verlangt hatten. Eine rüstige Lady brachte sich zum Dinner eigenes Gemüse mit und warf angeekelte Blicke auf das Fünfgängemenu, das die anderen verspeisten. Man war, wie gesagt, einiges gewöhnt. Trotzdem lehnten sich die Herrschaften jetzt tiefer in die schwellenden weißgrün gemusterten Polster zurück, um den kleinen Dinosaurier mit der gelben Mütze zu betrachten.

Egon Meier war klar, daß dies nicht der richtige Weg zu seinem Zimmer sein konnte. Da saßen lauter ziemlich alte Leute auf Sofas und Sesseln, tranken Tee und gabelten zierlich winzige Happen von klitzekleinen Tortenstücken, die Ober auf Wagen umherfuhren.

Der Ober machte Anstalten, ihm einen Platz anzuweisen, aber er schüttelte den Kopf und verließ eilig den ›Tearoom‹. Das Stimmengewirr wurde lauter. ›Ein Fußballer‹, darüber waren sich alle einig.

Zum Glück hatte nun der Boy mit Egons Zimmerschlüssel den berühmten Kicker von ›Benefica Lisboa‹ entdeckt. Er geleitete den erschöpften Crack zum Fahrstuhl und in die Suite. Egon war selbst zum Staunen über die Pracht der Räume zu kaputt. Er warf sich auf eins der breiten Betten und schloß die Augen. Der Boy zog die Gardinen zu. Sein Trinkgeld würde er später schon noch bekommen. Und unbedingt auch ein Autogramm.

Egon konnte nicht schlafen. Die Gedanken stürmten durch seinen Kopf wie vorhin die Fußballmannschaft von Funchal aufs gegnerische Tor. Leider auch ebenso erfolglos.

Er überdachte seine Lage. Vor allem mußte er den Musterkoffer wiederbeschaffen. Zu diesem Zweck würde er vielleicht am besten mit dem deutschen Konsulat telefonieren, das allerdings höchstwahrscheinlich nicht auf Madeira, sondern in Lissabon war. Die konnten ihm raten, ob Polizei oder Fundbüro oder beide zuständig waren. Außerdem würde er wieder Kontakt mit Pallando aufnehmen. Es war doch lächerlich zu denken, Fußballeidenschaft ginge einem so ausgekochten Geschäftsmann über seine Handelsinteressen.

Danach war das Gespräch mit dem Regionalsekretär fällig und natürlich ein Telefonat mit Herrn Pettenkamp. Der hatte ihn, Egon Meier, mit diesem Auftrag betraut und durfte nicht enttäuscht werden.

Dies alles mußte mit Energie und kühlem Kopf durchgezogen werden. Leider fühlte Egon sich weder energisch noch kühl. Er war zu selten gereist, das machte ihn unsicher. Die Sprache war ihm fremd, und er bedauerte nun, daß er im letzten Jahr von dem Angebot des Vertreters für einen Portugiesisch-Fernkurs keinen Gebrauch gemacht hatte.

Meine Lage ist, dachte Meier, ernst. Aber nicht hoffnungslos! Noch ist im Grunde nichts verloren. Außer dem Musterkoffer. Aber seien wir mal ehrlich: So unersetzlich ist das Ding doch auch wieder nicht.

Dr. Kranzer hat die Pläne. Es gibt sicher noch mehr

Muster. In der Behauptung, es ginge nicht ohne, steckte bestimmt auch eine Portion Wichtigtuerei vom Chef und von Dr. Kranzer.

Darüber hinaus hat Pallando das Patent schon gesehen und für gut befunden. Lieber Himmel, Egon, du wirst dich doch nicht ins Bockshorn jagen lassen!

In dieser Phase der Selbstbesinnung klopfte es zart an Meiers Tür. Ein eisiger Schreck durchfuhr Egon, trotz aller tapferen Vorsätze. Erst nach dem zweiten Räuspern fand er seine Stimme wieder.

»Come in!« krächzte er.

Englisch mußten sie in einem Hotel, wo die Leute Tee tranken und wie britische Kolonialobersten mit Gattinnen aussahen, ja wohl verstehen. Und daß wütende Fußballfans von ›Machico‹ ihn hier aufgestöbert hatten und nun verprügeln wollten, war wohl nicht anzunehmen.

Die Tür öffnete sich, und herein schwebte... Egon kniff die Augen zu und öffnete sie wieder... nein, es war keine Fata Morgana, sondern das entzückende Wesen von der Rezeption.

Jetzt sah er, daß die untere Hälfte, die vorhin noch hinter dem Tresen versteckt gewesen war, genauso bezaubernd aussah wie die obere.

Die Dame trug zur weißen Bluse einen engen schwarzen Rock, der ihre Beine ausgiebig zur Geltung brachte. Erstklassige braune Beine ohne Strümpfe. Weiße Sandalen, rote Zehennägel. Trotz seiner Sorgen konnte Egon nicht umhin, das Gesamtbild zu bewundern.

Sie trug ein kleines Tablett, aber wie anders wirkte die Szene als jene, in der Kuljowitsch in Pallandos Villa mit dem Tablett ins Zimmer gewuchtet war.

»Hallo«, sagte das Mädchen mit süßer Stimme.

»Hallo!« Meier sprang auf und ging ihr zwei Schritte entgegen, wobei er leicht taumelte, weil sein Kreislauf plötzlich verrückt spielte.

Andererseits fühlte er sich wunderbar erleichtert, als würde ihre Anwesenheit genügen, um alles wieder ins Lot zu bringen.

Sie lächelte ihn an. Es sah gar nicht geschäftsmäßig aus.

»Sie machten vorhin einen erschöpften Eindruck. Deshalb bringe ich Ihnen einen kleinen Imbiß.«

Egon besann sich auf seine gute Kinderstube in Aberlingen.

»Bitte, nehmen Sie doch für einen Moment Platz. Ich bin Ihnen eine Erklärung schuldig.«

Sie schüttelte den Kopf.

»Das sind Sie nicht, mein Herr.«

Sie war zwar erst kurze Zeit in diesem Beruf, trotzdem hatte der Umgang mit exzentrischen Hotelgästen sie schon gestählt gegen Überraschungen aller Art. »Ich war nur beunruhigt, weil Sie vorhin sagten, Sie würden verfolgt. Kann ich irgend etwas für Sie tun?«

Egon zögerte. Er überlegte: Von seiner geschäftlichen Mission hier durfte eigentlich nichts durchsickern. Andererseits war diese schöne, junge Frau bestimmt harmlos in dieser Hinsicht. Keine Agentin eines feindlichen Konzerns. Sie hatte ja zufällig an der Rezeption gesessen, als er ebenso zufällig hereingeschneit war. Sie sah so fein und lieb aus. Und er hatte soviel durchgemacht. Er mußte sich aussprechen in dieser fremden Umgebung.

Egon seufzte tief. Dann machte er eine tadellose Verbeugung. Schließlich achtete man in Aberlingen auf gute Manieren.

»Mein Name ist Egon Meier«, sagte er.

»Oh, aus dem deutschen Uradel der Meier«, staunte sie und riß die Augen kindlich rund auf. »Ich bin Silva.«

»Ein schöner Name!«

Egon meinte es ehrlich. Silva! Das klang nach Wald und Peer Gynt, italienischer Sängerin und ein bißchen nach dem guten Haushaltsreiniger mit Zitronenzusatz. »Und wie weiter?«

»Wie es weitergeht?«

»Wie es weitergeht? Ja, das möchte ich auch gern mit Ihnen besprechen. Aber ich meinte eigentlich Ihren Nachnamen.«

»Nennen Sie mich Silva. Das genügt.«

»Dann müssen Sie auch Egon zu mir sagen. Silva.«

Er ließ den Namen auf der Zunge zergehen wie einen sauren Himbeerdrops seiner Lieblingssorte.

»Gern, Egon.«

Ach, noch nie hatte sich sein Name so gut angehört. Sie setzte sich in einen der weißen Kuschelsessel und schlug ein Bein über das andere. Auch ihre Schenkel waren braun.

»Ich habe kein Gepäck«, sagte er düster. »Nicht einmal eine Zahnbürste.«

»Das läßt sich doch alles leicht besorgen. Sagen Sie mir einfach, was ich für Sie tun kann, Egon!«

Eine wohlige Welle lief ihm über den Rücken.

»Haben Sie von dem Fußballspiel heute nachmittag gehört?« fragte er.

»Ja. Da soll so ein Irrer unseren Pepe Inglesias gerempelt haben. Das Spiel muß wiederholt werden. Waren Sie nicht dabei?«

Egon senkte den Kopf.

»Ich war der Irre!«

»Wie bitte?!«

»Ich habe den Pepe Sowieso gerempelt.«

»Du lieber Himmel!«

»Ich werde Ihnen erzählen, wieso.« Und Egon beichtete ihr die ganze Geschichte.

Sie saß da, den Lockenkopf leicht zur Seite geneigt. Ab und zu warf sie ihm einen aufmunternden Blick zu. Sie wirkte gefaßt und freundlich. Fußball schien zum Glück nicht ihr Leben zu sein. Seine Worte strömten, und sein Herz flog ihr zu.

»Und so ließ ich mein Jackett zurück, nahm ein Taxi und bin nun hier«, schloß Egon seinen Bericht. Sie beugte sich vor und strich mit ihrer Linken leicht über seinen Handrücken.

»Und wie heißt der Herr, in dessen Villa Sie wohnen?« fragte sie. »Falls Sie nicht wieder hinwollen, können wir Ihr Gepäck abholen lassen.«

»Er heißt Pallando.«

Sie stieß einen kleinen Schrei aus. »Pallando? Miguel Pallando?«

»Ja. Stimmt etwas nicht mit ihm?«

»Oh... nein, nein. Trotzdem würde ich an Ihrer Stelle bis morgen früh warten. Ich besorge Ihnen das Nötigste. Zahnbürste, Schlafanzug und ein Jackett, damit Sie morgen nicht als Fußballstar herumlaufen müssen.«

Egon Meier errötete. Die Vorstellung, daß dieses Zauberwesen, seine einzige Vertraute in diesem fremden Land, in Gedanken Maß nahm, um ihm einen Schlafanzug zu besorgen, verwirrte ihn sehr.

»Aber das kann ich doch nicht annehmen.«

»Natürlich können Sie! Essen Sie jetzt einen Happen. Ich leite alles in die Wege. Ein Page wird Ihnen die Sachen bringen. Überstürzen Sie nichts. Und schlafen Sie gut.«

Sie erhob sich. Egon stand ebenfalls auf.

»Ich danke Ihnen«, murmelte er. Gab es da nicht so ein Märchen von einer guten Fee, die böse Wünsche in Glück verwandelt? Ach nein, das war ja die Sache mit Dornröschen, und da erschien die böse Fee mit dem Spinnrocken oder so, jedenfalls schlief die ganze Gesellschaft nachher hundert Jahre lang, bis der Prinz kam. Aber selbst wenn Silva Dornröschen wäre, aus Egon Meier würde man nie einen Prinzen machen.

Dennoch wurde es nun ganz märchenhaft.

»Gute Nacht«, sagte Silva, und sie beugte sich vor und küßte Egon leicht auf den Mund.

Sein Puls war augenblicklich der eines Hundertmeter-Hürdenläufers nach der letzten Hürde. Sie sah ihn an, und er hatte das Gefühl aus seinem Lieblingstraum: Er hob vom Boden ab und schwebte und war ganz gelöst und sehr glücklich, ja, viel glücklicher noch als im Traum.

Silva blickte ihm aus ziemlicher Nähe in die Pupillen.

»Ganz blaue Augen«, hauchte sie, »also gute Nacht. Und schlafen Sie gut, Egon!«

Sie war schon fast aus der Tür, als Egon sich endlich aufraffen konnte.

»Gute Nacht, Silva!« Sie hatte ihn geküßt! Sie hatte ihn geküßt!

Egon setzte sich erst einmal aufs Bett und verharrte dort, wie aus Stein gehauen, in der Pose eines Denkers.

Ganz blaue Augen, hatte sie gesagt. Sieh mal an. Es war das erstemal, daß jemand seine Augen erwähnte. Er hatte sie stets für durchschnittlich gehalten. Fräulein Buttrich zum Beispiel hatte kein Wort über seine blauen Augen verloren. Da mußte man erst nach Madeira reisen, um etwas so Schmeichelhaftes und für das Selbstbewußtsein Wichtiges zu hören.

Nach einer Weile rappelte Egon sich hoch. Schließlich mußte er Trinkgeld bereitlegen, damit er sich und Silva nicht blamierte, wenn der Page die Zahnbürste brachte.

Silva war ganz gefaßt geblieben bei seiner Erzählung. So schlimm konnte das alles also doch wohl gar nicht sein. Nur bei dem Namen ›Pallando‹ hatte sie gestutzt. Oder bildete er sich das nur ein? Vielleicht war sie auch angenehm überrascht gewesen, als sie erfuhr, mit welch wichtigen Leuten der Insel Egon Meier Kontakt pflegte?

Es dauerte lange, bis der Page klopfte. Aber Egon hatte sich weltmännisch überlegt, daß Südländer es mit dem Zeitbegriff nicht gerade genau nahmen, und war deshalb auch nicht ungeduldig geworden. Er aß seinen kleinen Imbiß und gab sich überwiegend freundlichen Gedanken hin. Es würde sich schon alles organisch entwickeln! Kredit hatte er jedenfalls.

Der Page dienerte, als sei Egon Meier ein russischer Großfürst. Er brachte Zahnbürste und Rasierzeug, einen Pyjama, der eher wie ein etwas gewagter Joggingdreß mit kurzem Höschen wirkte. Und als Knüller breitete er ein Jackett aus, italienische Edelware von Armani, in zart Flieder mit sehr breiten Schultern. Aus Seide.

Egon fummelte schnell noch zusätzliches Trinkgeld aus dem Brustbeutel. Der Page verschwand unter erneuten Verbeugungen.

Sofort zog Egon das Jackett über und trat vor den riesigen Spiegel. Oh, es war doch eine Tatsache, daß Kleider Leute machten. Etwas sehr weit kam das gute Stück ihm zwar vor, doch im großen und ganzen wirkte es unsagbar lässig an ihm, und er dachte sofort, daß Pettenkamp das gar nicht gefallen würde bei einem seiner gehobenen Mitarbeiter, aber der Knulle wäre bestimmt beeindruckt. Und Fräulein Buttrich würde sich wieder so komisch die Lippen lecken.

Was Egon Meier nicht wissen konnte, war dies: Der Page hatte den Auftrag erhalten, dies und das zu besorgen. Da fiel ihm ein, daß der Kerl von Hundertfünfzehn, der heute morgen abgereist war, ohne Trinkgeld zu geben, ein Jackett in Zartflieder im Schrank hatte hängen lassen. Eigentlich hätte er das schon melden müssen, aber wie das Leben so spielte ... jetzt würde er es dem neuen Gast geben. Und sich eine Quittung von einem Herrengeschäft besorgen. Ein Schnäppchen! Der Kerl von Hundertfünfzehn, der sich jede Nacht mit einer anderen Lady verlustiert hatte, würde es wahrscheinlich sowieso nicht merken. Mindestens fünfzehn Anzüge hatte er im Schrank gehabt. Einer verrückter und teurer als der andere.

Egon schaltete das Fernsehen ein und ließ tapfer eine Sendung über sich ergehen, von der er kein Wort verstand. Wenn man schon Fernsehen im Hotelzimmer hatte, sagte sich Oberbuchhalter Meier, dann mußte man es auch ausnutzen. Irgendwann schlief er trotzdem ein, berieselt von portugiesischen Lauten.

Als er halb erwachte, stellte er das Gequatsche ab, zog die Hose aus und rollte sich ins breite Bett. Der Schlafanzug blieb unberührt. Er wäre Egon Meier sowieso zu schade fürs Bett gewesen.

Silva eilte, nachdem sie Egon Meier allein zurückgelassen hatte, in ihr Zimmer im Personaltrakt und wählte die Privatnummer eines gewissen Rino Peinto. Zu diesem Feuerkopf italienischen Ursprungs hatte sie zwar keine intimen Beziehungen mehr, aber aus Trotz und um ihren Vater zu ärgern, hielt sie freundschaftlich an ihm fest.

Er war nämlich der Grund dafür, daß Silva ihr Elternhaus verlassen und sich als Hotelsekretärin im ›Reid's‹ auf eigene Beine gestellt hatte.

Die Voraussetzungen dafür brachte sie mit. Ihr Glück! Schließlich hatte sie in Schweizer Spitzeninternaten mehrere Sprachen fließend gelernt und sich in Buchführung, Reiten, Tennis, Golf, Literatur, Grundlagen der Psychoanalyse, Geographie, Tanzen – speziell Tango – und im Umgang mit Computern und Mitmenschen schulen lassen.

Silva dachte nicht weiter darüber nach, daß ihres Vaters Geld ihr diese Grundlage für einen Beruf geliefert hatte, sondern schrieb ihren Aufstieg im Hotel – vom Mädchen für alles zur unentbehrlichen Stütze der Direktion – einzig und allein ihrer eigenen Tüchtigkeit und Strebsamkeit zu. Nicht ganz zu Unrecht, denn sie besaß eine natürlich verbindliche Art, einen besonderen Charme, der beruhigend auf nervöse Gäste wirkte, und ihre reizende Erscheinung, die sie allerdings zum

Teil ja auch dem Papa verdankte. Außerdem hatte sie etwas von der Umsicht und Entscheidungsfreude geerbt, mit der ihr Vater seine Karriere geschafft hatte. Silva war beliebt bei Vorgesetzten und bei den kleinen Lichtern bis hinab zum Gepäckboy.

Rino meldete sich mit seiner Reibeisenstimme.

»Pronto!«

»Rino, hier ist Silva«, sagte sie auf portugiesisch. »Ich habe eine Frage.«

»Ah, Silva, wie nett, daß du mich auch einmal anrufst! Du weißt, wenn ich dir helfen kann, dann tue ich es. Also, schieß los, Schätzchen!«

»Sag mal, Rino, es geht um einen gewissen Miguel Pallando. Mir ist so, als hätte ich einiges über ihn gehört, das nicht unbedingt vorteilhaft war. Du müßtest eigentlich Bescheid wissen. Ist er vielleicht eine – hm – eine windige Erscheinung?«

»Ah, du kommst gleich zur Sache. Wie immer, Schätzchen. Tja, nun, Miguel Pallando... gewiß, ich kenne ihn. Oh, ja, er ist eigentlich nicht windiger als andere, würde ich sagen, nicht mehr und nicht weniger. Warum fragst du? Gibt es da etwas Spezielles?«

Silva zögerte. Dann entschloß sie sich jedoch, zur Sache zu kommen:

»Hier ist ein Mann aus Deutschland abgestiegen. Der will ein Geschäft mit Pallando tätigen.«

»Ein größeres Geschäft? Was meinst du?«

»Ein sehr großes Geschäft, falls er mir die Wahrheit gesagt hat. Und er wirkte völlig aufrichtig. Meistens kann ich mich ja auf meine Menschenkenntnis verlassen«, erklärte Silva.

Kannst du nicht, dachte Rino. Du hast dich doch

auch in mir mächtig geirrt. Aber er ließ sich nichts anmerken.

»So? Was für ein Geschäft könnte das sein? Weißt du Näheres?« fragte er zuckersüß. Sein Herz jagte und pochte wie ein Rennmotor.

Rino Peinto war nebenberuflich ein kleiner Zuarbeiter der Mafia, die ihn in seinen Job eingeschleust hatte. Aber hier, weit vom scharfen Schuß, konnte er manchmal auch ein privates Schäfchen ins Trockene bringen. Eins, das die Mafia nicht interessierte oder von ihr unentdeckt geblieben war.

Als nun Silva, seine große Liebe von vorgestern, diesen Typ aus Deutschland erwähnte, zuckte es heiß durch Rinos Rückenmark.

Ein Mann aus Deutschland, der mit Pallando ein großes Geschäft abschließen wollte... das mußte er sein! Der Geheimtip!! Der mit den Alarmanlagen, über dessen Ankunft Rino in seiner Eigenschaft als Sachbearbeiter beim Regionalsekretär für Handel und Finanzen dem Pallando hatte Bericht erstatten müssen. Er schnüffelte des öfteren etwas für ihn aus, hielt ihn auf dem laufenden. Doch diesmal schien es um Großes zu gehen. Ein dicker Fisch mußte an der Angel zappeln. Ohne seine Mitarbeit könnten sie gar nichts machen. Und was gaben sie ihm dafür? Ein Taschengeld!

Diese Schweine wirtschafteten doch bloß in die eigene Tasche und hielten ihre Tipgeber knapp. Die reinsten Kapitalisten. Ausbeuter!

Was wäre der größte Gangster wohl ohne seinen Tipgeber! Trotzdem konnte der noch froh sein, wenn man ihn nach getaner Arbeit ordnungsgemäß bezahlte. Wenn der Tip zu heiß gewesen war, kam es auch durchaus vor, daß der Ärmste nie wieder einen Ton singen konnte. Man war machtlos!

Jetzt aber sah Rino Peinto eine Möglichkeit, sich in dieses Alarmgeschäft hineinzuhängen. Eine wunderbare Möglichkeit. Pallando würde sich hüten, ihm dafür etwas am Zeug zu flicken. Eine blendende Zukunft mit Rolex-Uhr, Cadillac, Villa am Meer und einer blutjungen Unschuld mit den Reizen eines Filmstars zog vor Rinos geistigem Auge vorbei.

So bewährte sich seine Beziehung zu Silva Perreiro dos Passos also doch noch! Er hatte sich von ihr getrennt, als sie seinetwegen mit ihrem Vater Krach bekam und in der Folge die Brücken zum Elternhaus abbrach, jedenfalls offiziell, denn mit ihrer unglücklichen Mutter unterhielt sie trotzdem einen losen Kontakt.

Rino Peinto hatte die Konsequenzen gezogen. Silva war süß, aber süße Mädchen gab es eine Menge für einen Mann mit dunkel lodernden Blicken und einer Stimme wie Sandpapier. Und was nutzte einem Mann wie ihm ein zugegeben entzückendes Mädchen als Freundin, wenn es anspruchsvoll und nicht einmal nützlich war.

Nutzen hatte Silva ihm gebracht, als sie noch interne Fakten aus dem Nähkästchen ihrer Familie ausplaudern konnte. Natürlich ohne es zu bemerken. Arglos, wie diese Mädchen aus den besten Familien nun einmal waren. Sie hatten nie gelernt, sich listig durchs Leben zu schummeln und notfalls auch zu boxen. Denn Silva war das einzige Kind des Regionalsekretärs Juan Perreiro dos Passos.

Wie kam ein so knotiger Mensch nur zu einer so niedlichen Tochter? Denn der alte Knacker war ein autoritäres Ekel. Frau und Tochter hatten bei ihm nur etwas zu lachen, wenn sie nach seiner Pfeife tanzten.

Rino wußte außerdem, daß der Alte ihn argwöhnisch beobachtete und im Grunde nicht leiden konnte. Besonders seit der nie wirklich eingestandenen Affaire mit Silva. Er ließ Rino Peinto nur auf seinem Posten, weil er als Sachbearbeiter außerordentlich tüchtig war und seinem Chef trotzdem stets das Gefühl vermittelte, er selbst habe die Ideen gehabt und die entsprechenden Anordnungen getroffen. Ja, Rino Peinto war tüchtig, umsichtig und geschickt, um nicht zu sagen: gerissen. Es gab nie Beweise dafür, daß er bestimmte Bauaufträge, Geschäfte oder Lizenzen in die ›richtigen‹ Bahnen lenkte. Aber einer mußte es ja tun. Und Leute wie sein Chef, das wußte Rino, hatten einen so strengen Ehrenkodex, daß sie illegale Transaktionen und kleine, harmlose, freundschaftliche Kunkeleien aus Prinzip ablehnten.

Jedenfalls fiel der Alte immer wieder auf Rinos Schauspielertalent herein, wenn der ihm aufrichtig in die Augen blickte und seine Züge nichts als Ehrbarkeit, Treue und Diensteifer ausdrückten.

Gegen Rino Peinto als Schwiegersohn allerdings hatte der Alte sich gestemmt. Damit war es Essig. Auch gut. Das Leben war viel zu kurz für feste Verbindungen.

Rinos Gehirn arbeitete jetzt auf Hochtouren. Er schluckte und schmeichelte:

»Weißt du was, Liebes? Wir haben uns doch eine Ewigkeit nicht gesehen. Wollen wir uns nicht nachher im ›Caravela‹ treffen? Ich erzähle dir, was ich über Pallando weiß, und du berichtest mir ebenfalls ein bißchen.«

»Ich bin zu kaputt, Rino. Ein andermal gern. Es gibt auch nichts Besonderes. Nur dies...«

»Hör zu, Mäuschen«, riet Rino und legte mindestens soviel Rauhreif in seine Stimme wie Adriano Celentano, »dieses Geschäft, von dem du vorhin sprachst... zufällig bin ich ein wenig daran beteiligt. Es ist natürlich ganz seriös. Dein Vater ist allerdings entschieden dagegen. Aber aus anderen Gründen. Er will einen amerikanischen Konzern bevorzugen. Ich halte das für einen Fehler. Aber, nun, du weißt ja am besten, wie eigensinnig er sein kann.«

»Das weiß ich. Und das sieht ihm wieder mal ähnlich!«

»Dein Vater würde sich natürlich wahnsinnig ärgern, wenn ich in diesem Fall zwischen deinem Schützling aus Deutschland und Pallando vermitteln könnte.«

»Es ist reine Rechthaberei bei ihm«, stimmte Silva zu. »Er sitzt ja immer auf dem hohen Roß!«

Rino Peinto lachte auf.

»Außerdem tust du mir einen großen Gefallen, wenn du in diesem Falle vermittelst. Finanziell ist einiges drin. Ich beteilige dich selbstverständlich an der Provision. Was sagst du dazu?«

»Vater würde sich bestimmt sehr ärgern. Was müßte ich also genau tun?«

»Du überläßt es mir, den Kontakt zu Pallando herzustellen. Er bekommt den Deutschen und das Geschäft von uns. Schüchtere den Mann ruhig noch ein bißchen ein, wenn es möglich ist. Male den Jähzorn echter Portugiesen in schwärzesten Farben. Heißt der Mann nicht Meier?«

»Ja, Egon Meier.«

»Dieser Meier darf auf keinen Fall mit seinem Konsulat telefonieren und auch nicht zur Polizei gehen...«

»Wie soll ich das anfangen, Rino! Er vermißt einen Musterkoffer!«

Er lachte wieder.

»Na, du hast doch gewiß deine Mittel. Sei nett zu ihm. Versprich ihm vor allem, daß er dank deiner Beziehungen den Koffer wieder zurückbekommen wird. Unter der Hand. Sag ihm, du hättest Beziehungen.«

»Und wenn er selber Pallando anruft oder hinfährt?«

»Aber Schätzchen«, sagte Rino milde. »Das mußt du ihm eben ausreden. Außerdem ist Freitag. Nirgends ist jemand zu erreichen. Jeder startet ins Wochenende. Die Zeit arbeitet für uns, Silva.«

Sie atmete tief ein.

»Bekommt er ihn wirklich zurück?«

»Wen meinst du?«

»Den Koffer, Rino!«

»Selbstverständlich!« Rinos Tonfall wies ihn als Muster an Ehrbarkeit und Zuverlässigkeit aus.

Silva atmete tief ein.

»Also abgemacht, Rino. Ich werde tun, was ich kann. Vater soll nicht denken, daß es immer nur nach seinem Kopf geht.«

»Du bist wundervoll, Schätzchen! Und du wirst sehen, daß du dich richtig entschieden hast. Mach deinen Teil und laß Rino seinen Teil machen. Du wirst schon sehen, wir werden absahnen. Und das nicht zu knapp.«

»Auf Wiedersehen, Rino.«

»Auf Wiedersehen, Liebes.«

Rino Peinto wählte umgehend Pallandos Nummer.

Was er hörte, war einigermaßen verwirrend. Kuljowitschs Stimme ertönte auf deutsch!

»Kein Anschluß unterr dieserr Nummerrr!«

Rino wurde ärgerlich. Er konnte es auf den Tod nicht vertragen, wenn man ihn auf den Arm nahm.

»Quatschen Sie nicht rum, Iwanow«, schimpfte er deshalb los, obwohl es eigentlich verboten war, die richtigen Namen zu erwähnen. »Sagen Sie sofort Ihrem Boß Bescheid. Hier spricht Libelle 007!«

Es dauerte eine Weile. Rino zündete sich nervös eine Zigarette an und trommelte mit der Linken auf die Tischplatte. Jetzt durfte er keinen Fehler machen. Es ging um die Wurst.

Der Boß ließ sich selten persönlich sprechen, aber nun kam er ans Telefon.

»Libelle 007? Ja, was gibt es denn so Dringendes?«

Pallandos Stimme klang matt und brüchig. Er hatte die ganze Zeit getobt und gebrüllt, das strengte auch den Stärksten an.

Pedro hatte er zwei geknallt. Kuljowitsch war von ihm mit Auslieferung an den KGB bedroht worden, und Pallando war immer wieder erstaunt, wie der Koloß dann erzitterte; dieses Druckmittel versagte nie bei ihm. Zu José hatte er ganz schlicht gesagt: »Sieh zu, daß du umgehend Gelegenheit findest, diese Alarmanlage ›Schraufa-A1‹ zu präparieren. Und erstklassig, bitte ich mir aus. Sonst könnte es sein, daß du bald im tiefen Fluß ein bißchen spazierengehst. Mit Eisenstiefeln an deinen Füßen. Hast du mich verstanden?!«

»Ja, Boß«, hatte José genickt und war tatsächlich blaß geworden. Es sah aus, als hätte jemand einen zu großen Schuß Milch in den Kaffee gegossen.

»Und ihr, meine Herren? Was gedenkt ihr zu unternehmen?!« hatte sich Pallando noch einmal an seine Mannen gewandt.

»Wir treiben den Typ auf, koste es, was es wolle«, hatte Kuljowitsch versichert, wozu Pedro wie eine dicke Pagode eifrig nickte.

»Dann steht hier nicht rum!« Pallandos Stimme war übergeschnappt. Im Fernsehen sah das Leben großer Gangster immer so angenehm aus, bis auf die wirklich ernsthaften Zwischenfälle aus den Kanonen feindlicher Gangs.

In Wirklichkeit aber hatte man sich im Alltag mit einem Haufen unfähiger Idioten rumzuschlagen. Man brauchte sie sich ja nur anzusehen. Wie sie da ergeben vor ihm standen, bereit, ihn bei der ersten günstigen Gelegenheit von hinten abzumurksen. Aber im Augenblick brauchten sie ihn noch dringend. Weil sie nicht in der Lage waren, eigene konstruktive Gedanken zu entwickeln.

Und jetzt war auch noch dieser Singvogel am Telefon. Mit solchen Leuten sollte man sich eigentlich wirklich nicht abgeben müssen. Es war einer der Tage, die es gar nicht geben durfte. Ein richtiger schwarzer Freitag.

Die Mitglieder von Pallandos kleiner Truppe hatten sich ins Nebenzimmer geschlichen. Sogar Spinnenfinger wirkte schwach und elend, als käme er mit Beethovens Gefangenenchor aus langer Kerkerhaft ans Licht. Mit einem Wort: Es herrschte dicke Luft in der Mietvilla.

Pallandos einziger Trost war, daß am Wochenende nirgendwo etwas lief. So blieb vielleicht genügend Zeit, die verpfuschten Dinge wieder einzurenken.

Vor allem mußte dieser deutsche Kasper gefunden werden, der aussah, als könne er nicht bis drei zählen. Stutzig war Pallando schon geworden, als Mendoza sich schwanzwedelnd bei dem Kerl angebiedert hatte. War sonst nicht seine Art. Und dann diese geschickt inszenierte Flucht. Der Bursche mußte irgendwie den Braten gerochen haben.

Nun, die Insel war zwar nicht übersichtlich, doch sie hatte nur einen Flughafen. Und war nicht so leicht zu verlassen, ohne daß Pallando es vorher hätte erfahren können. Schließlich hatte man so seine Leute. Kostete eine Kleinigkeit, machte sich aber letztlich bezahlt.

Dieser Meier hatte Pallando in eine fatale Lage gebracht, denn das Geschäft mit dem ›heißen Schnee‹ war schon angekurbelt. Das war nicht mehr rückgängig zu machen. Er kannte seine Verhandlungspartner. Schließlich waren sie ein paar Nummern größer als er. Persönlich nette, seriöse Leute. Durchaus kultiviert. Aber ein Wink von denen genügte, um einige zuverlässige Ballermänner in Bewegung zu setzen. Die mußten sich nicht mit solchen trüben Tassen abgeben wie er.

»Hier Klapperstorch 02«, krächzte er ins Telefon und mußte sich sofort räuspern. Heiser auch noch! Das kam von den schwarzen Zigarren, die er vor Verzweiflung am laufenden Band geraucht hatte. Aber selbst die Raucherei hatte ihm keinen Trost gebracht.

»Ich hoffe nur, Libelle 007, daß es einen triftigen Grund dafür gibt, mich persönlich ans Telefon holen zu lassen!«

Seine Stimme rasselte in Rinos Ohr wie ein Zementmischer in fünf Meter Entfernung.

»Falls nicht«, fuhr der Zementmischer fort, »wäre ich

einigermaßen ungehalten. Ich habe nämlich gerade einige hochwichtige Entscheidungen zu treffen, auch wenn das über Ihr Vorstellungsvermögen hinausgehen sollte, Libelle 007!«

Rino zuckte zwar zusammen, er war ja eigentlich eine zartbesaitete Natur. Doch dann legte er reichlich italienisches Sandpapier in seine Stimme.

»Oh, Entschuldigung! Das konnte ich nicht wissen. Ich rufe ein andermal an!«

»Sind Sie verrückt geworden? Ich habe mich ans Telefon bemüht. Jetzt will ich eine klare Auskunft.«

»Ach, so wichtig ist es vielleicht doch nicht. Sie hatten recht: Ich hatte mein Vorstellungsvermögen sicher überschätzt.«

Pallando ballte die Faust um den Hörer, daß er knackte. Dieser Mistbock würde ihm schon einmal über den Weg laufen, wenn er ihn nicht mehr brauchte!

»Machen Sie keine Sprüche, Mann. Meine Geduld ist groß, aber nicht unendlich!«

»Hatten Ihre hochwichtigen Entscheidungen vielleicht mit einem Deutschen zu tun, der Meier heißt und gestern beim Fußballspiel dieses gigantische Foul begangen hat?«

»Das geht Sie nun doch wirklich nichts an!«

»Schön. Also, dann melde ich mich gegebenenfalls wieder, Señor Pal... äh... Klapperstorch 02!«

»Moment mal!«

Pallandos Stimme ging vom Zementmischer zur Kreissäge über. »Haben Sie irgend etwas von diesem Meier gehört oder gesehen?«

»Oh, das ist doch sicher unwichtig. Ich will Sie nicht länger behelligen!«

Pallando bedauerte unendlich, daß er diesem Rino Peinto, diesem Schakal und Abschaum der Menschheit, keine Lektion erteilen konnte. Jedenfalls im Augenblick nicht. Rino dagegen fühlte sich prächtig. Das Blut perlte wie Sekt durch seine Adern. Endlich konnte er den Angeber ein bißchen zappeln lassen. Jetzt mußte Klapperstorch 02 alias Señor Pallando runter vom hohen Roß. Denn daß er auf diese Information von Rino scharf war, lag ja auf der Hand.

»Haben Sie denn kein Lebenszeichen von Herrn Meier erhalten, Klapperstorch 02?«

Oh, er hatte Oberwasser, und er wußte es. Und Pallando wußte, daß er es wußte.

»Was wissen Sie, Libelle 007? Können Sie mir den Mann liefern? Es soll Ihr Schaden nicht sein.«

»Liefern wäre zuviel gesagt. Ich verfüge aber über gewisse Informationen und einen Kontakt zu einem Mittelsmann, der aber keinesfalls genannt sein will. Er ist auch nicht gerade billig.«

»Das lassen Sie mal meine Sorge sein.«

»Ich stecke mittendrin. Meine Gesundheit ist mir wertvoll.«

»Natürlich. Und weiter?«

»Besagter Mittelsmann könnte ein Treffen organisieren. Dieser Meier ist zur Zeit verstört. Regelrecht kopfscheu. Völlig geschockt, um es genau zu sagen. Vielleicht tut er auch nur so...«

»Daran habe ich auch schon gedacht«, entfuhr es Pallando. »Der Bursche ist vielleicht gerissener, als man bei seinem Aussehen vermuten konnte. Diese Deutschen haben ihr Wirtschaftswunder schließlich nicht von ungefähr angerichtet.«

»Eigentlich soll der Meier entschlossen sein, in seine Heimat zurückzukehren. Er soll da irgendeinen Braten gerochen haben, der ihm nicht schmeckte...« fabulierte Rino auf gut Glück. Und lag damit durchaus in der Richtung, die Pallandos Gedanken auch gerade nahmen.

Pallando stöhnte. Rino spitzte die Sache noch zu: »Er hat da irgendeinen Verdacht. Unbegreiflich, nicht wahr?«

»Mann, sülzen Sie nicht so rum!« fuhr Pallando ihm in die Parade. Und Spinnenfinger, der im Nebenraum selbstverständlich auch dieses Gespräch mithörte, um es seinem geheimen, wirklichen Boß später brühwarm verraten zu können, knirschte ungeduldig mit den Zähnen und murmelte etwas wie »Sohn einer Hündin«, selbstverständlich bei zugehaltener Sprechmuschel.

Pallando hatte die Situation erfaßt. Rino Peinto, dieser widerliche Makkaroni, wußte etwas und wollte ihn mit diesem Wissen erpressen. Bluffen würde er nicht. Dafür kannte er die Spielregeln zu gut. Da es wirklich äußerst wichtig war, den Deutschen wieder in die Finger zu kriegen, lag Peinto leider auch richtig. Pallando atmete laut ein.

»Können Sie den Kontakt übers Wochenende herstellen oder nicht?!«

»Ich kann!«

»Wieviel?«

»Zwanzigtausend.«

»Sie sind verrückt!«

»Kein Mensch zwingt Sie, Klapperstorch 02.«

»Sie bluffen doch bloß.«

»Gut, dann nicht. Ich habe noch einen anderen Interessenten«, ließ Rino einen Versuchsballon los.

Pallando zuckte zusammen. Natürlich, das war durchaus möglich. Vielleicht machte sogar der dicke Parlango y Gosset solche krummen Geschäfte. An Provision war für den bestimmt einiges drin. Wenn er die Deutschen den Amerikanern vorzog, ließen die bestimmt was springen.

»Wenn Sie denken, Sie könnten mich reinlegen, Libelle 007, könnte das für Sie sehr lebensverkürzend sein.«

»Würde ich mir nie erlauben. Bei dem guten Arbeitsklima.«

»Also gut. Achtzehntausend.«

»Unter neunzehn geht nichts.«

»Neunzehn. In Ordnung. Wird er herkommen?«

»Nein. Ich werde einen Ort mit ihm aushandeln. Ich rufe Sie an. Und kommen Sie dann bitte ohne Verzögerung an den Apparat.« Haha, das hatte gesessen. Der Alte würde sich fuchsen. »Und bringen Sie Bargeld mit. Keinen Scheck!«

»Ich erfülle meine Verpflichtungen. Sorgen Sie nur dafür, daß Sie Ihre erfüllen!«

Rino Peinte hängte ein. Pallando löste mit Mühe seine rechte Hand, die den Hörer umkrampfte. Ganz weiß war sie geworden. Dieses Aas! Dieser Mistkäfer! Wenn das Geschäft erst unter Dach und Fach war, würde er ihm die Haut abziehen lassen. Dann besann er sich, daß er den Kerl in seiner Position wahrscheinlich auch weiterhin brauchen würde und seufzte. Na gut, er mußte bis zu dessen Pensionierung warten. Oder bis er rausflog. Auch das war nicht ausgeschlossen.

Im Grunde imponierte der Kerl ihm. Wenn nur seine eigenen Leute ein bißchen gewiefter wären. Die könnten sich da eine Scheibe abschneiden. Taten's aber nicht. Er mußte sich mit lauter Trotteln und Halbidioten rumschlagen. Man brauchte doch diesen Pedro bloß anzugucken. Ein Orang-Utan im Zoo wirkte intelligenter. Ein Wunder, daß er, Pallando, mit dieser Truppe überhaupt etwas zuwege brachte.

Er schlug mehrmals mit dem Marmoraschenbecher auf den Tisch, um seine Stimme zu schonen.

Spinnenfinger lugte vorsichtig durch den Türspalt. Manchmal warf der Chef mit irgendwelchen Sachen um sich.

»Pedro und José, aber fix«, röchelte Pallando. Er würde sich eines Tages noch einen Herzinfarkt zuziehen. Der Bursche hatte doch wieder gehorcht! Er wußte natürlich nicht, daß Pallando sich mit seinem Auftraggeber längst friedlich geeinigt hatte. Unter der Hand. Ihre Interessen überschnitten sich nicht.

Sie lachten über Spinnenfinger. Aber sollte er ruhig weitermachen. So blieb er hellwach und hatte Angst vor Entdeckung oder Erpressung. Eine herrliche Mischung, um tüchtige Untergebene zu erziehen.

Pedro und José schoben sich ins Zimmer. Sie warteten neben der Tür, steif wie Zinnsoldaten.

Pallando nahm mit gemessenen Bewegungen eine Zigarre aus der großen Kiste.

José sprang hinzu, entzündete ein Streichholz und hielt es seinem Herrn hin. Der sog mit kleinen, schnellen Zügen die Luft ein. José hielt sein Streichholz eisern fest, die Fingerkuppen sengten an.

Pallando paffte. Und da! Die Zigarre brannte.

»Fenster auf!« herrschte Pallando Pedro zwischen zwei Zügen an. Der rannte los und ließ die frische Luft herein.

Dann standen José und Pedro da und betrachteten mit strahlenden Augen ihren rauchenden Herrn. Er hatte ihnen verziehen. Das Unwetter war weitergezogen. Die Welt hatte wieder Glanz und Wärme.

Sie würden es mit Riesen und Drachen aufnehmen. Sogar mit Kuljowitsch, falls es nötig werden sollte. Nur nicht mit dem mickrigen Mann aus Deutschland. Aber ihr Herr würde schon mit dem fertig werden.

4

Egon erwachte. Die Sonne schien durch üppig rosa Vorhänge. Er reckte sich und fühlte sich munter, ganz anders als sonst. Es war ein Gefühl von Luxus, den er sonst nur aus Anzeigen für Karibikreisen und kuschelweiche Rheumadecken kannte.

Federnd erhob er sich und stolzierte ins Bad, wo er sich von Kopf bis Zeh in einem großen Kristallspiegel begutachten konnte. Er trat dicht heran und guckte tief in seine Blauaugen. Wirklich! Die süße, schöne, zauberhafte Fee von der Rezeption hatte recht: Sie waren blau wie der südliche Himmel, und wenn Egon sich ein bißchen Mühe gab, blitzten sie wie Sonne auf einer frischen Regenpfütze.

Es mußte doch etwas daran sein, daß eine prachtvolle Umgebung sich auch auf die Wesensart ihrer Nutznießer auswirkte, daß Schönheit abfärbte, wenn man sie nur mit offenen Sinnen und großen Augen und Nasenlöchern in sich aufnahm.

In seiner geradezu tolldreisten Hochstimmung ließ Egon sich ein Bad in die zartbeige Riesenwanne ein und schüttete beide Tütchen Badesalz auf einmal hinein.

Es war das erstemal, daß er in nach Pinien duftendem Schaum lag und planschte. Der Höhepunkt war jedoch noch nicht erreicht. Erst als er sich mit einem Frotteetuch abgetrocknet hatte, das so groß war wie in Aberlingen die Bettlaken, und sich sein lavendelblaues Armani-Jackett überzog, wußte Egon Meier, daß die Welt noch auf seine Taten wartete.

Er fingerte einige Scheine aus seinem Brustbeutel, steckte sie lässig in die Hosentasche und begab sich in den Frühstücksraum, wo es ziemlich leer war, denn die meisten Hotelgäste frühstückten auf ihren Zimmern.

Es gab ein riesiges Buffet mit vielen warmen Gerichten, sogar gebratenem Fisch, und Egon häufte sich, erst schüchtern, dann beherzt, von allem etwas auf den Teller und haute rein wie noch nie in seinem Leben. Was heißt: Er haute rein. Er speiste! Vom Feinsten! Dies war also die große Welt von Denver und Dallas, die man aus dem Fernsehen kannte.

Nie hätte Egon geglaubt, daß er sich eines Tages leibhaftig in der Filmkulisse befinden könnte. Und jetzt war es soweit. Dank seinem Chef und einiger Zufälle, die er jetzt schon nicht mehr so schlimm fand, denn ohne sie hätte er ja niemals die schöne Silva kennengelernt.

Was man hat, das hat man jedenfalls für immer, dachte Egon wie ein richtiger Philosoph. Dann schritt er zur Rezeption in der festen Erwartung, in wundervolle Augen zu blicken und von einem berückenden Lächeln des traumhaften Kirschmundes begrüßt zu werden.

Aber hier wartete nun doch eine kleine Enttäuschung auf Egon.

Ein smarter Herr saß hinter dem Tresen, der ihn zwar aufmunternd anlächelte, sich jedoch mit Silva nun wirklich nicht messen konnte.

Meier ging auf ihn zu und fragte: »Miß Silva?!«

»Oh«, sagte der Mensch, der ihn gleich als Deutschen entlarvt hatte, »Miß Silva begleitet heute eine ›Westtour‹. Die schönste Tour, die unsere Insel zu bieten hat. Mit wunderschönen Ausblicken in einer paradiesischen Natur. Sie ist etwa vor einer halben Stunde mit einigen britischen Herrschaften abgefahren. Vielleicht möchten Sie diese Tour auch unternehmen? Sie können hier ohne weiteres einen Wagen mieten, und ich kann Ihnen auch eine Karte mit dieser Route mitgeben, mein Herr.«

Egon wollte schon den Kopf schütteln. Er war an Entsagung so sehr gewöhnt. Aber dann durchfuhr es ihn: Warum eigentlich nicht?!

Also nickte er und hörte sich sagen:

»Eine gute Idee. Ich habe schon viel über die Vielfalt dieser Landschaft gehört!«

Der Herr schaute aus dem Fenster und erklärte: »Und das Wetter ist prächtig! Wie geschaffen für diese Tour! Im Moment regnet es zwar ein bißchen, doch es wird bald aufklären. Auch Miß Silva war davon überzeugt!« setzte er als guter Menschenkenner hinzu. Denn daß dieser Deutsche an Silva interessiert war, sah doch ein Blinder.

Also mietete Egon Meier sich einen kleinen schwarzen Panda. Als er sich vom kostümierten Portier aus der Tür hatte drehen lassen und den Vorplatz betrat, regnete es in Strömen. Der Panda war noch nicht vorgefahren. Egon schlug den Weg hinter das Hotel ein. Dort war ein großer, schöner Park.

Die Palmenwedel wogten im Wind, der schon beinahe ein Sturm war. Sogar im Swimmingpool erzeugte er eine kleine Brandung. Zwei Männer waren dabei, mit riesigen Staubsaugern Blätter und Blüten von der

Wasseroberfläche zu saugen. Beide hatten tragisch umwölkte Mienen wie Mitwirkende einer dramatischen Liebhaberaufführung. Sie trugen Badehosen, hatten aber große schwarze Schirme in den freien Händen. Offenbar waren sie der Meinung, daß eine Sorte Wasser genügte.

Inzwischen war sein Panda vorgefahren. Ein niedliches Wägelchen, das sich, wie Egon bald feststellte, auch leicht und angenehm fuhr. Nachdem er seine Landkarte studiert hatte, setzte sich Egon auf die Fährte seiner angebeteten Silva. Jawohl, angebeteten Silva!

Ein ganz neues Gefühl hatte sich in Egons Brust eingeschlichen. Er wußte plötzlich, daß er verliebt war, und er war noch nie vorher wirklich verliebt gewesen!

Während er auf der Straße nach Camara de Lobos fuhr, dachte er an Silvas Kuß, und es rann wieder dieser Schauer durch seine Glieder.

Die Straße wurde steiler und lief gefährlich dicht an einem Abhang am Meer vorbei. Einzelne Steine begrenzten die Straße, und es war eigentlich ein bißchen gruselig, daß manche umgefahren waren. Jeder mußte auf den Gedanken kommen, daß durch die Lücke ein unaufmerksamer Autofahrer den Weg ohne Wiederkehr angetreten hatte.

Aber Egon kümmerte das gar nicht. Ganz im Gegenteil!

Entgegen seiner sonstigen schüchternen Natur empfand er jetzt ein Gefühl von Freiheit, Glück und Weite.

Am Aussichtspunkt von Cabo Girão parkte er und stieg aus. Er blickte mit etwa fünfzig anderen Touristen gemeinsam auf das Meer hinaus. Tief unten brandeten die Wellen. Sie schienen zu dampfen und schäumten, als hätte ein Riese Waschpulver in einen Bottich für Riesen-Großfamilien geschüttet.

Lange hielt es Egon aber nicht an dieser Stelle. Er bedauerte zwar, daß er keinen Fotoapparat bei sich hatte – wie alle anderen –, doch dieses Bild würde sich ihm auch so einprägen.

Wenn ich jemals wieder glücklich nach Aberlingen kommen sollte, werde ich mich dort oft an diesen majestätischen Ausblick erinnern, nahm er sich vor. Doch sogleich rutschte sein Herz wieder ein Stückchen tiefer. Würde er denn jemals zurückkehren können?

Er gab sich einen Ruck. Wenn er Silva einholen wollte, mußte er sich beeilen. Schnell warf er noch einen Blick auf seine Karte. Dann schloß er sich dem allgemeinen Autotroß an.

Das Dorf Ribeira Brava sah schön und urig aus, doch Egon ließ es bei einem flüchtigen Blick auf die Hallenkirche mit ihren drei Schiffen bewenden, obwohl er sie gern besichtigt hätte, denn im Beitext auf seiner Karte stand: ›16. Jahrhundert‹.

Die Busse hielten alle. Auch einzelne Wagen parkten ein. Egon bog nach Norden ab. Jetzt hatte er die Straße fast für sich allein.

Es hatte schon seit einiger Zeit aufgehört zu regnen, und nun kam plötzlich die Sonne hervor. Er öffnete das Schiebedach seines Panda. Der Duft von Pinien und Eukalyptus brach förmlich in das Auto ein. Mimosenbäume säumten den Weg.

Überall waren in Stufen Felder angelegt, mit Kartoffeln und Tomaten. Rundum stürzten wild die Quellen von den Bergen, Wasser ringelte sich über die Straße, die anstieg und weiter anstieg, bis Egon zuweilen in Wolken verschwand.

Jetzt sah man Weinfelder und Weiden, auch Silberpappeln. Vor einigen Häuschen saßen Männer und flochten Weidengerten zu Körben. Frauen in Schwarz strickten.

Allmählich wurde es kälter und ziemlich unwirtlich. Es war das erste Mal, daß Egon in Bergen umherfuhr. So vieles passierte ihm hier zum ersten Mal. Aber Angst hatte er nicht wirklich, nur ein wenig sonderbar war ihm zumute. Doch das mochte auch die Liebe sein, jedenfalls rührte dieses angenehme Schwindelgefühl, das ihn erfüllte, bestimmt nicht nur von der Landschaft her.

Als sich die Straße wieder etwas senkte, erblickte Egon auch die großen Lorbeerhaine. Picknickplätze waren dort angelegt, mit Bänken und Tischen.

Leute gingen an steilen Abhängen mit Hacken und Schaufeln ihrem Tagewerk nach. Die Männer trugen just diese Klappohrmützen, wie Egon sie gekauft hatte. Frauen kreuzten die Straße und trugen Kiepen auf dem Kopf.

An manchen Stellen besserten Arbeiter die Straße in Handarbeit aus. Es war, als wäre Egon ganz aus seinem Leben in Aberlingen herausgetreten in ein archaisches, einfaches, starkes neues Dasein.

Zwischen hellgrauen Schönwetterwolken guckte die Sonne vor, malte Schattenhalden und ließ andere Flächen wie grünen Samt schimmern.

Egon hatte seine Mission für ›Schraufa-A1‹ fast vergessen. Bald erreichte er die Nordküste mit São Vicente. Und was dann kam, übertraf alles, was sich Egon jemals an möglichen Abenteuern für einen Oberbuchhalter aus Aberlingen vorgestellt hatte!

Die Straße war ganz schmal und schlängelte sich in engen Windungen an einem Abgrund entlang, an dessen Fuß das Meer klatschte und donnerte.

Die Fahrbahn war so schmal, daß Egon es nicht für möglich hielt, daß sich darauf ein Auto der gehobenen Klasse hätte bewegen können. Er paßte doch gerade mit seinem kleinen Seat Panda hin und fühlte sich wie als Kind in der Geisterbahn, wenn sich die Fahrbahn scheinbar immer mehr verengte und man schon den Kopf einzog, bis einem der Sensenmann mit knochigen Fingern in die Haare fuhr. Hier war allerdings kein Knochengerüst aufmarschiert, dafür gab es andere Gruseleffekte.

Aus den Bergen, die linkerhand steil zum Himmel hochragten, während rechts die Steilküste tief, tief hinabreichte, prasselten wahre Wasserfälle auf die Straße. Und da zwischen Fahrbahn und Wasser Egons Wagen mit dem offenen Verdeck vorbeikam, ergossen sich die Wassermassen frisch und kalt ins Wageninnere.

Egon saß da wie der sprichwörtliche begossene Pudel. Er war pitschnaß, doch niemals hätte er hier aussteigen oder sonst irgend etwas unternehmen können. Das schöne Lavendeljackett!

In seinen Ohren sauste es. Seine Handflächen wurden ganz glitschig. Sein Herz pochte wild. Er hatte Angst. Oh, er hatte Angst! Bautz, da war schon wieder ein Schwall Wasser, aber jetzt kam es auf etwas mehr oder weniger auch nicht mehr an.

Unter dem mulmigen Gefühl hielt sich das Gefühl von Triumph und von einem nagelneuen Egon, von einem Egon, der beinahe seine alte Aberlinger Puppenhaut abgestreift hatte.

Ja, es war ein Anflug von Schmetterling im neuen Egon Meier. Die Hauptsache ist ja, dachte also Schmetterling Meier, daß einem hier kein Auto entgegenkommt. Denn es gibt eben nur diese eine Fahrbahn.

Vielleicht fahren die Autos in der anderen Richtung andersherum um den Berg.

Wie sehr er sich getäuscht hatte mit dieser Annahme, merkte er drei Minuten später. Ein mit Touristen besetzter Bus kam ihm entgegen. Dessen Achtersteven ragte in der leichten Krümmung der Straße über den Abgrund hinaus. Lauter bleiche Gesichter starrten Egon entgegen.

Na ja, er selber sah schließlich inzwischen auch ziemlich käsig aus. Er hielt erst einmal an. Doch zu seinem Entsetzen näherte sich nun ein unwahrscheinlich dicker, großer Lastwagen von hinten!

Bus, Laster und Egon hielten urplötzlich an wie bei einem Filmriß. Der Busfahrer und der Brummifahrer wuchteten von ihren hohen Fahrersitzen und stellten sich dicht neben ihre Fahrzeuge. Egon blieb im Auto und machte sich womöglich noch kleiner. Vielleicht würden sie einfach über ihn hinwegdonnern?

Die beiden Männer gestikulierten und schrien sich kurze Sätze zu. Sie rissen die Arme hoch, als wollten sie Gebete an eine überirdische Instanz richten. Sie rollten die Augen und schüttelten die Köpfe. Egon rechnete schon mit einer Massenschlägerei zwischen Businsassen und den beiden Brummifahrern.

Doch auf einmal war alles geklärt. Egon wurde bedeutet, daß der Lastwagen und auch er in seinem Wägelchen jetzt zurücksetzen würden.

Es kommt nun schon gar nicht mehr darauf an, dachte Egon, obwohl ihm eine eisige Hand den Rücken hinunterstrich. Und das konnte nicht nur die Nässe sein.

Der Lastwagen begann langsam im Rückwärtsgang anzufahren. Egon tat es ihm nach. Er schloß mit allem ab, doch siehe da: es klappte.

Allerdings bekam er auf diese Weise noch einmal einen Schwung frisches Gebirgswasser in den Nacken. Aber er kriegte die Kurven. An einem leicht verbreiterten Straßenstück hielt der Laster an. Auch Egon parkte sachte dort ein.

Der Bus fuhr elegant vorbei. Die Leute winkten und jubelten, ja, sie brachten Egon regelrecht Ovationen dar. Er winkte zurück und war stolzer als nach seinen gelungensten Abrechnungen bei ›Schraufa‹.

Gleich hinter dem Bus fuhr, sozusagen in dessen Windschatten, noch ein Kleinbus. Und darin saß Silva! Nein, nein, es war keine Fata Morgana. Auch nicht die Ausgeburt seines von den Strapazen überanstrengten Gehirns.

Es war Silva! Vorn neben dem Fahrer! Sie erkannte ihn und winkte heftig, warf ihm sogar Kußhändchen zu.

Egon erhob sich klatschnaß in seinem Panda, wie ein Astronaut, der auf der 5th Avenue die Konfettiparade zu seinen Ehren abnimmt. Er warf die Arme hoch und rief: »Silva!« und »Warte auf mich!« Und dann war sie vorbei. Die Briten in dem kleinen Bus winkten ihm noch freundlich zu, bis alles wie ein Spuk um die nächste Kurve entschwunden war.

Egon raufte sich die unfreiwillig frisch gewaschenen Haare. Aber wenden konnte er nicht. So fuhr er schicksalsergeben weiter, immer mit dem Brummi im Nakken, bis er zum westlichsten Zipfel der Insel kam. Nach Porto Moniz, wo Busse parkten und Heere von Touristen sich in zwei Lokale ergossen. Dort gab es Spaghetti oder Fisch und tüchtig Wein. Alle konnten ihr Herzklopfen nach der aufregenden Steilküstenfahrt etwas beruhigen. Einige zwitscherten sich im Hinblick auf die unvermeidliche Rückfahrt auch einen an.

An einem Tisch sangen fünf Männer von der Lorelei und daß sie nicht wußten, »was soll es bedeuten, daß ich so trauhaurig bin...«

Egon beschloß, Silva umgehend zu folgen. Es gab ja nur diese eine Straße nach Porto Moniz.

Er hatte weder Augen für die bizarren Felsen noch für die Farben des Wassers und der Steine zwischen Türkis und Blau. Ihn interessierten nicht die riesigen Meerwasserschwimmbecken, und selbst die Katzen, die sich in der Sonne rekelten, ließen ihn kalt.

Dann merkte er jedoch, daß seine Knie zitterten und seine Hände auch. Sein Herz raste, und die Nässe auf seinen Schultern und dem Rücken war nicht nur Wasser, sondern Angstschweiß. Was hatte sein Opa immer gesagt: »Die Aufregung kommt immer erst danach!

So war es. Bei dem Gedanken, daß er wieder zurückfahren mußte, verlor er fast die Nerven. Sogar seine Sehnsucht nach Silva verblaßte um einiges. Wer verbürgte sich dafür, daß er nicht plötzlich wieder eingeklemmt war zwischen zwei Straßenungetümen, die hü oder hott wollten, aber keinesfalls in dieselbe Richtung?

Es mußte sein. Er bestellte einen Kaffee, der nach einer unendlich langen Zeit gebracht wurde. Er gab ein viel zu hohes Trinkgeld und entrichtete auch der Gruppe von stilecht kostümierten Gitarrenspielern, die zwischen den Tischen umhergingen, noch seinen Obolus, kletterte ins Auto und begab sich auf die Rückreise. Er sollte nie erfahren, ob der Kaffee nicht in Ordnung gewesen war oder ob es an der überstandenen und noch nicht beendeten Aufregung eines Flachländers im bergigen Gefahrengebiet lag. Jedenfalls wurde ihm übel. Sehr übel. Kotz- und speiübel.

Ich muß raus, dachte Egon Meier.

An dieser traumhaft schönen Nordküste in Richtung Osten fahrend, hinter Ribero Frio, beschloß er, etwas abzukürzen. Er nahm die nächste Abzweigung ins Landesinnere. An einer besonders idyllischen und einsamen Stelle parkte er, stieg aus, ließ sich in dürres Gras sinken und schlief ein.

Egon erwachte, als der Tag sich mit einem rauschenden Farbenspiel verabschiedete. Die Dämmerung war kurz. Die Dunkelheit setzte fast unvermittelt ein. Egon bestieg eilig seinen Panda und gab Gas.

Aber irgend etwas schien nicht zu stimmen. Die Straße wurde immer unwegsamer. Ja, es war eigentlich nur noch ein Sandweg, auf dem er sich in ziemlich dünner Luft fortbewegte.

Irgendwann kam der Augenblick der Wahrheit. Egon gestand sich ein, daß er sich verfahren hatte und daß in der Dunkelheit wohl wenig Aussicht darauf bestand, die richtige Straße nach Funchal noch zu erwischen.

Nun war ihm wirklich alles egal. Nach dem kurzen

und erholsamen Schlaf hatten sich seine Nerven beruhigt. Der Magen fühlte sich fast normal, allenfalls ziemlich hungrig. Und die Erregung von vorhin war einem Zustand der Wurschtigkeit gewichen.

Als er zur Rechten im Licht seiner Scheinwerfer eine Art Heuschober erblickte, stoppte er abrupt.

Er stieg aus und lugte hinein. Wirklich, das Ding war leer! Eine richtige kleine Wohnung!

Es war eine milde Nacht. Egon betrat die neue Luxusherberge und ließ sich auf das Heu fallen, das ihm mit einem strengen, starken Duft die Sinne benebelte. Er dachte noch ganz kurz an Alma in Aberlingen und an Herrn Pettenkamp, der plötzlich mit der entzückenden Silva in einem bunten Riesenluftballon anschwebte. Alma saß auch drin und hatte ein neues Halsband um; Egon lächelte im Schlaf.

5

Silva war es inzwischen gar nicht nach Lächeln zumute. Im ›Reid's‹ herrschte bereits große Aufregung. Der Gast aus der ›Herzogin-von-Kent‹-Suite war mit seinem Mietwagen nicht von der gefährlichen Nordtour zurückgekehrt.

Der Herr an der Rezeption behauptete dreist, er hätte ihm noch abgeraten, und auch der Autovermieter sagte, er hätte den Gast energisch gewarnt.

Der Mann am Kiosk konnte noch zum besten geben, daß der lavendelfarbene Mensch sich einen rosa Seidenschal gekauft und um den Hals geschlungen hätte. Man müsse ihn, meinte er, auf Meilen erkennen. So knallbunt wie der angezogen war!

Aber es half nichts. Von dem verschwundenen Gast war nirgendwo eine Spur zu finden.

Silva war außer sich. Sie hatte ihm doch noch zugewinkt und Kußhändchen geworfen. Doch was wußte man schon im Grunde über einen Menschen, den man so kurz kannte, selbst wenn man ihn sehr gern hatte?

Der Manager vom ›Reid's‹ wollte die Polizei verständigen. Das tat er nicht gern. Jedes Aufsehen zu vermeiden gehört zu den Grundsätzen eines Spitzenhotels. Aber ein Menschenleben ging natürlich vor.

Der Oberkellner, der es in seiner Jugend beim Militär zum Leutnant gebracht hatte, schlug schneidig vor, sogleich einen Suchtrupp zu organisieren. Selbstverständlich unter seiner Leitung. Mit Fackeln und Hunden, ganz wie im Kino. Er strahlte bei dieser Aussicht. Das würde eine wundervolle Abwechslung sein zu all den Verbeugungen und der Entgegennahme von Bestellungen und selbst von erfreulichen Trinkgeldern.

Silva erinnerte sich an das Versprechen, das sie Rino Peinto gegeben hatte. Und sie dachte an Egons glückliches Gesicht, als er sie im Bus entdeckt, und wie unglücklich er hinter ihr hergewinkt hatte.

Ein wenig, aber wirklich nur ein ganz klein wenig, dachte sie auch an die Summe, die Rino ihr geben wollte, wenn sie den Deutschen übers Wochenende aus dem Verkehr zog.

Ihr dämmerte, daß es keine bessere Lösung geben konnte als einen in den Bergen Verschollenen. Doch gleichzeitig nagten Angst und Sorge an ihr. Was, wenn ihm nun wirklich etwas passiert war?

Er wirkte so vertrauensvoll. Ohne jeden Argwohn hatte er ihr sein Herz ausgeschüttet. Das war ein großes Erlebnis gewesen für eine junge Frau, die an Männer gewöhnt war, die wie Gockel herumstolzierten und alberne Komplimente austeilten. Oder an dickköpfige Herrschernaturen wie ihren Papa. Sie alle nahmen Frauen nicht ernst und hätten ihnen niemals Vertrauen entgegengebracht.

Ja, Silva sorgte sich um diesen Egon Meier mit den blitzeblauen, klaren Augen. Wenn sie sich aber sorgte, war sie ganz ihres Vaters Tochter. Sie nahm die Dinge selbst in die Hand, weil sie im Grunde überzeugt war, daß niemand sonst die Sache ordentlich und richtig erledigen konnte.

Deshalb stellte sie diplomatisch fest: »Beide Vorschläge sind natürlich sehr gut. Ich würde sagen: Sie sind hervorragend. Andererseits würden wir aber auch mit beiden Aktivitäten einiges Aufsehen erregen. Das ließe sich gar nicht vermeiden. Zum Beispiel würde der kleine Reporter von unserer Zeitung ganz gewiß Wind davon bekommen und auf seinen krummen Beinen hier andackeln, nicht wahr?«

Hier nickten die beiden Herren trübe, und der Manager zuckte sogar zusammen.

Silva fuhr fort: »Ich bin sicher, daß ich den Fall ganz persönlich lösen kann, und zwar auf elegante Art. Und ohne jedes Aufsehen!«

Der Manager strahlte so offensichtlich, daß es ganz nach Beförderung und Gehaltserhöhung aussah.

»Wie wollen Sie das anfangen?« erkundigte er sich mit einem Rest von Mißtrauen. Natürlich, die junge Dame kam aus einem guten Stall, das bürgte in gewisser Weise für Qualität. Trotzdem durfte man eben nicht vergessen, daß es sich nur um eine Frau handelte. Da war Vorsicht am Platze.

Silva setzte ihre verläßlichste Miene auf. »Gestern hatte ich unterwegs Gelegenheit, mit unserem jetzt verschwundenen Gast zu sprechen.«

»Wie denn das?« riefen Manager und Chefkellner wie aus einem Munde.

»Ich war mit den britischen Herrschaften auf Nordtour, wie Sie wahrscheinlich wissen. An einer breiteren Stelle parkte der Mietwagen des Herrn, um uns vorbeizulassen. Ich erkannte ihn gleich, und er schien mich auch wiederzuerkennen. Wir wechselten ein paar Worte miteinander. Er sah etwas blaß aus, das ist wahr. Aber die meisten Touristen werden ja blaß, wenn sie das erstemal an der Steilküste entlangfahren. Weil die

Straße in der Tat eigentlich zu schmal ist. Darüber sollte unsere Regierung, vor allem mein Vater, einmal gründlich nachdenken...«

»Sicher eine gute Anregung«, erklärte der Manager nervös. »Aber jetzt sollten wir zur Sache kommen. Sie wollten sicher berichten, was Sie bei diesem Gespräch erfahren haben und wie Ihr Plan aussieht?!«

Das war das Schlimme bei den Frauen. Sie schweiften ab, vergaßen das Wesentliche, verzettelten sich total und wußten schließlich gar nicht mehr, was sie eigentlich hatten sagen wollen. Seine Gattin war genauso.

In Silvas Fall hatte er sich jedoch getäuscht. Nach der kleinen Abschweifung, die ihr nur unterlaufen war, weil sie ihrem Groll gegen Papa stets und überall Luft machen mußte, kam sie zur Sache.

»Der Herr plante einen Abstecher in die Berge. Er machte da ein paar Andeutungen, die mir im Moment nicht zu denken gaben. Doch jetzt kann ich mir da etwas zusammenreimen. Ich weiß, wie er gefahren ist. Wahrscheinlich sitzt er fest. Wie Sie wissen, kenne ich die Berge wie mein Handtäschchen. Ich mußte mit meinem Papa, der begeisterter Bergsteiger ist, schon als Kind dort herumkraxeln.«

»Wir werden Ihnen aber auf alle Fälle jemanden zur Begleitung mitgeben«, versuchte der Manager zu entscheiden.

Das hatte Silva gerade noch gefehlt. Ein Zeuge würde ihren privaten Plan durchkreuzen. Das durfte nicht sein. Deshalb lächelte sie sanft und sagte:

»Wir müssen eins bedenken: Er wird sehr nervös sein. Schließlich hat er sich festgefahren. Wenn da eine schwache Frau kommt und ein paar Ratschläge gibt, ist das nicht allzu schlimm. Aber männliche Zeugen seines Mißgeschicks könnten dem Herrn ausgesprochen unwillkommen sein. Wer läßt sich schon gern bei einem Fehler ertappen? Wirklich gefährlich ist es ja nicht, also wird er auch keine Angst haben, sondern eher wütend auf sich selber und seine Ungeschicklichkeit sein.«

»Das ist wahr«, mußte der Oberkellner zugeben. Damit sah er seine Felle davonschwimmen. Wieder nichts mit Suchtrupp und strategischer Planung.

»Es wird ganz zufällig aussehen, wenn ich ihn finde«, spann Silva ihr Garn. »Ich könnte mich doch ebenfalls verfahren haben. Und daß ich ihn finden werde, dessen bin ich mir ganz sicher. Vertrauen Sie mir.«

»Also gut.« Der Manager nickte erleichtert. Sicher war es so das beste. Es gab kein Aufsehen, keine Zeitungsmeldungen über verschwundene Gäste im ›Reid's‹. Das hätte ihm gerade noch gefehlt, überlegte der Manager. Wo er eine internationale Anzeigenkampagne laufen hatte: ›Paradiesische Entspannung in einem First-Class-Hotel mit Spitzenkomfort und Stunden der Muße im schönsten Park der Insel Madeira‹.

Aber der Oberkellner gab noch nicht völlig auf. Er hatte sogar mit dem Gedanken an einen Orden gespielt. Und nun wollte diese kleine Kröte den ganzen Ruhm allein kassieren.

»Ich werde Sie begleiten und mich ganz im Hintergrund halten«, bot er an. »Ohne männlichen Schutz sollten Sie nicht in die nächtlichen Berge fahren.«

»Ich fahre allein«, sagte Silva fest. »Wie ich schon sagte, kenne ich jeden Weg und Steg von Kind auf.

Und Sie nicht!« Damit spielte sie auf die peinliche Tatsache an, daß der Chefkellner vom Festland stammte, also gar kein echter Madeiraner war; noch dazu stammte er aus der flachsten Gegend Portugals. Und wirklich war er noch nie im Norden der Insel gewesen. Das durfte natürlich nie jemand erfahren.

Silva startete also umgehend ihr weißes Sportcabriolet, das ihr Vater ihr zum 20. Geburtstag geschenkt hatte, und fuhr mit aufgeblendeten Scheinwerfern in die Berge, zum Encumeada-Paß.

Etwas bang war ihr doch zumute. Nicht der Nacht oder der Berge wegen, sondern weil ihr allmählich klar wurde, daß es doch recht vermessen war, hier einen Mann mit einem kleinen Auto finden zu wollen. Und sie hatte doch keine Ahnung, wo er sich aufhalten mochte. Schließlich war das Gespräch mit Egon reine Erfindung gewesen. Ich könnte ebensogut eine Nadel im Heuhaufen suchen, dachte Silva und seufzte laut. Aber dann schaltete sie alle Gedanken ab und verließ sich völlig auf die Eingebungen einer zärtlichen Frau.

Ja, während ihre Aufregung wuchs und sie die Abzweigungen von der Straße musterte, wurde ihr klar, daß dieser Egon Meier mit den lieben Vergißmeinnichtaugen und der sanften Stimme ihr mehr bedeutete als ein Hotelgast. Plötzlich fielen ihr manche Abgründe und schroffe Spalten im Gestein auf, die sie sonst gar nicht beachtet hatte. Und sie erschrak.

Der Mond war aufgegangen und beleuchtete ein malerisches, aber auch düsteres Panorama. Hoffentlich war er im Wagen geblieben! Er würde doch wohl nicht so töricht gewesen sein, auszusteigen und auf eigene Faust loszumarschieren.

Silva hatte das Verdeck ihres Cabrios geöffnet. Ab und zu hupte sie kräftig. Dann hielt sie an und lauschte angespannt in die Umgebung. Irgendwo, weit weg, bellte ein Hund. Ihr war auch, als hörte sie eine Ziege meckern. Aber Egon Meier gab keinen Laut von sich.

Ob er verunglückt war? Irgendwo mit zerschmetterten Gliedern lag? Sie erschauerte. Die Verantwortung, die sie so leichtherzig übernommen hatte, erdrückte sie jetzt beinahe.

Mit ihrer Taschenlampe leuchtete sie seitwärts in die Landschaft. Nichts!

Immer deutlicher erschien vor ihrem inneren Auge das Bild: der große Blonde, zerschmettert in seinem Seat Panda am Fuße eines Abhangs.

Ihr Herz raste. Sie begann vor sich hinzumurmeln: »Bitte, bitte, hör mich doch. Wo bist du? Ach, du lieber, lieber Mann! Wo bist du? Gib deiner Silva ein Zeichen!«

Aber Egon lag im Schuppen und schlief. Wie ein Baby. Nicht die Spur von Silvas Stoßseufzern erreichte ihn. Das Heu mit seinem starken Duft hatte seine Sinne zusätzlich benebelt. Und müde war er gewesen nach all den Aufregungen der letzten Tage. Die Natur forderte ihr Recht.

Als Silva an eine Weggabelung kam, durchfuhr es sie wie ein Ruck. Hier! Ihr Instinkt sagte ihr: Dies war die Kreuzung, an der er sich verfahren hatte. Ein Greenhorn der Berge konnte sich an dieser Stelle leicht täuschen.

Die eigentliche Straße stieg leicht an. Sie verlor sich für den Fremden im Unbekannten, während die Abzweigung beinahe einladend wirkte. Natürlich waren Schilder aufgestellt, doch die sahen verwittert aus und standen halb verdreht.

Entschlossen schlug Silva das Steuer ein. Es dauerte kaum zehn Minuten, da hüpfte ihr Herz hoch bis zum Hals.

Neben einer kleinen Hütte war ordentlich ein schwarzer Seat Panda geparkt. Er funkelte im Licht des Mondes und ihrer Scheinwerfer.

Ohne zu überlegen, fuhr Silva mit knirschenden Reifen an den Rand des Sandweges. Es würde zwar sicher niemand kommen um diese nächtliche Stunde, aber solche Manöver hat ein Autofahrer im Blut. Dafür vergaß sie, das Verdeck zu schließen.

Sie griff automatisch nach ihrer Taschenlampe, sprang aus dem Wagen und lief zu dem Panda.

Drin war er nicht. Er mußte in der Hütte sein, die wohl einmal als Stall für eine einzelne Kuh gedient hatte. Jetzt schien sie leerzustehen. Die Tür hing schief in den Angeln.

Silva gab sich einen Ruck und trat ein. Sie erstarrte. Das Bild, das sich ihr bot, war sehr eigenartig.

Linkerhand hing über einem breiten Holzrechen, der mit den Zinken nach oben aufgestellt war, wie auf einem Bügel das rasante Jackett. Auf einem Heulager schlief der blonde Mann, atmete tief und gleichmäßig. Wie ein Murmeltier schlief er.

Und in der Ecke saßen wie Standbilder zwei grauweißgestreifte Katzen und starrten den Schläfer unverwandt aus gelben Augen an. Es war unglaublich.

Als der Strahl von Silvas Taschenlampe sie traf, verzogen sie sich elegant durch die Tür nach draußen.

Vielleicht hatten sie unabsichtlich Mäuse oder gar Ratten von Egon ferngehalten.

Silva mußte lachen. Und während sie lachte, liefen ihr Tränen über das Gesicht. Ihre Schultern zuckten. Sie dachte:

Verflixt, ich weine ja.

In diesem Augenblick erwachte Egon Meier. Er reckte sich, als läge er im feinsten Himmelbett. Dann öffnete er die Augen und setzte sich mit einem Ruck auf.

»Ein Engel«, murmelte er. »Ich habe eine Erscheinung!«

Silva fuhr sich mit dem Handrücken über die Augen und verteilte die Tränen zusammen mit etwas Wimperntusche über das Gesicht.

»Herr Meier«, sagte sie mit unsicherer Stimme. »Ich bin es doch. Silva. Die Silva aus dem Hotel, die gestern bei Ihnen auf Ihrem Zimmer war.«

»Das ist nicht möglich!« behauptete er dumpf.

Egon hatte zwar in letzter Zeit vieles erlebt, was er in Aberlingen nie für möglich gehalten hätte, doch das hier ging nun doch über jedes glaubhafte Maß hinaus.

Da stand ein Geschöpf, das nicht nur so aussah wie seine angebetete Silva, an die er in den letzten Stunden gedacht, von der er geträumt, nach der er sich gesehnt hatte. Nein, dieses Geschöpf behauptete jetzt auch noch, wirklich Silva zu sein. Wahrscheinlich hatte er hohes Fieber. Als Kind hatte er dabei manchmal fantasiert. Einmal hatte er gedacht, er schwimme im Teich zwischen lauter bunten Fischen.

»Weinen Sie?« fragte er, weil man ja immerhin den

Versuch machen konnte, mit Engeln zu reden, wenn man sie denn schon erblickte.

Der Engel nickte.

»Ich habe mich so geängstigt. Ihretwegen!«

Er riß die blauen Augen auf.

»Geängstigt? Meinetwegen?!«

Er schloß kurz die Augen und schüttelte lächelnd den Kopf. Klar, er fantasierte. Noch nie hatte sich seinetwegen jemand wirklich geängstigt. Selbst Alma nicht. Sie war eben ein dummes Hundchen.

Silva glitt zu ihm hin und kauerte sich an seinem Lager nieder. Es duftete nach Kräutern wie ein Reformkostladen.

»Ich hatte furchtbare Angst«, flüsterte sie.

»Warum hatten Sie denn Angst? Es ist nichts passiert«, sagte er und musterte seinen Engel.

Allmählich wurde er völlig wach. Das Mädchen, so dicht neben ihm, war wirklich. Haut und Haar und Blütenduft. Jetzt knipste es die Taschenlampe aus.

Egon richtete sich halb auf und öffnete die Arme.

»Silva!«

Und das Wunder ging weiter. Sie schmiegte sich in seine Arme.

»Egon! Liebster!«

Oh, ihre süße Stimme. Ihr weicher Körper. Er beugte sich über sie und legte seine Lippen auf ihren süßen Rosenknospenmund. Und der Mund öffnete sich für ihn.

Silva sah durch die kaputten Dachbalken Sterne am dunkelsamtenen Himmel. Dann schloß sie die Augen.

Und Egon Meier war nicht mehr der tüchtige, aber ein wenig linkische und schüchterne Oberbuchhalter bei der ›Schraufa GmbH‹ in Aberlingen, der zu Herrn

Pettenkamp nur piano sprach und von manchen Betriebsmitgliedern ›Pantoffelmeier‹ genannt wurde, der sich vor Fräulein Buttrich fürchtete, nie widersprach, immer den Kopf senkte und alles schluckte wie die Steuer, der ergeben dastand und sich nicht wunderte, wenn andere, Dümmere, im Dienst schneller vorankamen als er, weil sie die große Klappe an die Spitze ihres bescheidenen Könnens setzten.

Nein. Egon war ein Kerl, der sein Mädchen im Arm hielt. Fest und zärtlich. Er fand mühelos die richtigen Knöpfe an ihrer Bluse und auch sonst alles, was er im Dunkeln finden mußte.

Sie glühten füreinander und streichelten einander. Ihre Küsse dauerten länger und wurden tiefer und heftiger. Die Umarmung war Schöpfungsgeschichte und Beginn der Welt, Glück und Erfahrung von unzähligen Generationen, die tiefste Sinnerfüllung der Natur.

Es war unbeschreiblich herrlich. Es war ein Wunder. Es war Liebe.

Dieser einfache und in vielem kindlich erlebnisfähige Mann war für Silva die Rettung. Sie war schon so enttäuscht gewesen von den Männern. Er war der Kontrast zu den übertrieben selbstsicheren Herren ihrer Schicht, die Antwort auf den überstarken Papa, auf all die blasierten Machos und selbst auf Rino, der sie immer wie hübsches, aber entbehrliches Schmuckstück behandelt hatte.

Silva hatte immer soviel Geld gehabt, daß sie sich darüber keine Gedanken machen mußte. Papa hatte es ihr gegeben. Jetzt verdiente sie selber genug. Natürlich schenkten ihr die Eltern auch immer noch dies und das, eine Uhr, eine Kette, einen Sportwagen oder einen Weißfuchsmantel.

So spielte auch die Überlegung, wieviel wohl ein Oberbuchhalter in Aberlingen verdienen mochte, keine Rolle für sie.

In ihrem Kopf tauchten zum erstenmal Gedanken und Träume auf, die mit einem langen weißen Kleid aus Voile, Myrthen im Haar und einer drei Meter langen Schleppe zu tun hatten. Und mit Hochzeitsglokken.

Ihre Augen füllten sich mit Tränen.

»Obrigada«, flüsterte sie Egon ins Ohr. »Obrigada, danke, Liebster, es war die schönste Nacht in meinem Leben.«

»Meine auch, Silva, mein Liebling.«

»Und es wird nicht die einzige bleiben – versprichst du mir das?«

»Natürlich, Silva, ich verspreche es hoch und heilig.«

Er ließ seine blauen Augen blitzen und lächelte selig wie noch nie. Oh, wie ihre Brombeeraugen strahlten. Sie war wirklich das schönste Mädchen, das er je gesehen hatte. Und so klug! Was sie doch für intelligente Sachen sagte.

»Hier ist deine Haut ganz zart«, sagte sie gerade, »wie bei einem Mädchen.«

»Aber nicht so zart wie deine.«

»Sie ist genau richtig.«

»Findest du?! Und wie ist sie hier?!«

»Ooohhh...«

Nun also, es waren genau die Dialoge, die Verliebten so außerordentlich geistreich vorkommen. Und

Egon fragte, was sie fragen, seit ihre Vorfahren vor Jahrmillionen von den Bäumen stiegen: »Liebst du mich?«

»Sim«, antwortete Silva. »Und du, liebst du mich?«

»Sim, ich liebe dich«, sagte Egon. ›Sim‹, das konnte doch nur ›Ja‹ heißen.

6

Pettenkamp war schlechter Laune. Die erste Breitseite des geballten Unwillens bekam Dr. Kranzer ab.

Als der Chefingenieur zu einer der üblichen Besprechungen erschien, zischte Fräulein Buttrich im Vorzimmer bereits: »Vorsicht, dicke Luft!«

Sie zeigte mit dem Daumen auf Pettenkamps gepolsterte Tür und zog eine Grimasse. Dann drückte sie die Sprechtaste zum Chef.

»Dr. Kranzer ist da«, flötete sie.

»Soll reinkommen!«

Pettenkamps Stimme klang besonders asthmatisch. Ein schlimmes Zeichen. Jede Stimmung wirkte sich bei ihm auf die Atemwege aus. Und wenn sich, wie heute, etwas zusammenbraute, kam ihm die Luft wie Magermilch vor. Und er haßte Magermilch.

Dr. Kranzer trat ein und überflog mit einem Blick die zerbröselte Zigarre im Aschenbecher, die zerknüllten Bogen im Papierkorb mit Papierfetzen daneben, und das unnatürlich gerötete Gesicht seines Chefs, von dem die hellen Augen abstachen wie Schaumklöße auf Kirschsuppe.

»Neue Nachrichten von Herrn Meier?« fragte Kranzer artig.

Pettenkamp schloß kurz die Augen, und Kranzer dachte schon, der Schlag hätte ihn getroffen. Er wankte förmlich auf seinem Sessel. Dann stierte er seinen Chefingenieur an und keuchte:

»Er ist verrückt geworden!«

»Aber, Herr Pettenkamp! Meier doch nicht!«

»Doch, doch.« Pettenkamp schüttelte mehrmals den Kopf und begriff ganz offensichtlich die Welt nicht mehr. Wenn schon auf einen Menschen wie Egon Meier kein Verlaß mehr war!

»Verstehen Sie das, Dr. Kranzer? Einer ist hier verrückt. Meier oder ich. Und ich bin es eben nicht.«

»Ich verstehe kein Wort.«

»Meier ruft hier am Freitag an und teilt mir mit, daß er bei Parlango wohnt. Die Verhandlungen stünden vor dem Abschluß, sagt er. Alles bestens, nur noch ein paar Formalitäten, läßt er durchblicken; dann wurde die Verbindung unterbrochen.«

»Na, wunderbar!«

»Von wegen wunderbar! Vorhin telegrafiert Parlango y Gosset, Meier sei gar nicht in Funchal eingetroffen. Er bittet mich um eine Erklärung. Das Telegramm, das Meiers Ankunft meldet, hat er erhalten. Aber verspätet! Ein furchtbares Land.«

Pettenkamp deutete mit dramatischer Geste auf den Papierkorb, woraus Dr. Kranzer entnahm, daß besagtes Telegramm dort bereits abgelegt worden war. In der ersten Wut.

Pettenkamp beugte sich etwas vor und flüsterte heiser: »Dr. Kranzer, können Sie sich vorstellen, daß unser Meier ein sozusagen ›falscher Fuffziger‹ ist?«

Kranzer schüttelte stumm den Kopf.

»Daß er vielleicht mit unserem Muster zur Konkurrenz gegangen ist? Können Sie sich das vorstellen?«

»Sie hätten es patentieren lassen müssen«, warf Kranzer ein.

»Kommen Sie mir jetzt bloß nicht so. Das hat mir gerade noch gefehlt. Patentieren. Solche Dinger gibt's doch schon. Jedenfalls ganz ähnliche.«

»Dieser Meinung bin ich nicht«, sagte Dr. Kranzer gekränkt. Schließlich hatte er wesentlichen Anteil an dem Modell ›Schraufa-A1‹.

Pettenkamp stöhnte auf.

»Ich werde noch verrückt. Etwas ist faul, das steht schon mal fest. Das beste wird sein, daß Sie hinfliegen und nach dem Rechten sehen...«

»Das würde Meier aber kränken.«

»Meier ist eine Niete. Ist mir jetzt klar. Zu spät! Geschäft im Eimer!«

»So schwarz sollten Sie nicht sehen, Chef!«

Pettenkamp nickte. Er hörte es gern, wenn man ihn ›Chef‹ nannte. Und auf diese Weise brachten ihn gewitzte Mitarbeiter stets schnell auf den würdevollen Teppich zurück.

»Ich würde selber fliegen, aber ich vertrage keinen Klimawechsel«, erklärte Ewald Pettenkamp.

»Vielleicht ist es Taktik?« gab Kranzer zu bedenken. Madeira, gut und schön. Aber erstens hatte er gerade die kleine Buttrich als Eisen im Feuer, und zweitens machten solche anstrengenden Dienstreisen meistens gar keinen Spaß. Letztlich hatte man nur Ärger, wenn etwas schiefging. Und es ging immer etwas schief. Noch dazu, wenn er als Brandkommando eingesetzt wurde für ein schon verkohltes Haus.

»Taktik?« staunte Pettenkamp. »Wieso das?«

»Nehmen wir mal an, Meier war bei diesem Parlango, und der hat halb und halb zugesagt. In Wirklichkeit will er aber nicht unbedingt mit uns abschließen.

Jetzt weiß er, was wir verlangen und hat den Amis gegenüber eine bessere Verhandlungsbasis. Andererseits weiß er noch nicht, ob er mit den Amerikanern vorteilhaft abschließen kann. Deshalb hält er sich uns, sprich Meier, warm.«

»Das ist doch nicht Ihr Ernst?«

»Es ist eine Hypothese, weiter nichts.«

»Ja, und weiter?«

»Rechnen wir also mit der Möglichkeit, daß Meier mit Parlango verhandelt hat, und dafür spricht doch, daß er sogar bei ihm wohnt. Unser Mann auf Madeira wiegt sich also in Sicherheit und denkt, alles sei in Butter. Er wartet das Wochenende ab, weil er noch irgend etwas erledigen will...«

»Er muß mit dem Konsul sprechen«, stimmte Pettenkamp aufgeregt zu.

»Gut. Gehen wir von dieser Annahme aus. Um nun Zeit zu gewinnen und um sich keine Blöße zu geben, falls er doch noch mit uns abschließen will, hält Parlango Meier hin und schweigt ihn uns gegenüber einfach tot. Tut so, als sei er gar nicht da. So hat er Zeit gewonnen.«

»Aber wenn er dann doch mit uns abschließen wollte...«

»Wird er alles als ein Mißverständnis hinstellen. Außerdem kann er damit rechnen, daß Ihnen sehr viel an diesem Abschluß liegt. Also würden Sie bestimmt ein Auge zudrücken. Im Falle des Erfolges.«

»Und Sie meinen, er verhandelt inzwischen mit den Amerikanern, und Meier geht auf der Insel spazieren und weiß von nichts?!«

»Es könnte sein«, stimmte Kranzer vorsichtig zu. Die

Machtverhältnisse in einem Betrieb konnten sich schnell ändern. Noch bestand kein Grund, über Meier den Stab zu brechen.

»Ich zerreiße den Meier in der Luft, wenn das wahr ist«, keuchte Pettenkamp. Seine Stimme war so gut wie weg.

Kranzer überlegte, daß sein Chef dazu kaum noch Gelegenheit haben würde, wenn er so weitermachte. Denn nun schwollen auch noch die Schläfenadern gefährlich an, wie Schlangen auf dem Kriegspfad.

Der Firmengründer auf dem Gemälde hinter ihm, gewiß keine aristokratische Erscheinung, wirkte richtig blaß und vornehm gegen den jetzigen Chef, und das wollte etwas heißen.

»Und Sie hätten Ihre Bedenken früher formulieren können. Jetzt kommen Sie damit raus, wo es wahrscheinlich zu spät ist!« rang Pettenkamp sich noch ab. Er drückte auf die Sprechtaste und wies Fräulein Buttrich an: »Rufen Sie den Parlango y Gosset an, und verlangen Sie Herrn Meier zu sprechen! Lassen Sie sich nicht abwimmeln, verdammt noch mal!«

»Das ist doch zwecklos«, mahnte Kranzer.

»Halten Sie den Mund!«

Das hätte der Chef nicht sagen sollen. Dr. Kranzer zuckte die Schultern. »Herr Direktor Pettenkamp«, sagte er kalt, und mehrere verweigerte Gehaltserhöhungen schwangen in seiner Stimme mit, »machen Sie sich nichts vor. Unsere Preise auf dem Weltmarkt liegen um 2,3 Prozent zu hoch.«

»Davon will ich nichts hören. Wir liefern Qualität. Deutsche Wertarbeit«, quietschte Pettenkamp wie eine schlecht geölte Wetterfahne. »Lassen Sie mich jetzt bitte allein. Wir unterhalten uns später noch.«

Kranzer deutete eine knappe Verbeugung an und ging, während Pettenkamp bereits die Schublade aufriß, in der er seine Medikamente aufbewahrte. Er schluckte sofort zwei Beruhigungsdragees und gurgelte mit einem Cognac nach. Dann zündete er sich eine Zigarre an und zerkrümelte sie systematisch im Aschenbecher.

Er seufzte abgrundtief. Meier eine Lusche. Kranzer ein frecher Hund. Er war in einer feindlichen Welt, umgeben von lauter Nieten!

Kranzer zwinkerte der Buttrich zu und schnalzte mit der Zunge. Seine Gefühle schwankten zwischen einer gewissen Solidarität mit der Firma und unbändiger Schadenfreude.

Kurze Zeit später platzte der ahnungslose Rüdiger Knulle gutgelaunt mitten in die Pettenkampsche Gewitterfront hinein.

Fräulein Buttrich war gerade mal ›für kleine Mädchen‹, um ihr Make-up zu erneuern und etwas Moschusduft im Dekolleté zu verteilen. So konnte sie den armen Knulle nicht warnen.

Der klopfte und hörte drinnen ein Gurgeln, das er als ›Herein‹ übersetzte.

Beherzt öffnete er die Polstertür und trat den langen Marsch zum Schreibtisch seines Brötchengebers an. Immerhin vertrat er zur Zeit Egon Meier und hatte in dieser Eigenschaft eine Personalangelegenheit mit ihm zu regeln.

Das sagte er seinem Chef. Aber der schäumte gleich hoch wie ein Pils, das zu schnell eingeschenkt wurde.

»Sie«, stieß er hervor, »kommen Sie mir jetzt bloß nicht mit diesem Personalquatsch. Und schon gar nicht mit irgendeinem Gesülze über Meier. Beschweren Sie sich meinetwegen beim Personalrat. Bitte sehr! Wir werden ohnehin bald verkleinern müssen, wenn der Schlendrian hier so weitergeht. Wenn jedes Würstchen denkt, es könnte machen, was es will.«

Knulle war fassungslos.

»Aber, Herr Pettenkamp...«

»Aber, Herr Pettenkamp... ist das alles, was Sie zu sagen haben? Haben Sie mir sonst nichts zu sagen? Alles, was ich hören will, ist die Nachricht, daß mein Geschäft auf Madeira unter Dach und Fach ist. Haben Sie die?!«

»Nein, Herr Direktor«, stotterte Knulle entgeistert. Er sah Pettenkamp treuherzig an und wagte zu fragen: »Schlechte Nachrichten von Herrn Meier?«

In diesem Augenblick machte Pettenkamp einen schweren Rückfall in alte Chefzeiten durch, als es noch keinen Betriebsrat und keine Gewerkschaften gegeben hatte, als ein Chef noch ein Chef und ein Direktor noch der Herr war und machen konnte, was er wollte.

»Das geht Sie einen Dreck an, Herr Knulle«, schrie er mit überschnappender Stimme. »Machen Sie, daß Sie rauskommen. Sonst komme ich noch auf den Gedanken, Ihnen die Papiere aushändigen zu lassen. Da sind Sie platt, was? Wer hat Sie überhaupt hier reingelassen? Sie sind ja gar nicht angemeldet. Wo ist die Buttrich? Wieder mal aufm Topp, vermute ich, Locken drehen und Gesicht bemalen, wie? Lauter Faulpelze und Versager. Ich bin umgeben von Faulpelzen und Versagern...«

Er war den Tränen nahe. Knulle hörte seine Klagen

nicht mehr. Er war schon draußen. Die Buttrich war tatsächlich immer noch nicht da.

Auf dem Flur wischte sich Knulle die Schweißperlen von der Stirn. So was! dachte er zitternd. Nein, so was!

Meine Papiere aushändigen lassen. Dieses Schwein! Der wird sich noch wundern. Eine Katastrophe wäre das für die Schraufa. Allein wie ich nebenbei die Stenotypistinnen in Schwung halte, das soll mir mal einer nachmachen. Wenn die Buttrich meine Sekretärin wäre, würde sie nicht stundenlang auf dem Klo rumtrödeln. Aber ich kriege ja keine Sekretärin. I wo! Ich kann mir hier den Arsch abarbeiten. Was kriege ich dafür? Anschnauzer. Rausschmißdrohungen! Na, warte! Dich erwischt es schon noch!

Er wankte in sein Büro zurück, in dem Meiers Platz kalt und leer wirkte. Er sah nun gar nicht mehr so verheißungsvoll aus wie noch vorhin, als Knulle sich im Falle von Meiers Beförderung Chancen auf dessen Stuhl ausgerechnet hatte.

Wie veränderlich war die Welt, wie unstet das Glück. Wenige Tage erst war es her, da hatten sie hier einen fröhlichen Umtrunk auf Meiers Wohl veranstaltet. Und jetzt? Meier offenbar in Ungnade. Er selbst, Knulle, soeben mit einem Anpfiff bedacht, der völlig ungerecht war und noch dazu allem widersprach, was sich an modernen Arbeitsplätzen gehört.

Mußte er das wirklich schlucken? Er seufzte laut und wickelte sein Frühstücksbrot aus.

Natürlich – Stinker! Heute konnte es ja einfach nichts anderes sein als Stinker. Ein ordentliches Schinkenbrot, eine Stulle mit Schmalz und Mettwurst hätten möglicherweise sein Seelenleben wieder ein bißchen in Ordnung gebracht. Aber nein. Stinker!

Wilma-Luise, seine Frau – und Rüdiger Knulle hatte nie begriffen, wie man so heißen und sich auch noch so nennen lassen konnte – Wilma-Luise hatte ihm Stullen mit Harzer eingepackt. Harzer mit viel Kümmel.

Er mochte Harzer an sich nicht ungern. Aber Kümmel mochte er gar nicht, außer in flüssiger Form, was sich ja nicht vergleichen ließ.

Seit sieben Jahren aber kaufte Wilma-Luise Kümmelharzer. Seit sie verheiratet waren. Es war ihre subtile Form von Rache für jene Schwierigkeiten, die ihr Gatte ihr zu machen pflegte, wenn er penibel ihr Haushaltsbuch nachrechnete. Eigens deswegen mußte sie Posten erfinden wie ›Allgemeines‹ oder ›Gewürze und sonstiges‹, und weil er sich dann prompt erkundigte, was ›Sonstiges‹ und ›Allgemeines‹ bedeuten solle, nahm sie stinkende Rache. Knulle warf die Brote in die Schublade, wo sie still vor sich hin waberten, und stürzte in den Raum, in dem die Stenotypistinnen saßen.

Aha, Fräulein Silbereisen, eine junge, aber nicht sehr hübsche Person, hatte gerade eine Pause eingelegt und trug mit einem breiten Pinsel ihr neues Rouge ›Appleblossom‹ auf die Wangen, wobei sie in den kleinen Spiegel in ihrer Linken guckte und die Backen einzog, um so die richtige Schattenpartie für das Rouge zu markieren.

»Fräulein Silberstein«, sagte Knulle und bemühte sich um einen möglichst schneidenden Tonfall, »Sie wollen hoffentlich nicht eine Laufbahn als Clown einschlagen, das wäre ein unersetzlicher Verlust für unsere Firma!«

Sieben Jahre Wilma-Luise, Kümmelharzer und Anpfiff vom Chef ließen seine Stimme drohend vibrieren. So, das hatte gesessen. Schließlich war man nicht der Fußabtreter für alle Leute. Druck und Ärger konnte man nach unten weitergeben. Und die Kleine hier würde es schon verwinden. Lehrgeld mußte schließlich jeder zahlen.

Fräulein Silbereisen errötete nun auch ohne ihr ›Appleblossom‹. Sie sah Knulle mit hochgezogenen Augenbrauen an und sagte cool und knallhart:

»Nun machen Sie sich mal keinen Fleck ins Hemd, Mister! Wischen Sie lieber den Kümmel vom Kinn!«

Alle Damen lachten. Knulle schnappte nach Luft. Er hätte gern geantwortet, doch er war sprachlos.

Diese jungen Dinger waren angezogen wie Babys, mit Strampelhosen und rosa oder hellblauen Strickjäckchen. Aber sie waren rotzfrech wie Oskar.

Er verließ den Stenotypistinnensaal als geschlagener Mann. Soviel stand fest: für Rüdiger Knulle war dies ein schwarzer Tag.

Daran änderte es auch nichts, daß er mit der Betriebspost eine bunte Karte aus Funchal auf Madeira bekam. Absender Egon Meier, der ankündigte, er habe schon ein kleines Mitbringsel für Knulle gekauft, über das er sich hoffentlich freuen werde.

Knulle hütete sich, etwas über die Karte verlauten zu lassen. Wenn schon die bloße Erwähnung von Meiers Namen den Alten so in Rage brachte, wie würde er da erst toben, wenn er von der Ansichtskarte erfuhr.

Meier war irgendwie ins Fettnäpfchen getreten, da kannte man ihn besser gar nicht. Und bekam auf keinen Fall Post von ihm.

7

Meier war in Silvas Armen erwacht. Sie hatte ihn angelächelt und ihm einen glücklichen Morgen gewünscht.

O ja, Egon war glücklich. Diese Begegnung war ein Wunder. Aber andererseits war Aberlingen die Wirklichkeit. Der Musterkoffer schwirrte wer weiß wo in der Welt umher. Das Geschäft geplatzt, die Verhandlungspartner sauer.

»Du siehst traurig aus. Was bedrückt dich, Liebster?« fragte Silva.

»Ich muß etwas wegen der Alarmgeräte unternehmen. Verstehst du das, Liebling? Ich hatte da ein bißchen die Beherrschung verloren. Vielleicht kam es durch die Klimaumstellung«, sagte Egon.

»Weißt du was? Ich mache dir einen Vorschlag. Wir fahren nach Semlona. Mit meinem Auto. Deins lassen wir erst einmal hier stehen. In Semlona telefoniere ich mal mit Pallando und auch mit dem Sekretär für Handel und Finanzen.« Hier hätte Silva am liebsten laut gelacht, wenn sie an Papas dummes Gesicht bei ihrem Anruf dachte.

Sie fuhr fort: »Ich kann vorfühlen, wie die Stimmung ist, und schon eine Besprechung verabreden, wenn ich merke, daß es Zweck hat. Erstens kann ich portugiesisch und höre folglich besser als du die Feinheiten heraus. Zweitens sind Frauen gute Diplomaten. Drittens kenne ich die hiesige Mentalität besser als du. Vertraust du mir, Liebster?«

Egon brauchte nicht zu überlegen.

»Das willst du wirklich tun? Das ist wunderbar. Natürlich vertraue ich dir. Vielleicht ist ja noch nicht alles verloren.«

»Aber bestimmt nicht!«

Es dauerte noch eine Weile, bis sie aufbrachen, weil sie sich noch ausgiebig küssen mußten. Silva band ihrem Egon den rosa Schal um den Hals. Sein Lavendeljackett war dank der geschickten Aufhängung am Heurechen wieder in Form getrocknet.

Endlich starteten sie. Silva saß am Steuer, und Egon legte ihr die Hand aufs Knie.

Semlona war ein winziger Ort bei Funchal. Fast wie eine Vorstadt, wie etwa Nippes von Köln oder Dahlem von Berlin oder Gauting von München. Nur daß Semlona auf der anderen Seite des Berges lag, den Funchal emporkletterte. Doch das erhöhte den Reiz dieses Dörfchens, das davon lebte, daß Fremde und Einheimische sich in den vielen Tabernen betranken und viele Escudos in den Kassen ließen.

Semlona hatte auch eine Berühmtheit. Es war Pedro Pappali. Nicht daß sein Name so klangvoll und kindertümlich klang, lockte die Leute an, sondern daß es in seinem Restaurant einen schönen Saal gab. In diesem Saal traten nämlich ab und zu international bekannte Künstler auf und weckten Semlona aus Dornröschenschlaf und Anonymität. Manchmal kam sogar das Fernsehen!

Das vergaßen die Semlonaer dem Pedro Pappali nicht. Und deshalb hatten sie ihn zum Bürgermeister ernannt.

Ein Ehrenamt kostet immer Geld, wer wüßte das

nicht? Das ist eben die traurige Seite der Ehre. Man muß als hochgeehrter Mann schon ein nettes Bankkonto haben, um seine Verpflichtungen erfüllen zu können. Eine Frage des Überlebens.

Deshalb trifft die öffentliche Ehrung folgerichtig auch nur Männer, die sich das leisten können. Pedro Pappali gehört zu ihnen. Er nahm die Bürgermeisterwürde an und schlug auf seine Weine und Schnäpse ein paar Centavos auf, was sich für die Gäste nicht sehr bemerkbar machte, für Pappali jedoch bei der Höhe des monatlichen Konsums höchst angenehm und einträglich war.

So verdiente er am Bürgermeistertitel und hatte außer der Macht auch noch Geld dazugewonnen. Herz, was willst du mehr?

Silva hatte geparkt. Niemand nahm Notiz von dem jungen Paar, das Arm in Arm durch die Straßen ging. Dachten sie.

Es war ein heller, sonniger Tag. Sie setzten sich vor ein Café an die lange Dorfstraße auf die landesüblich kalten Stühle, Marke ›Kunststoff contra Blase‹. Und bestellten Frühstück mit Kaffee und frischen Semmeln.

Inzwischen gingen im Haus von Pepe die Wogen der Erregung hoch. Pepe, dessen Nachnamen keiner kannte, war ein seßhafter Zigeuner in Semlona, wobei das ›seßhaft‹ nicht überbewertet werden sollte. Er war natürlich viel auf Achse, aber jedenfalls hatte er hier eine Wohnung. Trotzdem gab er als Beruf ›Landfahrer‹ an. Ehrensache für einen echten Roma.

Soeben war der zehnjährige Jüngste der Familie in die Wohnung gedonnert und hatte gerufen: »Mauro ist da!«

Dieser kleine Satz brachte Pepe samt Großfamilie völlig aus dem Häuschen. Zuerst wurde der sechzehnjährige Bruder losgeschickt. Alle warteten mit angehaltenem Atem.

Der kam zurück und meldete: »Tatsächlich. Er sitzt bei Raffael im Café mit einer Biene und hat genau den komischen Anzug an, den er schon im ›Reid's‹ getragen und den unser Vetter ja genau beschrieben hat. So eine schreckliche Farbe gibt es sowieso nur einmal. Wie ein Schlüpfer. Lila. Aber verblichenes Lila. Grauenvoll – wie der ganze Kerl.«

Nun muß man wissen, daß besagter Mauro aus Granada stammte. Wie Pepes Vorfahren hatte auch seine Familie in den Höhlen des Sacro Monte gelebt. Eine Schwester hatte dort immer noch ihren festen Wohnsitz und führte zusammen mit ihrer gesamten Familie den Touristen folkloristische Tänze vor und langte ihnen dabei auch noch geschickt in die Taschen.

Mauro aber hatte wirklich Talent. Schon als Knabe war er vorteilhaft aus der Reihe getanzt und einem Flamenco-Star aufgefallen, der ihn ausbildete. Geschliffen hatte er ihn wie ein Feldwebel von früher den Rekruten. »Nur die Füße bewegen sich! Nicht nach unten schauen, Mauro! Nicht rennen! Nicht blinzeln! Hast du eben gelacht? Du wirst es nie schaffen, wenn du beim Tanzen lachst!«

Geweint hatte Mauro manchmal. Aber er wollte ein Star werden wie sein Lehrmeister. Deshalb bemühte er sich, alles richtig zu machen. »Hoch das Kreuz! Zeig den Mädchen den Macho! Und ihr, meine Tauben, haltet die Brüste wie der Stier seine Hörner, ja, wie Waffen. Nur eure Hände sollen sanft flattern. Seht

Mauro an! Jaaa, das ist der Kerl, der euch zähmen wird!«

Mauro lernte den ›Baile Grande‹, der auf rituelle Tänze von Hindu-Priestern zurückging, melancholisch und gefühlvoll, den ›Baile Intermedio‹, den seine Vorfahren im Laufe der Zeiten daraus gemacht hatten, und den lustigen und prickelnden ›Baile Chico‹.

Flamenco wurde in der Welt als ›spanischer Tanz‹ angesehen. Doch es war der Tanz von Minderheiten, die so ihre unterdrückten Gefühle ausgelebt hatten. Araber, Juden, Zigeuner. Und sie, die Roma, hatten erst das daraus gemacht, wonach die Leute süchtig waren. Flamenco!

Gitarrenklänge und Fingerschnipsen, Rhythmus und Gesang. Leidenschaft. Mauro hatte all das inzwischen im kleinen Finger. Er verdiente fantastisch. Er ging auf Tournee. Und jetzt hatte er eben einen Abstecher nach Portugal gemacht, wo er bei Pedro Pappali auftreten wollte. Vorher hatte er ein paar Erholungstage im ›Reid's‹ eingelegt. Ein nettes Hotel. Und nette Mädchen.

Etwas war ungewöhnlich an Mauro: Er war blond! Ein blonder Zigeuner, das war eine Besonderheit. Wie ein weißer Elefant. Oder eine schwarze Perle. Seine Mutter war blond. Sie war zwar am Sacro Monte aufgewachsen, doch wurde allgemein gemunkelt, ihre schwarzhaarigen Eltern hätten sie als Baby irgendwo ›mitgehen‹ lassen, weil ihnen gerade ein eigenes gestorben war.

Mit Pepe Frios Sippe bestand eine Uraltfehde seiner Familie. Warum, wußte eigentlich schon gar keiner mehr. Es hatte aber bereits Verwundete gegeben. Und vor drei Jahren hatte Mauro mit einer Nichte von Pepe ein Techtelmechtel angefangen, er hatte sie also ›entehrt‹. Das sollte nun gerächt werden. Pepe Frio und seine Sippe standen Messer bei Fuß bereit, dem blonden Burschen eine Lektion zu verpassen, die er nie vergessen würde, wenn für ihn danach überhaupt noch die Möglichkeit bestand, etwas vergessen zu können.

Sie beobachteten ihn, seit er ins ›Reid's‹ eingezogen war. Dort hatte sich keine günstige Gelegenheit ergeben. Immer war er in Gesellschaft und sehr gut bewacht gewesen.

Jetzt schlug die Stunde der Blutrache. Der Frechling saß im Café und ließ sich's gutgehen. Nun, nicht mehr lange. Die Frios rüsteten sich, Shakespeares Drama ›Romeo und Julia‹ à la zingara aufzuführen.

Silva und Egon hatten sich noch einmal tief in die Augen gesehen. Dann war sie aufgebrochen, um ein Zimmer für Egon zu besorgen und die angekündigten Telefonate zu erledigen.

»Warte hier auf mich, Liebster. Ich komme zurück, so schnell ich kann.«

»O ja, beeil dich, mein Liebling! Ich ertrage das Leben nicht ohne dich.«

So saß Egon Meier versonnen und etwas benebelt vor lauter Verliebtheit an seinem Tischchen. Er rührte im Kaffee und lächelte dümmlich vor sich hin.

Die Sonne war zwischen den Wolken hervorgekommen. Die Straße war erstaunlich leer für eine südliche Stadt. Wäre Egon nicht so versunken gewesen in sein Glück, hätte er sicher bemerkt, daß sich hier irgend etwas Bedrohliches zusammenbraute.

Jetzt schlenderten drei dunkelhaarige Männer langsam die Straße entlang und hielten auf seinen Tisch zu. Vier andere besetzte Tische leerten sich in Windeseile.

Der eine sah Egon an, nickte den anderen zu, trat auf den Menschen im lavendelblauen Jackett zu, der ihm auch noch frech entgegenlächelte, und wartete, bis die beiden anderen dicht neben ihm aufgeschlossen hatten.

Egon dachte, daß der Mann wahrscheinlich um Feuer bitten würde und überlegte, wie ›Feuer‹ wohl auf portugiesisch hieß.

»Mauro?« fragte der Mann. Freundlich sah er nicht dabei aus. Aber diese Südländer wirkten manchmal etwas düster. Das hatte bestimmt nichts zu bedeuten.

Wahrscheinlich hieß ›Mauro‹ auf portugiesisch ›Feuer‹. Also nickte Egon lächelnd und machte Anstalten, sein Feuerzeug hervorzukramen.

Aber in diesem Augenblick zog Pepe, der natürlich annahm, dieser Mauro wollte eine Waffe ziehen, sein Messer und ließ es mit einem ›Pfff‹ aufschnappen. Dabei zischte er etwas zwischen den Zähnen hervor. Und auch die beiden anderen Kerle ließen Messer im Sonnenlicht blitzen.

Egon, so jäh aus seinem Glückstaumel gerissen, handelte viel schneller, als er denken konnte. Er handelte so fix, wie er es sich selber nie zugetraut hätte, von den Leuten in Aberlingen gar nicht zu reden. Ja, es war der Durchbruch eines bisher ganz und gar verborgenen Talentes, wie es nur sehr wenigen Menschen im Leben passiert.

Egon rutschte nämlich wie eine Schlange vom Stuhl unter den winzigen Caféhaustisch, und während seine Bedroher in die Hocke gingen, hatte er das Tischchen bereits gekippt und hielt es wie einen Schild vor sich her, kroch so ein Stückchen rückwärts, erhob sich und hechtete gleichzeitig zur Tür des Cafés, wo der Wirt den alten Kuchen gerade so garnierte, daß er wie frisch aussah.

Als er seinen Gast in die Tür springen sah, ahnte er Schlimmes. Nichts war für ein Lokal schädlicher als Messerstechereien mit schlimmen Folgen. Also wuchtete er mit zwei Sätzen zur Tür, während Egon an ihm vorbei hinter die Theke flankte.

Der Wirt übersah die Lage auf Anhieb. Er hob den Zeigefinger und schwenkte ihn hin und her. Dabei schnalzte er mit der Zunge. »Haut ab«, bedeutete er dem finsteren Trio nicht unfreundlich. »Nicht bei mir!«

»Es ist Mauro!« behauptete der Kräftigste.

Der Wirt schüttelte den Kopf. »Der doch nicht. Niemals! Nicht dieses Männeken.«

»Hast du nicht gesehen, wie er uns entwischt ist? So was schafft nur ein ausgebildeter Tänzer!«

Der Wirt wurde nachdenklich. »Meinetwegen. Ist er eben Mauro.«

»Laß uns rein. Wir wollen unsere Nichte rächen.«

»Nicht bei mir«, sagte der Wirt.

Bevor die drei ihn anrempeln konnten, spielte er noch seinen Trumpf aus: »Pedro Pappali ist mein Schwager. Ihr könntet Unannehmlichkeiten kriegen. Ist mit euren Handelsgenehmigungen alles in Ordnung?!«

Da senkte Pepe Frio den Kopf. Und seine Verwandten ließen die Ohren hängen. Man legte sich natürlich nicht mit dem allmächtigen Bürgermeister an. Also mußte man auf eine bessere Gelegenheit warten. Sie schlurften davon.

Der Wirt schüttelte eine Zeitlang den Kopf. Er brauchte immer ziemlich lange, bis er eine Sache von allen Seiten bedacht hatte. Dann wußte er, was er wollte.

Er ging zur Theke und flötete: »Señor Mauro, sind Sie da?! Alles in Ordnung. Ich habe die Kerle verjagt!«

Es dauerte eine Weile, dann kroch der Blonde in Lavendel wie ein zerrupftes Huhn aus dem Gläserschrank. Er sah kläglich aus. Gar nicht wie ein stolzer Held und Flamencostar. Aber was Tapferkeit anbelangte, da konnte man sich leicht täuschen, das wußte der Wirt. Außerdem hatte er angesichts der drei gezückten Messer doch außerordentlich umsichtig und fix reagiert. Was nützte einem schließlich Tapferkeit, wenn man tot war?

»Du Mauro?« fragte er den Fremden zur Sicherheit noch einmal. Egon wurde allmählich sauer. Was hatten die immer mit ihrem Mauro? Hörte sich beinahe wie ein Name an.

»Was weiß ich«, sagte er mürrisch. Aha, dachte der Wirt. Jetzt ist er vorsichtig geworden. Klar, er ist es. Tänzer sehen in Wirklichkeit oft viel mickriger aus als auf der Bühne, wenn sie in ihrem Element sind. Bei Filmstars ist das doch genauso. Die sind oft so fipsig in Wirklichkeit. Und im Kino besiegen sie Löwen und sogar Mafia-Bosse.

Also wischte der Wirt einen der Hocker an der Cafébar ab und bot Egon mit freundlicher Geste einen Platz an. Der setzte sich nach einem vorsichtigen Blick in die Runde. Er konnte sowieso nicht weg, das war ihm klar. Erstens lauerten draußen Gefahren von beachtlichem

Ausmaß. Zweitens mußte er hier auf Silva warten, sonst würde er sie verpassen und vielleicht nie wiedersehen.

Der Wirt schenkte ihm einen Schnaps in ein Wasserglas. Egon schüttete den Inhalt mit einem Ruck hinunter. Jetzt begannen seine Knie zu zittern, und auch die Kinnlade wackelte und ließ sich nicht beruhigen.

Also trank er auch das nächste Glas voll Schnaps leer. Tatsächlich hörte die Zitterei auf. Eine wohlige Wolke breitete sich in seinem Kopf aus, und die Glieder lokkerten sich wunderbar.

Der Wirt bot ihm ein Stück Kuchen und einen weiteren Schnaps an, und als er sicher war, daß der Fremde keine Sperenzchen machen würde, schloß er die Lokaltür ab, grinste Egon verschwörerisch an und begab sich ins Hinterzimmer, um Pedro Pappali anzurufen.

»Er ist hier bei mir«, sagte er zu seinem Schwager.

»Wer ist bei dir?!« Pedro war immer so ungeduldig.

»Der heute bei dir auftreten soll. Der blonde Zigeuner.«

»Du meinst Mauro?«

»Ja, genau. Mauro.«

»Na und? Darüber brauchen wir uns doch nicht aufzuregen. Seine Matinee bei mir fängt erst in einer halben Stunde an. Aber der Saal ist schon gerammelt voll.«

»Aber ich mache mir Sorgen, Pedro!«

»Wieso denn? Warum sollte er nicht in deinem Café sein. Paß bloß auf, daß er sich nicht betrinkt. Das ist alles. In Ordnung?«

»Hm... jjj... nein!«

»Nein? Wieso nicht?«

»Pedro... er ist schon betrunken, fürchte ich.«

»Du lieber Himmel. Wie konnte das passieren?«

»Na ja, vorher waren Pepe Frio und seine beiden Vettern hier. Die holten Messer raus. Ist doch diese alte Geschichte. Sie hatten diese Klappmesser, weißt du? Und ich hatte sie gar nicht kommen sehen, weil ich gerade den Kuchen neu garniere, das mache ich immer, damit der frischer wirkt, nachher merkt das kein Mensch, und ich fände es wirklich schade, ihn wegzuschmeißen. Die pure Verschwendung!«

»Hör mal! Dein Kuchen geht mich einen Scheißdreck an!«

»Aber mich, Pedro, ich habe nicht deine Extraeinnahmen...«

»Jetzt langt's mir aber!!« Pedro Pappali brüllte, daß es im Telefon klirrte. »Verdammt, was ist geschehen? Haben sie ihn erwischt?!«

»Wen? Ach so, den blonden Zigeuner?... Wie kommst du darauf?... Ach so, du meinst... nein, er konnte entkommen.«

»Ich denke, er ist bei dir?«

»Ja, ganz recht. Er entkam in mein Café. Einfach durch die Tür. Ich habe den Frios gedroht, und sie sind abgezogen.«

»Und nun?«

»Nun ist er besoffen.«

Pedro Pappali stöhnte laut auf. Beschränktheit lag irgendwie in dieser Familie. Auch seine eigene Frau zeigte manchmal Ansätze davon.

»Demnach hast du ihm zuviel zu trinken gegeben?!«

»Er war furchtbar aufgeregt, Pedro. Was sollte ich machen?«

»Kann er auch nicht ausreißen, während du hier mit

mir telefonierst? Ich meine, wenn er einen Schock hat, könnte das sein. Und ich habe hier die Bude voll. Guck lieber mal nach ihm.«

»Nicht nötig, Pedro. Ich habe die Außentür abgeschlossen.«

»Und der Schlüssel?«

»Der steckt.«

Pedro Pappali stöhnte mehrmals.

»Schau bitte nach ihm und komm dann noch einmal kurz an den Apparat«, sagte er betont langsam, damit dieser Idiot das auch mitkriegte.

»In Ordnung, Pedro.«

Der Wirt legte den Hörer hin. Nach einer Pause meldete er sich wieder und meldete, offenbar erleichtert: »Er ist da.«

»Was macht er? Wie wirkt er?«

»Er liegt auf dem Fußboden und schnarcht.«

Pedro Pappali zog hörbar die Luft ein. Dann entschied er: »Laß ihn dort liegen. Ich schicke sofort zwei Leute, die ihn abholen. Sic sind dir bekannt. Andere läßt du nicht rein. Wir werden den Mauro schon wieder auf die Beine bringen. Ich habe da meine Methoden.« Und im Geiste setzte er hinzu: ›Und der Pepe Frio kann sich auf was gefaßt machen. Und dir Dussel werde ich auch noch einen Denkzettel verpassen, verdammt noch mal.

Dann schickte er zwei kräftige Männer los mit der Weisung, den Tänzer unauffällig herbeizuschaffen und ihm etwa auflauernden Typen eine kräftige Abreibung zu verpassen, notfalls auch einen kleinen Streifschuß.

Inzwischen hatte auch Silva telefoniert. Sie hatte in der ›Casa das Freiras‹ ein Zimmer gemietet, in das sie nachher ihren lieben Egon einschleusen wollte. ›Casa das Freiras‹ bedeutete zwar ›Haus der Nonnen‹, aber in Wirklichkeit war es ein eher zweitklassiges Hotel, das jedoch den Vorteil hatte, daß der Wirt weder am Betrieb noch an den Gästen wesentlich interessiert war.

Natürlich gab es auch kein Telefon auf den Zimmern. Silva rief deshalb aus einer Stehnische an. Praktisch konnte jeder in der sogenannten Hotelhalle das Gespräch mithören, das sie nun mit Rino Peinto führte.

Er war ziemlich aufgeregt. »Silva! Was ist los?«

»Ich habe ihn, Rino!«

Er schnaufte vernehmlich. Silva meinte zu hören, daß er sich in einen Sessel fallen ließ.

»Braves Mädchen! Wußte ich doch! Ich habe die Fühler bereits ausgestreckt. Die Hauptsache ist, daß wir ihn jetzt nicht aus den Fingern lassen. Wenn Pallando mit ihm in persönlichen Kontakt tritt, könnte er uns leicht ausbooten, indem er das Geschäft mit dem Deutschen ohne uns macht.«

»Was ist das eigentlich genau für ein Geschäft, Rino? Geht es da denn wirklich nur um Alarmanlagen für Eigenheime? Mein... ich meine, der Deutsche glaubt das offenbar.«

»Darüber solltest du dir nicht dein süßes Köpfchen zerbrechen, Silva-Mäuschen. Ich sage dir nur, daß es sich lohnen wird. Für uns alle.«

»Auch für den Deutschen?«

»Warum nicht? Möglich ist es. Aber das sollte doch wohl nicht unsere Sorge sein.«

»Du meinst, daß an dem Geschäft etwas riskant ist?«

»Für uns nicht. Für Pallando vielleicht. Für deinen Schützling... weiß nicht.«

»Um was geht es genau? Ich bin schließlich mit von der Partie und habe ein Recht, es zu erfahren.«

»Also gut. Es ist so«, sagte Rino Peinto widerstrebend und mischte, während er sprach, Lüge und Wahrheit, »Pallando hat den Musterkoffer von diesem Alarmpatent. Der Deutsche kriegt ihn also wieder! Für das Geschaft zu den Bedingungen des Deutschen schließen Pallando und dessen Firma einen Vorvertrag, der an sich gültig ist, aber erst in Kraft tritt, wenn Pallandos Mittelsmann in Bordeaux das Muster begutachtet und akzeptiert hat. Eine reine Formsache. Der Deutsche muß sich nur kurz nach Bordeaux begeben und alles ist paletti.«

»Warum denn das?!«

»Meine Güte, es ist eben nötig für die Einfuhr und vor allem für die weitere Ausfuhr.«

»Ausfuhr?! Wieso denn das?«

»Du fragst mir ja ein Loch in den Bauch, Mädchen. Ja, glaubst du denn, diese Unmasse von Alarmanlagen könnte wirklich bei uns auf Madeira eingebaut werden? Da müßte ja jede Hütte eine abkriegen. Nein, so dämlich, das zu glauben, kann doch nur dein Deutscher sein.«

»Die Dinger werden also wieder exportiert, Rino?«

»Ein Teil, Mäuschen, ein Teil. Der andere wird für unsere Behörden offiziell als Einfuhr deklariert und eingebaut.«

»Und was ist mit den Exporten?«

Rinos Stimme wurde ziemlich scharf.

»Was geht denn dich das an? Willst du das Geschäft an Land ziehen oder nicht?!«

Silva überlegte. Sie wußte, daß ihrem Egon sehr, sehr

viel an dem Geschäft lag. Also war es am besten, es zu fördern. Doch da offenbar irgend etwas faul war, mußte sie dabeibleiben und die Augen offenhalten. Was konnte dann eigentlich passieren? Gar nichts.

»Natürlich will ich das Geschäft mit dir und Pallando machen«, flötete sie deshalb. »Wie soll es denn nun weitergehen?«

»Sag ihm, das Geschäft sei so gut wie perfekt. Wir verabreden mit Pallando einen Treffpunkt an neutralem Ort. Ich bringe auch eine offizielle Genehmigung der Regierung mit, damit der Deutsche beruhigt ist. Dann bekommt er den Vorvertrag und das Köfferchen und fertig. Ich handele schon vorher mit Pallando unseren Anteil aus. Da wird er sich nicht drücken können. Entweder Bargeld auf die Hand und die Connection ist perfekt, oder kein Bargeld für mich und kein Deutscher und keine Alarmanlage.«

»Sagtest du eben ›Connection‹? Heißen so nicht die großen Rauschgiftverbindungen zwischen den Ländern und Kontinenten?«

»Ich soll ›Connection‹ gesagt haben? Also, nein, nur als Umschreibung für irgendein Geschäft. Kein Gedanke an Rauschgift. So etwas würde ich doch nie machen! Oder traust du mir das zu, Silva?«

Sie dachte: Klar, das traue ich dir zu, du Schlitzohr. Aber das brauchte er ja nicht zu wissen. Deshalb sagte sie sehr lieb: »Aber niemals, Rino. Ich kenne dich doch.« Was auch wieder recht zweideutig war.

»Also schön. Jetzt zum Treffpunkt. Wo bist du jetzt?«

»In Semlona. In der ›Casa das Freiras‹.«

»Ah! Ist er bei dir?«

Sie überlegte. Wenn sie nein sagte, würde er fragen,

wo sie den Typ denn um Himmels willen versteckt habe. Also entgegnete sie ruhig: »Ja. Er ist hier.«

»Kann ich dich dort erreichen?«

»Nein. Aber du kannst eine Nachricht hinterlassen. Sag einfach den Zeitpunkt. Wir werden hier sein. Aber nicht vor morgen.«

Diese eine Nacht wollte sie ihren Egon noch ganz für sich haben.

Sie gab Rino noch die Telefonnummer des Hotels. Er sagte: »Gut gemacht, Mäuschen. Laß den Deutschen nicht mehr aus den Augen.«

Und sie versprach es. Doch dafür war es bereits viel zu spät.

Rino jedenfalls machte sich mit klopfendem Herzen sofort ans Werk. Er rief bei Miguel Pallando an.

»Hier Libelle 007. Ich möchte Klapperstorch 02 sprechen.«

Es dauerte höchstens eine halbe Sekunde, bis sich der Klapperstorch meldete. Pallando mußte neben dem Apparat gesessen haben. Und so war es auch. Denn seine eigene Truppe hatte nicht den geringsten Erfolg mit ihren Suchmaßnahmen gehabt. Der Kerl schien sich in Luft aufgelöst zu haben. Und was besonders schlimm war: Bordeaux wurde ungeduldig. Die Leute dort wollten endlich Tatsachen sehen.

Zuviel war in letzter Zeit schiefgegangen. In der Schweiz hatten sie eine Heroinküche entdeckt, und danach waren in verschiedenen Städten Frankreichs fünfundfünfzig Mitglieder aufgeflogen. Lauter Tunesier. Natürlich keiner der Bosse. Achtzig Kilo Heroin hatten die Flics allein bei dieser einen Großrazzia erbeutet. Mindestens sechs Millionen Dollar. Und für die USA war das Zeug letztlich überwiegend bestimmt gewesen.

In Chatel-St.-Denis in der Nähe des Genfer Sees war auch eins der Geheimlabors ausgehoben worden, wo Rohopium in Heroin umgewandelt wurde. Zehn Kilogramm Heroin hatten sie beschlagnahmt, das natürlich auch für Amerika bestimmt gewesen war. Rund achtzig Millionen Dollar gingen damit über den Jordan.

In den Siebzigern war bereits die berühmte ›French Connection‹ kaputtgegangen, ein Opfer übereifriger Kriminalbeamter und Polizisten. Damals, das war eine große Zeit gewesen. Aber Pallando hatte es nur zur gehobenen Charge gebracht. Damals war in Marseille türkisches Opium von Korsen zu Heroin verarbeitet worden. Amerikanische Mittelsmänner waren die Abnehmer gewesen. Für ›irgendwen‹, den keiner kannte.

Danach gab's die ›Pizza‹-Connection von Palermo aus, wo das Heroin verschifft wurde, das in lauter winzigen Labors in den sizilianischen Bergen aus Opium von Afghanistan, Pakistan und dem Iran gebraut wurde. Da war das Rauschgift schon achtundvierzig Stunden nach seiner Ablieferung in Sizilien auf dem New Yorker Times Square am Markt gewesen.

Seit auch der ›Pizza‹-Connection die Luft ausging, versuchte man nun eine ›Espada‹-Connection aufzuziehen. ›Espada‹ hieß der schwarze Schwertfisch, eine Spezialität Portugals. Und Madeira war als neuer Anlauf- und Startplatz gedacht.

Endlich würde nun auch Miguel Pallando mitmischen. Im großen Stil. Wenn es diesmal klappte. Wenn allerdings nicht... gar nicht auszudenken!

Es war klar, daß dieser Rino Peinto ihn zur Zeit in der

Hand hatte. Ein Problem, das er später lösen würde. Und zwar endgültig! Da sollte sich der Junge lieber keine Illusionen machen. Sie fanden zwar im Moment nicht einmal diesen gefährlichen Deutschen in der Maske des Biedermannes auf der Insel. Aber der war eben auch ein anderes Kaliber als dieser Pinto, dieser schmierige Kerl. Den würde er später zu finden wissen. Überall in der Welt.

Jetzt teilte Rino Peinto seinem heimlichen Dienstherrn also mit, er habe den Deutschen namens Meier gefunden und zu einer Zusammenkunft überredet. Er wolle weiterhin mit Pallando abschließen und werde morgen um zehn Uhr bereit sein.

»Ich führe Sie hin«, versprach Rino. »Er will mir den Treffpunkt erst in allerletzter Minute sagen. Vorher möchte ich aber bereits meinen Anteil.« Und er nannte eine unverschämte Summe, die Pallando ihm ohne zu zögern versprach. Selbst wenn er sie diesem Mistkerl nicht wieder abnehmen könnte, wäre sie nicht zu hoch im Verhältnis zu dem zu erwartenden Gewinn.

»Und bringen Sie den Musterkoffer mit, Klapperstorch 02«, ermahnte Rino Peinto noch genußvoll den wehrlosen Pallando. »Sonst könnte das Geschäft doch noch in die Binsen gehen.«

Pallando mußte nach diesem Gespräch zwei Beruhigungspillen schlucken und erteilte seiner Mannschaft wahllose Anpfiffe, bis er sich wenigstens ein bißchen abreagiert hatte.

Rino Peinto jedoch, der an alles dachte, beschaffte sich sofort ein Formular mit Wappen und Stempel und dem schönen Aufdruck ›Sekretär für Handel und Finanzen, Funchal, Madeira‹. Das füllte er so aus, daß es die Zustimmung zu dem abzuwickelnden Geschäft zwischen der ›Schraufa GmbH‹ und Miguel Pallando im Auftrag der portugiesischen Behörde enthielt, versehen mit der Klausel, daß Señor Pallando für die Abwicklung verantwortlich und mit allen Rechten ausgestattet sei. Zum Schluß setzte er schwungvoll den Namen ›Juan Perreiro dos Passos‹ darunter. Die Unterschrift sah ganz echt aus. Er machte sie schließlich nicht zum erstenmal nach.

8

In Aberlingen bei der ›Schraufa GmbH‹ zog Dr. Kranzer erste Konsequenzen aus seinem Gespräch mit Pettenkamp. Meier war abgemeldet, also mußte man sich ein bißchen bei dem Knulle ranhalten, wenn der Strom der Vorschüsse nicht urplötzlich versiegen sollte. Denn das konnte sich jeder ausrechnen: Knulle würde der neue Mann auf Meiers Posten sein.

Und falls Meier wider Erwarten doch noch in Ehren zurückkehrte, wartete auf ihn wahrscheinlich der Beförderungsposten im Personalbüro.

Also strich Kranzer um Knulle herum und lud ihn in der Werkkantine zu einem ›Kaffee mit‹ ein. Das ›mit‹ war ein Schnaps. Es wurde nicht gern gesehen, daß Mitarbeiter Alkohol zu sich nahmen. Und so war es wie in Amerika bei der Prohibition: Not macht erfinderisch, und Durst wird durch ›Kaffee mit‹ erst schön.

Knulle sah reichlich verärgert aus, und seine Miene wurde nicht freundlicher, als Dr. Kranzer im Plauderton fragte: »Na, gibt's was Neues von Meier?«

Knulle runzelte die Stirn.

»Meier ist beim Chef unten durch«, sagte er leise.

»Wem sagen Sie das?« Dr. Kranzer hob beide Hände. »Ich war doch vorhin beim Alten, äh, bei Herrn Pettenkamp. Er bekam ja einen regelrechten Anfall, als die Rede auf Meier kam.«

»Bei mir erst«, sagte Knulle düster.

»Dann wissen Sie's also auch schon?«

»Was soll ich wissen?«

»Na, daß der Meier gar nicht auf Madeira sein soll...«

Knulle stand erst einmal zwei Sekunden lang der Mund offen, dann fuhr er sich mit der Hand über die Augen, schüttelte mehrmals den Kopf und formulierte fein: »Da staun' ich aber!«

»Na ja, natürlich, er war doch ein so zuverlässiger Mann.«

»O Gott, Sie meinen?...«

»Ich meine gar nichts, aber der Alte meint.«

»Na, also, wissen Sie«, stotterte Rüdiger Knulle. »Und die Karten? Haben Sie keine bekommen?«

Jetzt wurde Kranzer hellhörig. »Karten? Sie meinen, Ansichtskarten? Ja, haben Sie denn eine bekommen?«

Knulle nickte stolz. »Heute. Vorhin angekommen.«

»Von Meier?«

»Genau. Er schreibt, daß er mir ein Andenken mitbringen will.«

»Aus Madeira?!«

»Ja, von wo sollte er denn sonst eins mitbringen? Doch wohl nicht von ›Genhardt‹ am Marktplatz von Aberlingen?«

»Und Sie haben Herrn Pettenkamp nichts davon erzählt?« Jetzt wurde Kranzer aber wieder offiziell. Da lag er offenbar ganz falsch. Wie konnte er gemeinsame Sache mit diesem Dussel machen, der sicher bald in Ungnade fallen würde.

»Das hätte noch gefehlt. Er explodierte gleich, als ich ganz harmlos den Namen Meier erwähnte.«

»Und wo ist die Karte jetzt, Herr Knulle?«

»Na hier.« Er holte sie aus der Tasche. Eine bunte Ansicht von Funchal mit dem lieblich-wilden Panorama seiner Berge. »Sie dürfen sie lesen«, sagte Knulle. Also drehte Kranzer sie um und las: »Hier ist es einfach märchenhaft. Alles blüht und grünt. Vielleicht komme ich gar nicht wieder nach Aberlingen. Das Geschäft nimmt einen guten Verlauf. Alles Gute und Grüße an die anderen Schraufaleute von Ihrem Egon Meier. PS: Ich habe zwei komische Mützen gekauft, raten Sie mal, wer eine abkriegt? D. O.«

Die Männer sahen sich an.

»Eine merkwürdige Karte«, faßte Dr. Kranzer dann zusammen. »Ich finde, daß er ziemlich wirr schreibt. Das paßt doch eigentlich gar nicht zu ihm.«

»Finde ich auch. Ja, ganz meine Meinung«, bestätigte Knulle beflissen.

»Die Sache mit den Mützen – sonderbar. Und noch sonderbarer ist doch das Gefasel, daß er vielleicht gar nicht wieder nach Aberlingen zurückkehren will.«

»Das fiel mir auch auf«, schwindelte Knulle.

»Oder vielleicht will er wirklich nicht zurückkommen? Dem werden sie da doch kein Rauschgift eingegeben haben«, überlegte Kranzer und kam damit der Wahrheit immerhin ein bißchen nahe.

Kranzers Entschluß stand fest.

»Ob Sie mir die Karte vielleicht für eine Viertelstunde leihen würden, Herr Knulle?« fragte er korrekt.

»Warum nicht? Ich weiß ja, was drauf steht.« Er gab sie ihm. Und Kranzer eilte damit erneut zu Pettenkamp. Fräulein Buttrich lächelte ihm irgendwie schnippisch zu.

»Süß sehen Sie heute wieder aus«, eröffnete Kranzer das Gespräch. Er war in den letzten Tagen, seit es um

Meier still geworden war, bei ihr ein gutes Stück vorangekommen. »Stellen Sie sich vor«, fuhr er fort, »der Knulle hat eine Karte von Meier gekriegt. Aus Funchal.«

»Na und?«

»Na, das beweist doch zumindest, daß Meier auf Madeira ist.«

»Und warum sollte er nicht da sein?«

Kranzer zog scharf die Luft ein. Wenn sich die Frauen unwiderstehlich vorkamen, konnten sie auch leicht unausstehlich werden.

»Weil Herr Pettenkamp sich Sorgen macht. Weil Señor Parlango y Gosset ihm mitgeteilt hat, Meier sei gar nicht dort angekommen. Deshalb«, sagte er im Vorgesetztentonfall.

»Quatsch!«

»Na, so abwegig war das eben nicht. Oder gibt es inzwischen etwas Neues, was ich noch nicht weiß?«

»Ich habe den Señor da noch nicht erreichen können«, nölte sie, »aber 'ne Karte habe ich natürlich auch bekommen. Gestern schon. Das war ja klar, daß Egon mir zuerst schreibt. Wir sind ja ... nun ... Freunde. Ich betreue doch auch seine Alma, während er weg ist, und überhaupt ...«

Kranzer fiel die Kinnlade runter. »Ja, Menschenskind, Buttrichlein, Mädchen, haben Sie das dem Chef denn nicht erzählt?«

»Nö. Mich hat auch keiner gefragt. Außerdem ist die Karte ja nicht für aller Augen bestimmt«, setzte sie kokett hinzu, und wirklich wurde Kranzer ganz rot vor Ärger.

»Haben Sie die Karte dabei? Würden Sie sie mir für einen Augenblick geben?«

Sie schüttelte den Kopf. »Ich denke gar nicht daran. Das ist ja nun wirklich Privatsache und geht über die Leistungen einer Chefsekretärin hinaus.«

»Dann nicht, liebe Tante«, sagte Kranzer wütend. Sollte sie sich einpökeln lassen mitsamt ihren niedlichen Brüsten und Beinen. Es gab mehr Mädchen in und um Aberlingen. Mehr als genug.

»Melden Sie mich bitte beim Chef an«, sagte er kalt.

Drinnen präsentierte Kranzer seinem Chef stumm die Karte und erläuterte dann, was zu erläutern war. Pettenkamp erhob sich und stellte sich an das große Fenster, so daß Kranzer sein Gesicht nicht sehen konnte. Als er sich umdrehte, hatte er Tränen in den Augen.

»Meine Menschenkenntnis, lieber Kranzer«, sagte er mit leicht zitternder Stimme, »ich hätte es wissen müssen. Nein, Meier ist nie im Leben ein ›falscher Fuffziger‹. Wie konnten Sie das nur behaupten! Er ist ein Opfer. Das ist er. Wer weiß, was da passiert ist...«

In diesem Augenblick hatte Silvia Buttrich die Verbindung mit Parlango y Gosset hergestellt. Pettenkamp stellte auf ›Lautsprecher‹ und übergab Kranzer mit einem Wink den Hörer, weil der besser englisch konnte. Und Parlango erklärte glaubhaft, ihr Mann sei nie bei ihm eingetroffen. Er versicherte ihnen, das Geschäft sei noch offen, obwohl ihre Preise um 2,3 Prozent über dem Weltmarktniveau lägen – hier warf Kranzer seinem Chef einen triumphierenden Blick zu und betonte, daß sie deshalb ja auch mit dem Señor persönlich verhandeln möchten, nun aber sehr besorgt seien. Sehr, sehr besorgt.

Pettenkamp nahm Kranzer den Hörer weg und radebrechte auf englisch, er werde für alle Fälle seinen Chefingenieur als zweiten Unterhändler nach Madeira abordnen. Und Parlango erwiderte, das würde ihn natürlich einerseits freuen, andererseits könne er sich nicht vorstellen, daß der jetzige Unterhändler wirklich auf Madeira verschwunden sei. »Es geht nicht so schnell jemand verloren auf dieser Insel«, sagte er, »und wir sind auch nicht so eilige Leute hier. Ich schließ' nicht mit anderen ab, bevor ich nicht mit Ihnen verhandelt habe, das verspreche ich.«

Besorgt wurde er, als er von dem ersten Telefonat Meiers mit Pettenkamp erfuhr. »Er hat gesagt, das Geschäft sei unter Dach und Fach?«

»Ja.«

»Entschuldigung – ist er möglicherweise ein ›falscher Fuffziger‹?«

»Aber niemals! Ich lege meine Hand für ihn ins Feuer«, schrie Pettenkamp, so gut er das auf englisch konnte. Kranzer schüttelte innerlich den Kopf. Vor Tische las man's anders, dachte er.

Nun empfahl Parlango, es sei am vernünftigsten, eine Vermißtenmeldung zu machen. Er werde das gern übernehmen. Seine Sekretärin könne sich von Pettenkamps Sekretärin die Einzelheiten, Namen, Daten und so weiter, mitteilen lassen. Und es würde die Begeisterung der Leute fördern, wenn eine Belohnung fürs Auffinden ausgesetzt werde. Pettenkamp machte zwei Tausender locker, ohne mit der Wimper zu zucken. Sein Gewissen schlug ihm. Von wegen ›falscher Fuffziger‹!

Am nächsten Morgen brachte Silvia Buttrich Alma mit ins Büro und ließ das Hundchen unter ihrem

Schreibtisch auf einem Kissen liegen. Silvia hatte sich dunkel gekleidet und gab sich den Anstrich einer Seemannsbraut, deren Liebster bei Windstärke Zwölf im Pazifik verschollen ist.

Dann tröpfelten die ersten Nachrichten ein.

In den Bergen auf Madeira war der Mietwagen des Gesuchten gefunden worden.

Er hatte dicht an einem steilen Abhang gestanden, neben einer Hütte, in der Spuren darauf hindeuteten, daß in dem Heu ein lebhafter Kampf stattgefunden habe. Blutspuren seien am Tatort nicht gefunden worden. Doch zeigten Reifenspuren eines zweiten Wagens, offenbar eines Sportwagens, wie ihn Gangster häufig fuhren, daß der Gesuchte in der fraglichen Nacht nicht allein geblieben sei, vermutlich habe man ihn im Auto weggebracht. Es sei inzwischen bekannt, daß der Gesuchte sehr auffallend gekleidet war, in ein lila Jackett, mit einem rosa Schal um den Hals.

Silvia Buttrich geriet fast außer sich. Da saß sie Tag für Tag in Aberlingen hinter dem Schreibtisch, und nun war sie plötzlich beinahe mittendrin in einem Gangsterdrama. Und ihr Darling Egon war der Held. Vielleicht schon tot! Jedenfalls mit einem lila Jackett!! Wer hätte das von ihm gedacht? Ja, stille Wasser gründen tief, sie hatte das Besondere an Meier gleich erkannt.

Dr. Kranzers Chancen fielen wieder wie eine schlechte Währung. Silvia trug nun ungeniert Schwarz, wischte sich häufig die Augen und hatte auch Alma ein schwarzes Halsband umgelegt.

Parlango kam der Zwischenfall gar nicht so ungelegen. Es gab zwar gar keine Verhandlungen mit den Amerikanern. Das war nur ein Bluff gewesen, um die

Deutschen ein bißchen kirre zu machen. Aber jetzt wurden sie richtig weich. Sie würden nachher froh sein, das Geschäft überhaupt machen zu können. Ganz hinten in seinem Gehirn kristallisierte sich aber allmählich eine Idee heraus, die damit zusammenhing, daß der Deutsche seinem Chef gegenüber behauptet hatte, das Geschäft sei so gut wie getätigt. Ob da ein anderer dran war?... und wenn, wer?

Welches Schwein auf der Insel konnte ihm ein legales Geschäft vermasseln wollen? Wer langte ohne Hemmungen zu?...

Etwa dieser Miguel Pallando, dieser gerissene Dunkelmann?! Aber wie? Und warum? Was könnte er bezwecken? Diesen Auftrag bekam der doch offiziell niemals. Nicht von der Regierung. Nein, das war wohl doch nicht richtig...

Inzwischen geschahen auf Madeira Wunder. Kaum war die Höhe der auf Meier ausgesetzten Belohnung veröffentlicht worden, gingen laufend Anzeigen und Tips ein. Im Handumdrehen hatte die Polizei fünf Tatverdächtige festgenommen. Aufgrund von Anzeigen wurden direkt vom Kommissariat nochmals drei Männer inhaftiert. Der Polizeichef bekam einen Schreikrampf, als er sich die Gestalten vorführen ließ. Die meisten waren Opfer von raffgierigen Bekannten oder Verwandten, die fanden, daß dem Juan oder Pedro oder Raffael ein Denkzettel gar nicht schaden konnte. Die anderen waren Schnorrer, die mit anderen Schnorrern verabredet hatten, daß sie sich die Summe teilen würden: Einer gab den Tip, der andere saß ein, was sollte sein? Es war ja nicht das erstemal.

Zwei Familienväter wollten tapfer für ihre Familie die

Prämie kassieren und ließen sich mit ihrem Einverständnis vom Sohn und von der Ehefrau anzeigen.

»Entlassen, sofort alle entlassen, bevor die Zeitungsfritzen Wind davon kriegen«, schrie der Polizeichef. »Dummköpfe! Wir können nur einen Täter oder eine Gruppe brauchen! Verdammt, seid ihr wirklich so blöde?« Oh, er raste wie der Samum, der ab und zu von Afrika herüberwehte.

Eine Stunde lang, nachdem die Leute aus der Haft entlassen waren, redete er mit seinen Untergebenen in einem recht gewöhnlichen Portugiesisch, das diese nicht so bald vergaßen. Von dieser Stunde an konnten sie allesamt den Namen Meier nicht mehr hören.

Nach Lissabon ging die Meldung, die Suche nach dem verschollenen Deutschen sei erfolglos verlaufen und werde eingestellt. Nach Aberlingen wurde auf diplomatische Weise Nachricht gegeben, alles sei im Fluß und nichts verloren. Aber dieser Mensch Meier war nicht der erste, der sich leichtsinnigerweise in die Berge begeben hatte und darin umgekommen war. Es dauerte oft lange, bis man die Leichen fand.

Dieser Meier aber war so lebendig wie noch nie, wenn er auch zuweilen das Gefühl hatte, in einem Roman mitzuspielen, in dem viel Liebe und auch viel Horror vorkam.

An jenem Sonntagmorgen, an dem wir ihn verlassen haben, kam sein Anblick allerdings dem einer Leiche erheblich nahe. Als Schnapsleiche wurde er von zwei kräftigen Möbelpackertypen die Dorfstraße von Semlona hinuntergeleitet, das heißt, er ließ einfach die Füße baumeln. Sie hatten ihn untergehakt und schleiften ihn.

Keiner der wenigen Passanten guckte auffällig hin oder grinste gar. Die Eingesessenen kannten die beiden Schläger und sahen sich vor. Und Gäste wollten zeigen, daß sie aus der Großstadt kamen und solche Szenen alle Tage sahen.

Bei Pedro Pappali wurden die Leute im Saal schon unruhig. Der Eintrittspreis war gepfeffert gewesen, und außerdem hatten sie Hunger und Durst.

So ließ der Wirt bereits die Kapelle mit dem Musikprogramm einsetzen, und da er ein kluger Mann war, wurde gleich die Fischsuppe serviert, und dazu ein großer ›Arguadente‹ und roter Wein.

Als die molligen Tänzerinnen in ihren Volantkleidern anrauschten, stieg die Stimmung schon beträchtlich. Der Tanzstar Mauro würde ein gut eingestimmtes Publikum vorfinden.

Als Pedro Pappali seinen Star dann sah, erbleichte er doch. Das war schlimmer, als er es sich vorgestellt hatte. Sein Schwager, dieser Hornochse, mußte dem Kerl ja einen Eimer voll Schnaps eingeflößt haben. Und tatsächlich wirkte die schlaffe Sofapuppe, die ihm seine beiden Helfer da anbrachten, auch gar nicht wie ein markiger Flamencotänzer, dem die Damen zu Füßen lagen.

Vor allem mußte er ihn in das Kostüm kriegen, da durften sie nicht zimperlich sein.

»Señor Mauro«, sagte er, »sind Sie okay?«

»Okay«, antwortete die Sofapuppe und grinste. Na also.

Pappali gab seinen Gesellen einen Wink. Sie zogen Egon Meier aus bis auf die Unterhosen. Dann stellten sie ihn gemeinsam in eine große Blechschüssel, und

Meister Pappali persönlich leerte einen Krug erfrischend kalten Wassers über Egons Kopf aus.

»Huch!« schrie der, »ich wollte gar nicht duschen!«

Er rief es natürlich auf deutsch. Das wunderte die drei Männer nicht weiter, wußten sie doch, daß Mauro ein internationaler Star war und daß man ihm viele sonderbare Allüren nachsagte. Wenn er hier in fremden Zungen reden wollte – sollte er.

»Hauptsache, er setzt seinen Hintern in Bewegung«, faßte Pappali zusammen. Vorsichtshalber gab er aber noch Anweisung, einen weiteren Freilikör im Saal auszuschenken.

Sie zwängten Egon in ein Kostüm, das um die Hüften so eng saß, daß er darin von selber stand. Egon erblickte sich im Spiegel, winkte sich zu und war hingerissen. Wirklich, dieser schmucke Kerl war Egon Meier aus Aberlingen.

»Silva! Wo ist Silva?!« schrie er, denn diese Pracht mußte sie sofort sehen. Pappali und seine Handlanger reagierten mit beruhigendem Zungeschnalzen auf Egons Sehnsuchtsrufe. Sie wußten ja aus der Zeitung, daß dieser Mauro ein Weiberheld war. Kein Wunder, daß er nach einer brüllte.

Pappali faßte Egon um die Schultern und überschüttete ihn mit einem Wortschwall. Da Egon nichts verstand, aber nicht unfreundlich sein wollte, nickte er mehrmals lächelnd. Da küßte Pappali ihn erst auf die rechte, dann auf die linke Wange. Dann küßten ihn die beiden großen Kerle ebenfalls, mal links und mal rechts. Danach geleiteten sie ihn durch einen Gang.

Pappali gab der Kapelle ein Zeichen. Es war soweit.

Tusch! Das Licht erlosch. Die Rampenlichter flammten auf. Ein Scheinwerfer sandte einen grellen Lichtkegel auf die Bühne. Die Flamencotruppe formierte sich im Hintergrund.

Schwermütig setzte die Musik ein. Die Gitarren klagten. Die Zimbeln wimmerten. Das Marimbaphon klang wie eine Glocke. Im hellen Licht stand der Blonde, starr, leicht schwankend, mit aufgerissenen Blauaugen.

Der Beifall war ungeheuer. Da war er. Leibhaftig! Der Mann, der ihre heimischen Tänze wieder in aller Welt berühmt gemacht hatte. Der täglich in den Klatschspalten auftauchte. Und er sah genauso aus! Ein bißchen zierlicher, vielleicht. Aber eben blond.

Egon Meier wurde äußerst vergnügt. Kein Zweifel, der Applaus galt ihm. Nicht daß er sich darüber gewundert hätte. Nachdem er eine Frau wie Silva erobert hatte, war alles andere sowieso ein Kinderspiel.

Also tänzelte er vor zur Rampe. Um das Gleichgewicht zu halten, breitete er die Arme aus, was einen weiteren Beifallssturm des bereits ziemlich angeschikkerten Publikums entfachte. Egon merkte, daß es vorn steil runterging, also rannte er zurück zum roten Stoff im Hintergrund... Seitwärts hinter der Bühne stand Pappali mit glänzenden Augen und machte Tanzbewegungen. Das brachte Egon richtig in Schwung. Der Rhythmus der Musik steigerte sich, und er fuhr ihm in die Beine. Er stampfte los, nahm die Posen ein, die er schon oft im Kino gesehen hatte. Sein Gehirn war umnebelt. Urinstinkte drängten nach vorn. Er kreiselte und stampfte, und nun war auch die Tanztruppe dazu gekommen, umkreiste ihn. Mädchen warfen die Köpfe stolz in den Nacken, feurige Blicke trafen ihn. Männer mit klappernden Absätzen bildeten Figuren und lösten sie wieder auf.

Der Scheinwerfer wanderte mit Egon. Das war nun doch verwirrend. Das Licht blendete, so bedeckte er die Augen mit den Armen und drehte sich um sich selbst. Immer schneller, dann war es aus. Er stürzte der Länge nach auf die Bühnenbretter. Die Truppe erstarrte wie auf Kommando zur großen Pose. Nur die weibliche Vortänzerin beugte sich geistesgegenwärtig über ihn und ließ sich dann, halb über seinem Körper, zu Boden gleiten.

Pappali sprang auf die Bühne und schrie: »Das war Mauros Tanzschöpfung ›Liebesschmerz‹. Tradition und Moderne, meisterhaft vereint. Ja, das ist Kunst! Das kann nur ein Mauro!« Die Geigen winselten. Das Publikum, das zuerst platt gewesen war, brach in Jubel aus. Pappali traten die Tränen in die Augen. Vor Erleichterung. Und auch die Tanztruppe und die Mitglieder der Kapelle applaudierten begeistert. Sie hatten natürlich bemerkt, daß der Mensch erstens besoffen war und zweitens keine Ahnung hatte. Und so hatten sie das Schlimmste befürchtet. Nämlich eine Saalschlacht, bei der sie die Opfer gewesen wären, wenn sie einmal die Gestalten im Publikum genauer betrachteten.

Aber jetzt! O nein! Der Mensch rappelte sich wieder hoch. Die Leute setzten sich erwartungsvoll zurecht. Die Musiker sahen einander ratlos an, dann spielten sie entschlossen los.

In diesem Augenblick betrat Silva atemlos den Saal. Sie hatte den Kartenabreißern erklärt, daß sie eine Cousine von Herrn Pappali sei. Und nun wollte sie ihren Egon wiederhaben. Denn was der Wirt im Café ihr berichtet hatte, war die pure Katastrophe. Nicht nur das Geschäft war gefährdet, sondern ihr Liebster persönlich. Sie war wild entschlossen, ihm zu helfen.

Was sie sah, zog ihr jedoch trotzdem beinahe die Beine weg. Der Saal war rappelvoll, und auf der Bühne, im Scheinwerferkegel, umgeben von einer Flamencotruppe, zog ihr Egon eine Schau ab. Die Leute wurden schon unruhig. Jeden Augenblick konnte die Stimmung umschlagen. So rannte sie ganz impulsiv zur Bühne und rief: »Warte, ich komme rauf!«

Die verängstigten Folkloretänzer protestierten nicht. Einer hielt ihr die Hand hin und zog, bis das zierliche Persönchen ebenfalls auf der Bühne stand. Egon tänzelte sofort im Rhythmus auf sie zu. Er war viel zu blau, um sich zu wundern. Aber Silva ergriff seine Hand, winkte der Kapelle gebieterisch zu. Die hörte mit Spielen auf. Silva erklärte mit ihrer süßen Stimme: »Der Star ist schwer zuckerkrank. Ich als seine Privatärztin muß darauf bestehen, daß er augenblicklich eine Pause einlegt. In dreißig Minuten wird er wieder so frisch und perfekt sein, wie Sie als ein wunderbares Publikum es verdient haben!«

Ein paar Pfiffe waren zu hören, aber im großen und ganzen überwog der zustimmende Applaus. Bei dem Wort ›Privatärztin‹ hatten einige Männer auch verständnisinnig gelacht. Ja, ja, solche Leibärztin hätte mancher gern! Jetzt küßte der zuckerkranke Typ sie auch noch wie verrückt. Und sie küßte ihn wieder. Eine merkwürdige Behandlung.

Dann zog sie ihn von der Bühne. Pappali wischte sich den Schweiß von der Stirn. Großer Himmel, das war haarscharf am Skandal vorbeigegangen. Und das alles, weil dieser Mistkerl Mauro sich betrunken hatte. Was mußte er sich auch mit Pepe Frios Nichte einlassen? Darauf lief es doch im Grunde hinaus. Nun, nach der Pause würde er nüchterner sein. Er mußte sofort einen Eimer Kaffee trinken.

»Lassen Sie uns allein!« sagte Silva an der Garderobentür. Und sie legte den ganzen Nachdruck hinein, der ihr als Tochter seiner Exzellenz des Regionalsekretärs für Handel und Finanzen zur Verfügung stand.

Drinnen versuchte sie, Egon wieder aus dem Kostüm zu schälen. Das war gar nicht einfach, zumal er sich unbedingt auf das Sofa legen wollte.

»Schatz, wir müssen weg. Die zerreißen uns in der Luft, wenn sie etwas merken«, sagte sie eindringlich.

»Was sollen sie merken, und wer soll was merken?« fragte Egon und strengte sich sehr an, der Sache auf den Grund zu kommen.

Silva seufzte. Und als sie ihn ausgezogen hatte, bekam er die zweite Kaltwasserdusche an diesem Tag. Dann kleidete er sich selber an, und Silva lugte vorsichtig aus der Tür. Der Gang war leer. Sie nahm Egon an die Hand und zog ihn in Richtung Hof, wo wirklich eine Tür offen war.

Inzwischen war ein 500er von der deutschen Nobelmarke elegant vor Pappalis Etablissement vorgefahren. Der Chauffeur hatte den Schlag geöffnet und dem wirklichen Mauro herausgeholfen, der sich sofort zur anderen Tür begab, die er für eine traumhafte Blondine öffnete. Dann zog er langsam mit ihr in den Saal ein, um seinen Triumph entgegenzunehmen. Er kam immer zu spät. Je aufgeheizter die Stimmung bei seinem Auftritt war, desto besser. Hier schien sie sehr gut zu sein.

»Ich will zu Señor Pappali«, erklärte er dem Türsteher. »Sie wissen ja wohl, wer ich bin!«

Der schüttelte den Kopf.

»Dummkopf!« Mauro schob ihn einfach beiseite und stolzierte mit seiner Schönen in den Saal.

Dort hatte sich ein kleines Drama abgespielt. Pepes Brüder und auch der Vetter, der Mauro wirklich kannte, waren drin. Die Brüder mit falschen Bärten getarnt. Pepe wartete nur auf ein Zeichen. Er stand draußen.

Als Egon Meier dann auf die Bühne wankte, hatte der Vetter nur entsetzt den Kopf geschüttelt. »Das ist er nicht!«

»Aber natürlich. Er hat auch das lila Jackett getragen!«

»Jackett hin und her. Er ist es nicht!«

Die beiden Brüder bekreuzigten sich. Gut, daß sie nicht schon den Falschen erstochen hatten!

Keiner traute sich nun so recht, Pepe die Neuigkeit mitzuteilen, zumal er sehr jähzornig war und manchmal mit dem Messer mehr als leichtsinnig umging.

Der Vetter erklärte sich schließlich bereit, die Nachricht zu überbringen. Und da, als er gerade mit Pepe redete, sah er den richtigen Mauro in seinem Prestigeschlitten vorfahren. Olé!

Mauro drang sofort zu Pappali vor, der am Bühneneingang stand und besorgt das Publikum musterte.

»Señor Pappali?« fragte Mauro.

Pappali nickte.

»Es kann losgehen«, sagte Mauro forsch.

»Was wollen Sie, Mann?«

»Was ich will? Na, das sollten Sie doch wissen. Sie haben ja schließlich wacker dafür bezahlt.«

»Ich zahle nie ohne Gegenleistung«, erklärte Pappali mürrisch.

»Eben. Deshalb bin ich auch da – um zu tanzen.«

»Sie?«

»Ich.«

»Und wer sind Sie, wenn ich fragen darf?«

Jetzt wurde der Tänzer ärgerlich. »Haben Sie mich für heute engagiert oder nicht?«

Pappali kam ein furchtbarer Verdacht. Aber nein, das konnte nicht sein. Hier trat offenbar ein Hochstapler auf, obwohl er wirklich blond war und eigentlich mehr wie ein Tänzer wirkte als das Würstchen von vorhin.

»Sie sind also Mauro?« fragte er. »Schon gut. Ihr Kostüm ist bereits vorgestern eingetroffen. Ich muß nur noch telefonieren, dann können Sie in Ihre Garderobe.«

»Ich weiß wirklich nicht, welcher Teufel mich geritten hat, daß ich bereit war, in solch einer Bruchbude aufzutreten«, murrte Mauro.

Pappali zuckte zusammen. Bruchbude! Das war doch die Höhe! Er hätte dem Angeber gern eine Ohrfeige gegeben, fühlte sich aber zu schlapp. Und seine beiden Gorillas waren weiß Gott wo, aber wieder einmal nicht an seiner Seite.

Pappali beschloß, die beiden Mauros einfach einander gegenüberzustellen.

Als er die Tür zur Garderobe nach kurzem Klopfen öffnete, war sie leer. Aber das Kostüm lag da, wenn auch sehr unordentlich auf dem Boden verteilt. Mauro sah sich das an, trat vor und knallte Pappali die Ohrfeige, die der ihm vorhin gern gegeben hätte. Pappali blickte ihn ernst an und trat ihm gegen das Schienbein, daß es krachte.

»Ich trete nicht auf«, zischte Mauro. In diesem Augenblick erschienen aber die beiden Kraftmeier und bauten sich neben ihrem Boß auf. Das waren zwei recht überzeugende Argumente.

»Dann will ich mein Geld zurück«, verlangte Pappali. Denn er hatte sich blitzschnell überlegt, daß er den Leuten im Saal einen zweiten Mauro nicht zumuten durfte. Er würde sagen, der Star hätte einen Zusammenbruch gehabt. Das macht sich immer gut. Schließlich hatte er bereits getanzt, und sie konnten ihr Eintrittsgeld nicht zurückfordern. Die Presseleute würden sicher eine rührende Story daraus machen. Gar nicht so schlimm, wenn er diesen Burschen los wurde.

Mauro zog seine Brieftasche, in der ein Bündel Banknoten schwoll, und warf einen Packen davon Pappali vor die Füße. Der lächelte augenblicklich verbindlich. Geld war immer ein erfreulicher Anblick.

»Señor Mauro«, sagte er, »ich werde Ihnen alles erklären.« Der Fall war leider nur zu klar. Er, Pappali, war einem Betrüger aufgesessen. Dies war der echte. Was man schon an den Geldmengen sah.

Gerade schien sich die Situation zu entspannen, da stürmten die gesammelten Frios nach vorn. Mauro erblickte sie rechtzeitig und entwich als flinker und geschickter Mensch dahin, wo es in solchen brenzlichen Lagen immer am sichersten ist: in die Menge.

Sofort ergriffen die Leute im Saal Partei. Sie wußten zwar nicht, worum es ging. Aber sie würden die Sache keineswegs dem Zufall überlassen. So war bald die schönste Saalschlacht im Gange. Pappali winkte verzweifelt der Kapelle zu, sie möchte Musik machen. Aber dort brach plötzlich ein ganz interner Zwist zwischen zwei Gitarristen los, in den sich die anderen einmischten. Mehrere Instrumente gingen zu Bruch, ferner ein großer Teil von Pappalis Einrichtung samt Gläsern und Tellern. Die Polizei kam erst, als alles schon getan war. Die Kapelle spielte bereits auf den restlichen Instrumenten, und zerrupfte Folkloretänzer stampften feurig den Flamenco, begleitet von rhythmischem Klatschen und Fingerschnipsen im Saal.

Dieser Tag ging als ›Mauro-Festival‹ in die Annalen des Städtchens Semlona ein und wurde im Laufe der Jahre mit vielen schönen und spannenden Geschichten ausgeschmückt. Es fehlte nicht viel, und die Kinder hätten schulfrei bekommen.

Silva war sofort klargeworden, daß sie mit ihrem Liebsten aus Semlona verschwinden mußte. Sie winkte ein Taxi heran und verließ den Ort der Aufregungen mit Egon in Richtung der Berge. Dort kannte sie ein entzückendes kleines Hotel, sehr geeignet für erholsame und glückliche Stunden. Und dort wollte sie ihr junges Glück erst noch einmal genießen, bevor es ernst wurde mit Rino und seinen Plänen.

Vom Hotel aus rief sie im ›Casa das Freiras‹ in Semlona an. »Wenn ein Señor Peinto anruft«, trichterte sie dem Wirt ein, »so sagen Sie ihm bitte, er werde übermorgen im Café von Amona erwartet, um elf Uhr vormittags. Allein! Mit Köfferchen! Wiederholen Sie mir die Nachricht bitte. Wenn es klappt, bekommen Sie einen Scheck, den Sie kaum ablehnen werden.«

Der Wirt wurde gleich eine Spur dienstfertiger. Man hörte es an seiner Stimme. Er wiederholte den Auftrag und versicherte, die Señora könne sich auf ihn verlassen.

Jetzt waren die Weichen gestellt. Silva konnte in Ruhe abwarten, bis Egon sich von allen Strapazen erholt hatte, um ihn dann in die süßesten Strapazen der Welt zu stürzen. Und da er sich ein kleines Leben lang in Aberlingen in dieser Hinsicht ausgeruht hatte, erbrachte er nun wirklich Spitzenleistungen. Silva war voller Zärtlichkeit für diesen außerordentlichen Burschen aus dem kalten Norden. Ja, sie fühlte deutlich, daß es Liebe war. Zum erstenmal in ihrem Leben als verwöhntes Töchterlein dachte sie innig an einen anderen Menschen, wollte ihn beschützen, ihn in die Arme nehmen, für ihn da sein, ihm nur Glück und Freude bringen.

Er war so liebevoll und einfühlsam, zart und doch sehr kräftig. Und bei aller Hilfsbedürftigkeit hatte er es in seiner Heimat schließlich zu einem wichtigen Posten gebracht. Sonst würde er hier doch keine Verhandlungen in einer Größenordnung führen, für die sich ein Pallando und ein Rino Peinto interessierten.

Am fraglichen Mittwoch schlenderten Silva und Egon also Arm in Arm die kurze Strecke zum ›Café Amona‹. Es war kurz vor elf. Die Sonne schien, die Luft war blank. Die Pinien dufteten. Sie setzten sich in den Vorgarten und bestellten sich zwei große Eisbecher mit flüssiger Schokolade.

Und da fuhr tatsächlich Rino in einem Taxi vor. Er kam an ihren Tisch und lächelte wie Belmondo. Silva betrachtete ihn und verstand gar nicht mehr, was sie an diesem Eintänzertyp gefunden hatte. Ich muß doch sehr unreif gewesen sein, dachte sie. Was für eine unsolide Erscheinung. Wenn ich dagegen meinen Egon ansehe...

Rino hatte eine Aktentasche und eine Plastiktüte bei sich. Aus der Aktentasche zog er das gefälschte Dokument und übergab es feierlich Egon Meier. Dann ließ er ihn in die Tüte gucken. Und da war es drin! Das Köfferchen! Das Modell ›Schraufa-A1‹!

Egons Herz machte einen Satz. Und er schickte ein kleines Dankgebet zum heiligen Antonius, dem Schutzpatron aller verlorenen, verlegten Sachen. Silva sah sich das Dokument genau an. Tatsächlich schien es in Ordnung zu sein, denn es trug eindeutig den Stempel des Regionalsekretärs für Handel und Finanzen. Und vor allem war es Papas Unterschrift. Die kannte sie ja. Da gab es gar keinen Zweifel. Also lächelte sie Egon ermutigend und liebevoll an und sagte: »Wenn du die Zahlen genau überprüft hast, brauchst du, meiner Meinung nach, keine Bedenken zu haben. Unterzeichne! Ich werde inzwischen schon eine Flasche Champagner bestellen. Die haben wir uns doch wohl alle drei verdient.«

Rino Peinto hatte viel und gefällig gelächelt. Eigentlich hätte es Silva jedoch auffallen müssen, daß er auffallend oft die Straße entlang schaute, einmal in diese, dann wieder in jene Richtung.

Er guckte auch mehrmals nervös auf seine protzige goldene Armbanduhr.

Kaum war Silva in den Räumen des Cafés verschwunden, da passierte es. Draußen glitt eine lange Limousine vor den Eingang. Egon hatte sich in den

Vertrag vertieft und rechnete schnell und mit wachsendem Vergnügen die Gewinne für die ›Schraufa‹ aus. Er sah flüchtig hoch, achtete aber nicht weiter auf die Leute, die aus dem Wagen stiegen. Als ein Schatten über seinen Tisch fiel, blickte er zerstreut hoch. Und dann war alles schon gelaufen.

Als erstes erkannte er den schokoladenbraunen José, als zweites Pedros Alptraumgrinsen. Sie faßten ihn unter. Rino schubste ihn. Er brüllte »Hilfe« und »was fällt Ihnen ein«. Und dann erkannte er am Steuer Kuljowitsch und saß plötzlich neben Pallando, der fürchterlich nach Maiglöckchen roch. Egon wurde richtig schlecht, und er machte Anstalten, dem Kerl aufs kobaltblaue Jackett zu kotzen. Doch da preßte José ihm schon sein Pfötchen auf den Mund. Er zwängte sich neben ihn. Rino stieg als letzter in den Fond.

Vorn neben Kuljowitsch grinste Pedro und hatte eine Tüte in der Hand, deren Inhalt an ihrer Form einem geübten Betrachter von Film- und Fernsehkrimis sofort deutlich wurde: ein Ballermann! Egon verzichtete deshalb lieber auf weitere Beweise seiner Tapferkeit.

Silva kam gerade aus dem Café, als der Wagen anfuhr. Rino ließ das Fenster runter und rief ihr zu: »Alles in Ordnung, Liebes! Wir sehen uns später! Mach's gut, Silva, meine Schöne!«

Dann rauschte der Wagen davon. Nun hatten die Herren nicht mit der Findigkeit und Entschlossenheit einer verliebten Frau gerechnet. Ein Taxi zu bestellen und dessen Ankunft abzuwarten, wäre natürlich Unsinn gewesen. Doch gerade in dieser Minute näherte sich in flottem Tempo ein Sportwagen. Silva rannte wild winkend auf die Straße und machte Anstalten, sich vor das Auto zu werfen.

Sie hatte Glück, denn am Steuer saß ein sehr junger Fahrer, der sofort ein Abenteuer witterte, als er die erregte junge – und schöne! – Frau sozusagen vor der Flinte hatte. Er bremste scharf. Es hörte sich an, als hätte jemand ein Orchester aus Sambapfeifen zusammengestellt. Silva riß den Schlag auf, sprang hinein und keuchte: »Folgen Sie dem Wagen dort vorn. Es geht um Leben und Tod!«

Der Junge grinste entzückt und gab Gas. Er hatte doch schon beim Aufwachen so ein vielversprechendes Prickeln in den Gliedern gespürt. Deshalb hatte er sich auch Papas Wagen ausgeliehen. Er hatte zwar noch keinen Führerschein, konnte aber jedenfalls besser fahren als diese lahmärschigen Erwachsenen.

Kein Wunder, daß bei denen nie so entzückende Mädchen einstiegen, die eine filmreife Verfolgungsjagd auf Gangster machten. Denn er zweifelte keine Sekunde daran, daß es darum ging. Man wußte doch, wie so etwas gemacht wurde.

»Sind Sie von der Kripo?« fragte er deshalb auch nur cool.

»In etwa«, murmelte Silva vage. »Ich werde mich erkenntlich zeigen.«

»In Ordnung.«

Man wußte auch, wie solche Erkenntlichkeiten letztlich aussahen. Ihr Erkennungsmerkmal war, daß sie im Bett oder an einsamer Stelle in der Natur stattfanden. Er lächelte und zeigte dabei Riesenhauer. Alle Caballos hatten diese riesigen Gebisse. Das machte nichts. Bei ihrem Vermögen empfanden die Damen das als angenehme Zugabe. Geld machte an sich schon sinnlich.

Der große Wagen glitt weiter in die Berge. Auf einer Hochebene war ein winziger Privatflugplatz. Einige einmotorige Drachenmaschinen und drei kleine Sportmaschinen waren hier geparkt. Es gab eine kleine Bretterbude und ein einfaches Steingebäude, an dem merkwürdigerweise ein Schild mit der Aufschrift ›Casino‹ angebracht war.

Egon Meier saß inzwischen gottergeben im Fond. Pallando hatte José schwer angeschnauzt, er solle gefälligst die Hand vom Mund des Herrn nehmen. Rino erklärte, daß es sich lediglich um ein vereinfachendes Verfahren handele. »Die junge Dame, mit der Sie da zusammen sind, hat Sie ja in eine gefährliche Falle gelockt. Sie ist die Tochter vom Regionalsekretär für Handel und Finanzen, und wissen Sie, was sie im Auftrag ihres Vaters bezweckt hatte?

»So ein Unsinn«, flüsterte Egon.

»Sie sollte Sie hinhalten, damit ihr Vater in aller Ruhe das Geschäft mit den Amerikanern abschließen konnte. Zu seinen Bedingungen. Denn wo keine Konkurrenz ist, da bestimmt der Käufer die Preise!«

Egon schüttelte den Kopf. »Unmöglich.«

»Aber es ist so.«

»Sie würde das nie tun.«

»Man täuscht sich leicht in hübschen Frauen.«

»Nicht in dieser. Ich nicht!«

Egon dachte an diese und jene Situation. Ihm wurde ganz zärtlich zumute, und seine Haut prickelte. Rino Peinto erklärte ihm, sie würden ihn mit einem Privatjet nach Porto Santo bringen. Von der Insel aus könne er dann mit der Linienmaschine weiterfliegen nach Bordeaux.

»Dort ist der Gewährsmann bereits verständigt. Er wird Sie vom Flughafen abholen. Machen Sie sich nur keine Sorgen.«

»Ich mache mir aber welche.«

»Wegen des Mädchens? Aber das ist doch völlig unnötig. Sie können sich ja wieder mit ihr in Verbindung setzen. Frauen haben bei Geschäften nichts zu suchen. Unterschreiben Sie den Vertrag. Fliegen Sie, wie geplant, nach Bordeaux. Übergeben Sie das Köfferchen zur Ansicht unserem Mittelsmann. Sie kriegen es wieder! Und melden Sie Ihrer Firma den Erfolg. Das war es doch, was Sie wollten. Oder etwa nicht?«

»An sich schon...«

»Und zu blendenden Bedingungen!«

»Das will ich gar nicht bestreiten.«

»Was paßt Ihnen also nicht?«

»Mir paßt die Art und Weise nicht. Sie haben mich doch regelrecht entführt! Und wenn Sie etwas gegen die junge Dame haben, dann hätten Sie das in deren Beisein erklären müssen. Was heißt überhaupt: Sie ist die Tochter des Regionalsekretärs für Handel und Finanzen? Das glauben Sie doch selber nicht. Denn wenn es so wäre, hätte sie es mir gesagt. Wir haben keine Geheimnisse voreinander.«

Rino Peinto lachte gellend auf, und Pallando, Pedro und sogar José mit seinem schrillen Gekicher stimmten herzhaft ein.

Irgendwie rutschte Egons Herz dabei tiefer. Nicht ganz in die Hose. Doch beinahe. Sollten diese Burschen recht haben? Er schämte sich, daß er überhaupt einen

Augenblick lang einen Verdacht erwog. Trotzdem konnte er nichts dagegen tun. Einiges war ihm tatsächlich schleierhaft geblieben bei seiner geliebten Silva. Sie war schon etwas merkwürdig vorgegangen. Auch bei aller Liebe hatte er das nicht gut übersehen können. Er hatte es verdrängt. Aber nun mußte er Tatsachen ins Auge sehen. Und wenn diese Kerle behaupteten, sie sei die Tochter des mächtigen Regionalsekretärs, dann konnten sie das wohl kaum einfach aus den Fingern saugen. Wenn es aber stimmte, dann hatte sie ihm möglicherweise auch andere wichtige Tatsachen verschwiegen. Er seufzte herzerweichend. Wem sollte er glauben?

Vom höchsten Gipfel des Glücks war er auf den harten Boden der Wirklichkeit gestürzt. Es wäre wohl auch zu schön gewesen. Egon Meier aus Aberlingen war nicht für den Flug zu den Sternen gedacht. Oder doch?

Er spürte, daß er verändert war. Mutiger, tatkräftiger und kühner als früher. Silva hatte geschwindelt, das mußte er wohl glauben. Aber niemals war sie eine Verräterin an ihrer Liebe!

Nein. Diese Burschen waren nicht astrein. Sie stanken doch geradezu nach Betrug und Gaunerei. Sie hatten ihn in der Gewalt. Das mußte er berücksichtigen. Das beste war, mitzuspielen, die Augen offenzuhalten und im richtigen Moment loszuschlagen.

Er machte also ein möglichst trotteliges Schafsgesicht und erklärte: »Sie haben mich überzeugt. Wir werden das Geschäft nach Ihren Vorschlägen abwickeln.«

Rino Peinto ließ einen längeren portugiesischen Wortschwall los, und Pallando atmete auf wie ein leerer Blasebalg.

Sie stiegen aus. Pedro trat dicht an Egons Seite. Doch er machte keinerlei Anstalten zur Flucht. Vielmehr steuerte er mit federnden Schritten die kleine Cessna an, auf die Rino Peinto verbindlich gezeigt hatte.

Silva, die aus dem Sportwagen heraus die Szene beobachtete, bot sich das aus Filmen vertraute Bild: ein bedeutender Mann, begleitet von Leibwächtern und Sekretären, schritt federnd zu seinem Privatjet, um sich wieder einmal auf Geschäftsreise zu begeben.

Ihr Herz schlug in einer Mischung aus Besorgnis und Bewunderung. Oh, dieser Mann! Jetzt hatte er sich doch tatsächlich auf eigene Faust mit diesen Brüdern eingelassen. Er traute ihr also nicht! Nun, sie hatte tatsächlich nicht mit offenen Karten gespielt und durfte sich nicht wundern.

Wenn sie jetzt ausstieg und ›Egon!‹ rief, konnte es möglich sein, daß er sie abblitzen ließ. Wer wußte schon, was die Kerle ihm bereits erzählt hatten?! Und wenn die erst gesehen hatten, daß sie, Silva, Bescheid wußte, dann konnte es erst recht gefährlich werden. Die schreckten doch vor nichts zurück.

»Was machen wir jetzt?« fragte ihr junger Ritter begierig.

»Abwarten.« Sie lächelte ihn an, und er war hingerissen. Eine Rassefrau! Seine Klassenkameraden würden es nicht glauben, wenn er sich morgen oder übermorgen von einer seiner ›Grippen‹ zurückmeldete. Und es war sogar das Gemecker und den Taschengeldentzug vom Vater wert, der sich bestimmt wieder furchtbar aufplustern würde.

Dabei hatte er noch drei weitere Autos, von dem seiner Geliebten gar nicht zu reden.

Hinter Egon kletterte Pallando in die Maschine. Im Cockpit nahm Kuljowitsch Platz.

Egon erschrak.

»Sie fliegen?«

Kuljowitsch nickte.

»Ich rrusische Ausbildung. Rrusische Airrforrce beste von ganze Welt!«

Egon zuckte ergeben die Schultern.

»Haben Sie 'ne Tüte? Falls mir schlecht wird?«

»Maschinchen fliegt wie Kinderrschaukel!« beruhigte ihn Kuljowitsch. Ohne irgendeine Genehmigung von irgendeinem Tower abzuwarten, warf er die Motoren an und ließ die Cessna über das Feld hoppeln.

Kein Mensch zeigte sich. Außer Rino Peinto natürlich, der dastand und winkte, als starte eine fidele Gesellschaft zum Skilaufen in den Bergen. Dann drehte er sich um, und als die Maschine abhob, kletterte er bereits in den Luxusschlitten, zwängte sich hinter das Steuer und gab Gas. Hinten konnte Silva die Gesichter von Pedro und José erkennen. Sie duckte sich schnell, meinte jedoch gesehen zu haben, daß Rino selig vor sich hin grinste.

»Soll ich die Burschen weiter verfolgen?« fragte ihr Ritter am Steuer begierig.

Sie nickte freundlich. »Aber in großem Abstand bitte.«

Rino fuhr über Funchal. Als sie in der Stadt waren, sagte Silva: »Ach, halten Sie doch bitte dort drüben für einen Augenblick. Ich muß etwas besorgen!«

Der Knabe fuhr rechts ran. Sie stieg aus und ging in eine schmale Seitenstraße. Und sosehr er auch guckte und wartete: Sie kam nicht wieder zum Vorschein! So eine Gemeinheit! So kam es, daß Ruiz Caballo seine erste Lektion erhielt, was die Zuverlässigkeit anderer Menschen, besonders entzückender Frauen, die einem ins Haus oder ins Auto schneien, anbelangte.

Egon unterschrieb den Vertrag. Dagegen war wohl nichts einzuwenden. Er konnte das immer noch rückgängig machen, wenn die Sache aufflog. Denn erpreßte Unterschriften hatten keine Geltung. Das wußte man auch in Aberlingen.

Als er das unterschriebene Dokument Pallando überreichte und dessen Galgenvogelgrinsen sah, durchfuhr ihn wie ein Dolch der Gedanke: Jetzt hat er, was er wollte. Was ist, wenn er mich verschwinden läßt? Für die Welt bin ich doch schon tagelang verschollen. Und ganz versteckt nagte noch ein Verdacht: Sollte Silva mit ihm im Bunde sein? Hatte sie ihn nicht die ganze Zeit hingehalten? War sie nicht immer gerade verschwunden, wenn ihm Gefahr drohte: Siehe diese furchtbaren Messerstecher? Sein besoffener Auftritt als Flamencotänzer? Oder zuletzt der Gang ins Café, gerade als die Pallando-Truppe ihn abgeholt hatte?

Egon schüttelte den Kopf. Nein! Nein, nein, nein! Das war unmöglich. So sehr konnte sich das Herz nicht täuschen. Du solltest dich schämen, Egon Meier, sagte er zu sich selbst. Du verdienst dieses bezaubernde Mädchen doch gar nicht.

Seine Gedanken wurden jäh unterbrochen. Das Flugzeug machte eindeutig einen Sturzflug!

»Ist was kaputt?« fragte Egon.

Aber keiner kümmerte sich um ihn. Da Pallando jedoch ganz ruhig wirkte, schien das zum Plan zu gehören.

Und so war es. Sie landeten nach kurzem Flug. Als Egon die Maschine verließ, fand er sich auf einem Inselchen wieder, das wirkte, als hätte ein Gestalter von Prospekten es eigens für ein Titelblatt anfertigen lassen. Berge im Hintergrund und ein silberner Sandstrand zu Füßen. Meer und Palmen – und keine Menschenseele.

Sie stiegen in einen Jeep um und fuhren los.

»Porto Santo«, sagte Pallando und zeigte umher, als gehöre ihm die ganze südliche Pracht.

»Wohin fahren wir?« wagte er sich zu erkundigen.

»Airrport«, sagte Kuljowitsch. »Flug nach Bordeaux geht in eine Stunde.«

Miguel Pallando fletschte die Zähne, was wohl verbindlich wirken sollte. Er fischte das ›Schraufa‹-Köfferchen aus der Plastiktüte und übergab es Egon, als seien es Throninsignien. Und was die Kostbarkeit anbelangte, konnte es den Vergleich ja aushalten. Sie hatten es mit Heroin im Wert von vierzigtausend Dollar präpariert. Hier auf Porto Santo würde nichts passieren. Da hatten sie vorgesorgt. Der große Test war in Bordeaux fällig. Da mußte er durch den Zoll. Und dann würde der Chef der neuen ›Espada-Connection‹ den Koffer begutachten und sein endgültiges ›Ja‹ geben. Hoffentlich!

Beim Regionalsekretär für Handel und Finanzen, Juan Perreiro dos Passos, herrschte gedrückte Stimmung. Seine gewichtige Gattin saß im gläsernen Wintergarten, sah hinaus auf die Stadt und weinte heftig. Der Regionalsekretär trank einen Cognac nach dem anderen, denn sein Magen war sehr empfindlich, und Aufregung schlug sich sofort auf die Nerven seines Verdauungstraktes.

Er wußte sich keinen Rat mehr und rettete sich in das einzige, was einem Mann in Fällen von Hilflosigkeit zu tun blieb: er tobte!

»Wenn ich Silva wiederfinde... wenn ich dieses Luder von Tochter in den Fingern habe...«

»Juan!!«

»Ich garantiere für nichts. Ich schicke sie zu meiner Schwester! Aufs Land kommt sie, jawohl! Hinter meterdicke Mauern! Esperanza wird ihr beibringen, wie sich ein junges Mädchen aus guter Familie zu verhalten hat!«

»Juan!!«

»Sie kann Schweine mästen und Kühe melken. Von mir aus auch umgekehrt. Heul nicht! Das ist nun deine Tochter! So ein Kind hast du großgezogen! Sie muß mit diesem Deutschen durchgegangen sein. Und mit diesem Peinto steckt sie immer noch unter einer Decke. Ich muß mich ja schämen! Als Vater und als Regionalsekretär!«

»Sie hat deinen Dickkopf, Juan!«

»Was soll das heißen? Bin ich vielleicht mit einem undurchsichtigen Deutschen durchgebrannt?!«

»Du mit deiner Strenge hast sie aus dem Haus getrieben«, erklärte die Dame des Hauses fest. Sie war meistens gefügig und ruhig, wie es sich für eine Gattin gehörte. Aber Angst hatte sie nicht vor ihrem Gemahl. Und wenn es sein mußte, wurde sie zur Löwin.

»Sie lief im Hafenbecken Wasserski!« brüllte er.

»Darum geht's doch gar nicht.«

»Sie ist oben ohne im offenen Cabriolet durch Funchal gefahren!«

»Um dich zu ärgern, mein Lieber.«

»Sie hat sich diesem Peinto an den Hals geworfen!«

»Das ist doch längst vorbei!«

»Der Kerl fliegt!«

»Das hättest du dir wohl schon früher überlegen können. Aber er war dir doch zu nützlich. Nützlicher als die Ehre deiner Tochter!«

»Eliza!!«

»Ich sage nur, wie es ist. Und jetzt machst du dir Sorgen, mein Lieber. Weil sie verschwunden ist. Und weil du befürchtest, sie könnte, gemeinsam mit diesem Deutschen, einem Verbrechen zum Opfer gefallen sein. Wirklich keine Nachricht vom ›Reid's‹?«

Er stöhnte und schüttelte den Kopf.

»Du hast ein schlechtes Gewissen, Juan, nicht wahr?«

Er nahm die Brille ab und wischte sich verstohlen über die Augen.

»Sie ist mein einziges Kind, Eliza.«

»Meins auch, Juan. Meins auch. Vergiß das bitte nicht.«

In diese Katerstimmung platzte der Anruf hinein. Das Stubenmädchen klopfte, trat ein und meldete: »Ihre Tochter ist am Telefon, Exzellenz!«

9

Egon war wie ein Weltmann an Bord der Linienmaschine gegangen. Schließlich war er inzwischen ein weitgereister Mann. Ein Geschäftsmann, der in eine etwas undurchsichtige Angelegenheit verwickelt war, die sich jedoch vielleicht noch zum Guten hin entwikkeln würde, wenn er nur die Augen offenhielt.

Noch ist Polen nicht verloren, dachte Egon. Und suchte sich von den Bonbons, die die Stewardeß zum Start anbot, einen grünen aus. Grün – wie die Hoffnung.

Er begann sogar, den Flug zu genießen, ja, er fand Gefallen an dem ganzen Abenteuer. Verschütteter Unternehmungsgeist war frei geworden. Ein anderer Egon Meier lehnte in den Polstern.

Aberlingen. Er würde sein Leben dort neu organisieren. Wie hatte er es bloß ausgehalten zwischen Büro und Bude, zwischen Knulle und Alma? Ohne Liebe? Ohne die sanften, zärtlichen Hände einer Frau?

Flüchtig dachte er an Fräulein Buttrich. Jetzt, als erfahrener Mann, wußte er nachträglich ihr Lächeln und ihre Blicke zu deuten. Die könnte ich haben, dachte er nach bester Macho-Manier. Aber sofort schob sich Silvas Bild dazwischen, und er wußte: Es half nichts, daß er sich etwas vorzumachen versuchte. Er liebte diesen portugiesischen Wuschelkopf mit dem Kirschmund. Wenn sie eine kleine Hexe ist, dachte er leichtsinnig, dann liebe ich eben eine kleine Hexe. Basta!

Die kleine Hexe war gerade tränenüberströmt bei ihren Eltern aufgekreuzt.

»Papa, ich muß dir etwas beichten!« hatte sie am Telefon gesagt.

»Komm her, mein Kind, wir können über alles reden«, hatte ihr Vater mit ungewohnter Milde erwidert.

Sie berichtete rückhaltlos, was sich inzwischen zugetragen hatte. Das heißt, einige Passagen verschwieg sie natürlich. Eben jene, die vorwiegend in horizontaler Lage stattgefunden hatten. In dieser Hinsicht verstand auch der liebste portugiesische Vater keinen Spaß.

Ihr Vater rief bei Rino Peinto im Büro an. Aber er war nicht an seinem Schreibtisch. Nun war das nicht völlig ungewöhnlich, denn für Verhandlungen oder Inspektionen brauchte er sich gemeinhin nicht abzumelden.

»Es stinkt«, sagte der Regionalsekretär trotzdem.

Und seine Gattin nickte und ergänzte: »Und wie!«

Jetzt führte Juan Perreiro dos Passos seinen Damen vor, was Generalstabsarbeit war. Er ließ sich die Telefonnummer des kleinen Privatflugplatzes besorgen und hatte innerhalb von zehn Minuten ermittelt, daß eine Cessna nach Porto Santo gestartet war. Mit einem Piloten und zwei Passagieren an Bord.

Der Anruf auf dem Flughafen von Porto Santo war ein Klacks. Doch hier schien die Spur zu enden. Jawohl, die Cessna war angekommen. Aber wo die Leute geblieben waren, wußte keiner.

»Fragen Sie noch einmal beim Personal herum«, ordnete der Regionalsekretär an. »Es geht um eine Angelegenheit von höchster Wichtigkeit.«

»Bitte«, sagte der Mann. Das kannte man. Bei solchen Leuten war alles von höchster Wichtigkeit, für das sie sich interessierten. Immerhin befragte er lustlos sein Personal. Und ein Taxifahrer hatte gehört, daß die kleine Truppe zum regulären Flughafen gestartet war.

Dann dauerte es nicht mehr allzu lange, bis sich herausstellte, daß Herr Egon Meier ein Ticket nach Bordeaux gekauft hatte und den Flug bereits angetreten hatte... einen Augenblick... ja, er sei schon dort eingetroffen. Gerade in diesem Moment.

Silva war einem Nervenzusammenbruch nahe. Es paßte nicht zu ihrem Wesen, ohnmächtig zuzusehen und zuzuhören, wie Papa die Hebel in Bewegung setzte. Aber was konnte sie sonst tun?!

Der Schlag erfolgte ohne Vorwarnung. Ihr Vater hatte Bordeaux am Apparat. Nach zweimal unterbrochener Verbindung und einigen Fehlverbindungen, wobei sich einmal eine Reinigungsfirma und einmal die städtische Müllabfuhr meldete, hatte er die richtige Stelle am Draht. Den Zoll! Und der Beamte teilte ihm lakonisch mit: »Jawohl. Ein Egon Meier ist eingetroffen, aus Porto Santo kommend. Er hatte einen Koffer bei sich, der mit Heroin in beträchtlichem Wert präpariert war. Wir haben ihn verhaftet. Er sitzt bereits im Untersuchungsgefängnis ein. Die Presse ist auch schon dort. Ein kapitaler Fall. Ein Beispiel des dreisten internationalen Verbrechertums!«

Silva schlug die Hände vors Gesicht und weinte haltlos.

»Es kann sein, daß er in diese Sache ohne sein Wissen verwickelt worden ist«, sagte ihr Vater milde. »Es kann aber auch sein, mein Täubchen, daß dein Egon Meier ein Rauschgiftschmuggler ist!«

»Das weiß ich, Papa«, heulte sie. »Aber ich liebe ihn!«

Und so war es. Ganz von Egons Unschuld war sie selber nicht überzeugt. Hatte er nicht manchmal gar zu treuherzig gewirkt? War das vielleicht doch nur eine Masche gewesen? Wieso war er auch so freiwillig mit Pallando abgefahren? Da stimmte doch ganz gewiß etwas nicht. Aber wie es auch war, sie liebte ihn. Es konnte und durfte einfach nicht sein, daß er ein Schuft war. Daß sie vom Regen in die Traufe, von Rino Peinto an ein internationales Rauschgiftring-Mitglied geraten war.

»Papa«, flehte sie, »hilf mir!«

Und Seine Exzellenz, Juan Perreiro dos Passos, wuchs über sich selbst hinaus. Er strich seiner Tochter über das widerspenstige, knisternde Haar.

»Das müssen wir jetzt selber in die Hände nehmen«, sagte er. »Ich telefoniere noch mit Parlango y Gosset und mit Lissabon. Wir nehmen die nächste Maschine nach Bordeaux. Persönliches Eingreifen ist unerläßlich, wenn wir Herrn Meier wirklich helfen wollen. Und das ist ja selbstverständlich, da du ihn liebst, mein Kind.«

Da seufzte Eliza, seine Gattin, daß ihr üppiger Busen bebte. Ja, das war ihr Juan, den eine Frau bewundern und lieben konnte, wenn er auch meist ein altes Ekel war. Aber es gab Momente, da wirkte er aufregender als Robert Redford. Nur nicht so hübsch. Und sie zog ihre Tochter in die Arme und flüsterte: »Alles wird gutgehen. Papa macht das schon! Und zieh dir bitte eine warme Jacke an, mein Kind. Wer weiß, wie das Wetter in Bordeaux ist! Diese nördlichen Gegenden haben im allgemeinen scheußliches Wetter. Und die größte Liebe taugt nichts, wenn man krank ist und Schnupfen hat.«

Silvas Vater reckte sich.

»Es wird sich alles aufklären«, versprach er. »Ich werde jetzt alle nötigen Schritte veranlassen. Generalstabsmäßige Planung. Das ist das Geheimnis schneller Erfolge. Bald werden sich die schwarzen von den weißen Schafen trennen lassen. Ich bin zuversichtlich, daß dein deutscher Geschäftsmann zu den weißen gehören wird, mein Kind.«

Da unterdrückte Silva auch die kleinsten Zweifel und erklärte fest: »Ganz bestimmt, Papa. Egon ist ein weißes Schaf. Ganz bestimmt!«

10

Wenn der Rhein bei Aberlingen über die Ufer getreten wäre und die ganze Anlage der ›Schraufa GmbH‹ überschwemmt hätte, wenn der Kirchturm Herrn Knulle auf den Kopf gefallen wäre, die Buttrich sich in eine Prinzessin verwandelt oder Dr. Kranzer plötzlich eine Million geerbt hätte... nichts davon konnte der Aufregung gleichkommen, die ein Telegramm aus Funchal auslöste. Es war nur kurz und lautete:

»Vertrag perfekt. Eintreffe Dienstag gegen zwölf Uhr dreißig. Egon Meier.«

Es war Freitag mittag, Pettenkamp hatte Aberlingen bereits verlassen, um seiner Frau im Urlaub auf Sylt kurz Gesellschaft zu leisten, die Firmenbesatzung bereitete sich intensiv auf ein entspanntes Wochenende vor. Auch Kranzer hatte schon gepackt und ohne Silvia Buttrichs Wissen ein Hotelzimmer im Harz bestellt, wo er mit ihr zu nächtigen hoffte. Da war er natürlich noch im Glauben gewesen, Meier sei auf Madeira verschollen. Als Vertreter von Herrn Pettenkamp bekam er das Telegramm als zweiter zu Gesicht. Die erste war Silvia Buttrich. Sie stolzierte mit dem Wisch in Kranzers Büro, als hätte sie gerade den Davis-Pokal gewonnen.

In der Tat fühlte sie sich wunderbar. Selbstverständlich war Dr. Kranzer eine gute Partie, aber er war auch ein so ausgebuffter Junggeselle, daß es fast übermenschlich erschien, ihn allen Ernstes vors Standesamt zu schleppen.

So pfefferte sie das Telegramm auf Kranzers Schreibtisch und eilte ins leere Krankenzimmer, wo sie einen wilden Freudentanz aufführte und mehrmals laut juchzte. Dann hatte sie sich so weit gefangen, daß sie der übrigen Belegschaft mit der Gelassenheit der perfekten Chefsekretärin ins Auge blicken konnte.

Sie traf Rüdiger Knulle auf dem Gang und konnte sich nicht verkneifen zu sagen: »Wissen Sie schon, daß Herr Meier am Dienstag eintrifft? Mit dem Vertrag?«

Knulle schluckte. Er hatte sich schon an den neuen Posten gewöhnt. Aber dann siegte doch seine freundliche Natur. Außerdem überlegte er sich blitzschnell, daß Meier bestimmt befördert wurde, wenn das stimmte, was die Buttrich gerade sagte. Konnte ja auch sein, daß sie übergeschnappt war. Würde ihn nicht weiter wundern!

»Meier lebt?!« rief Knulle. »Mein guter Freund Meier! Na, ich dachte mir schon, daß der sich nicht unterkriegen läßt! Darauf müssen wir einen trinken! Ach, ist das eine Überraschung!«

Silvia Buttrich, noch in Schwarz gekleidet, musterte ihn von Kopf bis Fuß. »Für mich war Herr Meier nie tot«, sagte sie kühl. »Aber ich kenne ihn eben auch besser als andere Leute. Sein Hundchen wird sich freuen.«

Olle Schreckschraube, dachte Knulle ungerecht. Da wird meine Frau sie aber dringend zum Abendbrot einladen müssen. Die kriegt hier in der Firma jetzt 'ne ganz wichtige Position. Was Meier an dieser schnippischen Lebedame findet... nee. Aber die Welt ist eben rund, und jeder sieht sie anders.

Kranzer wuchs über sich selbst hinaus.

»Fräulein Buttrich, stellen Sie bitte eine Verbindung

mit Herrn Parlango y Gosset in Funchal her«, ordnete er kühl an.

Diesmal klappte es sofort. Señor Rodrigo Parlango y Gosset versicherte, er hätte sowieso noch angerufen. Und von ihm erfuhr Kranzer die Neuigkeiten, mit denen er ein Telefonat mit Pettenkamp in seinem Stammhotel wagen konnte.

»Entschuldigen Sie bitte, Chef, ich störe Sie ungern in Ihrer Freizeit, aber ich glaube doch, daß Sie folgendes wissen sollten ...« Und er berichtete in dürren Worten, was sich um und mit Meier Abenteuerliches abgespielt hatte.

»Wunderbar, lieber Kranzer. Sehr tüchtig von Ihnen, daß Sie sich gleich Gewißheit verschafft haben. Montag früh reden wir weiter. In alter Frische. Dienstag dann großer Empfang der gesamten Belegschaft für unseren Helden und frischgebackenen Prokuristen! Wiederseh'n!«

Kranzer sah kurz vor seinem geistigen Auge die neue Unterschrift:

Mit freundlichen Grüßen
Schraufa GmbH
ppa. Egon Meier

Prokura! Wie ein Blitz fuhr Neid in Kranzers Herz. Der Meier würde Unterschriftsbefugnis haben. Als Stellvertreter von Pettenkamp. Er war dann so etwas wie ein Vorgesetzter. Alter Junge, sagte Kranzer sich, das ist nun doch unter deinem Niveau, daß du dem netten Kerl, der dir immer Vorschuß gegeben hat, das nicht gönnst. Und was Silvia anbelangt ... nun, da ist das letzte Wort noch nicht gesprochen. Ein Frauentyp ist der Meier ja nun gewiß nicht.

So trat er neben Miß Buttrichs Schreibmaschine und säuselte: »Sie Glückliche. Meier bekommt Prokura. Ein Glückspilz ist der Meier. Erstklassiger Posten, erstklassige Frau. Gehaltserhöhung. Eigene Villa...«

Silvia Buttrich sog die Worte ein wie Mentholdämpfe im Inhalatorium.

»Wieso Villa?« fragte sie, denn in diesem Punkt kamen ihr doch erhebliche Bedenken. Egon Meier schien ihr leider sehr der Typ für kleine Mietwohnungen und Mittelklassewagen zu sein. Im Gegensatz zu Kranzer.

»Ist doch klar«, sagte Kranzer und fügte listig hinzu: »Jetzt können Sie Alma statt der schwarzen Schleife aber ruhig was Lustiges umbinden.«

Silvia Buttrich wurde rot. »Jetzt werden sie ihm alle in den Hintern kriechen«, sagte sie. »Aber ich habe Alma genommen, als niemand ihn wollte.« Dann wurde ihr die Doppeldeutigkeit ihrer Bemerkung klar, und sie erstrahlte in dunklem Purpur.

Die Nachricht vom Egon Meiers wunderbarer Reise verbreitete sich mit Windeseile in der Firma. Am Montag wußten alle genau Bescheid. Da hing auch schon die portugiesische Zeitung am Wandbrett aus, die Kranzer in Düsseldorf am internationalen Kiosk besorgt hatte. Man konnte nur staunen: Da stand Egon Meier auf einem Foto auf der ersten Seite und neben ihm eine bildhübsche Frau. Aber das konnte auch Zufall sein. Er strahlte. Wie noch nie! Dazu hatte er auch allen Grund.

Als Silva und ihr Vater in Bordeaux eintrafen, wartete dort bereits der französische Anwalt auf sie, der von der portugiesischen Botschaft verständigt worden war. Die Fahndungsmaschinerie der Staatspolizei lief ebenfalls auf vollen Touren.

Für Egon war eine Welt zusammengebrochen. Was für schreckliche, heimtückische Menschen es doch gab! Da hatte dieser Señor Pallando sich geschickt verdrückt, als Zollbeamte Egon aufforderten, den Musterkoffer zu öffnen. Er war doch ganz arglos gewesen. Dieses blanke Entsetzen, als sie Säckchen mit weißem Pulver dort fanden, wo eigentlich der Akku sein sollte!

Egon Meier festgenommen! Egon Meier im Kittchen! Das würde immer ein Alptraum bleiben. Und das Sonderbare war, daß sich alles genauso abspielte wie in den Fernsehkrimis. Trotzdem war es eben ganz anders, wenn man es am eigenen Leibe erlebte. Wenn man lange genug wie ein Verbrecher behandelt wurde, fühlte man sich schließlich beinahe wie einer.

Und dann kam dieser herrliche Augenblick, als er von zwei Gefängnisbeamten abgeholt wurde. Er dachte, zum Verhör, bei dem er wieder nur ›Bahnhof‹ verstehen würde. Doch nun war da ein Anwalt, der englisch mit ihm sprach. Er ließ sich den Sachverhalt genau berichten, legte ihm die Hand auf die Schulter und versprach: »Etwas Geduld, wir werden alles Nötige veranlassen. Ihre Unschuld wird sich sehr bald herausstellen.«

Es dauerte noch einige Zeit, und Egon kam sie endlos vor. Aber dann wurde er wieder in den Raum geführt, den er inzwischen schon gut kannte. Und diesmal war Silva da. Als sie ihren Egon Meier sah, kamen ihr die Tränen. Er hatte immer noch das lavendelblaue Jackett an, aber inzwischen hing es an ihm wie der Galaanzug einer Vogelscheuche. Er wirkte blaß und hinfällig. Seine blauen Augen schienen ganz ausgeblichen zu sein.

»Egon! Mein Liebling!«

Wie damals in der Berghütte hatte Meier flüchtig das Gefühl, eine Erscheinung suche ihn heim. Aber da lag sie schon an seiner Brust.

»Silva! Oh, Silva!«

Sie weinten beide. Erst nach einer Weile bemerkte Egon den seriösen Herrn, der sich ebenfalls die Augen wischte. Auch der Anwalt war anwesend, sichtlich gerührt von diesem jungen Glück. Silva zeigte auf ihren Vater.

»Das ist Papa. Er weiß alles«, übertrieb sie ein wenig.

Die Männer schüttelten einander die Hände. Egon bemühte sich um Haltung. Er zitterte noch nachträglich vor Angst und Entsetzen. Er drückte auch dem Anwalt die Hand.

»Sie sind frei«, sagte der. »Es hat sich herausgestellt, daß Sie in dieser Rauschgiftaffäre nicht Täter, sondern Opfer waren.«

Egon wankte ein bißchen, und Señor Perreiro dos Passos schob ihm schnell einen Stuhl unter.

»Kommen Sie«, sagte er gütig. »Da capo, was das Geschäft anbelangt, aber diesmal an der richtigen Stelle, mit Rodrigo del Parlango y Gosset und meiner ausdrücklichen Genehmigung. Und was die andere Genehmigung anbelangt, auf die Sie sicher auch Wert legen, so müssen wir da natürlich auch Silvas Mutter fragen. Verstehen wir uns?« Er legte Egon kurz die Hand auf die Schulter.

Wenn seine Tochter nun einmal ihr Herz an diesen

blassen Germanen gehängt hatte, dann sollte sie ihn auch bekommen. Im Geiste sah Señor Perreino dos Passos schon eine Schar reizender Enkelkinder vor sich.

So kehrte Egon Meier noch einmal an den Ort seiner großen Taten und Irrtümer und seiner Liebe zurück: nach Funchal. Pallando und seine Truppe waren zu diesem Zeitpunkt bereits hinter Schloß und Riegel. Rino Peinto saß ein, und auch der französische Boß der Connection, dessen Namen Parlango preisgegeben hatte, um sich Vorteile zu verschaffen.

Die Reporter kamen schnell auf die Spur dieses fetten Falles. Der pfiffige Deutsche, der die Gangster entlarvt hatte, wurde der Held des Tages. Und die Presse überschlug sich förmlich, als bekannt wurde, daß der deutsche Sherlock Holmes sich mit der Tochter des madeiranischen Regionalsekretärs verlobt hatte. Die vor Glück weinende Mutter gab bekannt, ihre Tochter werde dem Bräutigam, der in seiner Firma eine leitende Stellung bekleide – womit sie ja gar nicht so unrecht hatte –, nach Deutschland folgen. Zur Hochzeit würden die beiden Familien des Vaters und der Mutter selbstverständlich geschlossen dort anwesend sein.

Miguel Pallando gab auf dem Weg zum Untersuchungsrichter zum besten, er hätte von Anfang an geargwöhnt, daß dieser Deutsche mit allen Wassern gewaschen war, als seine Riesendogge Mendoza, die sonst keinen Knochen am anderen lasse, dem Neuankömmling die Hand geleckt habe. Die Kreatur in ihrer Unschuld wisse mehr.

Egon aber lernte in diesen wenigen Tagen, daß der Mensch sich schnell an vieles gewöhnt, besonders an das Gute und Angenehme. Er fand nichts mehr dabei, fotogen in die Kameras der Reporter zu lächeln, und er brachte auf englisch bei dem Galaessen im Hause Parlango y Gosset einen Toast aus, als hätte er in Aberlingen alle Augenblicke so etwas gemacht.

Silva sorgte dafür, daß er sich beim richtigen Herrengeschäft einkleidete. Und als sie, nach einem angenehmen und ruhigen Flug, in Düsseldorf landeten, hatte Egon bereits seine Geschichte einem Reporter einer großen Illustrierten exclusiv verkauft.

Kranzer war da, um sie im Firmenwagen abzuholen. Als er Silva erblickte, atmete er scharf ein. Eine Schönheit! Das war ihm als Frauenkenner gleich klar: eine Schönheit mit Temperament!

»Mein lieber Dr. Kranzer, wie nett, daß Sie mich und meine Verlobte abholen«, erklärte Egon Meier weltmännisch. Kranzer dachte: Ich werd' verrückt. Da wird Pettenkamp aber gucken. Und Silvia erst!

In Aberlingen liefen die Festvorbereitungen inzwischen auf Hochtouren. Knulle dekorierte die Buchhaltung mit Girlanden und stellte Getränke kalt. Der Werkchor übte in der Halle noch einmal das Begrüßungslied, die Musikkapelle stimmte die Instrumente. Ewald Pettenkamp sprach seine kleine Begrüßungsrede dreimal vor dem Spiegel und übte formvollendete Verbeugungen und rednerischen Glanz.

Die Presse würde da sein. Und dies war immerhin der größte Auftrag, den die ›Schraufa GmbH‹ jemals an Land gezogen hatte. Auch er hatte Sekt kaltstellen lassen.

Silvia Buttrich hatte sich zu einigen Ponyfransen entschlossen und ließ ihre roten Haare gelgestärkt gen Himmel weisen. Ihr Herz klopfte gegen den grünen

Pulli, und sie sprühte noch eine Ladung Eau de Toilette mit Moschus über ihre festliche Erscheinung.

Als Knulle sie sah, rief er frech: »Nanu? Noch nicht in weißer Seide?«

»Quatsch!«

Und dann war es soweit. Pettenkamps Staatskarosse glitt auf den Hof. Die Kapelle legte los. Die Chormitglieder räusperten sich. Der Fahrer stieg aus. Auf der anderen Seite kletterte Dr. Kranzer heraus. Sie öffneten die hinteren Türen, und da waren sie! Ein gebräunter Meier in einem höchst eleganten Mantel. Und zwei schlanke Beine... ein Röckchen, ein Pelzjäckchen, ein schwarzer Lockenkopf. Ja, eine bildhübsche Person. Die vom Zeitungsfoto!

»Mich rief es an Bord, es wehte ein frischer Wind!« sang der Chor aus Leibeskräften. Egon und Silva verharrten wie ein Staatsbesuch bei der Nationalhymne.

Dann trat Pettenkamp vor und hielt seine kleine Ansprache. Die Reporter knipsten alles. »Mein lieber Meier... Prokura... einzigartiges Verdienst erworben... den Namen unseres schönen alten Städtchens Aberlingen ruhmreich in die Welt hinausgetragen... Der Firma einen echten Dienst erwiesen... begrüße ich Sie und Ihre, ähm, ähm, Ihre...«

»Meine Verlobte, Silva Perreiro dos Passos, Herr Pettenkamp... Ich danke Ihnen für alles, und auch allen, die hier versammelt sind...«

Egon begrüßte die in der ersten Reihe. Als er vortrat, sprang Alma von Silvia Buttrichs Arm und stürzte zu ihm hin.

»Alma!« Egon beugte sich herunter und nahm das Tierchen auf den Arm. Fast hätte er vergessen, daß er nicht mehr der kleine armselige Buchhalter war, dem nur eine treue Hundeseele Interesse entgegenbrachte. Alma leckte ihm über das Gesicht. Silva streckte die Arme aus, und wirklich, Alma ließ sich von ihr an die Brust drücken. Wenn das kein gutes Zeichen war!

Die Belegschaft rief: »Hoch, hoch, hoch!«

Endlich war einmal etwas los in Aberlingen.

Egon gab Silvia Buttrich die Hand und sagte: »Ich danke Ihnen ganz herzlich. Hoffentlich hat Alma Ihnen nicht zuviel Mühe gemacht?!«

Und Silva lächelte hold und überreichte ihr ein großes, handgesticktes Tuch mit Fransen, wie sie Flamencotänzerinnen trugen.

»Aus dem Besitz meiner Familie«, sagte sie, »auch ich danke im Namen meines Verlobten.«

Silvia Buttrich wankte leicht. Der Himmel stürzte ein, direkt auf ihre hübsche Gelfrisur. Aber da war Dr. Kranzer schon neben sie getreten. Er erfaßte die Gunst der Stunde und dachte: Alter Junge, irgendwann muß es doch mal sein. Du kannst nicht ewig ein Single bleiben. Es kommt der Moment, da ist ein vormals begehrenswerter Single plötzlich ein oller Zausel.

Er legte Silvia Buttrich also schnell den Arm um die Schulter. Sie lehnte sich dankbar an ihn.

»Hier ist noch ein neuverlobtes Paar«, sagte er. »Ja, Silvia und ich werden heiraten. Wir wollen es nicht länger geheimhalten, nicht wahr, Mäuschen?«

Sie errötete wieder einmal und war so sprachlos, daß sie nur den Kopf schütteln konnte. Und als ihr einfiel, daß sich diese Geste leicht mißverstehen ließ, nickte sie nachdrücklich und immerzu, wie eine Pagode.

Das war wirklich anständig von Kranzer. Und er

hatte vor aller Öffentlichkeit erklärt, daß er sie heiraten wolle. Als ihr das klar war, wandte sie sich ihm zu und gab ihm einen langen Kuß.

Bleibt noch nachzutragen, daß die Hochzeit zwischen Silva Perreiro dos Passos und dem Prokuristen der ›Schraufa‹, Egon Meier, noch eine Steigerung dieser Begrüßungsfeierlichkeiten darstellte.

Beide Gasthöfe in Aberlingen waren ausverkauft. Aus Portugal waren im ganzen achtundvierzig Personen als Ehrengäste angereist. Egons Illustriertenstory war gerade erschienen und hatte das öffentliche Interesse noch einmal neu angeheizt. Es gab auch Fotos von dem windigen Pallando und dem bulligen Kuljowitsch, der ein russischer Geheimdienstmann sein sollte. Pedro glotzte stumpf in die Kamera, José lächelte teuflisch. Von Rino Peinto keine Spur. Er hatte sich durch besonders freimütige Geständnisse schnell aus der Schußlinie gebracht. Aber da war auch noch ein Foto von Mendoza, der Egon die Hand geleckt hatte. Daraufhin wußte auch der letzte, welch ein verkappter Held der Bräutigam immer schon gewesen war.

Silvia Buttrich und Kranzer sahen sich immerfort tief in die Augen. Ihr Aufgebot hing schon. Silvas Mutter schluchzte während der ganzen Predigt, obwohl sie natürlich kein Wort davon verstand. Und als die kleine Orgel loslegte, begannen sämtliche Damen laut zu schluchzen. Es war wundervoll.

Als Silva und Egon aus der Kirche traten, kam die Sonne zwischen den Wolken hervor. Egon hob den Schleier seiner bezaubernden Frau und küßte sie lange und zärtlich. Durch ein Spalier von Werksangehörigen schritten sie zu der weißen Kutsche mit den Schimmeln, die auf dem Kirchplatz wartete.

Ganz Aberlingen umlagerte den Platz. Die Orgelklänge aus der Kirche drangen zu den Menschen, und es war ihnen feierlich und hoffnungsvoll ums Herz.

In der Kutsche beugte Egon sich zu Silva hinüber und küßte ihre feuchten Lippen, und sie deckte den Schleier über seinen Kopf, schlang die Arme um ihn und küßte ihn innig. Sie würde diesen Mann nie, nie wieder hergeben.

Knulle hatte die Mütze mit den Klappohren auf, die Meier ihm aus Madeira mitgebracht hatte, und kam deshalb auch auf mehrere Fotos. Er beschloß, sich nachher erst einmal ordentlich einen zu genehmigen. Jedenfalls war dies nicht der Tag, an dem er den Kümmelkäse seiner lieben Frau essen mußte.

Am Abend öffnete Pettenkamp zu Hause eine Flasche Champagner und sagte zu seiner Frau: »Komm, Emmi. Laß uns anstoßen. Ich habe heute zwei wirklich glückliche Menschen gesehen. Unsere rauhe Welt kann doch wunderschön sein. Meier ist glücklich. Und ich habe das Geschäft meines Lebens gemacht. Prost, Emmichen! Du siehst, so freundlich ist das Schicksal zu einem Firmenchef, der die richtige Nase für den Erfolg hat. Trinken wir auf Meier und seine Frau!«

GLÜCK MUSS MAN HABEN

»Fast eine Million«, sagte Theodor Berger erschüttert und legte aufseufzend die Zeitung auf den runden Tisch. »Das muß man sich einmal vorstellen.«

Die Zigarre war ihm ausgegangen, der Doppelkorn, der in einer Flasche vor ihm auf dem Tisch stand, schmeckte ihm nicht mehr. Mit fragenden Augen schaute er sich im Zimmer um.

Der Tag ging zur Neige. Eine fahle Dämmerung kündigte den Abend an. Zwielicht herrschte in dem mittelgroßen Wohnzimmer der Familie Berger und veranlaßte den Hausherrn, sich zu erheben und die Stehlampe anzuknipsen. Dann zog er die Vorhänge an den beiden Fenstern zu und setzte sich wieder. Die Zeitung nahm er aber vorläufig nicht mehr in die Hand.

An dem einen Fenster saß strickend Frau Sabine Berger, eher klein als groß, wohlgenährt, mit einem überdimensionalen graumelierten Haarknoten im Nacken, und blickte auf das unermüdliche Spiel ihrer eigenen Finger. Marianne Berger, die hübsche, dunkeläugige, quirlige zwanzigjährige Tochter lehnte in einer Ecke des Sofas, das dem zweiten Fenster gegenüberstand, und las in einem Roman über die schwierige Liebe zwischen einem leibhaftigen jungen Baron und einem Mädchen aus dem Volk. Liebesromane aller Art las Marianne sehr gerne. Sie erweiterte damit ihre theoretischen Kenntnisse auf einem Gebiet, das ihr in der Praxis noch fremd war. Mit anderen Worten: Marianne war ein noch unberührtes Mädchen – und das mit 20

Jahren! Man konnte also ruhigen Gewissens sagen, daß es eine zweite Marianne weit und breit nicht mehr gab.

An Temperament, das die Gefahr der Beseitigung der Jungfernschaft Mariannes schon oft genug akut hatte werden lassen, fehlte es dem Mädchen gewiß nicht. Es mangelte ihr aber auch nicht an Entschlossenheit, sich, wie sie es sah, ›dem Richtigen aufzuheben‹. Und noch etwas kam bei ihr hinzu: Sie liebte ihre Eltern sehr, war ihnen gehorsam, und Eltern haben es nun mal an sich, besonders eine Tochter den Praktiken der Liebe möglichst lange fernzuhalten. Vater Berger legte diesbezüglich ein außerordentlich wachsames Auge an den Tag, und Tochter Marianne war, wie gesagt, ein Mädchen, das sich dagegen nicht auflehnte, sondern sich fügte – bis zu einem gewissen Tag jedenfalls, der noch in der Zukunft lag.

Theodor Berger war Gastwirt und Besitzer des Restaurants ›Sonnenblume‹. Wenn sein Lokal auch im Norden Gelsenkirchens lag und sich im Laufe eines Jahres selten ein Sonnenstrahl zu den Blumen an den Fenstern verirrte, so bewies doch der Name allein schon den sieghaften Optimismus Bergers und seine Anschauung vom Lauf der Welt und der Dinge.

Gastwirte haben das Recht, dick zu sein. Ein dünner Gastwirt steht sich sozusagen selbst im Weg, er schreckt die Kundschaft ab. Wo aber ein fülliger Leib sich dir entgegenschiebt, da laß dich erwartungsvoll nieder, denn die beste Reklame für ein Lokal ist der Bauch des Besitzers.

So gesehen war Theodor Berger der geborene Gastronom. Wenn er hinter der Theke vor seinen blitzenden Zapfhähnen stand und die Krüge und Gläser hin und her schob oder an Samstagabenden als Vorsitzender des Stammtisches ›Zum strammen Theodor‹ einen olympiareifen Skat oder Doppelkopf hinlegte, fühlte er sich in seinem Element.

Als Theodor Berger noch jung und drahtig gewesen war, hatte er als Aktiver des Fußballvereins FC Trimmstadt 09 Furore gemacht. Dieser Club war einer der ungezählten kleinen Vereine, aus denen sich die großen nähren, deren Siege die Begeisterung der Massen überschäumen lassen, deren Niederlagen die Fans in Weltuntergangsstimmung versetzen. Der junge Theodor Berger hatte das Tor seines Vorstadtvereins gehütet, mehr schlecht als recht. Wenn man allerdings seinen Erzählungen in all den Jahren seither glauben wollte, war er nur durch den viel zu frühen Tod seines Vaters daran gehindert worden, eine große Karriere als Torwart anzutreten; dadurch habe er nämlich zu Hause die Gastwirtschaft übernehmen müssen, anstatt zum Rückhalt des berühmten FC Schalke 04 zu werden.

Warum sich der Beruf eines Gastwirts nicht mit dem Beruf eines Fußballspielers auf Hochleistungsebene verträgt, bedarf keiner näheren Erläuterung.

Wer oder was der FC Schalke 04 ist, muß keinem deutschen Jungen oder Mann gesagt werden. Dieser Verein gehört trotz aller Einbrüche, die auch er schon erlebt hat, trotz saftiger Skandale, die sich auch mit seinem Namen schon verknüpften, zu den ruhmreichsten überhaupt. Der FC Schalke 04 ist, so kann man sagen, Gelsenkirchen, und Gelsenkirchen ist der FC

Schalke 04. Die Bedeutung eines solchen Wortes geht einem erst so richtig auf, wenn man nach Gelsenkirchen kommt und sich an eine Theke stellt.

Theodor Berger war, wie gesagt, Gelsenkirchener, er war Gastwirt dazu, und welche Auswirkungen das auf seine inneren und äußeren Beziehungen zum FC Schalke 04 hatte, läßt sich kaum beschreiben.

Tiefe Stille herrschte in dem Wohnzimmer hinter der Schankstube. Das Lokal hatte heute ›Ruhetag‹. Nur die Stricknadeln der Gattin klirrten leise. Dann raschelte auch Papier. Theodor Berger hatte die Zeitung wieder aufgenommen.

»Fast eine Million«, sagte er erneut. »Das ist doch Wahnsinn!«

Keine Antwort. Mutter Sabine schaute ihren Fingern zu und dachte dabei an das morgige Speisenangebot im Lokal, für das sie verantwortlich war; Tochter Marianne ›fraß‹ eine Stelle im Roman, wo der junge Baron dem alten erklärte, daß er auf Geld und Gut und Titel verzichten wolle, wenn der elterliche Widerstand gegen eine Verbindung mit der Tochter des Försters nicht aufhöre.

»Habt ihr nicht gehört?« fragte Theodor Berger mit etwas lauterer Stimme.

Die beiden Damen blickten auf.

»Was denn?« fragte Mutter Sabine.

»Daß das Wahnsinn ist«, antwortete Vater Theodor.

»Daß was Wahnsinn ist?« fragte Tochter Marianne.

Theodors Stimme hob sich noch etwas mehr.

»Ein Lottogewinn von einer Million.«

Mutter und Tochter sahen einander an.

Theodor nickte und klopfte mit dem Zeigefinger auf eine bestimmte Stelle in der Zeitung.

»Hier steht's.«

Als wolle sie das gar nicht bestreiten, nickte Sabine auch, blickte jedoch dabei schon wieder auf ihre Nadeln, die sie erneut in Bewegung setzte. Und Marianne steckte ihre Nase abermals in ihren Roman. Das Interesse der beiden Frauen an den Mitteilungen Theodors schien sich also in Grenzen zu halten. Trotzdem fuhr er fort, ihnen seine Informationen zu erteilen.

»Ein Bergmann in Saarbrücken war der Glückspilz. Der Name steht nicht da. Das machen die ja immer so, sonst könnte sich ein Gewinner nicht mehr retten vor Leuten, die etwas von ihm geschenkt haben wollen.«

Theodor verstummte, blickte in die Zeitung, las die ganze Meldung. Was da noch stand, schlug dem Faß den Boden aus. »Unglaublich!« stieß er hervor. »Nicht zu fassen! Um ein Haar wäre dieser Lottoschein wieder einmal nicht abgegeben worden!«

Zu seiner Überraschung erntete er aber nur Ironie.

»Ach nee«, mokierte sich seine Frau.

»Schon wieder«, stieß die Tochter ins gleiche Horn.

»Ich sehe schon«, sagte daraufhin Theodor, »ich muß euch das vorlesen, damit ihr Bescheid wißt. Hört zu...«

Und so erfuhren Marianne und Sabine Berger ganz authentisch, welcher Kelch an jenem Bergmann vorübergegangen war. Dessen Frau wäre nämlich beinahe an einer unvorstellbaren Katastrophe schuldig geworden, weil sie tatsächlich um ein Haar aus Nachlässigkeit ihre allwöchentliche Pflicht, den von ihrem Gatten ausgefüllten Lottoschein zur Totoannahmestelle zu bringen, versäumt hätte. Nur der kleine sechsjährige Sohn, auch schon ein Anhänger des 1. FC Saarbrücken, habe sie im letzten Moment daran erinnert. Auf die Frage des Reporters an den Gewinner, ob seine Frau mit Repressalien von ihm hätte rechnen müssen, wenn die Intervention des Söhnchens ausgeblieben wäre, habe die Antwort gelautet: ›Nein, die Gesundheit seiner Familie, zu der auch seine Gattin gehöre, sei ihm wichtiger als alles andere.‹ Hinzusetzte er, sein Sohn habe allerdings ein neues Dreirad bekommen. Er selbst wolle auf die obligatorische Weltreise verzichten und weiterhin seinem Beruf nachgehen. Das gleiche könne er auch allen zukünftigen Lottogewinnern nur empfehlen.

Theodor Berger ließ die Zeitung sinken, wischte sich über die Stirn und sagte: »Eines nehme ich dem allerdings nicht ab...«

»Was denn nicht?« fragte ihn Sabine.

»Daß der seine Alte nicht erschlagen hätte, wenn ihm durch ihr Verschulden die Million durch die Lappen gegangen wäre.«

»So?« sagte Sabine. Es klang spitz.

»Aber Vater«, ermahnte Marianne ihren Erzeuger, »das glaubst du doch selbst nicht.«

»Doch, das glaubt der«, sagte Sabine spitz wie vorher. Sie wollte damit zum Ausdruck bringen, daß ihr Gatte einer sei, der von sich auf andere schlösse.

Theodor hatte im Moment kein Ohr für die Lautmalerei seiner Gattin. Er stand unter dem Eindruck von einer Million.

»Man muß sich das einmal ausmalen«, sagte er, vor sich hinblickend. »Einer sitzt vor dem Fernseher... die Lottozahlen kommen... er glaubt, er hat sechs Richtige, springt auf, jubelt, umarmt seine Frau... und dann gesteht ihm die, daß sie den Lottoschein nicht abgegeben hat...«

Theodor verstummte, blickte auf, sah Gemahlin und Tochter an, schüttelte den Kopf und schloß: »In einem solchen Moment hat sich doch keiner mehr in der Hand.«

»Na siehst du jetzt«, sagte Sabine sarkastisch zu Marianne, »in welcher Gefahr auch ich ständig schwebe?«

»Doch nicht auch du, Mutter!«

»Wieso nicht? Ich bin doch auch eine von denen, die in jeder Woche zur Totoannahmestelle zu rennen haben.« Sabine hob die Augen empor zum Himmel. »Gott schütze mich davor, das einmal zu vergessen.«

»Vater würde doch dann nicht Hand an dich legen«, gab Marianne ihrer Überzeugung Ausdruck, der es aber dann doch an Festigkeit zu mangeln schien, denn Marianne wandte sich ihrem Erzeuger zu und setzte ihm gewissermaßen das Messer auf die Brust: »Oder doch?«

Theodor Berger glaubte sich aus der Affäre ziehen zu können, indem er sagte: »Ihr redet über ungelegte Eier.«

»Wieso?«

»Erst müßte ein solcher Fall eintreten, daß man sechs Richtige hat.« Theodor breitete die Arme aus; ein tiefer Seufzer entrang sich seiner Brust. »Aber wann passiert das schon.«

»Nehmen wir einmal an, du hättest das Glück«, ließ Marianne nicht locker. »Was dann?«

Ihr schien, daß sie angefangen hatte, in seelische Abgründe dort zu blicken, wo sie sie am wenigsten vermutet hätte.

Theodor winkte resigniert mit der Hand.

»Ach was!«

In den Klauen seiner Hoffnungslosigkeit zeigte er sich unfähig, irgendeiner optimistischen Vorstellung in sich Raum zu geben.

»Vater!« sagte Marianne streng.

Er blickte sie deprimiert an.

»Was denn?«

»Wir erwarten eine klare Antwort von dir. Siehts du nicht, daß Mutter darauf ein Anrecht hat?«

In solchen Situationen ergibt es sich immer wieder, daß Menschen, die sich in die Enge getrieben sehen, zur Heiterkeit Zuflucht nehmen.

»Da muß ich ja lachen«, erklärte Theodor und ließ der Ankündigung die Tat folgen, indem er ein paar jener charakteristischen stoßartigen Laute von sich gab, mit denen sich innere Fröhlichkeit nach außen zu erkennen gibt. Theodor erwartete dabei, daß seine Familie dem Beispiel, das er gab, Folge leisten, daß sie in sein Gelächter einfallen würde. Darin irrte er sich aber. Er sah sich nach wie vor nur vorwurfsvollen Blicken ausgesetzt. Seine Lachmuskeln im Gesicht erlahmten.

»Was habt ihr denn?« fragte er.

Keine Antwort.

»Jetzt hört aber auf«, ging er zur Attacke über. »Oder ich muß glauben, daß ihr nicht ganz dicht seid.«

Immer noch keine Antwort. Die Attacke war also falsch.

»Bina«, sprach er gezielt seine bessere Hälfte an, »ich weiß doch, wie ich dich brauche. Ein Gastwirt ohne Frau in der Küche ist doch aufgeschmissen. Was sollte ich denn machen ohne dich? Ich stürze mich doch nicht selber ins Unglück. Leuchtet dir das ein?«

»An all das denkt ein Mann in einer solchen Situation nicht«, meinte Sabine bitter.

»In welcher Situation?«

»Wenn er soeben eine Million verloren hat.«

Gerade dann denkt er daran, schwebte es Theodor auf der Zunge zu sagen, weil er sich vor Augen halten muß, daß er es sich nicht leisten kann, eine Köchin zu engagieren. Diesen Gedanken in seiner Brust verschließend, entgegnete er jedoch: »Laß mal die Million aus dem Spiel – oder nein«, unterbrach er sich, »nimm an, ich hätte eine gewonnen. Weißt du, was ich mit der als erstes machen würde?«

Theodor Berger war von Zeit zu Zeit ein großes Schlitzohr. Das gehörte zu seinen Stärken, die ihm schon manchen Erfolg eingebracht hatten, auch in der Ehe.

»Du würdest unseren alten Kasten abreißen und ein neues Hotel hinstellen«, entgegnete Sabine. Verdrossen setzte sie hinzu: »Damit ich noch mehr Arbeit hätte.«

»Nein, würde ich nicht.«

»Nein? Das sagst du aber doch immer?«

»Als zweites würde ich das tun.«

»Und als erstes?«

»Dir den schönsten Pelzmantel kaufen, den es in ganz Essen oder Düsseldorf gäbe. Und das schwöre ich dir!«

Ein Wunder geschah. Sabines Augen erstrahlten in Liebe.

»Theo!« rief sie glücklich. Mit ihrer Stimme mischte sich eine zweite.

»Und ich? Was ist mit mir?«

»Du bekämst den zweitschönsten«, sagte Theodor zu seiner Tochter.

Friede zog wieder ein ins Wohnzimmer der Familie Berger. Die Zeit, in der er einer Zerreißprobe ausgesetzt war, hatte ein Ende gefunden.

Theodor zündete sich seine längst erkaltete Zigarre wieder an, und nach einer Serie enormer Wolken, die zur Decke emporstiegen, verspürte er auch wieder Lust, sich doch noch einmal einen Doppelkorn zu Gemüte zu führen. Nachdem dies geschehen war, wovon ein behaglicher Rülpser kündete, dessen Phonzahl sich aber in Grenzen hielt und der deshalb von Sabine und Marianne schweigend hingenommen wurde, schaute Theodor Berger abermals in die Zeitung. Wie nicht anders zu erwarten war, fing er mit dem Lesen wieder dort an, wo er aufgehört hatte.

Stille herrschte. Marianne versenkte sich abermals in die Welt des Adels, der von außen in sie hineingetragene Konflikte nicht erspart blieben; Sabine strickte und dachte dabei an Nerze und Persianer.

Plötzlich zerriß ein Faustschlag Theodors auf den Tisch die Stille. Erschreckt fuhren Sabine und Marianne hoch.

In die Zeitung glotzend, rief Theodor: »Da steht ja noch einer!«

»Wer?« fragte Sabine, welche die Sprache schneller fand als ihre Tochter.

»Ein bayerischer Polizeibeamter.«

»Hat der auch gewonnen?«

»Der hat auch gewonnen.«

Theodor Berger brachte das nur widerstrebend über die Lippen. Dafür gab's zweierlei Gründe. Jener unbekannte bayerische Gesetzesdiener griff Theodors Nervenkostüm an. Zwar hatte Theodor nichts gegen Beamte im allgemeinen; solche kamen ja auch in sein Lokal und tranken ihr Bier und aßen ihr Eisbein und bezahlten das, was sie verzehrten. Doch Beamte, die im Toto oder Lotto gewannen, waren nicht nach Theodors Geschmack. Daß die Betreffenden anderen, die nicht durch Staatsgehälter mehr als ausreichend versorgt waren, auch noch die Gewinne wegschnappten, das gefiel Theodor durchaus nicht, am wenigsten, wenn es sich dabei auch noch um Polizeibeamte handelte. Gegen Polizisten hatte Theodor nämlich eine berufsbedingte Abneigung, kamen diese doch ständig in sein Lokal, um die Einhaltung der Sperrstunde zu kontrollieren. Welcher Gastwirt hätte deshalb Theodors Aversion nicht geteilt?

»Es sind immer die Falschen, Bina«, erklärte er mit einer Stimme voller Vorwurf, der Fortuna galt.

Eine Polizeibeamtensgattin im Nerz wurde auch von Sabine als unangebracht empfunden, deshalb pflichtete sie bei: »Das läßt sich nicht bestreiten.«

»Ausgerechnet so einer«, fuhr Theodor fort zu

schimpfen. »Dabei hätten wir jede Menge Arbeitslose oder Kinderreiche.«

»Vielleicht hat der fünf Kinder«, meinte Marianne, die dazu neigte, immer alle Möglichkeiten in Betracht zu ziehen.

Theodor war sich sicher.

»Der doch nicht!« sagte er wegwerfend.

»Das kannst du nicht wissen, Vater.«

»Und wie ich das weiß!«

»Wieso?«

In seinem Haß verstieg sich Theodor zu einer kühnen Behauptung.

»Weil Polizisten nicht einmal dazu in der Lage sind!«

Marianne und Sabine lachten. Das gefiel Theodor nicht.

»Lacht nicht«, gebot er ihnen. »Die sind wirklich alle keinen Schuß Pulver wert. Der ganze Verein nicht.«

»Ohne Polizei ging's nicht, Vater, das weißt du.«

»Ich könnte auf sie verzichten!«

Das war natürlich wieder eine Behauptung, von der Theodor, bei ruhiger Überlegung, selbst sofort hätte sagen müssen, daß sie nicht haltbar war. Im Moment konnte man das aber von ihm nicht erwarten. Lottogewinne engten seine Rationalität ein.

»Polizisten«, erklärte er, »sind für mich alle rote Tücher, basta. Damit sage ich euch nichts Neues.«

»Es gibt auch positive, Vater.«

(Hier wäre zu fragen gewesen, was ein ›positiver‹ Polizist ist, und was ein ›negativer‹. Ein weites Feld. Es kommt auf den Betrachter an. Wenn ein Ganove einen Polizisten ›negativ‹ findet, liegt dieses Urteil sicherlich weit neben dem eines ehrbaren Bürgers – und umgekehrt.)

»Da müßtest du mir erst mal einen zeigen«, sagte Theodor.

»Letzten Freitag hast du selber zwei erlebt.«

»Die zwei jungen?«

»Ja.«

Marianne hatte an einen Wachtmeister und dessen Kollegen erinnert, die das Lokal lange nach der Polizeistunde noch offen vorgefunden und ein Auge zugedrückt hatten.

»Willst du vielleicht sagen, daß die in Ordnung waren?« fragte Theodor.

»Etwa nicht?«

»Soll ich dir verraten, welchen Grund die dafür hatten?«

»Welchen?«

»Deinen Hintern!«

Dies forderte den spontanen Widerspruch Sabines heraus, die sich vor ihre Tochter stellen zu müssen glaubte und ausrief: »Ach hör doch auf, Theo!«

Unbeirrt von ihr gab Theodor noch einmal seine Überzeugung preis, daß dem Hintern Mariannes jene vorteilhafte Wirkung zuzuschreiben gewesen sei, die hier zur Debatte stünde.

»Oder glaubt ihr vielleicht, dem meinen?« fragte er.

Im Verlauf der weiteren Diskussion wurde von Theodor Berger die Schwäche jüngerer Polizeibeamter für die Gesäße jüngerer Gastwirtstöchter ganz klar als ein Faktor herausgestellt, der drohende Anzeigen wegen Sperrstundenüberschreitung abzuwenden vermöge.

Im übrigen könne man, behauptete Theodor sogar, in diesem Zusammenhang die Einschränkung ›jüngere Polizeibeamte‹ fallenlassen. Das gleiche träfe nämlich auch auf ältere zu. Gerade dafür sei der Nachweis beispielsweise ganz deutlich an einem der Sonnabende im vergangenen Monat geliefert worden, wo so ein alter Sack in Uniform erst Terror gemacht und dann plötzlich eingelenkt habe, als Marianne in Erscheinung getreten sei.

Marianne wollte diesen Fall relativieren.

»Ich habe mich doch nur dazugestellt«, sagte sie.

Und das habe genügt, erklärte Vater Theodor.

Mutter Sabine mischte sich wieder ein. Das klinge ja wie ein Vorwurf, meinte sie und fuhr, an ihre Tochter gewandt, wörtlich fort: »In Zukunft hältst du dich da raus, Marianne. Du hörst ja, wie dein Vater das sieht. Statt dir dankbar zu sein, zwingt er dich, dir solche Dinge von ihm anzuhören.«

»Du hast recht, Mutter«, nickte Marianne beleidigt und strafte ihren Vater damit, daß sie ihn demonstrativ nicht mehr ansah.

Theodor empfand das als einen Akt der Aufsässigkeit gegen ihn. Er beschloß, nun gleich ganz reinen Tisch zu machen, und leitete dies ein, indem er sagte: »Es gibt auch noch andere Fälle.«

Da sein Ton anzüglich klang, fragte Sabine: »Welche? Was willst du denn damit schon wieder sagen?«

Vater Theodor nickte hin zu Marianne.

»Frag sie doch selbst, bei wem sie neuerdings ständig am Tisch sitzt. In deiner Küche entgeht dir das.«

Nun wäre es an Marianne gewesen, zu reagieren,

doch sie tat das nicht. In Gedanken scheinbar weit abwesend, befaßte sie sich mit ihrem Buch und begann wieder zu lesen.

Sabine sagte deshalb zu Theodor: »Ich frage *dich:* bei wem?«

Er zuckte mit den Schultern.

»Ich kenne ihn nicht. Er hat sich mir noch nicht vorgestellt. Er kommt erst seit ein paar Wochen in unser Lokal und spricht sehr wenig. So ein großer, blonder.«

Nun mußte also die nötige Auskunft doch von Marianne selbst eingeholt werden.

»Marianne!« sagte Mutter Sabine.

Marianne blickte auf.

»Was?«

»Hast du gehört, was Vater sagte?«

»Nein«, log Marianne.

»Wer der ist, mit dem du in letzter Zeit angeblich so oft zusammensitzt?«

»Ich?«

»Ja.«

»Keine Ahnung. Ich weiß nicht, wen er meint.«

Marianne hatte begonnen, langsam zu erröten. Das war ein alarmierendes Zeichen. Der Sache müsse nachgegangen werden, fanden sowohl Mutter als auch Vater Berger.

»So ein großer, blonder«, sagte Sabine. »Er sei nicht sehr gesprächig.«

»Er macht auch kaum eine Zeche«, steuerte Theodor Berger noch ein weiteres wichtiges Merkmal, das kein besonders gutes Licht auf den jungen Mann warf, bei.

Mariannes Antwort ließ immer noch alles offen. Sie sagte: »Ich setze mich öfters zu jemandem an den Tisch.«

»Aber nicht stundenlang!« grenzte Theodor den Fall ein.

Und als Marianne auch jetzt noch nur mit den Achseln zuckte, sagte er ihr ins Gesicht: »Du weißt ganz genau, wen ich meine!«

Endlich gab sie ihren Widerstand auf. Sie seufzte.

»Also gut«, sagte sie. »Den Wilhelm Thürnagel.«

Theodor schien sich zu amüsieren. Feixend fragte er: »Wilhelm ... wie?«

»Thürnagel.«

»Komischer Name«, grinste er.

Marianne blickte ihn an mit Augen, denen jedes Verständnis fehlte.

»Findest du?«

»Ja.«

»Ich nicht.«

Das war ein neuer – ein wenig widerborstiger – Ton von Marianne. Vater Theodor war das nicht gewohnt von ihr. Er konnte nicht umhin, sich über seine bislang so fügsame Tochter zu wundern, sagte aber nichts.

Mutter Sabine fragte Marianne: »Was macht er denn?«

»Wer?«

»Dieser junge Mann.«

»Beruflich?«

»Ja.«

»Das weiß ich nicht, Mutter.«

Sabine Berger war überrascht. Was ein junger Mann

machte, suchte man doch als erstes in Erfahrung zu bringen.

»Wieso weißt du das nicht?«

»Weil ich ihn noch nicht danach gefragt habe.«

»Und er? Hat er nicht selbst schon mal darüber gesprochen?«

»Nein.«

»Das finde ich aber merkwürdig. Über was unterhaltet ihr euch denn?«

»Über das Wetter«, antwortete Marianne ironisch. Damit hatte auch Mutter Sabine ihr Fett weg und sah Veranlassung, ebenfalls über ihre Tochter erstaunt zu sein.

Mariannes Ironie wirkte aber offenbar ansteckend, denn Theodor Berger sagte zu seiner Frau: »Vielleicht ist er beim BND, Bina.«

»BND? Was ist das?«

»Der Bundesnachrichtendienst. Darüber dürfen die nicht sprechen.«

»Verdienen die gut?«

»Die Kleinen nicht, die Großen schon. Wie überall. Vielleicht ist er ein Großer, Bina.«

Mutter Berger, nicht ganz sicher, was sie von der Sache halten sollte, sagte: »Nimmst du mich etwa auf den Arm, Theo?«

»Nein, Bina.«

»Doch, das tut er, Mutter«, sagte Marianne. »Merkst du denn das nicht?«

Theodor Berger lachte, und das klang ziemlich roh. Takt gehört eben in der Regel nicht zu den Stärken eines Wirts.

»Wilhelm Thürnagel«, fuhr Marianne fort, »muß gar nichts von sich geheimhalten. Es ist nur so, daß er über alles, was ihn selbst betrifft, kaum spricht.«

»Er spricht überhaupt auffallend wenig«, sagte Vater Berger wieder einmal. »Muß man ihm denn jedes Wort aus der Nase ziehen?«

Marianne nickte.

»Ja, am liebsten läßt er andere reden und hört nur zu. Und das hat auch seinen Grund.«

»Welchen?«

»Er will lernen.«

»Was denn?«

»Unsere Sprache.«

Theodor Berger riß die Augen auf.

»Unsere Sprache? Kann er die denn nicht?«

»Noch nicht richtig«, antwortete Marianne. »Aber er macht rasche Fortschritte.«

»Ist er Ausländer?«

»Nein.«

»Hätte mich auch gewundert, wenn einer Thürnagel heißt... Wilhelm Thürnagel. Dann könnte er nämlich höchstens nur noch Österreicher sein.«

Sabine fragte Marianne mit einer Miene, die bedenklich war:

»Ist er Österreicher, Kind?«

»Nein, Mutter, ich sage doch, daß er kein Ausländer ist.«

»Dann verstehe ich nicht...«

Des Rätsels Lösung bestand darin, daß Wilhelm Thürnagel Aussiedler war, Aussiedler aus Rußland, und erst vor zwei Monaten in Gelsenkirchen eingetroffen war. Als Marianne dies erzählte, stieß Theodor Berger ein bezeichnendes ›Ach du liebe Zeit!‹ hervor.

Mutter Berger sagte gar nichts.

Nach einigen Sekunden, in denen Stille geherrscht hatte, setzte Theodor ohne Hemmungen hinzu: »Wieder einer von denen, die uns nur zur Last fallen.«

»Wieso, Vater?« fragte Marianne. Erneut schien sie mit ihrem Erzeuger nicht einverstanden zu sein.

»Weil die uns alle auf der Tasche liegen.«

»Ach was!«

»Selbstverständlich tun die das!« ereiferte sich Theodor. »Erkundige dich doch bei deinem Herrn Thürnagel, wer für seinen Lebensunterhalt hier aufkommt. Frag ihn mal, wo er wohnt. Wer seine Miete bezahlt? Was er ißt? Wer auch das bestreitet? Was er trinkt, wenn auch nicht viel? Was er anzieht? Seine Zigaretten? Und so weiter und so weiter!«

Offenbar aus dem Konzept gebracht, erwiderte Marianne nur: »Er raucht nicht.«

»So, er raucht nicht?« Theodors Stimme troff vor Hohn. »Aber essen, trinken, wohnen und sich kleiden, das tut er doch wohl? Ist das nicht immer noch mehr als genug? Wer bezahlt das? Frag ihn das mal, deinen Herrn Thürnagel.«

Mariannes Antwort entbehrte abermals des Konkreten.

»Er ist nicht *mein* Herr Thürnagel.«

Streit drohte.

»Zankt euch nicht«, ermahnte deshalb Mutter Sabine die beiden.

Theodor setzte den Schlußpunkt.

»Das zehrt alles von unseren Steuern«, erklärte er. »Die kommen her, sind nichts, haben nichts, können nichts – nicht einmal Deutsch –, sie benötigen eine Wohnung, Essen, Kleidung, Zahnersatz, Sprachkurse, Umschulungskurse, und wenn man nach drei Jahren hinguckt, was sie machen, sind sie immer noch nicht eingegliedert. ›Integriert‹ nennt sich das heute. Soll ich euch den wahren Grund verraten, warum sie das nicht sind?«

Weder für Marianne noch für Sabine schien es nötig zu sein, das gesagt zu bekommen. Sie schwiegen.

Theodor blickte beide an.

»Anscheinend nicht«, stellte er befriedigt fest. Er hatte gesiegt.

Die Zeitung kam dann wieder an die Reihe, doch nicht lange, und Theodor ließ sie endgültig sinken. Sich erhebend, verkündete er: »Ich gehe noch ein bißchen zum Pit.«

Pit hieß mit dem Nachnamen Schmitz, gehörte also zum rheinischen Landadel, was er oft genug hervorhob, zum Gaudium seiner Freunde. Er war ein Kollege Theodors. Mit seinem Lokal ›Zum Brunnen‹ deckte er ebenfalls einige Straßen im Norden Gelsenkirchens ab. Theodor verstand sich gut mit ihm. Konkurrenzneid gab es zwischen den beiden nicht. Hatte Theodor Ruhetag, fand er sich bei Pit als Gast ein – und umgekehrt.

»Bist du auch Vaters Ansicht, Mutter?« fragte Marianne, als sich die Tür hinter Theodor geschlossen hatte.

Sabine Berger zuckte die Schultern. Recht weit schienen also ihre Ansichten und die ihres Gatten nicht auseinanderzuliegen.

»Ihr seid beide ungerecht«, sagte daraufhin Marianne.

»Wieso? Stimmt es denn nicht, daß sich die ganz schön Zeit lassen, bis sie zu arbeiten anfangen?«

»Nicht alle, Mutter.«

»Aber die meisten.«

»Nein, die meisten nicht, behaupte ich.«

»So, behauptest du? Seit wann denn? Seit du diesen Thürnagel... Sag mal«, unterbrach sich Mutter Berger, »hat das etwas zu bedeuten?«

»Was?«

»Daß du dich für den so einsetzt?«

»Ich setze mich für ihn nicht ein«, erwiderte Marianne unwillig. »Ich bin nur objektiv ihm gegenüber.«

Sabine Berger war eine erfahrene Frau. Sie wußte, daß ziemliche Bedenken angebracht waren, wenn ein junges Mädchen erklärte, daß sie sich für einen jungen Mann nicht einsetze, sondern ihm gegenüber nur objektiv sei. Sabine wußte aber auch, daß es in solchen Situationen falsch war, offenen Widerspruch anzumelden.

»Objektivität wirst du auch mir nicht absprechen können«, sagte sie daher nur.

Marianne schwieg. Ihre Miene war jedoch von sichtbaren Zweifeln geprägt, so daß sich ihre Mutter nicht enthalten konnte, hinzuzusetzen: »Oder willst du vielleicht etwas anderes behaupten?«

»Manchmal schon, Mutter.«

Das wurde ja immer schöner. Sabine ließ ihr Strickzeug sinken.

»Hör mal, das darfst du doch wirklich nicht sagen«,

meinte sie eingeschnappt. »Wann findest du denn mal bei mir kein volles Verständnis?«

»Jetzt zum Beispiel«, entgegnete Marianne.

»Aber jetzt geht es doch gar nicht um dich, sondern um diese Aussiedler.«

»Richtig«, nickte Marianne. »Und ich finde es nicht gut, wie ihr die seht.«

»Daß du sie anders siehst – besser –, davon bist du überzeugt?«

»Ja.«

»Und woher willst du das wissen?«

»Weil ich mich mit dem ganzen Komplex befaßt habe. Ihr tut das nicht. Ihr seid denen gegenüber von Haus aus voreingenommen. Alle hier sind das. Sie stoßen sich daran, daß die nicht richtig Deutsch können. Gerade darin sollten aber die hier vorsichtig sein. Wenn ihre Vorfahren vor zwei- oder dreihundert Jahren ausgewandert wären an die Wolga, würden sie, die Nachfahren, heute kein einziges deutsches Wort mehr können. Den Beweis dafür liefern gerade die Leute im Ruhrgebiet ständig zehntausendfach. Du weißt, was ich meine.«

Natürlich wußte Sabine Berger das, als geborene Gelsenkirchenerin; trotzdem sagte sie: »Übertreib nicht.«

Marianne war nicht zu bremsen. Sie hatte sich jetzt so richtig heiß geredet.

»Ich übertreibe nicht«, erwiderte sie. »Oder frag doch mal alle die Kasperskis, Abramczyks, Tibulskis, Kuzorras, warum sie nicht Polnisch können.«

»Das kann man doch nicht miteinander vergleichen.«

»Warum nicht?«

»Weil... weil man es nicht kann.« Mehr fiel Sabine nicht ein.

Für Marianne war das eine Gelegenheit, ihre allgemeine Belesenheit zur Schau zu stellen. Sie verkonsumierte ja nicht nur Liebesromane.

»Mutter«, sagte sie ironisch, »du erinnerst mich an Christian Morgenstern. In einem seiner Gedichte heißt es: ›...weil, so schließt er messerscharf, nicht sein kann, was nicht sein darf.‹«

»Komm mir nicht so«, setzte sich Sabine zur Wehr. »Ich würde auch gerne mehr lesen, aber ich stehe den ganzen Tag in der Küche und habe dazu keine Zeit.«

Marianne bereute es, in ihrer Mutter einen Minderwertigkeitskomplex wachgerufen zu haben, und wollte das ausbügeln. Ehe sie jedoch etwas sagen konnte, läutete das Telefon, das auf einem Tischchen draußen in der Diele stand. Mutter Sabine verließ das Wohnzimmer, um den Anruf entgegenzunehmen. Sie kehrte aber schon nach wenigen Augenblicken wieder zurück, mit einem merkwürdigen Ausdruck im Gesicht.

»Für dich«, sagte sie zu Marianne. Ihre Stimme klang etwas spröde.

Mariane war überrascht. Sie wurde abends fast nie angerufen.

»Wer denn?« fragte sie, sich erhebend.

»Herr Thürnagel.«

Mariannes Überraschung wuchs noch, als sie das hörte. Sie sagte aber nichts, ging hinaus und schloß hinter sich die Tür, die Sabine offengelassen hatte. Sabine spitzte die Ohren, hatte jedoch damit keinerlei Erfolg. Marianne sprach zu leise, obwohl kein Anlaß bestand, etwas zu verbergen.

Die Sache war nämlich ganz harmlos. Wilhelm Thürnagel war dem plötzlichen Einfall erlegen, Marianne anzurufen und sie zu fragen, ob sie Lust hätte, sich mit ihm in einer halben Stunde zu treffen, um ins Kino zu gehen. Marianne hatte dazu Lust.

Als sie ins Wohnzimmer zurückkam, sah sie sich Mutters Frage ausgesetzt: »Was wollte er denn?«

»Er hat mich eingeladen ins Kino.«

»Und? Hast du abgelehnt?«

»Nein.«

Sabine verstummte.

»Was soll ich anziehen, Mutter?«

»Ist das so schwierig? Stellt er solche Ansprüche?« erwiderte Sabine spitz.

»Das Problem ist, daß er mich schon in einer halben Stunde abholt. Ich habe also nicht mehr viel Zeit.«

»Aha, sonst würdest du wohl ganz große Toilette machen?«

Marianne blickte ihre Mutter an, schüttelte dann den Kopf und sagte:

»Du müßtest dich selber hören, dann bekämst du den richtigen Eindruck von deiner Objektivität, auf die du dir soviel zugute hältst.«

»Ich ärgere mich eben, vielleicht verstehst du das.«

»Worüber ärgerst du dich?«

»Daß ich den ganzen Abend allein hier herumhocken werde.«

»Siehst du«, lachte Marianne unwillkürlich, »genau das wollte er für sich auch nicht.«

»Mußte er denn ausgerechnet auf dich verfallen? Hätte er denn niemand anders gehabt?«

»Anscheinend nicht.«

»›Anscheinend‹ sagst du. Du weißt es also nicht?«

»Was weiß ich nicht?«

»Ob er zum Beispiel eine Freundin hat.«

»Nein«, erwiderte Marianne nach kurzem Zögern, »das weiß ich nicht.«

»Und sein sonstiger Anhang, wie steht's damit? Weißt du das auch nicht?«

»Welcher sonstige Anhang?«

»Der verwandtschaftliche: Geschwister? Eltern?«

»Geschwister hat er keine«, antwortete Marianne, und ihr Gesicht verschattete sich, als sie fortfuhr: »Und seine Eltern sind tot. Das ist eine ganz tragische Geschichte. Stell dir vor, die sind wenige Tage vor der Ausreise aus Rußland einem Bus-Unglück zum Opfer gefallen. Der Fahrer war betrunken und beachtete an einem unbeschrankten Bahnübergang das Warnsignal eines herannahenden Zuges nicht. Das mußten achtzehn Menschen mit ihrem Leben bezahlen. Der Fahrer selbst kam mit leichten Verletzungen davon.«

Der Kommentar, den Frau Berger dazu abgab, lautete: »Das liest man so oft, daß die dort saufen wie die Löcher.«

»Auch nicht mehr als die bei uns hier«, sagte Marianne.

Dann warf sie einen Blick auf die Uhr und sprang von der Armlehne des Sessels, auf der sie sich niedergelassen hatte, hoch. »Höchste Zeit!« rief sie, wandte sich zur Tür und lief nach oben.

Sabine blickte ihr nach. Anschließend richtete sie ihr Interesse auf das Fernsehen, auf das sie im weiteren Verlauf des Abends angewiesen sein würde. Was kommt denn heute? fragte sie sich, blätterte in der Programmzeitschrift und stellte fest: ›Heiteres Beruferaten‹. Eine Sendung, dachte sie, zu der sich Herr Thürnagel melden sollte. Vielleicht käme dann heraus, was er treibt.

Theodor Berger und Pit Schmitz waren in Pits Lokal ›Zum Brunnen‹ am Streiten. Jedenfalls sah es danach aus. Pit stand hinter der Theke, Theodor davor, jeder hatte einen roten Kopf, und sie sagten einander Grobheiten.

Pit Schmitz, ähnlich wie Theodor Berger auch ein Berg aus Fleisch und Knochen, war kein Kind des Kohlenpotts, sondern stammte aus Köln. Sein größter Kummer war es, vom Schicksal nach Gelsenkirchen verschlagen worden zu sein und dadurch die Türme des Kölner Doms aus seinem täglichen Blickfeld verloren zu haben. Diese Wunde in seinem Inneren wollte nie aufhören zu schwären. Damit ihr wenigstens im Grabe der Boden entzogen sein sollte, hatte Pit Schmitz längst testamentarisch verfügt, nach dem Tode nach Köln überführt zu werden.

An Pit bewahrheitete sich der alte Spruch, daß der Kölner nur glücklich sein könne im Schatten seiner Domtürme. Wenn irgendwo Wilhelm Ostermanns Evergreen ›Heimweh nach Köln‹ ertönte und die Zeile ›Ich möch zo Foß nach Kölle gohn‹ gesungen wurde, dann setzte sich der Riese Pit Schmitz in seiner ganzen

Massigkeit hin und bedeckte mit den Händen von der Nase aufwärts sein Gesicht, damit man das Wasser in seinen Augen nicht sehen konnte. Die gesamte Menschheit zerfiel für ihn in zwei Gruppen – in Kölner und andere. Zu seinen stehenden Redensarten gehörten die fünf Worte: »Was seid ihr arm dran!« Damit meinte er alle diejenigen, die keine Kölner waren.

Wenn das Stichwort ›Karneval‹ fiel, war es ganz aus. Pit Schmitz erklärte dann den ganzen Erdball außerhalb Kölns zu einer Zone des Nichts, der absoluten Leere und Leblosigkeit.

Nach Gelsenkirchen hatte Pit – nebst vielem anderen Weltanschaulichen – auch seine Begeisterung für den 1. FC Köln mitgebracht, dessen Qualitäten turmhoch die des FC Schalke 04 überragten. Daß sich daraus ein ständiger Konflikt mit Theodor Berger – und nicht nur mit diesem – ergab, war klar.

»Pit, du bist ein Idiot«, hatte es wieder einmal begonnen.

»Und du nicht, Theo?«

»Nein, ich nicht.«

»Du meinst, weil du seit dem letzten Spieltag wieder Oberwasser hast?«

»Nicht erst seit dem letzten.«

»Hör doch auf.« Pit lachte geringschätzig. »Wegen diesem lächerlichen Ergebnis.« Pit lachte verächtlich. »Gegen den Tabellenletzten.« Pit lachte absolut höhnisch. »Durch ein Eigentor von denen.«

»Gewonnen ist gewonnen, Pit. Außerdem fiel nicht nur ein Eigentor, sondern auch noch zwei andere, falls du das vergessen haben solltest.«

»Aber das Eigentor war ausschlaggebend. Mit dem fing's an. Dann brachen die Leverkusener zusammen – das kennt man doch – und es war für deine Schalker Hau-ruck-Fußballer ein Kinderspiel, den Sieg nach Hause zu fahren. Eine *gute* Mannschaft hätte aber leicht 10:0 gewonnen, verstehst du?«

»Uns reichte das 3:0.« Theo Berger lächelte hintergründig.

Pit Schmitz sagte nichts. Er griff nach einem Lappen, um seine Zapfhähne blankzuwischen.

»Ein 3:0 ist auch etwas anderes als ein 0:3«, ließ sich Theo vernehmen, trank sein Bier aus, wischte sich mit der einen Hand den Schaum vom Mund und reichte Pit mit der anderen das leere Glas über die Theke hinüber zum Nachschenken.

Pit legte stumm den Lappen wieder weg und ließ das Bier in das Glas schäumen.

»Oder bist du anderer Meinung?« fragte ihn Theo direkt, wohl um ihn aus der Reserve zu locken.

Das gelang ihm nun auch, sogar in beträchtlichem Ausmaß, denn Pit knurrte: »Leck mich doch am Arsch.«

»Wofür, Pit, ich bitte dich? Was kann ich für euer 0:3 in Hamburg?«

»Die euern hätten dieses Spiel noch ganz anders verloren – bei *dem* Schiedsrichter!«

»Ach, an dem lag's also?« Theos Gesicht spiegelte nur noch Hohn wider. »Kannst du mir sagen, wieso?«

Das Glas war voll. Pit schob es Theo zu. Dabei fragte er: »Hast du das ›Sportstudio‹ gesehen?«

»Ja.«

»Dann kann dir nicht entgangen sein, was der zusammengepfiffen hat.«

Theo zuckte die Achseln.

»Ich habe nichts Negatives bemerkt, Pit, tut mir leid.«

»Bist du blind, Theo?«

»Warum fragst du mich nicht, ob ich vorm Fernseher wieder besoffen war?« spottete Theo Berger, der aufgrund des Schalker Sieges das Auftrumpfen nicht lassen konnte. »Das machst du doch sonst immer?«

»Mit Recht, Theo, nachdem dir solche Dinge entgehen wie die in Hamburg. Wenn du objektiv wärst, würdest du mir das zugeben.«

»Vielleicht war *der* besoffen, Pit?«

»Wer? Der Schiedsrichter?«

»Ja.«

»Nee, nee, das hätte nicht gereicht«, sagte Pit mit Nachdruck. »Der muß noch etwas viel Schlimmeres gewesen sein.«

»Was denn?«

»Bestochen.«

»Nun mach aber einen Punkt, Pit.«

»Ich denke nicht daran, Theo. Ich bin sogar sicher, in deinem Inneren weißt auch du, daß ich recht habe. Ganz Deutschland hat doch gesehen, daß der Hamburger Torwart gleich zu Beginn den Ball eindeutig hinter der Torlinie hervorgeholt hat, und zwar nicht ein paar Millimeter hinter der Torlinie, sondern einen halben Meter. Das behaupte ich steif und fest. Weißt du, wieviel ein halber Meter ist?«

»Ein ganzes Ende, Pit.«

»Siehst du, das sagst du selbst. Und dann willst du dich hierher stellen und mir weismachen, daß du das nicht gesehen hast? Das glaubt dir doch dein eigenes Ich nicht. Aber deine Gründe kenne ich ja längst, du willst mich auf die Palme bringen, weiter nichts.«

»Pit«, sagte Theo, »gegen diese Entscheidung des Schiedsrichters haben doch noch nicht einmal die Kölner Spieler protestiert. Wie erklärst du mir denn das?«

Pit Schmitz antwortete nicht sogleich, sondern nickte erst ein paarmal nachdrücklich mit dem Kopf. Dann aber sagte er mit erhobener Stimme: »Ja, so sind die eben! Prima Jungs! Vorbildliche Sportsleute! Wenn ich mich dagegen an das erinnere, was ich hier in eurem Stadion in solchen Situationen schon erlebt habe – du großer Gott!«

Er schlug die Hände zusammen, blickte empor zum Himmel, schüttelte den Kopf, beruhigte sich wieder etwas und sagte zu Theo: »Aber das hat man, oder man hat es nicht, wenn du verstehst, was ich meine.«

»Ja, ja, ich weiß, Pit... wir sind arm dran. Das wolltest du doch wieder einmal sagen, nicht?«

»Ist es denn nicht so, Theo, wenn du ehrlich bist?«

Theodor Berger lachte sarkastisch. Er konnte sich das erlauben, mit einem 3:0 im Rücken. Auf Pit Schmitz hingegen lastete das Handikap eines 0:3; das schwächte seine Sottisen ganz entscheidend.

Langsam kam aber nun doch der Moment, in dem beide einsahen, daß es sich gut machen würde, auch wieder ein normales Wort miteinander zu wechseln. Sie begruben daher die Streitaxt zwischen ihnen. Schließlich waren sie ja Freunde.

»Was macht deine Bina?« fragte Pit.

»Stricken.«

»Und Marianne?«

»Lesen.«

Theodor nahm einen kräftigen Schluck aus seinem Glas und fragte: »Und deiner Ingrid, wie geht's der?«

Ingrid war Pits Gattin. Sie lag im Krankenhaus. Die Gebärmutter hatte herausgenommen werden müssen. Pit hatte Ingrid als Soldat in Gelsenkirchen kennengelernt und war dadurch dort hängengeblieben. Das Gasthaus, das Pit führte, war von Ingrid gekommen, die einer alten Gelsenkirchener Wirtsfamilie entstammte. Vor einigen Monaten hatte sie angefangen, über Unterleibsschmerzen zu klagen.

»Nächste Woche kommt sie heim«, antwortete Pit.

»Freut sie sich?«

»Schon«, entgegnete Pit zögernd, »aber...«

»Was aber?«

»Sie ist ziemlich fertig... seelisch, weißt du. Seelisch noch mehr als körperlich.«

»Die soll sich nicht verrückt machen, Pit, das mußt du ihr sagen.«

»Und was denkst du, was ich die ganze Zeit mache? Sooft ich ein Wort mit ihr wechsle, sage ich ihr das.«

»Und das hilft nichts?«

»Nein.«

»Aber die Operation ist doch gut verlaufen, hast du uns gesagt.«

»Laut Auskunft des Arztes, ja.« Pit zuckte skeptisch die Achseln. »Aber du weißt doch, die erzählen einem vieles.«

»Nun fang du nicht auch noch an, Pit«, erklärte Theodor mit einer Stimme, in der Optimismus mitschwingen sollte. »Das ist doch heutzutage nicht mehr so wie früher, als die noch gegen eine Blinddarmentzündung machtlos waren. Heute machen die Sachen, das glaubst du nicht.«

»Nicht bei Krebs.«

»Doch, auch bei Krebs.«

Pit Schmitz verstummte. Ihm war nach einem Schnaps zumute, und ausnahmsweise schenkte er sich auch einen ein.

Theodor zerbrach sich den Kopf, was er an Ermunterndem vorbringen konnte. Hier war Trost am Platze.

»Pit«, sagte er, »ich habe dir doch schon von meiner Schwester in Mainz erzählt...«

»Die mit diesem Weinvertreter verheiratet ist?«

»Ja.«

»Die hat doch immer noch Heimweh nach Gelsenkirchen?«

»Ja. Und weißt du, was die seit acht Jahren noch hat? Das weißt du nicht!«

»Was?«

»Nur noch eine Brust.«

Stille. Pit guckte betroffen. »Scheiße!« meinte er dann.

»Sie will natürlich nicht, daß darüber gesprochen wird«, fuhr Theo fort. »Aber ihr kennt euch ja nicht, deshalb kann ich bei dir eine Ausnahme machen. Ist dir klar, warum ich das tue?«

»Warum?«

»Aus zwei Gründen. Erstens ist sie – nach acht Jahren – ein Beweis dafür, daß die Ärzte heutzutage auch mit Krebs zu Rande kommen. Und zweitens würde sie sehr gerne mit jeder tauschen, die ohne Gebärmutter, aber dafür mit ihrer kompletten Brust herumläuft. *Daran* sollte deine Ingrid denken.«

Pit schwieg.

»Du übrigens auch«, setzte Theo hinzu.

»Weißt du mir nichts anderes als diesen ganzen Scheißkrebs, an den ich denken soll?« fragte daraufhin Pit.

»Doch«, wechselte Theo bereitwillig wieder das Thema. »Nächsten Samstag gehen die Frankfurter baden.«

»Die Eintracht?«

»Ja.«

»Du, das kann man bei denen nie sagen. Die sind die launischste Mannschaft der Bundesliga. Einmal spielen sie hundsmiserabel, dann wieder wie die Weltmeister und fegen jeden Gegner vom Platz.«

»Nicht am nächsten Samstag, Pit.«

Die beiden waren also wieder beim Fußball. Wenn es überhaupt einen Gesprächsstoff gab, der geeignet war, Pit abzulenken, dann diesen. Theo kannte seinen Pappenheimer. (Pit den seinen natürlich auch.)

»Warum bist du so sicher, Theo?«

»Weil ich weiß, gegen wen die spielen müssen.«

Pit blickte Theo fragend an. Er war nicht auf dem laufenden. Das Krankenhaus und die damit verbundenen Aufregungen verstellten ihm den Blick auf das Bundesligaprogramm der nächsten Zeit, um das er sich noch nicht gekümmert hatte.

»Das weißt du doch auch, Pit«, sagte Theo. »Sieh mich nicht so leer an.«

»Ehrlich gesagt, ich weiß es nicht, Theo. Gerade die letzten zwei, drei Tage bin ich überhaupt nicht mehr dazu gekommen, mich zu informieren. Haben die ein Auswärtsspiel?«

»Ja.«

»Wo? Etwa in München gegen die Bayern?«

»Nein«, erwiderte Theo und fing an zu grinsen.

»Wo dann?«

»In Köln.«

Theo lachte, Pit lachte mit und sagte: »Du Schurke, du!«

»Pit«, beteuerte Theo, »du kannst mir glauben, das ist meine Überzeugung – Köln gewinnt!«

»Dann gewinnt auch Schalke«, revanchierte sich Pit.

»Sowieso.«

»Allerdings weiß ich auch in diesem Falle nicht, gegen wen, Theo.«

»Gegen den FC Bayern.«

»Wo? Zu Hause oder in München?«

»In München.«

Eine Stille entstand, die als Bedrückung empfunden wurde. Nach einer Weile sagte Pit Schmitz: »Theodor.«

Es geschah nicht oft, daß Pit zu seinem Freund ›Theodor‹ sagte. Wenn er das tat, kündigte sich damit immer eine ernste Angelegenheit an. Dasselbe galt umgekehrt auch für Berger, wenn in seinem Mund aus dem ›Pit‹ ein ›Peter‹ wurde.

»Ja?« erwiderte Theo.

»Ich muß mich leider korrigieren, Theodor.«

»Inwiefern, Peter?«

»Die *können* dieses Spiel nicht gewinnen. Jedes andere ja, aber nicht *dieses*.«

»Sprichst du von den Kölnern?«

»Nein, von Schalke, tut mir leid, Theodor.«

»Du tust mir auch leid, Peter. Hast du denn wirklich gedacht, daß ich die Frankfurter nicht für stärker halte als deine Kölner?«

»Nun zeigst du wieder dein wahres Gesicht.«

»Genau wie du das deine.«

So ging das Schlag auf Schlag, und es dauerte auch an diesem Abend wieder lange, bis Theo Berger das Gefühl hatte, daß die Zeit reif sei, nach Hause zu gehen. Als dies endlich der Fall war und er sich ein Taxi rufen ließ, hatte er, wie man so schön sagt, ›den Kanal voll‹. Das hieß aber bei einem Theodor Berger keinesfalls, daß er nicht mehr hätte gehen können und er aus diesem Grund ein Taxi nötig gehabt hätte. Nein, das gab's bei ihm nicht. Auch mit einer Menge Alkohol im Blut hielt er sich noch gut, in körperlicher Hinsicht jedenfalls. In geistiger allerdings weniger.

An seiner eigenen Theke betrank sich Theodor nie – oder nur selten. Den Ausgleich dafür fand er an Pits Tresen. Bei Pit Schmitz lief das umgekehrt. Auf diese Weise war gewährleistet, daß die Lokale, die den beiden gehörten, zwei Betriebe waren, die tadellos geführt wurden.

Im Taxi erlebte Theodor Berger etwas noch nie Dagewesenes. Er hatte auf dem Beifahrersitz Platz genommen und litt unter einem lebhaften Schluckauf, der seinen Redefluß beeinträchtigte, als er im Gespräch mit dem Fahrer Betrachtungen über den modernen Sklavenhandel anstellte, indem er begann: »Die kaufen... und verkaufen die wie eine... tote Ware.«

»Ja«, sagte der Fahrer, zu dessen Grundsätzen es gehörte, jedem betrunkenen Fahrgast beizupflichten, auch wenn noch nicht klar war, um was es ging.

»Und das nenne ich mo... modernen Sklavenhandel.«

»Ja.«

»Oder wüßten Sie mir einen anderen Ausdruck?«

»Nein.«

»Dann geben Sie mir also recht, daß das auch Men... Menschen sind?«

»Wer?« fragte der Fahrer endlich, damit das, worüber gesprochen wurde, deutlichere Konturen für ihn gewann.

»Die Fußballspieler«, antwortete Theo.

»Ja die.«

»Dabei sind die Verhältnisse bei uns noch Gold gegen die in Italien und Spanien.«

Nun sah sich der Fahrer gezwungen, ein Geständnis abzulegen, und das war dann der Moment, in dem Theo Berger, wie schon erwähnt, vor etwas noch nie Dagewesenem stand. Der Chauffeur erklärte nämlich, vom Fußball nichts zu verstehen. Er lieferte auch die Begründung dafür, indem er hinzusetzte: »Ich interessiere mich nicht für diesen Sport, wissen Sie.«

Das mußte Theo erst verdauen. Es dauerte ein Weilchen, bis er ungläubig fragte: »Für *was* interessieren Sie sich nicht?«

»Für Fußball.«

Bis in welche inneren Tiefen das bei Theodor vordrang, zeigte seine Antwort: »Dann möchte ich gern wissen, was für ein Mensch Sie... sind.«

»Ein ganz normaler, hoffe ich«, lachte der Fahrer.

»Aber Gel... Gelsenkirchener können Sie keiner sein?«

»Doch, sogar ein geborener.«

Theos Miene wurde noch ungläubiger.

»Ein geborener?«

»Sicher.«

»Und Schalke? Was ist damit?«

»Was soll damit sein?«

»Bedeutet Ihnen das auch nichts?«

»Nein.«

Theo verstummte. Er wußte längere Zeit nicht mehr, was er sagen sollte. Ja, wenn er es mit einer Taxifahrer*in* zu tun gehabt hätte – na gut, Frauen sind eben nun mal in manchem unzurechnungsfähig; daß sich aber ein Gelsenkirche*ner* weder für Fußball im allgemeinen, noch für Schalke im besonderen interessierte, das schlug dem Faß den Boden aus; das war ihm noch nicht vorgekommen. Sogar der Schluckauf war verschwunden.

Er könne das nicht glauben, sagte Theo endlich. Ob ihn der Fahrer vielleicht auf den Arm nehmen wolle?

»Keineswegs«, versicherte ihm dieser. »Wie käme ich dazu?«

Wenig später stoppte er den Wagen. Das Ziel, das ihm Theodor bei Antritt der Fahrt genannt hatte, war erreicht. Noch stieg aber Theodor nicht aus. Das Gespräch hier schien einige Fragen aufgeworfen zu haben, deren Klärung unumgänglich war.

»Sind Sie verheiratet?« lautete die erste.

»Ja.«

»Streng?«

»Wieso?«

»Weil ich annehme, daß da ihre Frau dahintersteckt. Bestimmt sie auch das Fernsehprogramm?«

Den Taxifahrer amüsierte dieses Verhör. Er grinste unentwegt.

»Wieso?« fragte er noch einmal.

»Weil ich einen Fall kenne, bei dem die Ehefrau keinerlei Sportübertragung zuläßt.«

»Die meine hat da nichts dagegen.«

»Und trotzdem interessiert Sie Fußball nicht? Trotzdem ist es Ihnen egal, ob Schalke gewinnt oder verliert?«

»Ja.«

»Das verstehe ich nicht«, sagte Theo kopfschüttelnd. »Mir schmeckt das Essen und Trinken nicht mehr, wenn Schalke mal verloren hat.«

»Mir schon. Immer.«

Theo fing an, sich zu ärgern.

»Wissen Sie, an was Sie mich erinnern?«

»An was?«

»An einen Witz, den ich einmal in München gehört habe. Da sitzen zwei im Hofbräuhaus, ein Einheimischer und ein Chinese, der aber perfekt Deutsch kann, weiß der Teufel woher. Der Münchner ißt dreimal und trinkt nacheinander zehn Maß Bier. Der Chinese ißt einmal, trinkt eine Maß und sieht dann nur noch fassungslos dem Münchner zu, bis er das nicht mehr aushält und fragt: ›Sie können wohl immer essen und trinken? Nichts kann Ihnen das verleiden. Wir Chinesen haben andere Mentalität. Wir müssen zum Speisen in Stimmung sein. Vor allem hören wir auf zu essen, wenn unser Hunger gestillt ist, und zu trinken, wenn unser Durst gelöscht ist.‹ Darauf der Münchner: ›Wie die Tiere.‹«

Der Taxichauffeur lachte schallend, er schlug sich auf die Schenkel.

»Über wen lachen Sie?« fragte ihn Theo mit unbewegter Miene. »Über den Münchner oder über den Chinesen?«

»Über den Chinesen natürlich.«

»Falsch! Den Hohn verdient nicht der. Denken Sie einmal darüber nach.«

Theo zog seine Geldbörse aus der Tasche.

»Wieviel bekommen Sie?«

»Neun Mark.«

Das war um 3,80 DM zuviel und machte etwa den Prozentsatz der Unehrlichkeit aus, den der Taxichauffeur mit dem Grad der Betrunkenheit seines Fahrgastes in Einklang bringen zu können glaubte. Oft ließ er besoffene Schalke-Fans noch weit empfindlicher zur Ader.

Die ›Sonnenblume‹ lag in völliger Dunkelheit da; in keinem Fenster zeigte sich noch Licht. Alles schlief also schon, und der späte Heimkehrer Theodor war deshalb bemüht, unnötigen Lärm zu vermeiden, als er dem ehelichen Schlafzimmer zustrebte. Um Lautlosigkeit sind in solchen Situationen alle Männer bemüht – und alle scheitern. Da sie kein Licht machen, stoßen sie an Stühle, stolpern auf Treppen und bleiben an Teppichen hängen.

Auch Sabine Berger war es gewöhnt, aus dem Schlaf gerissen zu werden.

»Mach dir doch Licht«, sagte sie mit klarer Stimme, als sie Theodor im Finstern rumoren hörte.

»Nein.«

»Warum nicht?«

»Ich will nicht, daß du wach wirst.«

»Das bin ich doch schon.«

»Wieso denn, frage ich dich.«

Darauf zu antworten, hätte zu nichts geführt, deshalb sagte Sabine: »Ihr habt mich heute den ganzen Abend alleingelassen.«

Theodor ertastete den Lichtschalter, und es wurde hell im Schlafzimmer. Geblendet schloß Sabine ihre Augen.

Theodor setzte sich aufs Bett und begann, sich die Schuhe auszuziehen. Dabei mußte er sich vorsehen, daß er nicht nach vorn überkippte. Während seiner Bemühungen hielt er das Gespräch mit seiner Gattin aufrecht. Seine Stimme klang dabei dumpf, da er sich mit dem Kopf meistens unterhalb des Bettrandes befand.

»Hast du so einen schon gesehen?« fragte er.

»Was für einen?« antwortete Sabine ohne besonderes Interesse.

»Einen Taxichauffeur, der nicht zum Fußballplatz gehen darf.«

»Wieso darf er nicht?«

»Weil ihm seine Alte das verbietet.« Theo ächzte,

teils aus Empörung über dieses ihm unbekannte Weibsbild, teils weil ihm das Ausziehen der Schuhe Schwierigkeiten entgegensetzte. Er fuhr fort: »Das hat er zwar abgestritten, aber das tun ja alle Pantoffelhelden, weil sie sich schämen. Fernsehen läßt sie ihn auch nicht.«

Er ließ von seinem Schuh ab, richtete sich auf, drehte sich herum und sagte direkt zu Sabine: »Das dürftest du dir mir gegenüber nicht erlauben.«

Sabine öffnete die Augen – zu früh, wie sich herausstellte. Sie fühlte sich immer noch geblendet und machte sie deshalb rasch wieder zu.

»Sieh zu, daß du ins Bett kommst«, sagte sie.

Theo wandte sich erneut seinen Schuhen zu. Ächzend gelang es ihm, sie endlich von den Füßen zu kriegen. Nicht ganz so mühsam war es, sich auch der übrigen Kleidungsstücke zu entledigen, bis sie zum Teil auf einem Stuhl, zum Teil verstreut auf dem Boden herumlagen und er in einen Pyjama geschlüpft war.

Sabine hatte inzwischen einen zweiten Versuch, ihre Augen aufzuschlagen, unternommen und konnte ihn durchstehen.

»Wieviel hast du wieder getrunken?« fragte sie.

Eine solche Frage aus dem Mund der Ehefrau eines Gastwirts wirkt deplaziert. Theodor Berger überhörte sie, und dazu war er wohl auch berechtigt.

»Pits Frau wird aus dem Krankenhaus entlassen«, sagte er, knipste das Nachttischlämpchen an, löschte das große Licht und kletterte umständlich ins Bett.

»Die wird froh sein«, meinte Sabine.

»Nee«, sagte Theo.

»Was nee?«

»Die ist alles andere als das, erzählt der Pit.«

»Aber ich bitte dich, jeder ist doch froh, wenn er aus dem Krankenhaus entlassen wird.«

Endlich war es Theo gelungen, sich so zu betten, wie es ihm angenehm erschien. Er atmete ein paarmal tief und wohlig ein und aus, strich mit beiden Händen die Decke, unter die er gekrochen war, glatt und lag ausgestreckt da. Dann sagte er: »Die weiß schon, warum ihr schwummrig ist – mir ihrem Krebs.«

Schon das Wort ging Sabine durch und durch.

»Schrecklich!« stieß sie hervor.

»Sie macht sich keine Illusionen«, sagte Theo, das Nachttischlämpchen ausknipsend. »Und wenn du's nüchtern nimmst, hat sie damit auch recht. Zu viele müssen doch nach einer Krebsoperation, die angeblich gut verlaufen ist, noch ins Gras beißen. Dieser Meinung ist auch Pit.«

»Hoffentlich hast du ihn darin nicht auch noch bestärkt, Theo?«

»Natürlich nicht, Bina. Der läßt sich aber nichts weismachen. Genauso ließe ja auch ich mich nicht einseifen in einer solchen Lage.«

Aus Theodors Nachbarbett kam ein Laut, der erstickt klang.

»Theo!«

»Was?«

»Daran wollen wir doch gar nicht denken.«

»Woran?«

»Daß wir auch in eine solche Lage kommen könnten.«

»Natürlich nicht. Wer sagt denn das?«

»Du.«

»Ich? Wann denn?«

»Soeben.«

Theo dachte nach, versuchte zu rekonstruieren, was er gesagt hatte, und langsam dämmerte es ihm, daß Sabines Schrecken nicht ohne Anlaß gewesen war.

»Aber das ist doch Quatsch, Bina«, meinte er. »Du siehst schon wieder Schreckgespenster, weil du immer alles auf dich beziehst, wenn ich etwas sage. Ich habe doch das nur ganz allgemein gemeint und keinen konkreten Fall im Auge gehabt. Uns schon gar nicht.«

Sabine schwieg eine Weile, dann seufzte sie und sagte: »Wir wissen alle nicht, was vielleicht schon in uns steckt, Theo.«

»Was denn?«

»Na, Krebs zum Beispiel.«

»Ach, hör doch auf, Bina«, sagte er ärgerlich. »Du bist doch kerngesund, und ich auch.«

»Das gleiche sagte mir auch Pits Frau von sich, als ich sie vor einem halben Jahr traf und fragte, wie's ihr ginge.«

Niemand konnte in der Dunkelheit des Schlafzimmers sehen, daß Theo im Bett die Achseln zuckte, ehe er sagte: »Die hatte halt Pech.«

»Und wer garantiert uns, daß wir das eines Tages nicht auch haben werden, Theo?«

Nun wurde er energisch.

»Hör auf jetzt, mal den Teufel nicht an die Wand. Ihr Frauen seid furchtbar mit eurem Krebs. Ihr kennt kein anderes Thema mehr, wenn ihr mal davon angefangen habt. Setz du diesen Floh bloß nicht auch schon unserer Tochter ins Ohr.«

Man hörte, wie er sich auf die andere Seite drehte und sagte: »Laß mich jetzt schlafen. Gute Nacht.«

Sein Wunsch ging ihm aber noch nicht in Erfüllung.

»Apropos unsere Tochter«, sagte Sabine. »Die habe ich heute auch nicht mehr erlebt. Ich saß den ganzen Abend allein vorm Fernseher.«

Theo brummte etwas Unverständliches.

»Kaum warst du weg, wurde sie angerufen und ging ins Kino«, fuhr Sabine fort.

Theo antwortete nicht mehr.

»Denke aber nicht, daß sie mit einer Freundin ging«, meinte Sabine. Stille. Schlief Theo schon?

»Das war nämlich nicht der Fall«, schloß Sabine. »Sie ging mit diesem Thürnagel.«

In Theos Bett entstand Bewegung. Er wälzte sich zu Sabine herüber.

»Wie kommt denn der dazu?« fragte er.

»Das möchte ich auch wissen.«

Theo brauchte in dem Gespräch, das sich wieder entspann, kleine Pausen, die ihm Gelegenheit zum Nachdenken boten. Das ging nicht so schnell. Der alkoholische Nebel in seinem Gehirn übte Bremswirkung auf die kleinen grauen Zellen aus.

»Er hat angerufen, sagst du?« fuhr er fort.

»Ja.«

»Woher hatte er die Nummer?«

»Dumme Frage«, antwortete Sabine. »Entweder aus dem Telefonbuch oder von Marianne selbst.«

Pause.

»In welches Kino sind sie denn gegangen?«

»Das weiß ich nicht.«

»Du wirst doch mit ihr noch einmal gesprochen haben?«

»Wann denn?«

»Als sie nach Hause kam.«

»Ich habe sie vor dem Einschlafen nicht mehr gesehen.«

Größere Pause.

Dann: »Wann bist du ins Bett gegangen?«

»Um elf.«

»Und da war sie noch nicht da?«

»Nein.«

Theo wälzte sich wieder auf die andere Seite. Gleich darauf mußte Sabine erneut geblendet die Augen schließen, da es hell wurde. Theo hatte die Nachttischlampe angeknipst. Er schlug die Decke zurück und schwang die Beine aus dem Bett.

»Wo willst du hin?« fragte Sabine.

»Ich sehe nach.«

»Bei Marianne?«

»Natürlich.«

»Aber doch nicht jetzt! Es ist weit nach Mitternacht. Laß sie schlafen.«

»Glaubst du denn, daß sie da ist?«

»Um diese Zeit? Sicher!«

»Davon will ich mich überzeugen«, sagte Theo und schlurfte zur Tür.

»Sei leise, weck sie nicht!« rief ihm Sabine mit unterdrückter Stimme nach. »Das Kind braucht seinen Schlaf!«

Ohne sich nach ihr noch einmal umzudrehen, nickte Theodor und verließ schon jetzt auf Zehenspitzen das Zimmer. Mariannes Zimmer lag am anderen Ende des Flures. Dann hörte Sabine eine Weile nichts mehr. Sie war müde, die Augen wollten ihr schon wieder zufallen. Aber da kam Theodor zurück – nicht mehr leise, sondern aufgeregt und polternd. Es bestand keine Notwendigkeit mehr, Geräusche zu vermeiden. Dadurch war Sabine klar, mit welcher Botschaft Theodor zurückkehren würde.

»Was ist?« fragte sie ihn trotzdem, als ob sie darüber noch im Zweifel wäre.

Er blieb auf der Schwelle stehen, verärgert darüber, daß er sich dazu hatte verleiten lassen, wie ein Idiot auf Zehenspitzen durch die Gegend zu schleichen, obwohl nicht die geringste Veranlassung dazu bestanden hatte. Dafür wollte er sich revanchieren. Er winkte Sabine mit dem Zeigefinger.

»Komm«, sagte er mit verhaltener Stimme, »laß dir nicht entgehen, wie süß die schläft. Das mußt du gesehen haben. Aber sei leise.«

Sabine verließ zögernd ihr Bett.

»Aber sei leise«, sagte er noch einmal.

Sabine schlüpfte in ihre Hausschuhe, richtete sich auf und kam auf Theo zu.

»Du wirst mir doch nicht sagen«, meinte sie dabei, »daß die wirklich nicht da ist?«

Er nahm sie an der Hand und führte sie durch den Gang. Sooft sie etwas äußern wollte, erstickte er diese Regung in ihr, indem er den Finger auf seinen Mund legte und ihr ein ›Psst!‹ ins Ohr zischte.

Die Tür Mariannes am Ende des Flures stand offen, ihr Bett auf der rechten Seite des Raumes war aber erst zu sehen, wenn man die Schwelle überschritten hatte; es war unberührt.

»Das gibt's doch nicht«, sagte Sabine, auf das leere Bett starrend.

»Ich denke doch«, meinte Theo Berger düster.

Wilhelm Thürnagel hatte, als er Marianne abholte, die ›Sonnenblume‹ nicht betreten. Er läutete an der Haustür, und Marianne kam, tipptopp angezogen, heraus. Sie sah entzückend aus. Es war ein lauer Frühlingsabend, der ihr ein leichtes Leinenkleid als Garderobe gestattete. Sie besaß eine tolle Figur, die allen Bekannten Rätsel aufgab, Rätsel deshalb, weil Marianne sie in keinster Weise von ihren Eltern geerbt haben konnte. Theodors Massigkeit und Sabines Rundlichkeit hätten eine ganz andere Mischung ergeben müssen. So gesehen, war Mariannes Erscheinung bestes Anschauungsmaterial dafür, daß sich die Natur manchmal eben ganz und gar nicht an ihre eigenen Regeln hält.

Auf Mariannes Kopf saß keck eine Baskenmütze, der es nicht gelang, die braunen Locken des Mädchens zu bändigen. Die dunklen Augen und der volle Mund lachten, die weißen Zähne blitzten. Sie war erfreut, als sie Thürnagel begrüßte, und verbarg das nicht. Über Mariannes Beine kursierte im Kreis der jungen Herren, die in die ›Sonnenblume‹ kamen, das laszive Wort: ›Wie schön mag erst der Bahnhof sein, wenn die Geleise schon so hübsch sind.‹

Wilhelm Thürnagel wirkte gehemmt, als ihm Marianne die Hand gab. Er war sehr groß, überragte Marianne um mehr als einen Kopf und hatte seinem blonden Schopf einen adretten Scheitel aufgezwungen. Kein Zweifel, daß das sozusagen zur Feier des Abends geschehen war, denn normalerweise ließ Wilhelm seiner Mähne zügellose Freiheit, und Marianne stellte mit einem kurzen Blick fest, daß der Scheitel es verdiente, möglichst rasch wieder in der Versenkung zu verschwinden. Dafür müßte gesorgt werden, dachte sie sich.

»Hoffentlich Sie sein mir nicht böse«, sagte Wilhelm.

»Böse? Warum?«

»Weil ich habe Sie telefoniert.«

»Darüber bin ich sehr böse«, sagte sie mit streng erhobenem Zeigefinger, aber ihre vergnügte Miene strafte sie Lügen.

»Ich eine Stunde lang nicht haben den Mut, dann ich mir packen ein Herz...«

»Nehmen.«

»Was... nehmen?« fragte Wilhelm unsicher.

»Man sagt ›sich ein Herz nehmen‹«, erklärte ihm Marianne ohne jeden Spott.

»Danke. Sie sind meine beste Lehrerin«, meinte er in einwandfreiem Deutsch. Diesem Satz hörte man an, daß er eingelernt war.

»Das hatten wir doch so ausgemacht?«

»Sicher«, grinste er.

»Wohin gehen wir?«

»In Kino.«

»Das ist klar. Aber in welches?«

»Ich weiß nicht.«

Marianne stutzte, dann lachte sie.

»Sie haben mich doch eingeladen? Dann müssen Sie auch wissen, wohin.«

»Sollen Sie bestimmen, wohin.«

»Warum nicht Sie?«

»Weil für mich egal, wo ich sitzen. Ich nicht schauen auf Film, ich schauen auf Sie. Also muß gefallen der Film Ihnen, nicht mir. Deshalb Sie sollen bestimmen.«

Sie hatten sich schon ein Stück von der ›Sonnenblume‹ entfernt. Nun blieb Marianne stehen.

»Sie können doch nicht neunzig Minuten lang mein Profil beglotzen, Wilhelm.«

»Beglotzen? Was heißen das?«

»Anstarren... ansehen.«

»Doch, ich können.«

»Im Finstern, Wilhelm, bedenken Sie.«

»Doch, ich können.«

»Nein, das will ich nicht«, sagte Marianne, mit dem Fuß aufstampfend, aber ihre Augen lachten dabei wieder. »Ich muß Ihnen das verbieten.«

»Hat keinen Zweck, Marianne.«

»Dann gehe ich mit Ihnen nicht ins Kino.«

»Doch.«

»Nein.«

»Sie mich erpressen?«

»Ja«, sagte Marianne vergnügt.

Wilhelm faßte nach ihrer Hand und setzte sich, sie mit sich ziehend, wieder in Bewegung.

»Kommen Sie. Ich mit Ihnen gehen zur Polizei und machen Anzeige.«

Das erste Kino, an dem sie vorbeikamen, spielte einen Horrorfilm mit Frankenstein. Nicht das Richtige. Das zweite bot einen amerikanischen Kriegsfilm an. Wurde auch verworfen. Das dritte lockte mit einem französischen Streifen.

»Gut«, meinte Wilhelm.

»Warum?« fragte Marianne.

»Weil französisch«, grinste Wilhelm, machte die Augen zu und setzte, während er sie geschlossen hielt, hinzu: »Liebe.«

Das Wort schien ihm auf der Zunge zu zergehen.

»Wilhelm!«

Er schlug die Augen wieder auf.

»Ja?«

Marianne winkte ihn mit dem Zeigefinger näher zu sich heran, stellte sich auf die Zehenspitzen und roch an seinem Atem.

»Was haben Sie getrunken?«

»Ich?«

»Ja, Sie! Lügen Sie mich jetzt nicht an!«

Wilhelm wurde rasch rot.

»Einen Kognak.«

»Einen?«

»Drei.«

Marianne schüttelte den Kopf.

»Sie trinken doch keinen Schnaps, haben Sie mir schon wiederholt gesagt.«

»Heute war notwendig.«

»Warum?«

»Weil ich ohne nicht habe den Mut, zu telefonieren Sie.«

Ist denn das die Möglichkeit? dachte Marianne.

Wenn ich das einer meiner Freundinnen erzählen würde, wäre die nahe daran, sich nicht mehr einzukriegen. Aber keine Angst, versicherte sie sich selbst, ich erzähle es schon keiner. Das bleibt mein Geheimnis; meines – und seines.

»Gehen wir rein«, sagte sie, zum Kinoeingang hinnickend.

An der Kasse staute sich ein kleiner Pulk jüngerer Männer, deren Mädchen in dem Vorraum verstreut herumstanden und warteten, bis von ihren Freunden die Eintrittskarten gelöst waren. Marianne tat das gleiche, stellte sich auch in eine Ecke und Wilhelm reihte sich in die kleine Schlange an der Kasse ein. Das war ein Fehler von Marianne. Sie hätte bei Wilhelm bleiben sollen.

Als sich Wilhelm bis zum Kassenfenster vorgeschoben hatte, sagte er: »Zwei Karten, bitte.«

Das weibliche Wesen hinter dem offenen Fenster war verheiratet und wurde laufend von ihrem Mann betrogen. Sie wußte das und befand sich deshalb ständig in einer Stimmung, in der sie am liebsten den Erdball in die Luft gesprengt hätte. Psychologen hätten gesagt, daß sie zu Aggressionen neigte, obwohl ihr das ihre Tätigkeit, die zur großen Familie des Dienstleistungsgewerbes gehörte, durchaus nicht erlaubte. Doch das vergaß sie leider nur allzu oft.

Im ersten Moment reagierte sie überhaupt nicht, als Wilhelm seinen Wunsch geäußert hatte, so daß er sich gezwungen sah, ihn etwas lauter zu wiederholen, da er dachte, die Verkäuferin hätte ihn nicht gehört.

»Zwei Karten, bitte.«

Das Weib hatte ihn aber durchaus verstanden.

»Welche?«

»Zwei gute.«

»Welche gute?«

Wilhelms Blick wurde zum erstenmal etwas hilflos. Es gab noch so vieles, was ihm in diesem Land fremd war.

»Gute«, wiederholte er achselzuckend.

»Welche gute?... Erster Platz?... Sperrsitz?... Loge?«

Wilhelm zögerte. Seine Unsicherheit wuchs. Nervös sagte er: »Können Sie raten?«

Das reichte der Kartenverkäuferin.

»Soll das ein Witz sein?« fing sie an zu keifen. »Ich soll raten, was für Wünsche Sie haben? Und wie lange, denken Sie, soll ich dazu brauchen? Fragen Sie mal die Leute hinter Ihnen.«

Wilhelm hatte das Wörtchen ›mir‹ nicht eingebaut gehabt. Gemeint hätte er: ›Können Sie mir raten?‹

Das war ein großer Unterschied, aber nun zog das Mißverständnis zwischen Wilhelm und der Kartenverkäuferin schon Kreise.

»Wohl nicht ganz dicht?« sagte einer von denen, die den Schwanz der Schlange bildeten.

Ein zweiter stieß ins selbe Horn: »Zu heiß gebadet worden als Kind, nehme ich an.

Richtig Öl ins Feuer goß aber erst ein dritter mit der höhnischen Frage:

»Wieder ein Ausländer, was?«

Daß der Mann des Anstoßes keiner war, der zu ihnen gehörte, hatten längst alle erkannt, an der Spitze die

Kartenverkäuferin, die nun jedoch merkte, daß sie da einen Stein ins Rollen gebracht hatte, der vielleicht gefährlich werden konnte.

»Seien Sie vernünftig«, sagte sie deshalb zu Wilhelm, »lassen Sie die anderen vor und überlegen Sie, für welche Karten Sie sich entscheiden wollen. Wenn Sie sich schlüssig geworden sind, können Sie sich ja wieder anstellen. Zeit ist noch genug. Die Vorstellung beginnt erst in 20 Minuten.«

Wilhelm blickte sie ausdruckslos an, nickte dann und sagte: »Gut.«

Marianne war in die Betrachtung attraktiver Filmschauspieler versunken, deren Fotos an den Wänden ringsum hingen. Was an der Kasse vorgegangen war, hatte sie nicht mitbekommen. Als aber nun Wilhelm zu ihr zurückkam und ihr seine Panne eingestand, schoß Empörung in ihr hoch, und sie sagte: »Kommen Sie, die sollen uns gernhaben, wir gehen woanders hin.«

»Warum?« fragte Wilhelm ruhig.

»Damit die lernt, netter zu ihren Kunden zu sein«, antwortete Marianne.

Das ist zwar der egal, dachte sie dabei, aber irgendwie muß man ja reagieren.

Wilhelm folgte Marianne, als sie zum Ausgang strebte, da er keine andere Wahl hatte. Auf halbem Wege blieb er aber wie angenagelt stehen. Einer aus der Schlange, an der sie vorbei mußten, hatte klar und deutlich gesagt: »Ausländernutte!«

Auf wen das zielte, war nicht im geringsten zweifelhaft. Marianne schien jedoch nichts gehört zu haben. Nur einen winzigen Augenblick hatte es so ausgesehen, als ob auch sie stehenbleiben wolle, doch dann setzte sie ihren Weg fort.

»Einen Moment!« rief ihr Wilhelm nach.

»Kommen Sie«, lautete ihre Erwiderung.

»Gleich.«

Die Schlange bestand aus sieben Männern. Wilhelm faßte sie alle ins Auge und frage: »Wer?«

Die Kerle grinsten einander an. Einer richtete an alle die Frage: »Was will der?«

»Wer?« wiederholte Wilhelm mit harter Stimme.

»Was wer?« fragte ihn der gleiche.

»Wer hat beleidigt Dame bei mir? Du?«

»Nein, aber das hätte jeder von uns sein können.«

»Wilhelm!« rief Marianne von der Tür her, wo sie angehalten und sich nach ihm umgedreht hatte.

»Gleich, Marianne.«

»Kommen Sie, ich fühle mich nicht beleidigt.«

»Aber ich. Ich weiß, daß ›Ausländer‹ sein hier ein Schimpfwort.«

Marianne sah, was sich zusammenbraute, und rief ängstlich: »Sie sind doch gar keiner!«

Der Kerl, dem Wilhelm gegenüberstand, war so groß und breit wie ein Schrank. Er kaute auf einem Kaugummi herum und grinste überlegen. So hatte er das schon x-mal in Western gesehen. Auch der einschlägige Tonfall war eingeübt.

»Was bist du denn dann für einer?« fragte er schleppend.

»Deutscher.«

»Das glaubst du ja selbst nicht. Woher denn?«

»Aus Rußland.«

»Ach ja, aus Rußland«, höhnte der Kerl und wandte sich wieder den anderen zu. »Das hätten wir uns ja gleich denken können, daß das des Rätsels Lösung ist – aus Rußland! Von dort kommen die ja jetzt massenweise, um sich hier die gebratenen Tauben in den Mund fliegen zu lassen. Und die Mädchen schnappen sie uns auch noch weg, was sagt ihr dazu, Leute? Aber das geht ja nur, weil sie Weiber finden, die sich dazu hergeben.«

»He!« rief Wilhelm scharf. »Sieh mich an!«

Der Bursche drehte sich wieder um.

»Dich? Warum?«

»Damit du nicht kannst sagen, ich dich haben hinterrücks niedergeschlagen.«

»Wilhelm, bitte!« rief Marianne.

Wilhelms Gegner holte aus mit der Faust. Er glaubte, leichtes Spiel zu haben, und leitete seinen Angriff ein mit Gebrüll: »Was, du Würstchen, du willst mich –«

Und schon war alles vorbei, allerdings ganz anders, als es die Anwesenden – mit Ausnahme von Wilhelm Thürnagel – erwartet hatten. In seiner ganzen Länge, regungslos lag das Großmaul da. Zwei blitzschnelle stahlharte Schläge – einer ans Kinn, einer in den Magen – hatten ihn gefällt und ihm auch das Bewußtsein geraubt. Wilhelm blickte auf ihn hinunter, sah dann die anderen an, von denen keiner mehr einen Ton verlauten ließ. Stille herrschte. Lediglich der Mann am Boden röchelte vernehmlich.

»Wer?« fragte Wilhelm wieder so schneidend wie am Anfang. Das tat er nun schon zum dritten oder vierten Mal.

Keine Antwort.

»Welcher Feigling Ausländernutte hat gesagt?«

Wieder nichts. Man mußte aber damit rechnen, daß sich die sechs Übriggebliebenen zusammenrotten und ihre Kräfte vereinen würden. Wilhelm selbst freilich achtete dieser Gefahr allem Anschein nach nicht.

Einen Schritt hörte er hinter sich. Er fuhr herum, es stand aber nur Marianne da.

»Kommen Sie jetzt, Wilhelm?«

»Gleich.«

»Nicht gleich – sofort!«

»Ich muß noch –«

»Wenn Sie nicht sofort mitkommen, gehe ich allein.«

Der Kampf, der in Wilhelms Innerem stattfand, war hart, aber kurz. Voller Widerstreben verließ er im Gefolge Mariannes den Raum. Wenn er sich dazu nicht bereitgefunden hätte, wäre sie ihm in der Tat davongelaufen. An der Tür drehte er sich aber noch einmal um und spuckte vor den Kerlen, die ihm nachglotzten, verächtlich aus.

Draußen auf der Straße schritt Marianne eilends voran und überschüttete ihn mit Vorwürfen.

»Sie sind ja furchtbar!«

Als er merkte, wie böse sie war, sagte er nichts, sondern zog nur den Kopf ein.

»Wenn ich das geahnt hätte, wäre ich nicht mit Ihnen ausgegangen!«

Sie stolperte, da sie nicht auf den Weg schaute, sondern auf Wilhelm.

»Sie haben den ja fast erschlagen! Wer weiß, ob er nicht ins Krankenhaus muß oder gar stirbt?«

Wilhelm blickte zurück, sein Schritt wollte sich verlangsamen. Marianne packte ihn am Arm.

»Kommen Sie, die rufen vielleicht die Polizei, dann sind Sie dran, Sie Schläger, Sie!«

Das ging ihm nun doch zu weit.

»Ich bin kein Schläger«, sagte er mit klarer Stimme und auch grammatikalisch vollkommen richtig. Ob letzteres ein Zufall war, blieb dahingestellt; jedenfalls trug es zur Wirkung auf Marianne bei. Sie hörte auf zu schimpfen.

»Ich gebe zu«, sagte sie, »daß Sie zu Ihrem Verhalten nahezu gezwungen wurden.«

»Nahezu? Was heißt das?«

»Fast.«

»Dann«, widersprach er, »sein nicht richtig, was Sie sagen.«

»Warum nicht?«

»Weil ich nicht gezwungen zu meinem Verhalten fast, sondern ganz. Verstehen Sie? Nicht fast, sondern ganz. Total. Ohne Ausweg. Verstehen Sie?«

»Der hat Sie gröblich beleidigt, gewiß, aber –«

»Nicht mich«, unterbrach Wilhelm.

»Wieso nicht Sie?«

»Nicht mich er hat beleidigt. Solcher Mensch nicht können mich beleidigen.«

Marianne blieb stehen.

»Das haben Sie doch gesagt?«

»Ja, das haben ich gesagt, aber war nicht Wahrheit. Wahrheit war, daß er haben beleidigt Sie.« Wilhelm hob den Zeigefinger, zielte damit auf Marianne. »Sie!« sagte er dabei noch einmal mit Nachdruck.

Marianne wurde wieder wütend. Sie stieß hervor: »Sind Sie taub?«

»Taub? Was heißen das?«

»Ob Sie nicht gut hören?«

»Doch, warum?«

»Weil ich Ihnen ausdrücklich zugerufen hatte, daß ich mich nicht beleidigt fühle.«

Wilhelm lächelte kurz.

»Das ich hören, ja, aber nicht glauben.«

Marianne vergaß, eine junge Dame zu sein. Sie fluchte.

»Warum nicht, verdammt noch mal?«

»Weil ich nicht glauben«, wiederholte Wilhelm.

Marianne stampfte mit dem Fuß auf.

»Aber das war die Wahrheit!«

»Nein.«

»›Nein‹ sagen Sie? Sie halten mich also für eine Lügnerin?«

»Alle Frauen sein manchmal das.«

»Nicht ich!«

»Doch, alle.«

Marianne stampfte noch einmal.

»Wilhelm, sind Sie verrückt?«

»Nein, ich das wissen von meinem Vater und Großvater. Waren beide –«

»Bleiben Sie mir mit Ihrem Vater und Großvater vom Leib!«

Mariannes Augen schossen Blitze. Trotzdem lag aber in ihnen irgendwie auch noch ein Ausdruck, der den Blitzen die Brisanz nahm.

»Außerdem«, sagte Wilhelm, »geben es ein gutes

Sprichwort aus asiatischer Teil von Rußland. Sie wissen, Marianne, daß Asien sehr weise.«

»Was für ein asiatisches Sprichwort?« erwiderte Marianne, die sich keine Gelegenheit entgehen lassen wollte, ihren Bildungsschatz zu erweitern.

»Nein«, enttäuschte Wilhelm sie, »das ich Ihnen können nicht sagen.«

»Warum nicht?«

»Weil es ist nicht« – er suchte nach dem richtigen Ausdruck – »nicht brav.«

»Nicht brav? Sie meinen wohl: unanständig?«

»Ja«, nickte Wilhelm, erfreut darüber, ein neues deutsches Wort, dessen Sinn ihm auf Anhieb klar war, gelernt zu haben.

Für Marianne hatte sich der Fall damit erledigt. An einem unanständigen Sprichwort konnte und wollte sie nicht interessiert sein.

Nun setzte sie sich wieder in Bewegung, und Wilhelm, froh darüber, daß das Gewitter vorüber war, hielt sich eng an ihrer Seite und bot ihr in altväterlicher Weise seinen angewinkelten Arm. Die westliche Mode, mit dem Mädchen händchenhaltend dahinzuschlendern, hatte er zwar schon gesehen, sie gefiel ihm auch nicht schlecht, aber er wagte noch nicht, sie auch schon nachzuahmen.

Per Arm zu gehen, das kannte Marianne nur noch vom Hörensagen. Sie wußte deshalb mit Wilhelms gravitätischem Angebot nicht gleich das Richtige anzufangen. Mädchen lernen aber in solchen Situationen rasch. Es verging nur ein winziger Augenblick, und Marianne schob so selbstverständlich und passend ihren Arm unter den von Wilhelm, daß es aussah, als hätte sie nie etwas anderes getan.

Und wie war dann ihr Urteil über das Ganze? Nicht schlecht, dachte sie überrascht. Sie spürte an ihrem Arm Wilhelms Körperwärme. Das war ein angenehmes Gefühl.

Wilhelm wußte seinen Gedanken strenge Fesseln anzulegen. Das war auch angebracht, denn sie eilten den Empfindungen Mariannes weit voraus.

Beide hatten die Schlägerei im Kino vergessen.

»Schön«, sagte Wilhelm.

»Was ist schön?« fragte Marianne.

»So mit Ihnen gehen.«

Marianne drückte seinen Arm. Nur ganz leicht freilich, um keine Wünsche bei ihm entstehen zu lassen, deren Erfüllung nicht in Frage kam. Wilhelm wagte es nicht, gegenzudrücken. Marianne stellte das mit Erstaunen fest. In gewisser Hinsicht, dachte sie, stimmt, was man von denen immer hört: Sie sind anders, als die bei uns hier – viel genügsamer.

Zwei junge Burschen kamen ihnen entgegen und grinsten. Als sie vorbei waren, sagte der eine der beiden: »Hast du die gesehen?«

»Wie Oma und Opa«, erwiderte der andere.

Die beiden ahnten nicht, wie glücklich sie sich preisen konnten, daß Wilhelm sie nicht hörte.

»Wilhelm«, sagte Marianne.

»Ja?«

»Dieses asiatische Sprichwort... ist es sehr unanständig?«

»Ja.«

»Was bezeichnen Sie als ›sehr‹?«

Er blickte sie unsicher an.

»Sehr sein sehr«, sagte er dann.

Bis zur nächsten Ecke schwieg Marianne. Dort mußten sie über die Straße. Eine rote Ampel stoppte sie. Während sie auf ›Grün‹ warteten, fragte Marianne: »Verstehen Sie das Wort ›ordinär‹, Wilhelm?«

»Ja, sein auch russisch.«

»Es kommt aber aus dem Französischen.«

»Ja«, sagte er. »Warum Sie mich fragen? Sein ich ordinär in Ihre Augen?«

»Aber nein!« rief sie rasch und drückte unwillkürlich ganz fest seinen Arm. »Ich möchte lediglich wissen, ob dieses Sprichwort ordinär ist.«

Er dachte nur kurz nach.

»Nein, nicht.«

Darin sah Marianne offenbar das Entscheidende.

»Dann können Sie es mir auch sagen, Wilhelm.«

Die Ampel gab ihnen den Weg frei. Sie gingen hinüber auf die andere Straßenseite. Dort bogen sie ab nach rechts. Den Kurs bestimmte Marianne, die ja die Ortskundige von ihnen war.

»Sie sein gierigneu«, sagte Wilhelm und korrigierte sich umgehend selbst: »Neugierig.«

»Ich? Nein.«

»Nein?« Er nickte zufrieden. »Dann ich Ihnen müssen nicht sagen das Sprichwort.«

»Doch.«

»Doch?« Er schüttelte enttäuscht den Kopf. »Dann ich Ihnen müssen es sagen. Aber ich Sie warnen vor unanständig. Sie mir dürfen nicht böse sein.«

»Nein.«

Marianne war auf allerhand gefaßt, als er endlich die Katze aus dem Sack ließ, indem er meinte: »Sprichwort lauten so: ›Weiber gehen gern in Bett mit Männer, aber nicht mit Wahrheit.‹ Verstehen Sie? Soll heißen: Frauen lieben Männer, lieben nicht Wahrheit.« Er räusperte sich. »Sein das natürlich Übertreibung, wie viele Sprichworter. Wäre besser, wenn heißen: ›...lieben nicht immer Wahrheit.‹ Dann ich glauben, daß richtig. Verstehen Sie?«

Marianne sagte nichts. Mein Gott, dachte sie, war das alles? Das nennt er unanständig? Die sind wirklich ganz anders. Oder tut er nur so? Wahrscheinlich ja. Wenn nicht, muß er sich hier noch an vieles gewöhnen.

»Sie mir sein jetzt doch böse«, sagte er.

»Nein, wieso?«

»Weil Sie sagen nichts.«

»Entschuldigen Sie, Wilhelm. Ich mußte nur nachdenken.«

»Über wo?«

»Bitte?«

»Über wo Sie nachdenken?«

Mariannes Lächeln war keineswegs spöttisch, als sie antwortete: »Das heißt ›über was‹, Wilhelm. Oder ›worüber‹.«

»Danke, Marianne.«

»Vielleicht wäre es Ihnen lieber, wenn ich Sie nicht mehr korrigiere?«

»Nein, nein, ich müssen doch lernen eure Sprache«, sagte Wilhelm.

Marianne blieb stehen.

»Eure?« Sie schüttelte den Kopf. »Unsere, Wilhelm.«

»Unsere«, nickte er lächelnd.

Sie gingen wieder weiter, schwiegen, bogen nach links in eine Seitenstraße ab.

»Sie schon wieder nachdenken, Marianne«, sagte Wilhelm und grinste. »Über was? Worüber?«

»Wohin wir eigentlich gehen?« erwiderte Marianne.

»Ich denken, in Kino«, sagte Wilhelm.

Mariannes Schritt verlangsamte sich.

»Dann hätten wir nicht abbiegen dürfen.«

Noch zwei, drei zögernde Schritte, und sie blieb stehen. Wilhelm ließ ihren Arm los, als sie sich einander zudrehten und anlachten. Ein leichter Windstoß kam auf und zauste an Mariannes Locken. Wilhelm konnte sich daran nicht sattsehen.

»Wunderbar«, sagte er entzückt.

Ihr war sein Blick nicht entgangen. Sie wünschte sich sein Kompliment präziser.

»Was ist wunderbar?« fragte sie, als hätte sie davon nicht die geringste Ahnung.

»Haare von Ihnen.«

»Sagen Sie das nicht. Ich hätte längst schon wieder zum Friseur müssen.«

»Trotzdem wunderbar.«

Marianne packte eine Gelegenheit beim Schopf. Sie richtete ihren Blick auf seinen Scheitel und sagte: »Aber die Ihren nicht.«

»Ich wissen«, nickte er, eine Grimasse schneidend. »Meine sein blond, häßlich, mir auch nicht gefallen. Mir gefallen braune Haare wie von Ihnen. Aber sollen ich nehmen Farbe? Können machen das ein Mann im Westen?«

»Sind Sie verrückt?« rief entsetzt Marianne. »Was glauben Sie, wie gerne ich mit Ihrem Blond tauschen würde! Ihr Fehler ist ein ganz anderer.«

»Welcher?«

»Ihr Scheitel.«

»Scheitel? Was sein das?«

»Der Strich, den Sie sich am Kopf gezogen haben. Wie mit dem Lineal.« Sie schüttelte sich. »Furchtbar.«

Breit grinste Wilhelm, als er das hörte.

»Nur heute«, sagte er. »War halbe Stunde Arbeit. Ihnen nicht gefallen?«

»Nein.«

»Dann nie mehr.«

Energisch fuhr er sich mit der Hand ein paarmal kreuz und quer durch die Haare und stellte so das alte Chaos auf seinem Kopf wieder her. Dann fragte er Marianne: »Gut?«

»Gut«, nickte sie vergnügt. »Wohin jetzt?«

»Nicht in Kino?«

Marianne blickte auf ihre Armbanduhr, zuckte die Achseln und sagte: »Das schaffen wir ja gar nicht mehr.« Wilhelm lachte nur.

»Sind Sie nun sehr enttäuscht?« fragte Marianne.

»Getäuscht?«

»O nein, Wilhelm, ich habe Sie nicht getäuscht, um Himmels willen, das dürfen Sie nicht glauben! Ich frage Sie, ob Sie *ent*täuscht sind, Wilhelm, *ent*täuscht – nicht *ge*täuscht. Da ist ein großer Unterschied. Ich werde versuchen, es Ihnen zu erklären. Hören Sie, man sagt –«

»Ich können mir denken Unterschied«, unterbrach Wilhelm sie. »Ich verstehen. Ich«, fügte er hinzu, »sein nicht enttäuscht.«

»Aber Sie wollten doch ins Kino, Sie haben sich darauf gefreut?«

»Auf Ihr Profil«, lachte er.

»Nein, auf den Film.«

»Ich mich freuen auf alles, was mit Ihnen zusammen.«

»Wollen wir noch länger spazierengehen?«

»Wollen Sie, wollen ich auch.«

Und so geschah es. Das Spazierengehen war aber verbunden mit einer ganz bestimmten Problematik, die von Wilhelm gesehen wurde, so daß er schon nach relativ kurzer Zeit sagte:

»Wenn später werden, Sie werden kalt sein. Sie haben keine Mantel.«

»Nein«, bedauerte Marianne.

»Was machen dann?«

Marianne zuckte die Achseln.

»Ich weiß nicht. Uns in ein Lokal setzen. Oder nach Hause gehen.«

Wilhelm widersprach: »Alles nicht gut. In Lokal sitzen alle Tage wir in ›Sonnenblume‹. Oder wenn gehen nach Hause heute wann? Schon zehn Uhr, weil kalt? Auch schlecht.«

»Es wird uns nichts anderes übrigbleiben«, meinte Marianne. Sie konnte dabei einen Seufzer nicht unterdrücken.

Vielleicht war es dieser Seufzer, der Wilhelm den Mut gab, sie zu fragen: »Sein es nicht möglich, daß gehen Sie noch mit auf mein Zimmer eine Stunde oder zwei?«

»Nein«, erwiderte Marianne ohne Zögern. »Das ist nicht möglich.«

Sie war enttäuscht. Also doch, dachte sie.

»Ich mir das schon denken«, sagte Wilhelm und setzte leise – mehr für sich – hinzu: »Schade.«

Gelsenkirchen ist eine Stadt, der man nicht unrecht tut, wenn man von ihr sagt, daß sie keinen Anspruch auf Schönheitspreise erheben kann. Gelsenkirchen ist eine Stadt der Arbeit, und dieser Titel hebt sie hoch über so manche Stadt des Glitzers hinaus – Las Vegas z. B. oder Reno. Auch in Gelsenkirchen kann Spazierengehen reizvoll sein, es kommt nur darauf an, wer es tut und für was die Betreffenden Augen haben; auf der Suche nach Zeugnissen großer Baukunst dürfen sie allerdings nicht sein.

Marianne und Wilhelm waren das nicht. Die Suche, auf der sie sich befanden, ohne es schon unbedingt zu wissen, hatte nichts mit Materie zu tun, sondern mit Seele. Sie freuten sich über den Mond am Himmel, der sich heute vom Smog aus den Schloten der Stadt nicht unterkriegen ließ, wenn er auch sein Antlitz nur verschleiert zeigte. Die viel kleineren und schwächeren Sterne allerdings blieben verdeckt.

»Es bleibt schön«, sagte Marianne. »Der Himmel ist klar.«

Die Anforderungen, die in Gelsenkirchen ans Firmament gestellt werden, sind eben andere als die in Berchtesgaden. Dafür bleiben die Leute im Kohlenpott von Lawinen verschont. Auch ein Vorteil.

»Kennen Sie Matthias Claudius?« fragte Marianne. »Dessen wunderschönes Gedicht über den Mond?«

»Nein«, entgegnete Wilhelm, »sein er nicht bekannt in Rußland. Dürfen aber nicht glauben Sie«, setzte er hinzu, »daß in Rußland die Menschen nicht lesen Gedichte.«

»Ich weiß, die lesen dort überhaupt sehr viel.«

»Woher Sie wissen?«

»Das steht bei uns immer wieder mal in der Zeitung.«

»Sie mir zeigen einmal... wie heißen... Matthias...«

»Claudius.«

»Ja, Claudius. Sie mir einmal zeigen Gedicht von ihm?«

»Gerne.«

»Danke.«

Sie näherten sich einer Bus-Haltestelle mit einem Wartehäuschen, in dem sich eine Bank befand, von der eine starke Verlockung ausging. Marianne konnte derselben nicht widerstehen. Die Füße taten ihr schon ein bißchen weh. Sie steckten in leichten, flachen italienischen Sandalen, die keine Wanderschuhe waren. Marianne schlug deshalb vor, sich ein wenig zu setzen. Ihren Vorstellungen, die sie dabei hegte und die über eine bloße Rast hinausgingen, kam entgegen, daß das Wartehäuschen leer war.

Sie setzte sich als erste. Wilhelm folgte ihrem Beispiel, und als auch er saß, sah Marianne, daß ein ziemlicher Zwischenraum zwischen ihr und ihm bestand: mindestens zwei Handbreit. Sie stellte das mit Anerkennung fest. Dann wartete sie, ob sich an dem Zwischenraum nicht doch etwas ändern würde.

Nichts geschah. Die Distanz wurde nicht geringer.

Marianne überkreuzte vor der Brust die Arme, legte sich die Hände auf die Schultern und rieb diese. Sie erschauerte dabei.

Wilhelm erschrak.

»Sein Sie schon kalt?«

»Ein bißchen.«

Prompt erhob er sich.

»Dann wir müssen gehen nach Hause.«

»Nein, so schlimm ist es noch nicht.«

Wilhelm zögerte nicht lange und zog seine Jacke aus.

»Was machen Sie?« fragte ihn Marianne.

»Ich Ihnen geben für warm.«

»Dann frieren *Sie*!« wehrte Marianne ab.

Er lachte und legte ihr die Jacke um die Schultern, den Widerstand ignorierend, den sie ihm dabei entgegensetzte.

»Sie nicht kennen meine Gewohnheit an kalt in Rußland«, sagte er und ließ sich wieder auf seinen alten Platz nieder.

Es war ganz genau der alte Platz. Zentimetergenau.

»Rücken Sie doch näher«, sagte Marianne.

»Noch kalt?« fragte er.

»Mir nicht, aber Ihnen.«

»Nein, aber ich trotzdem tun gern, was Sie sagen.«

»Ich möchte nicht, daß Sie sich eine Lungenentzündung holen.«

Als die beiden nun eng zusammensaßen, Körper an Körper, wurde nicht mehr viel gesprochen. Jeder fragte sich in Gedanken, was der andere nun wohl denken mochte.

Nach einer Weile rührte sich draußen etwas. Sie horchten. Anscheinend irgendein Tier, und richtig, ein kleiner Hund kam schwanzwedelnd herein, ein freundliches Geschöpf, das an ihren Beinen herumschnupperte. Eine Promenadenmischung wie sie im Buche stand.

»Wo kommst du denn her?« fragte Marianne den Hund.

»Ich denken, daß alter Mann oder Frau sein in Nähe«, sagte Wilhelm.

Draußen rief jemand: »Tosca, wo bist du?«

Die Hündin – soviel wußte man jetzt – scherte sich nicht um den Ruf.

»Tosca?« sagte Wilhelm, fragend zwischen dem Tier und Marianne hin und herblickend. »Tosca sein italienische Oper. Schöne Musik. Oder ich irren?«

»Nein«, lachte Marianne. »Tosca ist aber auch ein bekanntes Parfüm hier.«

»Parfüm?«

Die Umstände erlaubten Marianne einen informativen Anschauungsunterricht. Sie beugte ihre Kopfseite ganz nah hinüber zu Wilhelm, hielt ihm so ihre Ohr- und Halsgegend an die Nase und sagte: »Da, riechen Sie... das ist Tosca.«

»Guuut«, kam es aus Wilhelms Mund.

Draußen wiederholte sich der ängstliche Ruf: »Tosca, komm her! Wo bist du?«

Es war eine weibliche Stimme. Tosca schien ein freundliches Tier zu sein, aber kein gehorsames. Sie hatte begonnen, das Innere des Wartehäuschens rundherum zu untersuchen und ließ sich dabei nicht stören.

»Tosca!«

»Hier sein Tosca!« erwiderte Wilhelm den Ruf.

Danach herrschte Stille. Nichts mehr rührte sich. Wilhelm erhob sich und schaute aus dem Häuschen hinaus. Zehn Meter entfernt stand im Mondlicht regungslos eine alte Frau. Der Schreck schien sie gelähmt zu haben. Wilhelm machte einen Schritt auf sie zu, um sich ihr zu zeigen. Dadurch geriet Leben in die Greisin, jedoch nicht das Leben, das Wilhelm erwartete.

»Bitte, tun Sie mir nichts«, ertönte flehentlich ihre brüchige Stimme, »ich bin eine alte Frau, ich habe nichts bei mir.«

Wilhelm blieb stehen, er schwieg. Marianne tauchte aus dem Häuschen auf. Sie hatte gehört, was die Greisin gesagt hatte.

»Keine Angst«, ließ sie sich vernehmen, »wir tun Ihnen bestimmt nichts. Kommen Sie her, Ihr Hund ist da drinnen.« Sie zeigte mit dem Daumen hinter sich auf das Häuschen.

Weil Toscas Besitzerin sah, daß Marianne ein Mädchen war, stellte sich wieder ein bißchen Mut ein bei ihr. Ganz sicher fühlte sie sich aber noch nicht.

»Ich will Sie nicht stören, glauben Sie mir«, sagte sie. »Aber Tosca muß abends noch raus; was soll ich machen?«

»Natürlich muß Tosca abends noch raus«, pflichtete Marianne bei.

Wilhelm schwieg.

Zögernd kam die alte Frau näher, wobei sie sagte: »Und dann verschwindet sie mir oft und will nicht hören, wenn ich sie rufe.«

»Sie müssen sie an die Leine nehmen«, meinte Marianne.

»Das mag sie nicht.«

»Ja dann...«

Marianne sagte dies belustigt.

Wilhelm räusperte sich.

»Dadurch muß ich dann immer wieder Ängste ausstehen wie heute«, fuhr die alte Frau fort. Endlich wagte sie, nicht nur Marianne, sondern auch Wilhelm anzusehen. »Mein Mann ist schon drei Jahre tot, wissen Sie. Früher war das mit Tosca seine Aufgabe, wenn's schon dunkel war.«

»Warum Sie haben Angst?« fragte Wilhelm endlich.

»Warum?« Die Greisin blickte ihn an, als wenn er einen schlechten Witz gemacht hätte. »Angst *muß* man doch haben heutzutage!«

Tosca trat in Erscheinung. Sie war nicht mehr die Jüngste. Ihr abendlicher Bewegungsdrang schien sich erschöpft zu haben. Sie wollte nach Hause.

Gar nicht spaßhaft, sondern durchaus im Ernst sagte Wilhelm zu Toscas Besitzerin: »Ich wissen, wie können lösen Problem Sie mit Ihre Angst.«

Sie blickte ihn fragend an, sagte aber nichts.

»Kaufen große Hund«, riet er, »der schützen Sie.«

Sie schüttelte den Kopf.

»Und wer bezahlt mir das Futter? Von meiner Rente kann ich das nicht. Mich frißt mein kleiner Hund schon arm.«

Für die selbständige Tosca lautete der Kurs ›Richtung Heimat‹. Sie hatte sich schon wieder weiter entfernt, als es ihrer Eigentümerin lieb war.

»Vielen Dank«, sagte die Alte. »Entschuldigen Sie, daß ich erschrocken bin. Sie verstehen mich schon, warum – ja? Gute Nacht.«

Dann hastete sie auf ihren unsicheren Beinen davon, ihrem kleinen Hund nach, welcher der Trost ihres Alters war. Schweigend blickten Marianne und Wilhelm einander an und hörten die Stimme der alten Frau in der Nacht verklingen: »Tosca, laß dir doch Zeit, Tosca... Tosca...«

Die erste, die wieder etwas sagte, war Marianne.

»Schlimm.«

»Ja«, nickte Wilhelm.

»So kleine Renten dürfte es gar nicht geben.«

»Und auch Angst nicht«, sagte Wilhelm. »Auch Angst sein nicht gut.«

»Das Schlimmste, meine ich, ist das Alleinsein.«

Wilhelm verstummte.

»Oder sind Sie anderer Ansicht?« fragte Marianne.

»Nein.« Mehr sagte Wilmelm nicht.

In das Wartehäuschen gingen die beiden dann nicht mehr zurück. Die Stimmung dazu war ihnen abhanden gekommen. Außerdem wurde es nun langsam auch wirklich schon kühl. Wilhelm hatte keine Ahnung, in welchem Teil der Stadt sie sich befanden, aber Marianne kannte ja sozusagen jedes Haus. Nach einigen Schritten blieb sie noch einmal stehen, wandte Wilhelm ihren Rücken zu und sagte: »Ihre Jacke, nehmen Sie sie.«

Das kam natürlich nicht in Frage für ihn. Ein kleiner Streit entbrannte, in dem erwartungsgemäß Marianne unterlag. Bis vor ihre Haustür wolle er, erklärte Wilhelm energisch, über diese lächerliche Angelegenheit kein Wort mehr verlieren.

Marianne machte einen halbherzigen Vorschlag.

»Wir können auch mit dem Bus fahren.«

»Wenn sein lieber Ihnen, ja.«

»Ich würde eigentlich noch ganz gern ein bißchen laufen«, sagte sie mit schmerzenden Füßen.

»Ich auch«, strahlte er.

Unterwegs erinnerte der Mond die beiden noch einmal an die Vereinbarung, die sie getroffen hatten.

»Sie nicht vergessen das Gedicht?« sagte Wilhelm.

»O nein«, beteuerte Marianne, »ich besorge es Ihnen ganz bestimmt.«

»Wann?«

»Sobald ich ein Buch finde, in dem es steht.«

»Gut«, nickte er zufrieden. »Sie wissen, wo stehen; Sie rasch finden das Buch. Wir uns also sehen früh wieder.«

»Bald.«

»Bitte?«

»›Bald‹ heißt das. Wir sehen uns bald wieder. ›Früh‹ würde etwas anderes bedeuten.«

»Danke.«

»Lesen Sie gern, Wilhelm?«

»Viel.«

Das bedurfte einer näheren Erklärung. ›Viel‹ war etwas anderes als ›gern‹.

»Wenn ein Mensch sein allein«, fuhr Wilhelm fort, »dann viel lesen. Sitzen auf Zimmer und lesen, auch wenn nicht immer gern. Was sonst machen?« Er zuckte die Achseln. »Oder Hund haben.«

Marianne blickte ihn von der Seite an. Er lächelte ein bißchen bitter.

»Deshalb ich wissen«, sagte er, »was bedeuten Alleinsein. Mich müssen das niemand fragen.«

»Aber Wilhelm!« stieß Marianne, die sich angegriffen fühlte, hervor. »Sie können doch jederzeit zu uns in die ›Sonnenblume‹ kommen. Das wissen Sie, und außerdem«, setzte sie hinzu, »lasse ich mich von Ihnen gerne auch wieder zu einem Kinobesuch einladen.«

Wilhelms bitteres Lächeln wandelte sich um in ein belustigtes Grinsen. »So wie heute, Marianne?«

Sie lachten beide.

Der Moment der Trennung rückte näher. Sie hatten nicht mehr weit bis zu Mariannes Elternhaus. An der Kreuzung Bahnhofstraße/Weststraße, über die noch lebhafter Verkehr flutete, sagte Wilhelm: »Aber nächstes Mal nicht vergessen Mantel, bitte. Dann können noch länger dauern Spaziergang.«

Marianne sah auf die Uhr.

»Mutter wartet schon jetzt auf mich«, sagte sie.

»Alle Mütter sein gleich«, meinte seufzend Wilhelm.

»Wie wohnen eigentlich Sie, Wilhelm?«

»Nicht weit von Bahnhof.«

»Das weiß ich. – *Wie* habe ich Sie gefragt, nicht *wo*.«

»Wie?«

»Ja. Schön? Oder weniger schön?«

Wilhelm wiegte den Kopf.

»Schön und weniger schön.«

»Was heißt das?«

»Schön heißen, daß Zimmer sein sauber; daß Frau Krupinsky geben gutes Frühstück; und daß holen ich können jederzeit heißes Wasser aus Küche. Frau Krupinsky haben nichts dagegen, wenn sie sein zu Hause; sie sein gute Mensch.«

»Und was ist weniger schön?« fragte Marianne.

»Weniger schön sein, daß Fenster gehen hinaus zum Bahnhof – dadurch Zimmer laut; und daß Frau Krupinsky nicht glauben, daß ich sein Deutscher.«

»Wie?« antwortete Marianne. »Sie glaubt nicht, daß Sie Deutscher sind?«

»Nein.«

»Sie müssen ihr das sagen!«

»Schon hundertmal.«

»Und?«

»Sie nicht glauben. Sie hören mich sprechen deutsch und sagen, das sein Beweis für sie.«

»Blödes Weib!« regte sich Marianne auf.

Wilhelm winkte ab.

»Sie sein wie viele.«

»Was verlangt sie denn als Miete?«

»Dreihundertzwanzig Mark.«

»Waaas?« rief Marianne. »Mit oder ohne Frühstück?«

»Ohne.«

»Wahnsinn! In Gelsenkirchen! Und da bezeichnen Sie diese Wucherin als guten Menschen?«

»Doch«, erwiderte Wilhelm aus Überzeugung. »Sollen ich Ihnen sagen, warum?«

»Ja, das würde ich gerne wissen.«

»Weil sie glauben, ich sein Ausländer, und sie mir trotzdem geben Zimmer für dreihundertzwanzig Mark. Normalerweise Ausländer müssen zahlen noch viel mehr.«

Marianne verstummte. Sie sah mit fragenden Augen Wilhelm an, der ihren Blick ohne erkennbare Regung erwiderte. Gerade deshalb hätte Marianne gern gewußt, was hinter seiner Stirn vorging. Ihm den Gleichmut abzunehmen, den er zur Schau trug, fiel ihr nicht leicht.

Eine kleine Gruppe Betrunkener zog singend über die Straße, ohne den Signalen der Ampel Rechnung zu tragen. Autos mußten scharf abbremsen; ihr grelles Hupen erzielte auf seiten der Sangesbrüder nur Belustigung. Niemand regte sich über das Schauspiel besonders auf. Als dann Marianne und Wilhelm – bei Grün – die Straße überquert hatten, ging sie ein Mann, der auch nicht mehr fest auf den Beinen war, um Feuer an.

»Habt ihr ein Streichholz für mich?« fragte er.

Wilhelm war Nichtraucher.

»Nein«, sagte er.

»Deine Alte auch nicht?«

Marianne, die sich den ganzen Weg wieder bei Wilhelm eingehängt hatte, spürte, wie sich sein Arm anspannte.

»Kommen Sie«, sagte sie eindringlich.

Die Explosion entlud sich dadurch nicht. Marianne und Wilhelm gingen weiter und sahen nicht mehr, daß ihnen der Mann wütend seine Zigarette, die er kalt zwischen den Fingern gehalten hatte, nachwarf.

»Brav«, sagte Marianne, Wilhelms Arm drückend.

Wilhelm schwieg. Marianne spürte, daß es ein verbissenes Schweigen war.

»Lassen Sie die doch reden«, fuhr sie deshalb fort. »Kümmern Sie sich nicht um so etwas.«

»Können ich nicht dulden Beleidigung gegen Dame«, sagte er, »wenn stehen sie unter meinem Schutz.«

Marianne hängte sich noch stärker bei ihm ein, legte sogar beim Gehen ihren Kopf kurz an seine Schulter.

»Ich weiß ja, daß Sie mich verteidigen wollen«, sagte sie. »Und das genügt mir vollkommen.«

»Aber mir nicht genügen vor mir selbst. Ich haben das Gefühl, daß ich sein nicht richtiger Mann, wenn das dulden. Verstehen Sie?«

»Ach, Wilhelm, reden Sie doch keinen solchen Unsinn.«

»Doch, Marianne! Deshalb aber ich nicht sein Schläger, wie Sie heute schon behaupten zu mir. Zu mir die Leute können alles sagen – oder fast alles – und mir das sein egal, ich fühlen keine Beleidigung. Sein das aber ganz andere Sache, wenn Beleidigung gegen Sie. Dann ich werden in meinem Inneren ganz... ganz...«

Er suchte nach einem Wort.

»Furchtbar«, half ihm Marianne.

»Ja«, nickte er.

»Das sollen Sie aber nicht.«

»Das ich müssen. Ich nicht anders können.«

»Auch, wenn ich Ihnen sage, daß ich mich dann vor Ihnen ebenfalls fürchte?«

Das war ein Schlag ins Kontor, den Wilhelm nicht fassen konnte.

»Sie... fürch... fürchten mich?« stotterte er.

»Dann ja«, fuhr sie fort, ihn sich zurechtzubiegen. »Aber sein das große Wahnsinn von Ihnen.«

»Trotzdem! Auch ich kann nicht anders, Wilhelm – wie Sie!«

Daran hatte er nun zu kauen. Marianne ließ ihm dazu Zeit. Sie lief ein paar Minuten schweigend neben ihm her, ehe sie sagte: »Ich kann mir aber nicht denken, daß daran unsere Beziehung zerbrechen soll.«

Dieser geschwollene Satz paßte gar nicht zu ihr und zu der Welt, aus der sie kam. Er entstammte dem Roman des Adels, von dem Wilhelms Anruf sie heute abend weggeholt hatte.

Wilhelm schickte seiner Antwort einen tiefen Seufzer voraus. Dann sagte er etwas ungewollt Komisches.

»Sie mich entmannen, Marianne.«

Weiß der Teufel, wo er diesen Ausdruck, dessen Sinn er fälschlicherweise im Psychischen statt im Physischen suchte, aufgegabelt hatte.

Für Marianne war eine schwierige Lage entstanden. Sie mußte unwillkürlich lachen, aber wie sollte sie ihm erklären, warum sie lachte? Sie wäre dabei vor der Aufgabe gestanden, im Gespräch den Begriff ›Kastration‹ aufzuhellen, und das verbot sich einem gesitteten jungen Mädchen ganz eindeutig. Zum Glück enthob Wilhelm selbst sie der Zwickmühle, in der sie steckte, indem er auf gar keine Antwort mehr wartete, sondern unbefangen fortfuhr: »Sie mich um Finger wickeln wie Wachs in Hand.«

Auch das hätte zu einer sprachlichen Aufdröselung herausgefordert, doch Marianne erwiderte, sich freuend, nur: »Wir verstehen uns also?«

»Ja.«

»Prima.«

Ein rascher fester Armdruck belohnte ihn. Zum erstenmal erlaubte er sich, gegenzudrücken.

»Wilhelm«, sagte dann Marianne.

»Ja?«

»Mir geht Ihre Miete nicht aus dem Kopf. Wer bezahlt die?«

Wilhelm schien die Frage nicht verstanden zu haben.

»Meine Miete?« erwiderte er.

»Ja.«

»Wer die bezahlt?«

»Ja.«

»Ich. Wer sonst?«

Nun hatte Marianne dieses Kapitel schon einmal angeschnitten, nun fuhr sie auch fort: »Und woher haben Sie das Geld?«

Wilhelms Verwunderung wuchs.

»Woher haben man Geld? Von Arbeit.«

»Sie arbeiten?«

»Natürlich.«

Marianne atmete ganz tief auf. Und sie preßte sich so fest an ihn, daß er, weil er nicht darauf gefaßt war, ein bißchen zur Seite weichen mußte.

»Ach, Wilhelm!« stieß sie glücklich hervor.

Das hätte ich einen Tag früher wissen müssen, dachte sie, um gewappnet zu sein. Ein halber Tag hätte auch schon genügt.

»Was ist?« fragte Wilhelm.

»Nichts.«

»Doch«, widersprach er. »Ich ahnen.«

»Was?«

»Sie sich freuen.«

»Ja.«

»Weil Sie denken an Sprichwort, nämlich: Man sollen nicht werfen alle in eine Korb.«

»Topf.«

»Bitte?«

»Topf – nicht Korb, Wilhelm.«

»Danke.«

»Aber von diesem kleinen Fehler abgesehen«, sagte Marianne, ihn anstrahlend, »haben Sie einen Nagel hundertprozentig auf den Kopf getroffen.«

Ihre Freude war so groß, daß sie ihren eigenen Kopf – oder was immer – verlor und hinzusetzte: »Ich will jetzt noch nicht nach Hause gehen, sondern ich möchte mit Ihnen noch eine Tasse Kaffee trinken.«

»Wo?« stimmte Wilhelm natürlich sofort zu. »In Bahnhofswartesaal? Sein nahe.«

»Nein, auf Ihrem Zimmer.«

»Was?«

Wilhelm war wie vom Blitz getroffen stehengeblieben.

»Oder nicht?« fragte ihn Marianne und zog ihn weiter.

»Doch.« Mehr erlaubte ihm der plötzliche Gedankenwirbel in seinem Kopf nicht.

Marianne wollte vor der eigenen Courage nicht mehr zurückschrecken.

»Ich sehe, Sie sind überrascht«, sagte sie.

»Sie wollen trinken Tasse Kaffee«, antwortete Wilhelm, dem immer noch nichts Besseres einfiel. »Das nicht sein möglich bei mir.«

»Warum nicht? Sie sagten doch, daß Ihnen Ihre famose Frau Krupinsky jederzeit heißes Wasser abtritt? Was brauchen wir sonst noch? Milch. Zucker. Fehlt's Ihnen daran?«

»Nein, an Kaffee.«

Ehe dies jedoch Mariannes grandiose Idee total scheitern lassen konnte, setzte Wilhelm, seine Fassung zurückgewinnend, rasch hinzu: »Aber Tee haben ich. Guten schwarzen Tee. Noch aus Rußland. Für Samowar. Auch gut ohne Samowar.«

Nun gab es nur noch ein letztes potentielles Hindernis: Frau Krupinsky. Wie stellte sie sich zu Damenbesuch nach zehn Uhr abends? Legte sie sich quer? Kam das heutzutage überhaupt noch vor?

Diese Frage blieb ungeklärt, vorläufig jedenfalls, denn Frau Krupinsky trat nicht in Erscheinung. Entweder schlief sie und hörte nichts. Oder sie war gar nicht zu Hause. Oder sie bekam mit, was los war, und hatte nichts dagegen einzuwenden. Letzteres hätte ihr Wilhelm aber auf alle Fälle auch angeraten, oder sie hätte einen anderen Untermieter kennengelernt als den gutmütigen, netten, immer freundlichen jungen Mann, mit dem sie es bisher zu tun gehabt hatte.

»Bitte nicht sein erschreckt«, sagte Wilhelm zu Marianne, als er seine Tür aufdrückte und den Blick in das Zimmer freigab. »Überall Spuren sehen Sie von eine Junggesellen.«

Das stimmte auch. Das Zimmer war zwar sauber – insofern zeigte sich die allwöchentliche Hand der Wirtin –, aber es ließ die nötige Ordnung vermissen. Kleidungsstücke, die in den Schrank gehört hätten, lagen herum. Auf dem Tisch häuften sich Zeitungen und

Zeitschriften, die nicht mehr die neuesten waren. Zwischen zwei Blumenstöcken am Fenster sah Marianne einige Bücher liegen, auf die sie gleich lossteuerte. Es war aber nicht das, was sie zu sehen hoffte, nämlich Unterhaltendes, sondern es war Lernmaterial – der Duden, ein deutsches Wörterbuch, eine Grammatik. Das Wörterbuch war am abgegriffensten und ließ dadurch seine Priorität erkennen, die ihm von Wilhelm zuerkannt wurde, da es ihm am wichtigsten erschien, sich einen rasch wachsenden Wortschatz anzueignen. Wenn er den einmal hatte, konnten Orthographie und Grammatik nachfolgen. Dieses Bild bot sich ja auch sehr anschaulich jedem, der Wilhelm Thürnagel sprechen hörte. Die Lücken, die sein Wortschatz aufwies, wurden von Tag zu Tag geringer; mit dem anderen lag es freilich noch sehr im argen.

»In letzte Zeit«, sagte er, auf die Bücher zeigend, »ich sie nachlässigen.«

Er meinte: vernachlässigen.

»Ich nicht lernen«, fuhr er grinsend fort. »Sitzen in ›Sonnenblume‹.«

»Das ist wahr«, sagte Marianne auch vergnügt.

»Ich haben schlechte Gewissen und mir selbst versprechen in jede Woche, daß nachholen mit Lernen wieder, wenn ›Sonnenblume‹ haben Ruhetag.«

»So wie heute«, nickte Marianne, sich das Lachen verbeißend.

»So wie heute.«

»Das muß anders werden.«

»Ja.«

»Wie denn?«

Wilhelm breitete seufzend die Arme aus, zuckte die Achseln. »Ich nicht wissen.«

»Sie müssen um dieses Haus einen Bogen machen.«

Er breitete die Arme noch weiter aus.

»Ich nicht können.«

»Dann hilft nur ein Lokalverbot.«

»Lokalverbot? Was sein das?«

»Wenn einem untersagt wird, ein bestimmtes Lokal zu betreten. Der Wirt kann das bei der Polizei beantragen.«

»Aber müssen es geben dafür doch Gründe, oder nicht?«

»Sicher.«

»Welche?«

»Meistens ständige Betrunkenheit. Oder Randalieren. Oder Belästigung anderer Gäste.«

»Alles nicht passen auf mich«, sagte Wilhelm triumphierend. »Ich sein also für Polizei nicht tastbar.«

»Unantastbar.«

»Bitte?«

»Das heißt ›unantastbar‹, Wilhelm.«

»Sein das nicht das gleiche, ›nicht tastbar‹ und ›unantastbar‹?«

»Nein.«

»Warum nicht?«

Das war nun gar nicht so einfach zu erklären, aber Marianne war ein kluges Mädchen, das in die Realschule gegangen war und gerade im Deutschunterricht immer besonders gut aufgepaßt hatte.

»Wilhelm«, sagte sie, »ist Ihnen der Unterschied klar zwischen ›ertasten‹ und ›antasten‹?«

Er dachte nach. Es dauerte aber nicht lange, und er erwiderte: »Ja.«

Zur Sicherheit sagte Marianne: »Was macht ein Blinder, der eine Türklinke sucht? Er *ertastet* sie. Und was darf man im Lebensmittelgeschäft nicht? Die Waren *antasten*.«

»Ja«, nickte Wilhlem. »Ich verstehen.«

»Nicht tastbar ist also etwas«, fuhr Marianne fort, »das man nicht ertasten kann, weil es nicht vorhanden ist. Und unantastbar ist etwas, das man nicht antasten darf, aus Hygiengründen oder weil es z. B. heilig ist. Klar?«

Die Antwort lieferte Wilhelm mit einem einzigen internationalen Wort, das absolute Klarheit schuf: »Tabu.«

»Sehr richtig«, freute sich Marianne. »Sie haben's erfaßt.«

»Ich sein tabu für Polizei. Lokalverbot nicht möglich. Was dann?«

Marianne zuckte lächelnd die Achseln.

»Weiß ich auch nicht«, sagte sie und setzte hinzu: »Ich bin am Ende meines Lateins.«

Und schon war es wieder unvermeidlich, daß Wilhelm einhakte.

»Was das heißen, bitte?«

»Was?«

»Daß Sie sein am Ende von Latein?«

Nachdem ihm Marianne den Sinn dieser Redewendung erklärt hatte, sagte er halb belustigt, halb verlegen: »Ich auch am Ende meines Lateins.«

»Wieso?«

»Wenn Tee trinken wir, ich haben nur eine Tasse für Sie.«

»Na und?« sagte Marianne, einem kleinen Mißverständnis zum Opfer fallend. »Eine reicht mir vollauf, ich brauche keine zwei.«

»Ja«, nickte Wilhelm, »eine reichen für Sie, aber nicht mehr reichen für mich. Sie verstehen?«

»Sicher«, erwiderte Marianne. »Aber das ist doch kein Problem. Machen Sie ihn dünner, dann reicht er auch noch für Sie. Ich mag ihn ohnehin nicht so stark.«

Mit leicht verzweifelter Miene sagte Wilhelm: »Sie mich nicht verstehen. Sie denken, daß ich sprechen von Tee, von knappe Vorrat. Ich aber sprechen von Geschirr, wenn ich sagen, daß ich haben nur eine Tasse. Tee haben ich noch viel.«

»Ach so!« rief Marianne und fing an zu lachen. »Da können Sie mal sehen, Wilhelm, was für ein Schaf ich bin. Begriffsstutzig bis zum Geht-nicht-mehr.«

Wilhelm stimmte nicht ein in ihr Gelächter, sondern sagte mit ernstem Nachdruck: »Schaf sein nicht Sie auf gar keine Fall. Idiot sein ich, weil nicht können besser mich ausdrücken und dadurch schuldig an Irrtum. Jawohl!«

Marianne hörte auf zu lachen.

»Nein, Wilhelm«, erklärte sie mit keinem geringeren Nachdruck, »ein Idiot wären Sie nur, wenn Sie das, was Sie da eben gesagt haben, wirklich glauben würden. Stellen Sie sich doch einmal vor, die Situation wäre umgekehrt – insofern nämlich, als ich mich an Ihrer Stelle befinden würde und Russisch mir aneignen müßte.« Sie schlug die Hände über dem Kopf zusammen. »Großer Gott, kann ich da nur sagen!«

Durch das Fenster drang der Lärm eines Zuges ins Zimmer, der in den nahen Bahnhof einfuhr. Wilhelm wartete, bis es wieder ruhiger geworden war, dann sagte er:

»Jetzt aber machen ich endlich Tee.«

Marianne begleitete ihn in die Küche. Die zweite Tasse, die für Wilhelm benötigt wurde, entlieh sich Marianne für ihn aus dem Bestand der Frau Krupinsky in deren Küchenschrank.

Es wurde dann noch eine stille, schöne Stunde in Wilhelms Zimmer – still insofern, als nicht mehr viel gesprochen wurde zwischen den beiden. Andere Geräusche gab's genug – vom Bahnhof her.

Natürlich lag jene erotische Spannung in der Luft, deren Entladung eigentlich unvermeidlich schien. Das war aber nur am Anfang der Fall.

Was mache ich, fragte sich Marianne, wenn er seine Tasse leer hat, ich die meine auch, und die Situation gefährlich wird? Das *muß* sie doch wohl werden. Habe ich mir das rechtzeitig überlegt?

Wilhelm dachte vorübergehend an Natascha im fernen Rußland, der er versprochen hatte, sie nicht zu vergessen. Wenn sie jetzt hier wäre in diesem Zimmer, zusammen mit mir, was würde sie dann sagen? Ich weiß es nicht, dachte Wilhelm – doch, ich weiß es! Ganz genau sogar!

›Trink rascher, Wilhelm, ich bin schon fertig, komm her...‹

Und ich ließe mich nicht zweimal bitten, dachte er,

leerte seine Tasse, sah, daß Marianne seinem Beispiel folgte, und fragte sie: »Genug? Oder noch?«

»Nein, danke.«

»Ich auch genug.«

Was mache ich, dachte Marianne, wenn er jetzt...

Sie saßen sich am Tisch gegenüber. Wilhelm erhob sich.

Rasch fragte ihn Marianne: »Was tun Sie?«

»Tassen in Küche tragen.«

Ein Aufschub also.

Marianne war sich aber im klaren darüber, daß sie sich entscheiden mußte, wie sie sich verhalten wollte, wenn sie nach Wilhelms Rückkehr auf *die* Probe ihres jungen Mädchenlebens gestellt werden würde.

Die Zeit war kurz. Wilhelm erschien schon nach einer Minute wieder. Das reichte nicht für Marianne, um in einer so schwierigen Frage Klarheit zu gewinnen. Wenigstens hatte aber Marianne die gering bemessene Frist doch dazu nützen können, ihren Platz auf dem harten Stuhl mit einem auf der viel weicheren Couch zu vertauschen. Ich hoffe, das versteht er nicht falsch, dachte sie allerdings dabei.

Wilhelm hielt es als erstes für nötig, ihr mitzuteilen, daß er die Tasse der Frau Krupinsky gleich wieder in den Küchenschrank gestellt habe, sogar in gespültem Zustand. Dann setzte er sich, und zwar wieder auf seinen Stuhl.

»Wilhelm«, sagte Marianne, »Sie machen mir doch sicher gern eine Freude?«

Er nickte nur stumm, tat dies jedoch so feierlich, daß es nachdrücklicher wirkte als jeder laute Schwur.

»Dann«, fuhr Marianne fort, »müssen Sie mir etwas erlauben.«

»Was?«

»Daß ich Ihren Bestand an Haushaltsgegenständen etwas vergrößere.«

»Haushaltsgegenständen?«

»Geschirr, Besteck und so weiter. Daran haben wir in unserem Gasthaus einen solchen Überfluß –«

»Nein!«

»Was nein?«

Wilhelms Miene hatte sich plötzlich verfinstert.

»Sie das werden nicht tun!«

»Aber, Wilhelm –«

»Nein! Jedes Wort sein überflüssig!«

»Wilhelm«, versuchte es Marianne noch einmal, »sehen Sie doch –«

»Nein, sagen ich!«

»Warum?«

»Das ich müssen nicht erklären. Das Sie selbst wissen.«

»Gar nichts weiß ich!« wurde Marianne zornig, dämpfte aber gleich wieder ihre Lautstärke. »Es sei denn, Sie kommen mir mit dem Wort ›Stolz‹. Das könnte ich mir allerdings nicht vorstellen.«

»Doch!«

»Doch?« Sie schüttelte den Kopf. »Dann muß ich mich korrigieren. Sie sind lange nicht so intelligent, als ich dachte.«

»Mir sein egal.«

»So?«

»Stolz sein für Mann mehr wichtig als Intelligenz.«

Marianne merkte, daß sie hier auf Granit biß, und verstummte. Sie wäre aber kein weibliches Wesen gewesen, wenn sie nicht gedacht hätte, dich kriege ich schon noch, laß dir nur Zeit; wär ja gelacht, wenn ich das nicht schaffen würde.

Das Gespräch zwischen den beiden schien nun zu erlahmen. Eine Folge des Streits? Gewiß nicht. Es schloß sich eben, wie das oft geht in später Stunde, jene Phase an, von der schon gesagt wurde, daß sie still – von den Bahnhofsgeräuschen abgesehen – und trotzdem schön verlief.

Als sich aber immer noch keine Anzeichen ergaben, welche die Befürchtung Mariannes genährt hätten, daß ihr die Situation über den Kopf wachsen könnte, begannen sich in ihr nagende Zweifel zu regen, Zweifel nicht an Wilhelm, sondern an ihrer eigenen Person.

Was ist denn los, stimmt etwas nicht mit dir? Reize ich ihn denn gar nicht? Normalerweise müßte ich doch schon längst alle Hände voll zu tun haben, ihn mir vom Leib zu halten. Natürlich bin ich froh, daß das nicht der Fall ist, und das spricht auch für ihn – aber spricht es auch für mich?

Er kommt aus der Küche zurück und erzählt mir, daß er die Tasse gespült und in den Schrank gestellt hat, statt mir ganz andere Dinge zu sagen; statt zu versuchen, mich zu küssen – wenigstens das. So läuft das doch normalerweise, wenn ich ihm selbstverständlich auch gesagt hätte, stop, nicht mit mir, mein Lieber, nicht so rasch, ich bin keine solche.

Marianne seufzte, allerdings nur innerlich, so daß man es nicht hören konnte. Das Problem ist, daß ich nicht nur keine solche bin, sondern überhaupt noch keine, dachte sie. Keine Frau. Einerseits bereitete ihr das Genugtuung, andererseits empfand sie es als Belastung. Was überwog? Sie hätte es nicht sagen können. Ich weiß nicht, was ich will, mußte sie sich zu ihrem Leidwesen selbst eingestehen.

Wilhelm träumte mit offenen Augen. Was er träumte, war nichts Verschwommenes oder Zerrissenes, sondern es hatte klare Konturen. Wilhelm wußte genau, was er gewollt hätte – wenn das in Frage gekommen wäre. Marianne war für ihn etwas anderes als Natascha. Es war überhaupt alles anders – Land und Leute, Existenz und Perspektive, Gegenwart und Zukunft.

»Wilhelm«, sagte Marianne.

»Ja?«

»Warum so schweigsam?«

»Das gleiche ich können fragen Sie.«

»Ich habe nachgedacht.«

»Ich auch.«

»Worüber?«

Da er ihr die Wahrheit nicht gut sagen konnte, tischte er ihr rasch eine Lüge auf, indem er antwortete: »Was werden Sie sagen Mutter von Ihnen, wenn kommen Sie so spät nach Hause.«

»Die schläft schon.«

»Ich das nicht glauben«, gab Wilhelm seinem Zweifel Ausdruck. »Nur selten können schlafen eine Mutter in solche Lage. Werden Sie ihr sagen, daß Sie noch waren bei mir auf Zimmer?«

Marianne zögerte ein bißchen.

»Warum fragen Sie mich das?«

»Weil Mutter – oder Vater – vielleicht auch sprechen mit mir und wissen wollen alles. Sie verstehen?«

»Ich verstehe«, nickte Marianne amüsiert. »Sie wollen sich nicht verplappern.«

»Verplappern?«

»Sie möchten nicht, daß Sie etwas anderes erzählen als ich.«

»Natürlich nicht.«

Marianne tat, als müßte sie überlegen. Der Teufel ritt sie ein bißchen. Dagegen sind auch die bravsten Mädchen nicht gefeit.

»Welcher Ansicht sind Sie?« fragte sie Wilhelm. »Soll ich es sagen oder nicht?«

»Das sein nicht einfach«, erkannte er.

»An sich schon, Wilhelm. Es ist ja überhaupt nichts passiert hier – nichts Schlimmes, meine ich. Deshalb besteht doch auch keine Veranlassung, ein Geheimnis daraus zu machen.«

»Richtig.«

»Aber«, sagte Marianne, die noch nicht fertig war, »ob die mir das glauben, Wilhelm? Was meinen Sie?«

Darauf wußte er anscheinend keine Antwort, denn er schwieg.

»Ist denn das überhaupt zu glauben, Wilhelm?«

Wilhelms stumme Phase hielt an. Der Blick von Marianne blieb jedoch zwingend auf ihn gerichtet, so daß es keinen anderen Ausweg als den zu antworten gab.

»Vielleicht Mutter doch schon schlafen«, sagte er.

»Daran haben Sie aber noch vor einer Minute sehr gezweifelt.«

Wilhelm fiel in sein Schweigen zurück, bis Marianne mit den Achseln zuckte und meinte: »Es sieht aus, als ob ich in der Tinte sitzen würde, Wilhelm.«

Wie gesagt, es ritt sie der Teufel, und das genoß sie.

»Dann Sie müssen lügen aus Not, weil nicht gehen anders«, erklärte Wilhelm schließlich. »Oder nicht lügen. Nur schweigen, daß wir waren noch in meine Zimmer.«

Er meinte: verschweigen.

»Ich lüge ungern«, sagte Marianne.

»Nicht lügen, Marianne. Nur schweigen.«

»Wo ist da der Unterschied?«

Wilhelm geriet langsam in Verzweiflung.

»Ich mir machen Vorwürfe«, sagte er, »weil passieren das.«

»Was?«

»Daß schleppen in Zimmer ich Sie.«

»Aber das haben haben Sie doch gar nicht getan«, widersprach Marianne. »*Ich* war doch diejenige, die auf diese Idee gekommen ist.«

»Müssen trotzdem ich das auf mich nehmen.«

»Wieso denn?«

»Weil es geben jetzt Schwierigkeiten, und Schwierigkeiten sein sollen für Mann und nicht für Mädchen.«

Nachdem Wilhelm dies gesagt hatte, und zwar in vollem Ernst gesagt hatte, erkannte Marianne, daß es nicht schön von ihr gewesen wäre, sich noch länger einen Spaß daraus zu machen, ihn in die Enge zu treiben.

»Wilhelm«, erklärte sie deshalb, »das ist alles halb so wild. Wissen Sie, was ich machen werde?«

»Was?«

»Ich sage gar nichts.«

»Gar nichts?«

»Ich sage, daß ich erwachsen bin und nicht mehr über jeden Schritt Rechenschaft ablegen muß. Ich verweigere die Auskunft, werde ich denen erklären, wenn sie mich soweit treiben.«

»Sein das möglich?« fragte er sehr skeptisch.

»Warum nicht?«

»Sie schon einmal probieren das?«

»Nein, das wird das erstemal sein.«

»Dann ich sehen schwarz.«

»Ich nicht, Wilhelm. Einmal muß der Anfang gemacht werden, das ist bei allem so. Sie werden sehen, daß das klappt.«

»Und wenn Ihre Vater oder Mutter fragen mich?«

Selbstsicher antwortete Marianne: »Ich werde dafür sorgen, daß auch das nicht geschieht.«

Wilhelm brachte sie dann nach Hause. In seinem Inneren sah es anscheinend anders aus als in Marianne, denn er schien ihrer Konfliktstrategie immer noch keinen rechten Geschmack abgewinnen zu können. Dem Frieden in ihrer Familie das Wort redend, sagte er, als sie sich vor ihrer Haustür die Hand reichten: »Ich meinen, besser sein doch, wenn ein wenig lügen Sie aus Not.«

Marianne schüttelte den Kopf.

»Gute Nacht«, sagte sie.

»Gute Nacht, Marianne.«

»Schlafen Sie gut.«

»Sie auch«, sagte er. »Aber ich nicht können.«

»Was nicht?«

»Schlafen.«

»Warum nicht?«

»Ich denken an Sie«, sagte er leise, wollte ihre Hand loslassen, sich umdrehen und gehen. Das war ihm aber nicht möglich, denn Marianne hielt ihn fest.

»Einen Moment...«, sagte sie, ihn nah an sich heranziehend. Dann stellte sie sich auf die Zehenspitzen und gab ihm einen raschen Kuß auf den Mund. Es war gar nichts Richtiges, nur etwas mit geschlossenen Lippen, und es dauerte nicht einmal eine Sekunde. Trotzdem stand Wilhelm da wie vom Donner gerührt, als das Ganze passiert war. Er schloß unwillkürlich die Augen, wie vor etwas Unfaßbarem, und öffnete sie wieder, um sich davon zu überzeugen, daß er nicht träumte.

Er wollte etwas sagen, wußte aber nicht, was. Und als er glaubte, es zu wissen, war es schon zu spät. Die Haustür fiel zu. Marianne war verschwunden.

Der Mond sah auf Wilhelm herab und erweckte in ihm den Eindruck, daß er der einzige zu dieser Stunde war, der himmlischen Lichts teilhaftig und dadurch über alle anderen erhoben wurde.

Am nächsten Morgen war von der Familie Berger der Vater am Frühstückstisch der erste. Erst eine Viertelstunde später erschien Mutter Sabine. Das war nicht die Regel. Normalerweise wurde im Hause Berger gemeinsam gefrühstückt.

»Wo bleibst du denn solange?« empfing Vater Theodor seine Frau vorwurfsvoll.

Nicht eben freundlich antwortete sie: »Ich kann doch auch einmal erst nach dir erscheinen.«

»Hat sich unsere Tochter schon gerührt?« fragte Theodor.

Normalerweise sagte Theodor Berger nicht ›unsere Tochter‹. Tat er dies, kündigte sich eine gewisse innere Distanz an, die ihn in diesem Moment von seinem eigenen Fleisch und Blut trennte.

»Ich habe sie noch nicht gehört«, erwiderte Sabine.

»Und nachts?«

»Nachts habe ich auch nicht mehr gehört, wann sie nach Hause kam – wenn du das meinst?«

»Natürlich meine ich das«, motzte Theodor. »Und du wirst mir erlauben, daß ich mich darüber wundere. Mich hörst du doch auch immer?«

Das hätte er besser nicht gesagt.

»Dich«, sagte Sabine ätzend, »kann man nicht überhören, wenn du nach Hause kommst.«

Da sich Theodor nicht viel davon versprechen konnte, diese Debatte weiterzuführen, wich er etwas zurück, indem er meinte: »Wir wissen also nicht, wann die einpassiert ist?«

»Nein«, sagte Sabine.

Die Frage hing auch noch in der Luft, als wieder eine Viertelstunde später Marianne auftauchte und mit einem frischen »Guten Morgen allerseits!« die Familienrunde am Tisch vervollständigte.

Theodors Kopf steckte inzwischen längst wieder in der Zeitung.

Das Echo, das Marianne mit ihrem Gruß fand, war spröde. Mutter Sabine nickte nur stumm. Vater Theodor war zu hören, wie er »Morgen« brummte. Zu sehen war er dabei nicht, da ihn die Zeitung verdeckte.

»Ihr seid schon fertig«, konstatierte Marianne, als sie saß und herumgeblickt hatte. Dann fuhr sie, gewissermaßen den Stier bei den Hörnern packend, fort: »Entschuldigt, ich habe verschlafen, ich kam viel zu spät ins Bett.«

»Wann denn?« fragte Theodor hinter seinem papierenen Vorhang.

»Um zehn nach zwei.«

Theodor ließ sein Leib- und Magenblatt sinken, blickte aber nicht Marianne, sondern seine Frau an und fragte sie: »Hast du das gehört?«

»Ja«, sagte erschüttert Sabine.

Dann verstummten Theodor und Sabine, um ihrer Tochter Gelegenheit zur Rechtfertigung zu geben. Vielleicht war ihr ein steckengebliebener Fahrstuhl zum Verhängnis geworden. Aber welches Kino hat Fahrstuhlbetrieb?

»Mutter«, sagte Marianne, »was gab's denn gestern für dich Schönes im Fernsehen?«

»Heiteres Beruferaten«, erwiderte Sabine überrumpelt.

»Und für dich, Vater, bei Pit Schmitz? Habt ihr zwei euch wieder so richtig erholsam gekabbelt?«

Theodors Antwort war schroff.

»Wie war dein Film?«

»Wieso Film?«

»Du warst doch im Kino? Das sagte mir jedenfalls deine Mutter.«

Marianne biß in ihr Brötchen, das sie sich geschmiert hatte, kaute, schluckte.

»Nein, war ich nicht«, erwiderte sie dann.

Theodors Blick ging zu seiner Gattin und fragte sie stumm, ohne Worte, aber unmißverständlich, welchen Blödsinn sie ihm denn wieder mal erzählt habe.

Die Blickestafette setzte sich fort von Sabine zu Marianne.

»Du warst nicht im Kino?«

»Nein, Mutter.«

»Aber das sagtest du mir doch?«

»Ja, es war auch so geplant.«

»Und? Wo warst du statt dessen?«

»Wir sind spazierengegangen.«

»Bis zwei Uhr früh?«

»Nein.«

Eine Pause enstand, die besonders Theodor auf die Nerven zu gehen schien. Er unterbrach die Stille, indem er Marianne anfuhr: »Na und? Hast du nicht das Gefühl, daß du uns so nicht abspeisen kannst?«

»Doch.«

»Wie bitte?«

Marianne blickte ihren Vater an, dann ihre Mutter und sagte: »Was hier stattfindet, ist ein Verhör, liebe Eltern. Ich habe damit gerechnet, denn ich kenne den Betrieb hier. Ich nahm mir aber vor, mich dazu nicht mehr zur Verfügung zu stellen. Ich bin erwachsen, liebe Eltern, wenn ihr versteht, was ich damit sagen will.«

Stille. Die Stille nach einem Bombeneinschlag.

Charakteristisch war dann das, was nach einer scheinbaren Ewigkeit Theodor zu Marianne sagte.

»Bist du verrückt?«

»Nein.«

»Dann will ich diesen Blödsinn überhört haben.«

»Das ist kein Blödsinn, Vater, finde dich damit ab. Ich war sogar heute nacht schon darauf vorbereitet, euch das zu sagen, denn ich rechnete damit, von euch erwartet zu werden, zumindest von dir, Mutter.«

»Ich lag auch lange genug wach«, antwortete Sabine. Sie war blaß geworden. Es setzte ihr das Gefühl zu, daß eine entscheidende Veränderung in vollem Gange war. Die Grundfesten der Familie Berger schienen ihr erschüttert.

Marianne schmierte sich in aller Ruhe ein zweites Brötchen, nachdem sie das erste verzehrt hatte.

Vater Theodor erhob sich und ging ein paarmal im Zimmer auf und ab. Dann blieb er vor seiner Tochter stehen.

»Was ist denn plötzlich in dich gefahren?«

»Nichts.«

»So kennen wir dich doch gar nicht.«

»Eben.«

»Bisher war doch alles in Ordnung? Und jetzt fängst du aus heiterem Himmel an, uns Schwierigkeiten zu machen.«

»Was sollen da Schwierigkeiten sein, Vater? Schwierigkeiten sind das nicht.«

»Was dann?«

»Selbstverständlichkeiten, auf die ich mich schon länger hätte besinnen sollen.«

»Ich frage mich, wer dir solche Flöhe ins Ohr setzt.«

»Niemand.«

Theodor schüttelte den Kopf, lief wieder ein paarmal durchs Zimmer, hielt erneut vor Marianne an.

»Sieh mal«, legte er eine alte Platte auf, »wir wollen

doch nur dein Bestes. Weder ich noch deine Mutter denken daran zu bevormunden, das darfst du uns glauben...«

»Dann ist es ja gut.«

»...aber wir haben andererseits auch eine Pflicht zur Mindestaufsicht. Keiner von uns beiden hat etwas dagegen, wenn du ins Kino gehst...«

»Nicht wahr, Bina?« wandte er sich an seine Frau.

»Nicht das geringste, Theo.«

»Du kannst auch mal länger wegbleiben, Marianne. Entscheidend ist immer«, näherte sich Theodor dem Kernpunkt der Sache, »mit wem du zusammen bist.«

»Dieser Meinung bin ich durchaus auch, Vater.«

»Offenbar nicht immer.«

»Wieso nicht?«

»Mit wem warst du denn gestern unterwegs?« tat Theodor so, als ob er das noch gar nicht wüßte.

»Mit Wilhelm.«

»Mit welchem Wilhelm?«

»Mit Wilhelm Thürnagel.«

Theodor zog die Mundwinkel herab, nachdem dieser Name gefallen war; ein Zeichen seiner Geringschätzung, die sich noch verstärkte, als Marianne hinzufügte: »Ein feiner Kerl.«

»Der?«

»Ja, der! Ich weiß hier weit und breit keinen, der sich von dem nicht eine Scheibe herunterschneiden könnte.«

»Du kannst sagen, was du willst«, erklärte Theodor, der es kurz machen wollte, »aber der ist kein Umgang für dich.«

Marianne legte das halbe Brötchen, das sie noch nicht gegessen hatte, aus der Hand.

»Und dabei bleibt's!« fuhr Theodor fort.

Marianne schob ihren Stuhl zurück und stand auf.

»Was ist los? Wohin willst du?« fragte ihr Vater sie.

»Auf mein Zimmer.«

»Du bist doch noch gar nicht fertig mit deinem Frühstück?«

»Doch.«

Als die Tür hinter Marianne zugefallen war, starrten Theodor und Sabine gemeinsam immer noch hinter ihr her, als ob sie darauf warteten, daß das Ganze ein Irrtum sei und ihre Tochter gleich darauf wieder zurückkommen müßte. Erst nach einer Weile stieß Theodor hervor: »Das lasse ich nicht zu!«

»Was läßt du nicht zu?« fragte Sabine.

»Ein solches Benehmen.«

Sabine war eine Frau, welche die Dinge oft erstaunlich realistisch sah.

»Das Benehmen«, sagte sie, »ist hier Nebensache. Hauptsache ist der Kerl, den sie im Kopf hat.«

»Den treibe ich ihr aus, darauf kannst du dich verlassen.«

Sabine äußerte Zweifel, indem sie sagte: »Ich weiß nicht, Theo, ich habe das Gefühl, daß das nicht so einfach sein dürfte.«

»Das wirst du schon sehen.«

»Was willst du denn machen, wenn sich das wiederholt?«

»Wenn sich was wiederholt?«

»Daß sie einfach aufsteht und das Zimmer verläßt.«

Eine solche Perspektive ließ den autoritären Theodor aus der Haut fahren.

»Ich gebe ihr ein paar hinter die Löffel!« kündigte er an.

»Ach was«, widersprach Sabine. »Vergiß nicht, sie ist erwachsen. Weißt du, was du damit wahrscheinlich erzielen würdest?«

»Daß sie spurt!«

»Nein, daß sie aus dem Haus geht und wir sie so bald nicht wiedersehen. Das passiert doch heutzutage an allen Ecken und Enden.«

Theodor steckte etwas zurück. In gemäßigterem Ton antwortete er: »Wohin wollte sie denn?«

»Zu ihm. Die leben ja heute alle zusammen.«

»Komm, der haust doch todsicher selbst noch im Lager.«

»Dann woanders hin. Das Schlimmste wäre natürlich eine Kommune.«

Dieser Schreck fuhr Theodor durch alle Glieder.

»Eine Kommune?! Bist du verrückt? Doch nicht unsere Marianne!«

»Wenn sie keinen anderen Weg sieht...«

»In Gelsenkirchen gibt's doch noch gar keine Kommune.«

»Aber rundherum: in Dortmund, in Essen, in Bochum –«

»Überall wo diese Studenten leben«, unterbrach Theodor aufgebracht.

»Nicht nur da«, mußte er sich belehren lassen. »Liest du denn nur die Lotto- und Totogewinne? Auch in Castrop-Rauxel haben sie schon eine.«

Alles, was Theodor dazu nur noch sagen konnte, war: »Armes Deutschland!«

Dann verstummte er eine Weile und machte sich Gedanken darüber, wie das nicht nur mit seiner Tochter, sondern mit der ganzen Nation weitergehen sollte. Er kam zu keinem positiven Ergebnis. Anders Sabine. Ihre Überlegungen waren weniger weitläufig.

»Du mußt woanders anhebeln«, sagte sie.

»Wo?«

»Nicht bei ihr«, fuhr sie fort. »Bei ihm.«

»Und du glaubst, daß das Zweck hat?«

»Du mußt eben ein deutliches Wort mit ihm reden. Wer er ist? Was er sich einbildet? Ob er denn seine Situation nicht sieht – und die unserer Tochter? Was mit seinem Charakter ist? Wenn er einen hat, werden deine Vorhaltungen dazu führen, daß er sich von ihr zurückzieht, verstehst du? Damit wäre das Problem gelöst.«

»Aber wenn nun eigentlich gar kein Problem besteht? Wenn Marianne mit dem gar nichts Besonderes im Sinn hat? Wenn wir beide diesbezüglich sozusagen nur Gespenster sehen? Was dann? Dann machen wir uns lächerlich, Bina.«

Doch Sabine Berger war sich ihrer Sache sicher, sie schüttelte den Kopf.

»Nee, nee, Theo, das tun wir nicht. Die ist in den verknallt, vielleicht sogar mehr, als sie sich das selbst schon eingesteht. Als Mutter spüre ich das untrüglich. Deshalb ist die Situation wirklich gefährlich, Theo, du kannst dich auf mich verlassen.«

»Also gut«, sagte er entschlossen, »dann werde ich

mich der Sache annehmen. Ich meine ja auch, daß du recht hast.«

Sabine glaubte noch eine gute Idee zu haben.

»Vielleicht sollten wir sie ein paar Wochen zu deiner Schwester nach Mainz schicken.«

»Könntest du sie solange entbehren?«

»Wenn's sein müßte, ja.«

»Aber gleich ein paar Wochen lang wird denen zuviel sein. Vor allem meinem Herrn Schwager, du kennst ihn ja. Der will seine Ruhe haben.«

»Dann nur vierzehn Tage. Anschließend könnten wir sie ja noch meiner Mutter aufhalsen, wenn die auch schon fast zu alt ist zu so etwas.«

»Wir wissen nicht, ob die überhaupt dazu noch in der Lage wäre.«

»Doch, ich habe mit ihr vorgestern telefoniert.«

»Das hast du mir ja noch gar nicht gesagt.«

»Weil es dich normalerweise gar nicht interessiert.«

»Wie geht's ihr denn?«

»Momentan recht gut. Sie hat sogar mit der Idee gespielt, uns zu besuchen.«

»So?« stieß er kurz hervor.

»Aber keine Angst, Theo, ich konnte sie davon abbringen. Vielleicht fährt sie nun zu Ilse nach Hagen, sagte sie.«

Ilse in Hagen war Sabines jüngere Schwester, die dort verheiratet war.

»Davon mußt du sie aber jetzt auch noch abbringen«, sagte Theodor. »Ruf sie rechtzeitig noch einmal an.«

»Ich will einen günstigen Moment abwarten, wenn Marianne mal außer Haus ist.«

»Ja, gut«, nickte Theodor. »Vergiß es aber nicht.«

»Nein, ich –«

Sie mußte abbrechen. Schritte kamen draußen im Flur näher. Sie konnten nur von Marianne stammen, und richtig, die Tür ging auf und Marianne wurde sichtbar. Sie trat jedoch nicht ins Zimmer, sondern blieb auf der Schwelle stehen. Die Türklinke in der Hand, sagte sie:

»Ich habe vergessen, euch noch um eines zu bitten, liebe Eltern. Seid so nett und laßt Herrn Thürnagel in Ruhe. Ich habe ihm gesagt, daß ihr über meinen gestrigen Ausgang mit ihm nicht sprechen werdet. Beachtet das, bitte.«

Theodor sah Sabine an, Sabine Theodor. Vielleicht dauerte das Marianne zu lange, und so blieb unklar, ob sie auf eine Antwort gewartet hatte, denn sie zog die Tür schon wieder von außen zu, als Vater und Mutter ihre Blicke voneinander lösten, um sich Marianne zuzuwenden.

Noch einmal vergingen einige Sekunden, bis Theodor grollend sagte: »Was glaubt denn die eigentlich?«

Sabine schwieg. Sie bekam es mit der Angst zu tun. Vielleicht waren ihre Ideen, die sie entwickelt hatte, doch nicht das Richtige? Vielleicht wurde dadurch alles nur noch schlimmer?

»Glaubt die, ich mache das mit?« ließ sich Theodor vernehmen.

Sabines Standpunkt war plötzlich ganz und gar zerbröckelt. Sie konnte nur noch sagen: »Sei vorsichtig mit der, Theo, sei bloß vorsichtig!«

Samstagnachmittag in der ›Sonnenblume‹. Das Lokal war gerammelt voll. Das war immer so, wenn der FC Schalke auswärts spielte. Theodor Bergers Stammpublikum bestand zu einem großen Teil aus Fußballfans, für die es eine alte Gewohnheit war, sich in Theos Gastwirtschaft einzufinden, wenn die Tore des berühmtesten Stadions des Ruhrgebiets, der Glückauf-Kampfbahn, geschlossen blieben. Das größte Gedränge herrschte stets an Theodors Theke, die von seinen besonderen Freunden sosehr mit Beschlag belegt wurde, daß die zwei Kellner, die durch das Lokal flitzten, immer Mühe hatten, sich einen Weg zum Herz des Tresens, den Zapfhähnen, zu bahnen, um Theo ihre Bestellungen zuzurufen.

Unter Theos besonderen Freunden gab es noch einmal einen sogenannten ›inneren Kreis‹. Das waren vier Männer, die schon seit Jahrzehnten die ›Sonnenblume‹ zu ihrem Stammlokal erkoren hatten, für den FC Schalke ihr Herzblut hergaben und von Theodor nur eines nicht ganz verstehen konnten: seine widernatürliche Freundschaft mit Pit Schmitz, der ja bekanntlich sein Herzblut für den 1. FC Köln hergab. Die vier hatten sich aber im Laufe der Zeit mit dieser Perversität Theodors abgefunden, als sie gesehen hatten, daß er von ihr nicht abzubringen war und seine Seele trotzdem nicht Schaden nahm insofern, als sie sich etwa auch nur andeutungsweise dem 1. FC Köln zugewandt hätte.

Die vier waren: Johann Schuhmacher, der zufällig auch dieses Gewerbe ausübte und daneben einen kleinen, recht lukrativen Handel mit orthopädischem Schuhwerk betrieb; Josef (Jupp) Maslowski, ein pensionierter Obersteiger aus dem Pütt; Fred Szykowiak, Meister in einem mittleren Betrieb des Maschinenbaus; Karl Jaworowski, ein Waschmittelvertreter, der viel herumkam, sich im übrigen aber auch schon dem Rentenalter näherte.

»Ich war zwei Tage in München«, teilte er den anderen mit. »Zu einer Tagung.«

»Wie kommt ihr nach München?« fragte Szykowiak. »Ihr gehört doch nach Düsseldorf.«

»Düsseldorf« lachte Jaworowski, »hängt uns schon zum Halse heraus. Das haben wir denen im Werk gesagt, und so kamen die mal auf München. War prima.« Er streckte die Hand aus, um von Theo Berger ein Glas Bier, das ihm dieser eingeschenkt hatte, in Empfang zu nehmen.

»Was war prima?« fragte Theo, der nur die letzten zwei Brocken mitbekommen hatte.

»München«, sagte Karl Jaworowski.

»Wieso München?«

»Wir hatten dort eine Tagung. Immer noch eine sehr schöne Stadt. Nur eines ist mir dort ebenso unangenehm aufgefallen wie hier.«

»Was denn?« tappte Theo in die Falle.

Karl hielt sein Glas in die Höhe, damit es alle sehen konnten.

»Das schlechte Einschenken.«

Schallendes Gelächter ringsum. Theodor ging darüber hinweg. Ein herandrängender Kellner nahm ihn in Anspruch.

»Wart ihr auch im Hofbräuhaus, Karl?« stellte der Obersteiger Maslowski die obligate Frage.

»Klar, Jupp! Ich kannte es ja schon, aber das lohnt sich doch immer wieder. Und diesmal hatten wir besonderes Glück. An unserem Tisch saßen sogar ein paar Einheimische, das war noch nie der Fall gewesen.«

»Hattet ihr Spaß?«

»Großen, obwohl zuerst nur über Bonn und Flensburg geschimpft wurde. Aber dann haben sie mich gefragt, woher ich komme, und als ich Ihnen das mitteilte, streckte mir einer spontan seine Hand her und sagte: ›Mein Beileid.‹ Die anderen folgten prompt seinem Beispiel. Und wißt ihr, weshalb?«

»Weshalb?« fragten zwei oder drei wie aus einem Munde.

»Wegen des Spieles im Olympiastadion zwischen den Bayern und Schalke.«

Nun konnte auch Johann Schuhmacher, der Vierte im Bunde, nicht mehr länger schweigen.

»Diese Arschlöcher«, sagte er, »die werden schon sehen, wo ihre Würstchen heute bleiben.«

Wie auf Kommando blickten alle auf die große Uhr an der Wand hinter der Theke.

Es war drei Uhr durch. In einer knappen halben Stunde würde es also wieder losgehen, losgehen nicht nur im Münchner Olympiastadion, sondern in allen Arenen der Bundesliga.

Auf manchen Tischen, die von jüngeren Leuten besetzt waren, konnte man Transistorradios stehen sehen. Sie wurden bereitgehalten für ihren Einsatz, wenn der Hörfunk mit den Übertragungen der Spiele beginnen würde.

»Habt ihr getippt?« fragte Schuhmacher den Freundeskreis.

Alle bejahten. Schuhmacher gab sich aber damit nicht zufrieden. Er wollte es – gerade heute – ganz genau wissen.

»Laßt mal sehen«, fuhr er fort, wobei er seinen eigenen Totoschein zum Vorschein brachte und ihn zur allgemeinen Einsichtnahme auf den Tresen legte.

So konnte sich jeder davon überzeugen, daß Schuhmacher auf dem ganzen Schein jedesmal eine durchgehende Bank auf den Schalker Sieg in München gesetzt hatte.

Jupp Maslowski, der Obersteiger im Ruhestand, legte seinen Schein daneben. Das gleiche.

Dann schien jedoch sozusagen Sand ins Getriebe zu kommen. Karl Jaworowski brachte seinen Schein nur zögernd zum Vorschein, Fred Szykowiak, der Maschinenbaumeister, den seinen überhaupt nicht. Beim Waschmittelvertreter Jaworowski lag das, wie sich herausstellte, daran, daß er seine Schalker gegen den FC Bayern München durchaus nicht nur hatte siegen, sondern genauso oft auch mit einem Remis oder sogar mit einer Niederlage hatte abschneiden lassen. Anscheinend war es den Leuten im Hofbräuhaus doch gelungen, ihn zu demoralisieren.

Johann Schuhmacher maß ihm mit einem vernichtenden Blick.

»Traurig«, sagte er dabei nur.

Dann wandte er sich an Szykowiak.

»Und was ist mit dir, Fred?«

Fred eröffnete ihm, daß er ihm nicht dienen könne.

Er habe seinen Schein nicht dabei, so leid's ihm täte. Der Schein stecke in einem anderen Sakko.

Schuhmacher reagierte wieder nur knapp.

»Aha.«

Von einem solchen ›Aha‹ wurden die Menschen schon immer auf die Palme getrieben.

»Dein blödes ›Aha‹ kannst du dir schenken, Karl.«

»Natürlich, Fred«, sagte Schuhmacher, nun auch noch ein provokatives Grinsen beisteuernd.

»Ich habe nicht anders getippt als du.«

»Davon bin ich überzeugt.«

»Grins nicht so dämlich.«

»Entschuldige, das ist mir angeboren, dafür kann ich nichts.«

»Wenn's mir nicht zu dumm wäre, würde ich nach Hause fahren und meinen Schein holen, um ihn dir in den Hals zu stopfen.«

»Aber dann ginge er dir ja verloren, Fred, und du könntest deinen Gewinn nicht mehr abholen.«

»Damit du's weißt, ich wollte dir schon lange mal sagen, daß wir eine Demokratie haben, falls dir das neu sein sollte. Jeder kann doch tippen, wie er will. Dich geht das einen feuchten Staub an.«

»Einen Scheißdreck, meinst du?«

»Meine Herren«, ließ sich in diesem Moment Theodor Berger vernehmen, »streitet euch nicht. Denkt an unsere Jungens in der Kabine in München, die in wenigen Minuten hinaus müssen aufs Spielfeld.«

Theo war ein Wirt, der es im kleinen Finger hatte, zum richtigen Zeitpunkt einzugreifen, um Zwistigkeiten unter seinen Gästen im Keim zu ersticken. Das war aber auch notwendig, denn Theos Kundschaft bestand, wie schon erwähnt, zu einem wesentlichen Teil aus Fußballfans, und niemand anders gerät sich so gern und hitzig in die Haare, wie die Anhänger dieses Sports, auch wenn es die besten Freunde sind.

Maslowski hatte sein Glas leer. Er bekam ein neues. Er wollte einen Schnaps dazu haben. Auch den bekam er.

»Danke, Theo«, sagte er. »Was hältst du eigentlich von dem Spiel in Dortmund? Haben das deiner Ansicht nach die Borussen schon gewonnen, oder machen ihnen die Stuttgarter einen Strich durch die Rechnung?«

»Hoffentlich gehen sie baden, damit sie in der Tabelle nicht womöglich noch vor Schalke zu stehen kommen. Das würde der Kohlenpott nicht vertragen, Jupp.«

»Der Meinung bin ich auch, aber egal wie das Spiel endet, einem meiner zwei Söhne wird sich das Ergebnis auf alle Fälle wieder auf den Magen schlagen.« Jupp seufzte und wandte sich an alle. »Ihr kennt ja die Situation in meiner Familie.«

Jupps Söhne waren verheiratet, der ältere mit einer Stuttgarterin, der jüngere mit einer Dortmunderin. Der Seufzer von Jupp wurde dadurch verständlich.

»Du hättest diese Eheschließungen verhindern müssen, Jupp«, sagte Theo unter allgemeinem Gelächter.

»Wie denn, Theo? Von den Jungen hört doch heute keiner mehr auf unsereinen. Warte nur, bis deine Tochter soweit ist, dann wirst auch du noch deine Erfahrungen machen.«

Theo verstummte. Das überraschte die anderen ein

bißchen. Normalerweise war nämlich Theodor Berger einer, der in solchen Debatten gern das letzte Wort hatte.

»Wo ist sie eigentlich?« fragte Jaworowski. »Ich habe sie heute noch gar nicht gesehen.«

Marianne half ihrer Mutter in der Küche. Da das immer so war, wenn im Lokal Hochbetrieb herrschte, hätte sich Jaworowski seine Frage schenken können.

Punkt halb vier brüllte ein Jugendlicher in Lederkleidung durch das ganze Restaurant: »Daumen halten!«

Die Transistorgeräte wurden eingeschaltet, brachten aber vorläufig noch Musik. Das Fußballgeschehen war noch nicht an der Reihe. In dieses stieg der Hörfunk erst nach und nach ein, sprang dann von Stadion zu Stadion, brachte zwischendurch auch wieder Musik und war dann pausenlos dabei ab der zweiten Halbzeit in allen Spielen.

Als aus dem Münchner Olympiastadion die erste Meldung kam, war es eine Hiobsbotschaft. Der FC Bayern lag mit 2:0 vorne, und das nach zwölf Minuten Spielzeit!

Die ›Sonnenblume‹, in der man vorher kaum sein eigenes Wort verstanden hatte, glich schlagartig einer Kirche, so still war es rundum. Nur mehr die Stimme des Radioreporters war zu vernehmen.

Sie sprach von einem ›Blitzstart der Hausherren‹, von deren ›erdrückenden Überlegenheit‹, von ›Toren, die deshalb wie reife Früchte fielen‹. Wenn das so weiterginge, verkündete sie, müßte mit einer Katastrophe für die Gästemannschaft gerechnet werden. Dann wurde zurückgeschaltet ins Funkhaus.

Ein bißchen Musik...

Auch an der Theke war man in Schweigen verfallen. Das wuchs sich zum Vorteil für die zwei Kellner aus, die ihre Bestellungen dem Wirt nicht mehr dreimal zubrüllen mußten, ehe sie verstanden wurden.

Der erste, der endlich wieder etwas sagte, war Maslowski, der Obersteiger.

»Theo, noch einen Schnaps; einen doppelten.«

Das wurde als Signal aufgefaßt. Ein ganzer Chor ertönte an der Theke: »Uns auch, Theo.«

Nach der allgemeinen Stärkung zog Johann Schuhmacher wortlos seinen Totoschein aus der Tasche, hielt ein brennendes Streichholz darunter und ließ die Asche auf den Tresen fallen. Mit einem Lappen beseitigte Theo den Schmutz. Dann blickte er Maslowski an, von dem ja bekannt war, daß er ebenfalls nur Bänke auf Schalke gesetzt hatte.

»Du auch, Jupp?« fragte er, den Lappen noch nicht aus der Hand legend.

Keiner lachte. Dazu war die Tragödie, die sich am fernen Strand der Isar abspielte, zu groß.

»Wenn ihr mich fragt«, erklärte dann Schuhmacher, »wird das erst anders, wenn die dieses Arschloch nicht mehr auf der Gehaltsliste stehen haben.«

Kein Zweifel, daß damit der Schalker Trainer gemeint war.

Im Radio lief inzwischen eine Reportage aus dem Dortmunder Stadion Rote Erde, wo es noch 0:0 stand. Im Müngersdorfer Stadion führte der 1. FC Köln gegen die Gästemannschaft aus Frankfurt 1:0. Der Hamburger Sportverein lag in Kaiserslautern 0:1 zurück. Borussia Mönchen-Gladbach, die letzte der Spitzenmannschaften, schien auf dem heimischen Bökelberg mit dem VfL Bochum kurzen Prozeß zu machen; die Gladbacher lagen auch schon, wie die Bayern in München, mit zwei Treffern vorne. Alle diese Ergebnisse änderten sich bis zum Halbzeitpfiff nicht mehr.

In der ›Sonnenblume‹ waren die Mienen nicht mehr gar so trüb. Einer brachte die Auffassung vieler zum Ausdruck, als er sagte: »Null zu zwei ginge ja noch. Wenigstens wäre das keine Schande.«

Vorsichtig fügte ein anderer hinzu: »Wenn's dabei bleibt.«

Während der ganzen Zeit war nur der Tisch in der hintersten Ecke als einziger leer geblieben. Nun aber fand sich auch für diesen Tisch noch ein Gast, der unauffällig das Lokal betrat, sich unauffällig setzte und unauffällig zu der Tür hinblickte, die in die Küche führte. Und siehe da, es vergingen keine zwei Minuten – und wer erschien? Marianne!

Strahlend, der Zurufe junger Burschen an anderen Tischen nicht achtend, bahnte sie sich den Weg zu dem einzelnen Gast in der hintersten Ecke und begrüßte ihn: »Wilhelm, schön, daß Sie da sind. Ich wußte nicht mehr, welche Zeit wir ausgemacht hatten – halb fünf oder fünf...«

»Halb fünf«, sagte Wilhelm Thürnagel nicht weniger strahlend.

»Auf jeden Fall habe ich jetzt mal geguckt – wie sich herausstellte, zu Recht«, lachte Marianne und setzte sich rasch.

Er wäre viel lieber noch weit eher gekommen, erklärte Wilhelm in seinem holprigen Deutsch, aber das hätte ja wohl keinen Zweck gehabt.

»Hätte es auch nicht«, nickte Marianne. »Ich kam bis jetzt keinen Schritt aus der Küche heraus. Heute ging's wieder besonders heiß her. Die hier« – sie zeigte mit einer kreisenden Handbewegung auf alle Gäste im Lokal – »sind nicht im Stadion, wissen Sie. Aber nun wird's bald leichter, dann braucht mich Mutter nicht mehr. In einer halben Stunde, hoffe ich. Vorher bringe ich Ihnen aber noch ein Bier.«

Sie erhob sich wieder so rasch, wie sie sich gesetzt hatte. Ihr Vater, dem der neue Gast und die Begrüßung durch Marianne nicht entgangen war, zeigte sich verwundert, als seine Tochter plötzlich als Bedienung wirksam wurde.

»Für dich?« fragte er, nachdem sie ihn um ein Bier gebeten hatte.

»Nein, für Herrn Thürnagel.«

»Kann der nicht auf den Kellner warten?«

Marianne wurde rot. Die Männer an der Theke spitzten die Ohren.

»Doch, könnte er schon«, erwiderte sie. »Aber nun habe ich ihm schon versprochen, daß ich ihm das Bier bringen werde.«

»So?« stieß er hervor. »Aber zur Regel wird mir das nicht!«

In der Küche machte Marianne ihrem Herzen Luft. Empört berichtete sie ihrer Mutter den Vorfall und schloß: »Wenn Vater das noch einmal macht, wird er sich wundern, was passiert.«

»Was denn?« fragte Sabine.

»Ich werde Wilhelm veranlassen, nicht mehr herzukommen.«

Sabine konnte nur mit Mühe ein frohes Lächeln unterdrücken, während sie antwortete: »Vielleicht wäre das gar nicht so schlecht.«

»Seid euch aber im klaren, Mutter, daß ich ihn deshalb nicht seltener treffen würde – dann allerdings nicht mehr hier!«

Im Radio hatte die zweite Halbzeit begonnen. Der Bursche in Lederkleidung, der zu Beginn der ersten alle aufgefordert hatte, die Daumen zu halten, konnte für die ganze Übertragung kein Interesse mehr aufbringen, seit er den Spielstand in München kannte. Er schielte zum Tisch Wilhelms hinüber. Ihm paßte die Bevorzugung nicht, die Wilhelm durch Marianne erfahren hatte.

»Kennt ihr den?« fragte er seine zwei Freunde, mit denen er ins Lokal gekommen war.

Beide verneinten.

»Das heißt«, korrigierte sich einer, »ich habe ihn schon zwei- oder dreimal hier gesehen. Scheint öfter reinzukommen. Warum, ist klar. Weil er hier Chancen hat. Wer er ist, weiß ich trotzdem nicht. Er spricht mit keinem, er sondert sich ab.«

»Sondert sich ab?«

»Ja.«

Dem Burschen in der Lederkleidung paßte auch das nicht. Wenig später fiel in München ein Tor, erzielt von Schalke. Ein einziger Jubelschrei durchgellte die ›Sonnenblume‹. Noch einmal schöpften alle Hoffnung, auch der Jugendliche in der Lederkleidung. Seine

Freunde riefen ihn Ted. Wilhelm interessierte ihn nicht mehr. Nun fieberte er Schalkes Ausgleich entgegen, dem sich sogar noch Schalkes Sieg anschließen konnte.

Daraus wurde aber nichts. Statt Schalke trumpfte noch einmal der FC Bayern auf und erzielte schließlich ein sensationelles 5:1. Ted war so sauer, daß er sich selbst nicht mehr leiden konnte. Dann fiel ihm wieder der Einzelgänger in der Ecke ein.

An der Theke herrschte eine Stimmung, die wahrscheinlich auch nicht die beste war.

»Solange die mit dem nicht Schluß machen«, erklärte Johann Schuhmacher, »solange die ihm keinen Tritt in den Arsch geben, kommen sie auf keinen grünen Zweig, merkt euch das!«

»Theo, noch einen Doppelten«, sagte sowohl Jupp Maslowski als auch Fred Szykowiak.

Maslowski konnte noch einen kargen Trost aus dem Ergebnis in Dortmund schöpfen. Dort war es bis zuletzt beim 0:0 geblieben. Es hatten also weder die Dortmunder noch die Stuttgarter verloren.

Der 1. FC Köln war über die Frankfurter Eintracht mit 2:1 siegreich geblieben, Borussia Mönchen-Gladbach über den VfL Bochum mit 3:0. Der Hamburger Sportverein hatte in Kaiserslautern mit 2:3 den kürzeren gezogen. Das waren die Ergebnisse der Mannschaften in der oberen Tabellenhälfte. Alles andere fiel unter, wie der Sportlermund sich ausdrückte, ›ferner liefen‹. Dort würde es erst interessant werden, wenn gegen Ende der Saison der Abstiegskampf einsetzen würde. Soweit war es aber noch nicht.

Das Telefon läutete. Theo hob ab, lauschte, sagte erst

gar nichts und dann: »Weißt du, was du mich kannst? Und zwar kreuzweise?« und legte wieder auf.

»Ihr wißt, wer das war«, sagte er zum Quartett seiner Freunde, die ihn fragend anblickten. »Pit Schmitz.«

Verhältnismäßig rasch fing dann das Lokal an, leerer zu werden. Nicht wenige Gäste, die in der Nähe wohnten, zahlten und gingen. Sie wollten bis 18.00 Uhr zu Hause sein, um die Sportschau im Fernsehen mit den auszugsweisen Übertragungen der Spiele nicht zu versäumen. Alle, die heute diesem Bedürfnis erlagen, stempelte der Waschmittelvertreter Karl Jaworowski als ›Masochisten‹ ab. Keine Masochisten schienen Ted, der Bursche in Lederkleidung, und seine zwei Freunde zu sein; sie blieben noch.

Wilhelm Thürnagel saß immer noch vor seinem ersten Glas Bier, mußte aber nun trotzdem mal auf die Toilette. Ted sah das und folgte ihm.

Auf dem Pissoir stellte er sich neben Wilhelm, ließ es unter wohligem Grunzen so richtig laufen und sagte: »Du weißt ja, wie das bekanntlich ist?«

Nachdem ihn Wilhelm zwar freundlich anschaute, ihm aber keine Antwort gab, ergänzte er selbst: »Wie ein halber Geschlechtsverkehr.«

Wilhelm blieb stumm. Er hatte bei seinem Geschäft einen kleinen Vorsprung vor dem anderen gehabt, war dadurch eher fertig damit, zog sich den Reißverschluß der Hose zu, drehte sich um und ging. Nach zwei Schritten erreichte ihn Teds Ruf: »Warte!«

Wilhelm hielt an und wartete.

Ted ließ sich Zeit, zuviel Zeit, so daß sich Wilhelm nun doch wieder in Richtung Ausgang in Bewegung setzte. Als Ted dies bemerkte, hatte er es plötzlich sehr eilig. Ohne seine Hose zu schließen, fuhr er herum, glitt geschmeidig an Wilhelm vorüber, überholte ihn und stand plötzlich zwischen der Tür und Wilhelm, letzterem den Weg verstellend. Mit bösem Gesichtsausdruck herrschte er ihn an: »Hörst du nicht?«

Wilhelm ließ sich immer noch nicht aus der Ruhe bringen. Gelassen sah er den Rocker an, sagte aber nichts.

Ted fuhr fort: »Was ist? Hast du kein Maul? Ich habe dich etwas gefragt, du Absonderer!«

Der Ausdruck beschäftigte Wilhelm. Das zeigte seine Antwort, zu der er sich nun bereitfand: »Was sein das: Absonderer?«

Die Überraschung, die er damit bei Ted erzielte, war im ersten Moment groß. Ganz schnell machte sie aber einem Ausdruck der Befriedigung in Teds Gesicht Platz, so, als habe sich plötzlich etwas für ihn bestätigt, das er eigentlich schon von Anfang an vermutet hatte.

»Sieh mal an, ein Ausländer«, sagte er. Einem Ausländer in die Fresse zu schlagen, vergrößerte ja noch ganz entschieden den Genuß, den sich zu verschaffen er schon fest entschlossen war. Vorher wollte er ihm aber noch richtig Angst einjagen, ihm einheizen; auch das vergrößerte noch einmal den Genuß, den er dabei hatte.

»Weißt du was?« fragte er.

»Nein«, erwiderte Wilhelm.

»Solche wie dich kann ich nicht leiden.«

»Warum nicht?«

»Das weiß ich nicht. Es steckt einfach in mir. Deshalb

werde ich dir eine verpassen und deinen Kopf in die Pißrinne stecken. Hast du das schon mal erlebt?«

»Nein.«

»Dann wird's höchste Zeit. Und anschließend wirst du dich gar nicht mehr an deinen Tisch setzen, sondern gleich aus dem Lokal verschwinden, hörst du? Weißt du, warum?«

»Nein.«

Wilhelms Ruhe war geradezu unnatürlich. Es sah aus, als ob er viel zu naiv wäre, um überhaupt zu erkennen, was ihm hier blühte; oder als ob er dächte, daß der andere nur Spaß mache.

»Dann werde ich es dir sagen«, fuhr Ted fort. »Weil dir das Blut von deiner Visage fließen wird und sich die anderen Gäste davor ekeln würden. Und weil du nach Pißrinne stinken wirst und sich die anderen Gäste davor noch viel mehr ekeln würden. Klar?«

»Nein.«

Wenn Ted aufgepaßt hätte, wäre ihm nicht entgangen, daß dieses ›Nein‹ der erste scharfe Widerspruch war, den er von Wilhelm zu hören bekam. Doch das Entscheidende, das alles veränderte, erfolgte nun erst. Ted sagte: »Und drittens brauchst du in diesem Zustand für deine Geilheit auch nicht mehr das Weib, das du dir hier aufgabeln wolltest.«

Ted war mit Blindheit geschlagen, er sah nicht, daß er selbst urplötzlich eine ganz neue Lage geschaffen hatte, eine Lage, die ihm, wenn das Weitere exzessiv verlaufen würde, sogar den Tod bringen konnte.

Wilhelms Augen waren nur noch schmale Schlitze. Gar nicht laut und doch in stählernem Ton sagte er:

»Du das zurücknehmen!«

»Wer?« erwiderte Ted belustigt. »Ich?«

»Ja, du! Weil sonst *du* hier alles erleben, was du sagen!«

Das ging aber Ted nun doch zu weit. Seine Hände schnellten vor, um sich Wilhelm zu greifen. Was er erwischte, war jedoch nur Luft. Wilhelm stand schon ganz woanders. Im nächsten Augenblick fühlte Ted sich ausgehoben, hochgerissen, in der Luft herumgedreht, und dann ging's mit ihm abwärts, mit dem Kopf voraus in Richtung der von ihm so eindrucksvoll angeführten Pißrinne. In dieser endete Teds Luftfahrt, dort hatte ihn sozusagen die Erde wieder. Gestreckterlängs lag er da, rührte sich nicht, gab auch keinen Laut mehr von sich. Er wußte noch nicht, ob er verletzt war. Daß aber bei dem, was geschehen war, sein Genick hätte brechen können, war ihm durchaus klar. Deshalb rührte er sich nicht mehr, um seinen furchtbaren Gegner, der mit glühenden Augen auf ihn hinabstarrte, nicht noch einmal zu provozieren.

Eine Ewigkeit verging, so schien es Ted. Dann sagte Wilhelm: »Aufstehen, du Schwein!«

Folgsam rappelte sich Ted hoch. Einige Stellen am Körper taten ihm nun dabei ziemlich weh, aber gebrochen war nichts. In Teds Augen lag nur noch Angst. Das gehörte zu seiner ganzen Demutshaltung, die er, als er nun vor Wilhelm stand, einnahm. Er glich einem geprügelten Hund.

»Ich verzichten auf Blut von deine Visage«, sagte Wilhelm. »Aber nicht verzichten auf Spucken in deine Visage.«

Der Ankündigung folgte die Tat. Auf seiten Teds unterblieb dabei nach wie vor jegliche Abwehrreaktion. Nur die Augen schloß er, um nichts in sie abzubekommen. Dort, wo Wilhelm traf, ließ sich erkennen, daß er mit Speichel nicht sparte. Teds Wange glänzte naß. Dasselbe traf zu auf Teds Haare am Hinterkopf, wo sich allerdings nicht Speichel, sondern Urin und Reste aufgelöster Zigarettenkippen angesammelt hatten. Das Ende eines großen Schlägers...

Wilhelm sagte nichts mehr. Für seine Verachtung gegenüber einem solchen Feigling fehlten ihm die Ausdrücke. Er ging. Das Gastzimmer betrat er so, wie er es verlassen hatte: ruhig, unauffällig, adrett. Kein Knopf fehlte, kein Kleidungsstück war beschmutzt, keine Haut geritzt. Die beiden Freunde Teds wunderten sich. Sie blickten einander an. Sie hatten etwas anderes erwartet. Dann ließen sie die Tür, die zur Toilette führte, nicht mehr aus den Augen. Wo blieb Ted?

Ted hatte noch reichlich zu tun. Reinigungsarbeiten an sich selbst nahmen ihn in Anspruch. Er hatte sich Kopf und Hände zu waschen und gründlich auch seine Kleidung zu säubern. Dabei kam ihm sehr zustatten, daß dieselbe aus schwarzem Leder bestand und Wasser vertrug. Der Haß, der ihn in diesen Minuten erfüllte, war namenlos.

Wilhelm ließ sich vom Kellner ein zweites Bier bringen. Er fragte sich, ob er Marianne von dem, was auf der Toilette passiert war, etwas sagen sollte. Nein, entschied er sich, die würde das doch nicht verstehen. Ihrer Ansicht nach hätte ich davonlaufen sollen.

Einer der Freunde Teds erhob sich, um nach dem

Rechten zu sehen. Als er wiederkam, war ihm ein Stück seines Glaubens an die Naturgesetze verlorengegangen. Nein, so konnte man das nicht sagen, denn dazu wäre Voraussetzung gewesen, daß er gewußt hätte, daß es so etwas wie Naturgesetze überhaupt gab. Flüsternd teilte er die Ungeheuerlichkeit, auf die er gestoßen war, seinem Freund mit. Der wollte das auch nicht für wahr halten und suchte ebenfalls die Toilette auf. Er blieb dann etwas länger weg und erschien, als er das Gastzimmer wieder betrat, zusammen mit Ted.

Feiglinge gewinnen Stärke aus der Masse. Nun war Ted nicht mehr allein, und das gab ihm wieder Auftrieb. Regeneration bezog er zusätzlich auch noch aus mehreren Bieren, die er rasch hintereinander in sich hineingoß. Auch die anderen zwei, die spürten, daß mit ihnen von Ted gerechnet wurde, verschlossen sich nicht seinem Beispiel. Dadurch wurde der Kellner in Trab gehalten. Teds Blicke, die er zu Wilhelm hinübersandte, wurden wieder freier; seine Stimme gewann an Lautstärke.

Kellner haben, wenn sich etwas zusammenbraut, dafür ein Gespür.

»Chef«, sagte der Ober, der die Tische in Teds Gegend bediente, zu Theodor, »da hinten stinkt's.«

»Wo?«

»Am Tisch sechzehn. Sehen Sie die drei?«

»Ja.«

»Die haben den an dreizehn im Visier.«

»Warum?«

Der Ober zuckte die Achseln.

»Das weiß ich nicht.«

»Aber Sie sind sicher?«

»Absolut.«

Solche Situationen sind in jedem Gasthaus, das über Betrieb nicht klagen kann, leider gang und gäbe. Oft verzieht sich aber ein Gewitter auch von selbst wieder, ohne daß es zur Entladung kommt. Die Wirte warten daher erst mal gern ab.

»Aufpassen«, sagte Theodor zum Kellner. »Die Kerle im Auge behalten. Sehen, was wird.«

»Mache ich«, nickte der Kellner. »Aber wissen Sie, was jetzt schon das Beste wäre?«

»Was?«

»Wenn sich der an dreizehn verziehen würde.«

Wie wahr! Der Ober sah dies so: Am Tisch sechzehn war eine Mordszeche mit saftigem Trinkgeld im Entstehen; am Tisch dreizehn gar nichts.

Nach dem nächsten Glas Bier begann Ted den Schlachtplan zu entwerfen.

»Wichtig ist«, teilte er seinen Gefährten mit, »daß er derjenige ist, der anfängt. Dann sieht's für die hier drinnen aus wie Notwehr.«

Einer erwiderte:

»Und wenn der Scheißkerl kneift? Er sieht doch jetzt, daß er drei gegen sich hat.«

»Kneift?« zweifelte Ted, in dem die Erinnerung an das, was er auf dem Klo erlebt hatte, noch nicht verblaßt war. »Das glaube ich nicht.«

»Und wie willst du ihn soweit bringen, daß er anfängt?«

»Das machst du«, schlug Ted vor. »Nichts ist einfacher als das. Du läßt nur eine dreckige Bemerkung über ihn und sein Weib hier fallen; das genügt, du wirst sehen.«

Es war also alles klar. Vorher bestellte sich das Trio aber noch einmal eine Runde Bier.

»Chef«, sagte der Kellner, der, wie viele Kellner, eine zynische Natur war, zu Theo, als er ihm die leeren Gläser brachte, »nun stehen Sie am Scheideweg. Entweder Sie bewilligen denen noch dieses Bier und dann geht die Schlägerei los – also Personenbeschädigung; oder Sie verweigern denen das Bier und das Lokal muß darunter leiden – also Sachbeschädigung. Wählen Sie.«

Theo hatte die dritte Möglichkeit nicht vergessen.

»Sagen Sie denen«, meinte er rasch, »sie müßten sich etwas gedulden, das Faß sei leer. Inzwischen spreche ich mit meiner Tochter.«

Das tue ich bei der Gelegenheit gern, dachte er, während er in die Küche eilte, um Marianne zu suchen. Doch er konnte sie dort nicht finden; sein Auge fiel nur auf Sabine und die zwei Mädchen, die als Küchenhilfen angstellt waren.

»Wo ist sie?« fragte er hastig.

»Wer?« fragte Sabine.

»Marianne.«

»Auf ihrem Zimmer.«

»Was macht sie da?«

»Sich umziehen. Sie ist fertig hier.«

Theo unterdrückte einen Fluch.

»Sich umziehen? Wieso sich umziehen?« Und dann kam der Fluch doch. »Ich brauche sie, verdammt noch mal!«

»Wozu?«

»Damit sie mir diesen Scheißthürnagel vom Hals schafft.«

Überrascht antwortete Sabine: »Genau wegen dem will sie sich umziehen. Und wegen dem«, setzte sie hinzu, »wird sie auch noch ein Wörtchen mit dir reden.«

»Aber erst ich mit ihr!« stieß Theo hervor, eilte aus der Küche, hastete die Treppe hoch und drang, ohne anzuklopfen, in Mariannes Zimmer ein.

Zwei Minuten früher hätte er sie noch völlig nackt angetroffen. Jetzt stand sie ihm wenigstens in frischen Dessous gegenüber. Theo hatte aber dafür – schon als Vater – keinen Blick. Außerdem hätte ihm auch die Situation, die drunten im Lokal herrschte, hier keine zeitraubenden Betrachtungen erlaubt.

»Los!« stieß er hervor. »Beeil dich! Du mußt runter ins Gastzimmer!«

Marianne war natürlich erstaunt.

»Das wollte ich ohnehin«, sagte sie.

»Aber jetzt pressiert's, sonst fließt Blut.«

Marianne erschrak nicht. Als Gastwirtstochter war es ihr nicht neu, daß manchmal auch Blut floß. Achselzukkend meinte sie: »Und warum sagst du das mir? Ruf doch die Polizei.«

»Bis die kommt, haben die den vielleicht schon erschlagen.«

»Wen?«

»Deinen Thürnagel.«

Marianne stand nur einen Augenblick wie erstarrt da, dann geriet Leben in sie. Vorher hatte sie sich noch nicht für ein Kleid entscheiden können, aber jetzt riß sie das nächstbeste aus dem Schrank heraus und streifte es sich über. Das dauerte buchstäblich nur Sekunden. Ebenso schnell hatte sie Schuhe an den Füßen. Während sie dann mit ihrem Vater die Treppe hinunterlief, teilte ihr dieser mit: »Der muß verschwinden, ehe es losgeht. Nur so bleibt der Friede gewahrt.«

Marianne hatte die jüngeren Beine, erreichte das Erdgeschoß schneller und stieß als erste die Tür zum Gastzimmer auf. Nichts Ungewöhnliches war im Gange. Das überraschte sie, hatte sie doch schon befürchtet, daß Stühle flogen und Glas splitterte. Ihr Blick ging zu dem Platz, wo sie Wilhelm sitzen wußte. Er guckte gerade in eine Illustrierte. Niemand schien ihm an den Kragen zu wollen. Kein Stück von ihm fehlte, er war noch ganz. Mariannes Schreck legte sich. Nun erst fing sie an, das zu überdenken, was Vater ihr mitgeteilt und womit er sie in Panik versetzt hatte. Anscheinend blinder Alarm, dachte sie und fragte sich, was dahintersteckte.

Blinder Alarm war jedoch keiner ausgelöst worden. Im Gegenteil, gerade durch Mariannes Erscheinen im Gastzimmer bestand Gefahrenstufe 1. Oder anders ausgedrückt: Der Countdown hatte begonnen.

»Da ist sie«, machte Ted seine Kumpanen auf Marianne aufmerksam. »Wenn sie sich zu ihm setzt, bist du an der Reihe, Robert.«

Robert war der mit dem Auftrag, sich eine dreckige Bemerkung von den Lippen fließen zu lassen. Der andere hieß Mike. Robert mußte sich die Sporen noch verdienen. Erst dann würde er sich ›Bob‹ nennen dürfen.

»Vorher möchte ich aber noch unser Bier trinken«, sagte Mike.

Daraufhin meinte Ted, Ausschau nach dem Ober haltend: »Wie lange dauert denn das? Wo bleibt denn der Scheißkerl?«

Die Mitteilung des Obers, daß das neue Faß noch Schwierigkeiten mache, quittierte Robert mit der Bemerkung: »Wenn ihr das nicht im Griff habt, dann laßt euch doch in Zukunft nur noch Flaschen von der Brauerei liefern.«

Marianne hatte inzwischen ihren Vater in die Küche gelotst. Dort sagte sie zu ihm: »Warum machst du die Pferde scheu? Es ist doch alles in Ordnung?«

»In Ordnung? Hast du die an Tisch sechzehn gesehen?«

»Die drei, ja.«

»Die sind ganz wild darauf, Stunk zu machen.«

»Wer sagt das?«

»Heinrich.«

Heinrich, der Kellner, war ein alter Hase, dessen Gespür auch von Marianne nicht auf die leichte Schulter genommen werden konnte.

»Du kannst ihn selbst fragen«, sagte Theo, und Heinrich wurde daraufhin hereingerufen in die Küche.

Er bestätigte das, was Theo gesagt hatte. Er ließ überhaupt keinen Zweifel daran aufkommen, auf wen es das Schläger-Trio abgesehen hatte: auf den jungen Mann am Tisch dreizehn.

An Mariannes Auge zogen rasch die Ereignisse im Kassenraum des Kinos, das sie mit Wilhelm hatte besuchen wollen, vorüber.

»Hat denn der denen Anlaß zum Streit gegeben?« fragte sie den Kellner.

»Nicht im geringsten«, lautete Heinrichs Antwort. »Ich glaube sogar, der ahnt jetzt noch nicht, was die gegen ihn im Schilde führen.«

Marianne fühlte sich erleichtert. Sie blickte ihren Vater an.

»Das scheinst du nicht gewußt zu haben, daß Wilhelm der Unschuldige ist.«

»Das spielt doch keine Rolle.«

»O doch!«

»Warum?«

Mit Marianne ging eine Wandlung vor sich. Sie war wieder nicht mehr das fügsame Kind von früher, sondern das aufsässige junge Mädchen, an das sich Theodor Berger partout nicht gewöhnen wollte.

»Weil du sonst nicht auf die Idee gekommen wärst«, erwiderte sie, »ihn aus dem Lokal zu entfernen, sondern die anderen.«

»Doch«, trat Theo die Flucht nach vorn an, »auf diese Idee bin ich gekommen – und nicht nur ich! Auch Heinrich hatte sie, wenn dich das beruhigt; er –«

»Das beruhigt mich *nicht*!« unterbrach sie ihn und richtete ihren zornigen Blick auf den Kellner. »Ich kann nur hoffen, daß es nicht stimmt!«

»Ich... ich dachte ans Geschäft, an den Umsatz«, stotterte Heinrich verlegen. Dann entschloß er sich, aus der Küche zu retirieren, um weiteren Angriffen Mariannes zu entgehen. Ihm war klargeworden, daß mit *dieser* Tochter des Chefs nicht mehr gut Kirschen essen war.

Zum erstenmal versuchte sich nun auch Mutter Sabine einzumischen. Sie war bis zu diesem Moment stumm dabeigestanden, hatte lediglich zu Beginn der Auseinandersetzung die beiden Mädchen aus der Küche verscheucht.

»Was ist denn eigentlich los?« fragte sie.

Marianne und Theo wetteiferten darin, es ihr – jeder von seiner Warte aus – zu berichten. Sie fielen dabei einander immer wieder ins Wort. Zuletzt war es aber Marianne, die erregt sagte: »Und das Schönste ist, daß er mich dazu ausersehen hat, seine Schweinerei mitzumachen.«

Sabine entschloß sich zu einem Schachzug.

»Und warum nicht?« erwiderte sie. »Das wäre doch der beste und unauffälligste Weg. Auch für ihn. Möchtest du es vorziehen, daß er zusammengeschlagen wird? Sicher nicht. Sprich deshalb mit ihm. Auf dich hört er doch? Oder nicht?«

Marianne blickte ihre Mutter eine ganze Weile an. Stille herrschte in der großen Küche. Nur das leise Summen eines heißen Wasserkessels, in dem jederzeit Würste warm gemacht werden konnten, war zu hören. Dann sagte Marianne langsam: »Doch, das tut er, auf mich hört er. Aber«, fuhr sie, schneller werdend, fort, »darauf möchte ich verzichten. Mir schwebt etwas anderes vor, nämlich die richtige Lösung...«

Damit wandte sie sich zur Tür.

»Was willst du?« rief ihr Theo nach. »Die Polizei anrufen?«

»Nein.«

»Was dann?«

»Sieh's dir selbst an.«

Marianne verließ rasch die Küche, betrat das Gastzimmer und ging zum Tisch sechzehn. Ihr Vater traute seinen Augen nicht. Er schob sich hinter seine Theke. Die Telefonnummer des zuständigen Polizeireviers kannte er auswendig. Sie bestand aus sechs Ziffern. Er nahm den Hörer ab und wählte die ersten fünf Ziffern. Vor der sechsten und letzten hielt er an, legte den Hörer neben den Apparat und wartete auf den Notfall. Sollte dieser eintreten, würde die Verbindung mit der Polizei in Sekundenschnelle hergestellt sein.

Wilhelm hatte die Illustrierte bereits einige Zeit wieder aus der Hand gelegt. Deshalb erblickte er nun Marianne schon als sie aus der Küche ins Gastzimmer trat und durch das Lokal, wie er glaubte, auf ihn zukam. Sein Gesicht leuchtete auf. Doch dann stutzte er. Er hatte sich geirrt. Marianne strahlte nicht, wie sonst immer, zurück, und sie kam auch nicht auf ihn zu. Sie bog ab zum Tisch sechzehn. Kannte sie die Kerle dort? Ein unangenehmes Gefühl beschlich Wilhelm.

Die Platte dieses Tisches war leer. Der Kellner hatte immer noch nicht die Lage Bier gebracht.

Ted, Robert und Mike starrten Marianne irritiert an, als sie sich vor ihnen aufbaute. Es gehörte nicht ins Konzept der drei, daß das Mädchen das Gespräch – oder was immer – mit ihnen suchte.

Marianne fackelte nicht lange.

»Ihr bezahlt jetzt«, sagte sie.

»Was?« entgegnete Ted verständnislos.

»Und dann verschwindet ihr.«

Ted blickte Mike an, Mike Robert, Robert Ted.

»Habt ihr gehört?« fragte Ted.

»Wir sollen bezahlen«, sagte Mike.

»Und dann verschwinden«, sagte Robert.

Nach ein, zwei Sekunden Pause brach das Trio in gröhlendes Gelächter aus. Ted schlug sich sogar auf die Schenkel. Er schien seine alte Form völlig wiedergewonnen zu haben.

Teds Gelächter war aber nicht echt. Urplötzlich brach er es ab und herrschte Marianne an: »Hast du sie nicht alle?«

Er tat es zu laut, so daß ihn Wilhelm hören und verstehen konnte. Das war ein Fehler von Ted. Wilhelm schoß hoch. Doch schon schien ihn über die vier oder fünf Meter Distanz zwischen Tisch sechzehn und Tisch dreizehn hinweg der Zeigefinger Mariannes geradezu aufzuspießen.

»Sie bleiben sitzen!«

Widerstrebend sank er wieder auf seinen Stuhl nieder. Von nun an regte sich aber Teds Instinkt wieder und sagte ihm, wovon sein Los abhing: vom schwachen Zeigefinger eines Mädchens. Sollte dessen Funktion einmal ausbleiben, war es um Ted Bückens geschehen.

Marianne winkte dem Kellner.

»Die Herren wollen zahlen.«

»Wer sagt dir denn das?« maulte Robert.

Heinrich hatte in der Aufregung seinen Rechnungsblock auf der Theke liegen lassen und mußte noch einmal zurückgehen, um ihn zu holen.

»Wir kriegen noch eine Runde. Die ist schon bestellt«, ließ Mike in drohendem Ton Marianne wissen.

»Nichts mehr kriegt ihr!«

»Warum denn nicht?« fragte Ted überraschend lahm.

Die Luft schien plötzlich raus zu sein bei ihm. Das konnte auch seine Spießgesellen anstecken. Noch wehrten diese sich aber gegen jede Infektion. Sie wußten ja nicht, was auch ihnen drohte, wenn Marianne den Dingen ihren Lauf lassen würde.

»Weil ihr genug getrunken habt«, sagte sie, »und hier nur noch Unfrieden stiften wollt.«

»Wer hat das behauptet?« plusterte sich Mike auf, dann zeigte er auf Wilhelm. »Etwa dieser Heini?«

Schon schwebte Marianne wieder der Ruf ›Sitzenbleiben!‹ auf den Lippen, aber sie konnte sich ihn sparen, denn Wilhelm rührte sich überhaupt nicht. Daraus war für Marianne ersichtlich, daß ihn Beleidigungen, die ihm selbst galten und eine gewisse Grenze nicht überschritten, kalt ließen; sie gingen ihm bei dem einen Ohr rein und bei dem anderen wieder raus.

Der Kellner kam mit seinem Block und wollte anfangen, aufzuzählen, was getrunken worden war. Sofort fuhr ihm aber Robert über den Mund: »Hau ab, du Arschloch!«

Robert war, wie schon erwähnt, derjenige, dem noch die Sporen fehlten. Anscheinend wollte er sie sich ausgerechnet hier verdienen. Er haute deshalb ganz besonders auf die Pauke. Wenn ihnen jetzt nicht sofort das überfällige Bier serviert würde, sagte er zum Kellner, sähe er sich gezwungen, ihn sich ganz persönlich an die Brust zu nehmen.

Langsam merkte Marianne, daß sie sich übernommen hatte. Ein erster hilfloser Blick ging hinüber zu Wilhelm.

Der Kellner Heinrich kochte innerlich, fühlte sich aber zu schwach, um seinem seelischen Aufruhr jenen äußeren Ausdruck zu verleihen, der ihm hier als angebracht erschienen wäre. Die hohe Zeche interessierte ihn nicht mehr. Die Rotznase, die auf ihm herumtrampelte, hätte, dem Alter nach, fast sein Enkel sein können, genau wie die anderen beiden auch. Denen müßte richtig das Maul gestopft werden, wünschte sich Heinrich – aber von wem?

Das Gastzimmer war zwar noch halb voll, doch daß ihm von den Anwesenden Hilfe erwachsen könnte, daran glaubte der Kellner nicht. Die Situation war ihm ja nichts Neues. Ein Teil der Leute tat immer so, als ob er noch gar nicht gemerkt hätte, was vorging; der andere Teil verfolgte das Geschehen zwar durchaus mit Interesse, aber leider nur mit passivem – mit anderen Worten: Er hielt sich raus. Diese Erscheinung hatte längst um sich gegriffen, nicht nur in Gasthäusern, sondern auch mitten auf den Straßen und Plätzen der Städte, in Parks, in öffentlichen Verkehrsmitteln. Besonders wenn Rocker einer Szene das Gepräge gaben, blieb der spontane Widerstand aus, der ihnen hätte entgegengesetzt werden müssen. Der fatale Respekt, der ihnen gezollt wurde, war Allgemeingut geworden.

»Und du«, sagte Robert zu Marianne, »fällst mir auch langsam auf den Wecker, genau wie das alte Arschloch, dem ich noch eine Minute Zeit gebe. Wenn dann nicht unser Bier auf dem Tisch steht, müßt ihr den Notarzt für ihn rufen. Sag ihm das, du Trulla!«

Die Ohrfeige, die er dafür von Marianne kassierte, kam blitzschnell und war nicht von schlechten Eltern. Sie überraschte Robert. Eine Ohrfeige von einem Mädchen, das war ihm etwas Neues. In seinen Kreisen gab's das nicht. Da hatte schon der Opa die Oma verprügelt, der Vater die Mutter, der Bruder die Schwester. Und an dieser Sicht zwischengeschlechtlicher Beziehungen wollte Robert nicht rütteln lassen. Er sprang auf, holte aus –

»Wilhelm!« rief Marianne.

Theodor hinter seiner Theke wählte die letzte Ziffer der Telefonnummer des Polizeireviers.

Mariannes Ruf wäre zu spät gekommen, wenn Wilhelm nicht schon vorher reagiert hätte. Roberts Hintern schwebte noch keine zehn Zentimeter über seinem Stuhl, als Marianne bereits des augenblicklich einsetzenden Beistands, den sie benötigte, sicher sein konnte. Roberts Ausholen erfuhr einen jähen Abbruch. Am Arm gepackt, fühlte sich Robert herumgerissen, und dann brachen arge acht oder zehn Sekunden für ihn an. Acht oder zehn Sekunden sind normalerweise eine sehr kurze Frist; sie können einem aber auch unendlich lang werden. Robert durchkostete nun die zweite Kategorie. Als die Zeit vorüber war, lag Robert draußen auf der Straße, mit einer großen Lücke im Gebiß, mit einem rechten Auge, das auf dem raschen Wege, sich zu schließen, war, mit einem tauben Ohr, mit drei gebrochenen Rippen und mit einem Arm, von dem er das Gefühl hatte, daß er ihn nie mehr würde gebrauchen können.

Auf Resultate, die ganz ähnlich waren, konnte kurz

darauf auch Mike zurückblicken. Mike hatte, als das Verhängnis über seinen Freund Robert hereingebrochen war, versucht, sich auf Wilhelm zu stürzen. Diesem Bemühen setzte ein blitzschneller Tritt Wilhelms in Mikes Hoden ein Ende. Der Tritt war gewissermaßen ein Nebenprodukt Wilhelms für Mike, da er zu diesem Zeitpunkt in der Hauptsache noch mit Robert befaßt war. Bis Wilhelm dann Robert draußen auf der Straße deponiert hatte, war für Mike die Empfindung, daß ihn ein Pferd getroffen hatte, wieder geringer geworden, so daß er glaubte, ein stummes Angebot Wilhelms in den Wind schlagen zu können. Wilhelm zeigte mit dem Daumen zur Tür. Das hieß: Raus, auch mit dir!

Statt diese Chance wahrzunehmen, nahm Mike mit gespreizten Beinen Kampfpositur ein und brüllte: »Komm her, du Hund!«

Ehrlich gesagt, war es weniger ein Brüllen, sondern mehr ein Ächzen, das noch von den Hoden her moduliert wurde. Mit einem solchen Mike hatte Wilhelm leichtes Spiel. Er demolierte ihm in der Hälfte der Zeit, die er für Robert gebraucht hatte, noch einige Stellen der oberen Körperpartie und beförderte ihn dann auch an die frische Luft und kam zurück ins Lokal, um mit der Entfernung Teds den Schlußstrich zu ziehen.

Aber Ted war nicht mehr da. Wilhelm starrte auf Teds leeren Stuhl, blickte sich suchend um, schaute auch unter den Tisch und fragte, als er Ted nirgends entdecken konnte, Marianne: »Wo?«

»Auf dem Klo«, antwortete nicht Marianne, sondern der Kellner Heinrich, der wünschte, daß hier keiner dem Strafgericht, das er verdient hatte, entging.

»Laß ihn«, sagte Marianne zu Wilhelm, und der blickte sie folgsam an, nickte und setzte sich.

Als dann zwei andere Männer, deren Mut durch das Wirken Wilhelms Nahrung erhalten hatte, nach Ted sehen wollten, entdeckten sie auf der Toilette nur ein offenes Fenster, durch das der Schrecken eines ganzen Stadtviertels entwichen war.

Darüber amüsierten sich die Leute im Gastzimmer. Und zuletzt trat auch noch die Funkstreife, die von Theodor alarmiert worden war, auf den Plan. Ihre Sirene in der Ferne brachte Mike und Robert draußen auf der Straße wieder auf die Beine. Sie verdrückten sich. Das liegt solchen Kerlen im Blut. Was mit Ted war, wußten sie nicht; es war ihnen in diesem Moment auch egal. »Scheiß auf ihn«, sagte Mike, als sie sich den Bürgersteig entlangschleppten. Robert jammerte über die Schmerzen in seinem Arm. Mike, welcher der Härtere war, fuhr ihm über den Mund:

»Hör auf mit deinem blöden Arm. Den würde ich gern eintauschen.«

»Gegen was?« fragte Robert.

»Gegen meine Eier.«

Die Funkstreifenbeamten waren, als ihr Sirenengejaule vor der ›Sonnenblume‹ erstarb und sie aus ihrem Wagen sprangen, auf harten Einsatz gefaßt. Deshalb wunderten sie sich über das Bild des Friedens, von dem sie im Lokal empfangen wurden. Keine Rauferei, kein Streit, kein Gebrüll, auch keine stummen Drohgebärden, kein verschüttetes Bier. Ebenso aber auch keinerlei Spuren, die darauf hingewiesen hätten, daß ein Kampf bereits stattgefunden hatte. Die paar Stühle, die umgeflogen waren, als Robert und Mike Prügel bezogen hatten, standen längst wieder an ihren Plätzen.

Angeführt wurde der Funkstreifentrupp von einem Hauptwachtmeister, der es nicht leiden konnte, grundlos in der Gegend herumgescheucht zu werden. ›Wir sind keine Hampelmänner‹, pflegte er zu sagen.

»Also«, fing er auch diesmal wieder verärgert an, »wer hat hier geglaubt, nicht ohne die liebe Polizei auskommen zu können? Wer hat angerufen?«

»Ich natürlich«, bekannte Theodor Berger, der Wirt.

»Und warum?«

»Weil hier Mord und Totschlag drohte.«

Der Hauptwachtmeister nickte.

»Drohte«, sagte er, ließ das nachklingen, hob dann den Blick, sandte ihn durch das Lokal, schüttelte den Kopf und fragte: »Und wo sind die Toten?«

Als Theodor mit der Antwort zögerte, fügte der Hauptwachtmeister hinzu: »Oder wenigstens die Verletzten?«

Solche Vorstellungen gab der Hauptwachtmeister gern. Sie waren das einzige, was er an grundlosen Einsätzen schätzte.

»Weiß man denn«, begann er eine kleine Ansprache an alle Anwesenden, »was eine einzige unnötige Funkstreifentour den Steuerzahler kostet? Oder weiß man, was damit uns Beamten zugemutet wird? Man weiß es offenbar nicht. Ach, sagt man, mit denen können wir das machen, das sind ja Hampelmänner. Aber«, sagte er mit erhobener Stimme, »wir sind das nicht! Wir –«

Er wurde unterbrochen. Aus dem Hintergrund rief nämlich einer: »Die sind doch schon weg!«

»Wer ist weg?« fragte irritiert der Hauptwachtmeister.

»Die Verletzten«, antwortete die gleiche Stimme.

Hauptwachtmeister Polansky achtete derselben nicht weiter, sondern sprach mit dem zuständigen Mann, dem Wirt.

»Welche Verletzten?«

»Haben Sie denn die nicht mehr gesehen?« antwortete Theodor mit einer Gegenfrage.

»Wo?«

»Vor dem Gebäude. Als ihr gekommen seid.«

»Da war niemand.«

»Dann sind sie stiftengegangen.« Theo wandte sich allen zu. »Ich sage ja schon immer, daß der Einsatz der Sirene zwei Seiten hat. Zum Teil ist er gut, zum Teil ist er schlecht.«

Der Hauptwachtmeister sagte zu einem seiner Untergebenen: »Sieh mal nach.«

Von Robert und Mike, die längst über alle Berge waren, erhaschte natürlich der Untergebene keinen Zipfel mehr, aber er entdeckte etwas anderes – Blut.

»Blut?« reagierte der Hauptwachtmeister interessiert.

Nachdem er sich die roten Flecken draußen an der Hausmauer hatte zeigen lassen, knöpfte er sich noch einmal den Wirt vor, zu dem er vorwurfsvoll sagte: »Hier *wurde* ja gekämpft!«

Von jetzt an war Theodor bemüht, abzuwiegeln, eingedenk der Tatsache, daß eine Schlägerei – wie immer sie ausgesehen hatte – kein gutes Licht auf ein Lokal warf.

»Ganz unwesentlich, Herr Hauptwachtmeister.«

»Wie viele waren daran beteiligt?«

»Nur wenige.«

»Wie viele?«

»Vier.«

»Zwei gegen zwei also, schätze ich.«

»Nein, einer gegen drei.«

»Einer gegen drei?«

»Ja.«

Der Hauptwachtmeister war nicht umsonst Polizeibeamter. Er kombinierte.

»Dann schätze ich«, sagte er, »daß das Blut da draußen von dem einen stammt.«

»Nein.«

»Nicht?« stieß der Hauptwachtmeister überrascht hervor.

»Nein, das ist von den anderen; von denen, die weg sind.«

Und schon war der Hauptwachtmeister wieder am Kombinieren. Er konnte es nicht lassen.

»Von denen, die weg sind?« fragte er wachsam.

»Ja.«

»Sind das nicht alle?«

»Nein, weg sind die drei Rocker. Das ging ganz schnell.«

»Und der vierte, wo ist der? Etwa noch hier?«

»Ja.«

»Wo?«

So stieß Hauptwachtmeister Polansky auf Wilhelm Thürnagel. Die Begegnung hatte von niemandem erwartete schlimme Folgen.

»Wie heißen Sie?« fragte Polansky.

»Wilhelm Thürnagel.«

»Sie hatten diese Auseinandersetzung hier?«

»Ja.«

»Einer gegen drei?«

»Ja.«

Der Hauptwachtmeister betrachtete Wilhelm eingehend.

»Das Ganze kam daher«, mischte sich Marianne ein, »daß ich angegriffen wurde und Herrn Thürnagel zu Hilfe rief.«

»Zu Hilfe?« fragte Polansky, ohne davon abzulassen, Wilhelm von oben bis unten zu mustern.

»Ja«, sagte Marianne mit Nachdruck. »Das kann Ihnen das ganze Gastzimmer hier bestätigen.«

Zustimmende Rufe wurden vernehmbar. Einer davon war urbayerisch und lautete: »Jawoi, dös Madl wär sonst glatt umbracht worn!« Weiß Gott, wie der Vater dieser Worte zu dieser Stunde in die Gelsenkirchener ›Sonnenblume‹ geraten war.

Polansky fragte Wilhelm: »Haben Sie in der Zwischenzeit Ihre Kleidung gewechselt?«

»Nein.«

»Sie sind unverletzt?«

»Ja.«

»Auch innerlich?«

»Ja.«

»Woher kommt das?«

»Was?« fragte Wilhelm verständnislos.

»Daß Ihre Kleidung völlig unbeschädigt ist und auch sie selbst unverletzt sind, woher kommt das?«

Wilhelms Antwort bestand darin, daß er die Achseln zuckte.

»Junge«, rief einer, über dessen Zeche sich der Kellner Heinrich freuen konnte, dem Hauptwachtmeister fröhlich zu, »du hättest das erleben müssen, wie der die zur Brust genommen hat, dann wüßtest du, warum du ihn wie aus dem Ei gepellt vor dir siehst.«

Irgend etwas arbeitete in Polansky – was, wußte er selbst noch nicht.

»Sind Sie Boxer?« fragte er Wilhelm.

»Nein.«

»Ringer?«

»Nein.«

»Judo- oder Karatemann?«

»Nein.«

Jemand rief: »Was soll der Quatsch?«

Polansky ließ sich nicht beirren, er fuhr fort: »Welchen Sport treiben Sie?«

»Fußball.« Und zum erstenmal während des ganzen Verhörs – daß es ein solches war, daran konnte man schon nicht mehr zweifeln – setzte Wilhelm in seinem holprigen Deutsch einen ganzen Satz hinzu: »Aber nur, wenn ich haben Gelegenheit; früher; jetzt nicht mehr.«

Damit hatte er sich selbst ans Messer geliefert.

»Woher kommen Sie?« fragte Polansky.

Wilhelm zögerte einen Augenblick.

»Aus... aus Rußland.«

»Sind Sie Russe?«

»Nein, Deutscher.«

Unruhe verbreitete sich im Lokal. Sympathien starben, Antipathien wurden wach. Marianne kaute auf ihrer Unterlippe herum.

Polansky setzte zum Fangschuß an.

»Kann ich mal Ihren Ausweis sehen?«

Endlich wurde es auch Wilhelm zuviel.

»Warum?«

»Weil Grund zu einer Kontrolle besteht.«

»Bei mir?«

»Ja.«

»Wieso?« mischte sich Marianne ein.

Polansky blickte nicht sie an, sondern Wilhelm, während er entgegnete: »Es liegt eine Anzeige vor.«

»Wegen was?« fragte Marianne.

»Wegen gefährlicher Körperverletzung«, sagte Hauptwachtmeister Polansky zu Wilhelm.

»Hier?« rief Marianne. »So schnell kann das doch gar nicht gegangen sein!«

»Nicht hier«, sagte Polansky zu Wilhelm. »Im Alhambra-Kino.«

Und die letzte Frage, die der Hauptwachtmeister an Wilhelm richtete, lautete: »Sind Sie bereit, mitzukommen?«

Wilhelm wurde auf dem Polizeirevier ein paar Stunden festgehalten, bis man ihn durch die ganze Mühle, die für solche Fälle nun einmal geschaffen ist, gedreht hatte. Protokollseiten wurden vollgeschrieben, Stempelabdrücke verstreut, Unterschriften geleistet. Anfangs wurde sogar erwogen, einen Dolmetscher beizuziehen, aber die Telefongespräche, die zu diesem Zweck geführt wurden, erbrachten nur die Gewißheit, daß am Samstagabend keiner aufzutreiben war. Wilhelm ließ alles mit einem Gleichmut über sich ergehen, der die Beamten unnatürlich anmutete, wußten sie doch aufgrund der dem Delinquenten zur Last gelegten Tatbestände, daß er ein unberechenbarer menschlicher Vulkan mit verheerenden Ausbrüchen war. Die Spannweite einer solchen Seele kam ihnen nicht mehr geheuer vor. Wie lautete doch das Urteil, das Hauptwachtmeister Polansky seinen Kollegen gegenüber vertrat? »Das hat doch nichts mehr mit Deutschtum zu tun!«

Ehe Wilhelm endlich wieder gehen durfte, sagte der Revierleiter noch zu ihm: »Das war nun erst die Geschichte im ›Alhambra‹. Sie tun jedoch gut daran, damit zu rechnen, daß auch noch die ›Sonnenblume‹ hinzukommt. Diesbezüglich fehlt uns vorläufig lediglich noch die Anzeige.«

»Aber wer dort anfangen mit Krieg? Nicht ich«, wandte Wilhelm ein.

»Das wird man feststellen. Vermutlich wollen Sie auf Notwehr hinaus? Merken Sie sich aber, es gibt auch den Tatbestand der ›überschrittenen Notwehr‹.«

Wilhelm seufzte.

»Ich das nicht verstehen.«

»Ihr Anwalt wird Ihnen das schon noch erklären.«

»Anwalt? Ich haben keinen.«

»Dann müssen Sie sich einen besorgen. Ab heute brauchen Sie nämlich einen. Machen Sie sich mit diesem Gedanken vertraut.«

Es war schon später Abend, als Wilhelm nach Hause kam. Der Versuchung, vorher noch einmal bei der

›Sonnenblume‹ vorbeizuschauen, um mit Marianne zu sprechen, widerstand er. Zu vieles ging ihm im Kopf herum, das nach Klärung verlangte. Vielleicht wollte Marianne gar nicht mehr mit ihm sprechen, mit einem Mann, der angefangen hatte, für die Polizei kein unbeschriebenes Blatt mehr zu sein.

In der Küche brannte Licht. Das war durch die Milchglasscheiben der Tür zu sehen. Wilhelm wollte feststellen, ob Frau Krupinsky vielleicht vergessen hatte, das Licht auszumachen. Das war schon mal vorgekommen. Doch Frau Krupinsky saß am Küchentisch, die längst erkalteten Reste eines Abendessens und eine Flasche Likör vor sich. Überrascht grüßte Wilhelm und fügte hinzu: »Ich bitten um Entschuldigung für Störung. Ich denken, daß vielleicht niemand mehr sein in Küche.«

Frau Krupinsky blickte ihn aus Augen, die nicht mehr ganz klar waren, an und sagte dann, auf einen zweiten Stuhl am Tisch zeigend: »Setzen Sie sich doch.«

Während Wilhelm zögernd Platz nahm, stand sie selbst auf, holte ein zweites Likörglas aus dem Küchenschrank und goß es voll für Wilhelm.

»Zum Wohle«, sagte sie dann und hob ihm ihr eigenes entgegen.

Wilhelm fragte, ob sie Geburtstag habe. »Wenn haben Sie«, meinte er, »dann ich gratulieren.«

Frau Krupinsky hatte nicht, sie schüttelte den Kopf. Es war überhaupt kein freudiger Anlaß, der sie dazu bewogen hatte, der Likörflasche den Hals zu brechen.

»Ich mußte an meinen Hennes denken«, verriet sie.

Hennes war der Mann, der ihr zwanzig Jahre früher seinen Familiennamen geschenkt hatte und vor acht Jahren einem Grubenunglück zum Opfer gefallen war. Seine Witwe hatte inzwischen knapp das einundvierzigste Lebensjahr erreicht. Das Andenken an ihn pflegte sie immer noch, gerade in Stunden, in denen er ihr besonders fehlte. Das war oft an Samstagen oder Sonntagen der Fall, an Tagen also, die seitens der Werktätigen erfahrungsgemäß eine gesteigerte Nutzung zur Pflege der körperlichen Liebe erfahren.

Und heute war Samstag. Welche Komplikationen sich daraus für ihn ergeben konnten, ahnte Wilhelm nicht. Er sollte es aber erfahren.

»Mein Hennes«, sagte Frau Krupinsky, »war der beste Mann, den man sich vorstellen kann. Er wäre jetzt sechsundvierzig. Mit sechsundvierzig sind zwar manche schon kaputt, besonders solche aus der Grube, aber nicht alle. Nicht weit von hier bekam vorige Woche ein Fünfundvierzigjähriger Zwillinge, verstehen Sie. Nicht anders wäre das bei meinem Hennes, wenn er noch am Leben wäre. Das weiß ich ganz bestimmt. Er hat ja auch nie – oder nur selten – zuviel getrunken, um das erfüllen zu können, was einer Ehefrau schon durch die Bibel zusteht. Sie verstehen? Alkohol schadet diesbezüglich, das kann ich aus persönlicher Erfahrung sagen, weil mir die Frau des besten Freundes meines Hennes oft genug ihr Leid geklagt hat, wenn sie von mir wieder einmal das Gegenteil gehört hatte. Sie werden sich fragen, warum unter solchen Umständen mein Hennes und ich keine Kinder bekommen haben. Das liegt oft an der Frau, nicht am Mann, wissen Sie. An der Gebärmutter. Damals jedenfalls. Nicht an der Pille, wie heute. Die wissen ja heute gar nicht, wie schön sie's haben.«

Frau Krupinsky verstummte und schien sich in Erinnerungen zu versenken. Nachdem es eine Weile still geblieben war, räusperte sich Wilhelm.

»Frau Krupinsky...«

Sie schreckte auf.

»Ach«, sagte sie, »da war eine da für Sie und wollte Sie sprechen, fällt mir ein. Das Paket liegt auf Ihrem Tisch.«

»Welches Paket?«

»Von der. Was drin ist, weiß ich nicht. Es ist verschnürt.«

Marianne, dachte er. Marianne...

Frau Krupinsky fragte: »Wann erwarten die Leute in Rußland, daß es die Pille auch bei ihnen geben wird?«

»Schon lange.«

»Was schon lange?«

»Schon lange es geben die auch.«

»Die Pille?«

»Ja.«

Frau Krupinsky blickte skeptisch.

»Das glaube ich nicht.«

»Warum Sie nicht glauben das?«

»Soweit sind die doch noch nicht.«

Auf die Überzeugung, die aus diesen Worten sprach, stieß Wilhelm jeden Tag. Es hatte wenig Zweck, dagegen anzugehen. So zuckte er denn nur mit den Schultern. Er hatte die Wirtin etwas fragen wollen. Darauf kam er nun noch einmal zurück.

»Frau Krupinsky, Sie mir leihen Ihren Anwalt?«

»Was?«

»Sie mir leihen Ihren Anwalt?«

»Ich verstehe nicht. Meinen Sie einen Rechtsanwalt?«

»Wenn sein das gleiche, Anwalt oder Rechtsanwalt, dann ja. Ich ihn brauchen für Polizei. Sie mir leihen ihn?«

Frau Krupinsky brauchte ein bißchen Zeit, bis sie sich fähig zeigte, zu antworten: »Ich habe keinen.«

Wilhelms Enttäuschung war nicht klein.

»Sie nicht haben?«

»Nein. Viele haben keinen. Wozu auch?«

»Und ich denken, hier alle haben.«

»Wieso denken Sie das?«

»Weil Polizist sprechen von meine Anwalt.«

Frau Krupinsky sah Wilhelm eine Weile fragend an, trank ein Gläschen, wiederholte ihren Blick, dann wollte sie Genaueres wissen. Darauf habe sie ein Recht, sagte sie. Und nachdem Wilhelm sich abgemüht hatte, ihr alles, was vorgefallen war, zu berichten, erklärte sie, ihre beiden Hände auf die Rechte Wilhelms legend: »Sehen Sie, deshalb habe ich bei meinem Hennes immer darauf geachtet, daß er schön zu Hause blieb. Bei mir konnte ihm so etwas nicht passieren. Nehmen Sie sich das in Zukunft zu Herzen. Man kann doch auch im eigenen Heim einen Schluck zu sich nehmen.«

Wilhelm zog seine Hand an sich, stand auf und sagte, daß er nun nicht mehr länger stören wolle. Und als Frau Krupinsky erwiderte, er störe überhaupt nicht, sagte er: »Doch, doch, gute Nacht«, und verließ die Küche. Gewinnen konnte er dadurch jedoch gar nichts, denn die Zimmerwirtin folgte ihm innerhalb kurzer Zeit. Er hatte das Paket auf seinem Tisch noch gar nicht geöffnet, als es klopfte und Frau Krupinsky das Zimmer betrat, ohne die Aufforderung, hereinzukommen, abzuwarten. Sie brachte die Likörflasche, die beiden Gläser und eine Schere mit.

»Sie haben ja keine Schere«, sagte sie, »für das Paket.«

Als die Verschnürung durchschnitten war und der Inhalt sichtbar wurde, stieß Wilhelm hervor: »Das ich nicht nehmen!«

Marianne hatte ihm hübsches Geschirr und Besteck für zwei Personen gebracht. Außerdem lag ein weißes Blatt Papier dabei, das zusammengefaltet war. Als Wilhelm es auseinanderfaltete, damit rechnend, ein paar an ihn gerichtete Zeilen Mariannes zu Gesicht zu bekommen, las er etwas ganz anderes, nämlich:

›Guter Mond, du gehst so stille
durch die Abendwolken hin.
Bist so ruhig, und ich fühle,
daß ich nicht verlassen bin...‹

Das komplette berühnte Gedicht von Matthias Claudius. Marianne hatte es aus einem Buch, das ihr nur zur Einsichtnahme überlassen worden war, abgeschrieben.

»Das ich nehmen«, sagte Wilhelm mehr zu sich selbst als zu Frau Krupinsky, die natürlich weder mit dem ›nicht nehmen‹ noch mit dem ›nehmen‹ etwas anzufangen wußte und auch gar nichts anfangen wollte. Sie verfolgte andere Interessen und hatte sich inzwischen schon auf die Couch gesetzt. Erst im nachhinein sagte sie: »Darf ich?«

»Was?« fragte Wilhelm.

»Mich hierher setzen.«

»Sein das Ihre Couch.«

Sie schüttelte den Kopf.

»Daran denke ich aber jetzt nicht, Wilhelm.«

›Wilhelm‹ hatte sie schon manchmal gesagt, seit er bei ihr wohnte, aber die Regel war das bisher nicht gewesen.

Von irgendwoher kamen die Klänge des Pilgerchores aus ›Thannhäuser‹, die den Besitzer eines Radios dazu verführt hatten, sein Gerät auf Überlautstärke zu drehen.

»Schöne Musik«, meinte Wilhelm.

»Schenken Sie uns ein«, sagte die Zimmerwirtin, »und setzen Sie sich doch auch.«

Wilhelm füllte die Gläser und wollte einen Stuhl unter dem Tisch hervorziehen.

»Nein«, hielt ihn die Wirtin davon ab. »Hierher.« Dabei klopfte sie mit der Hand neben sich auf die Couch.

Um die Situation zu entschärfen, kam Wilhelm, als er noch gar nicht richtig saß, auf den Anwalt zurück, indem er sagte: »Der mir können erklären, was sein das ›überschrittene Notwehr‹, Frau Krupinsky.«

»Denken Sie doch mal an was anderes«, forderte sie ihn auf. »Zum Beispiel daran, wie ich heiße. Wissen Sie das überhaupt?«

»Natürlich.«

»Wie denn?«

»Krupinsky.«

»Nicht das«, sagte sie ein bißchen schroff, weil sie sich über seine Begriffsstutzigkeit ärgerte. »Mit dem Vornamen?«

»Nein, nicht wissen«, erwiderte Wilhelm, der sich Rettung von einer Lüge versprach. »Haben keine Ahnung.«

»Wanda«, sagte sie.

Wilhelm hatte den Namen schon x-mal auf irgendwelchen Briefumschlägen oder Postkarten, die herumlagen, gelesen.

»Schön«, sagte er.

»Das habe ich mir gedacht, daß er Ihnen gefällt, Wilhelm«, nickte sie. »Meine Vorfahren kamen aus der Gegend von Lemberg, wissen Sie. Das ist heute auch russisch.«

»Ja, Frau Krupinsky.«

Sie blickte ihn an, teils mit Wärme, teils vorwurfsvoll.

»Wilhelm«, sagte sie, »wozu, glauben Sie, habe ich Ihnen meinen Vornamen verraten?«

Er zögerte.

»Und wozu«, fuhr sie fort, »glauben Sie, sage ich schon dauernd ›Wilhelm‹ zu Ihnen und nicht mehr ›Herr Thürnagel‹?«

»Wozu, Frau Krupinsky?«

»Damit auch Sie nicht mehr ›Frau Krupinsky‹ zu mir sagen. Ich kann das nicht mehr hören.«

»Wenn können Sie nicht mehr hören das, dann sagen ich ›Wanda‹.«

Wilhelm schien also mehr und mehr zu resignieren. Hatte er sich in sein Schicksal schon ergeben?

»Ich habe Durst«, sagte Wanda.

Wilhelm angelte nach der Likörflasche.

»Nicht darauf«, sagte Wanda, das Tempo verschärfend.

»Nicht?« fragte Wilhelm, möglichst dumm glotzend. »Sollen ich holen von Bahnhofsrestauration Wein oder Bier?«

»Nein, du Idiot!« Das sollte liebevoll klingen, wurde aber in einem Ton gesagt, der Wandas echte Überzeugung zum Ausdruck brachte.

»Oder sollen ich machen in Küche Tee?«

Damit setzte Wilhelm sozusagen dem Faß die Krone auf. Wanda Krupinsky erkannte, daß hier mit Worten allein ihr Ziel nicht zu erreichen war. Die Worte mußten von Taten begleitet sein. Deshalb nahm sie nun Wilhelms Hand, legte sie sich auf ihre linke Brust, drückte sie fest dagegen und sagte dabei: »Fühlst du, wie mein Herz schlägt?«

Ein kleines Gerangel entstand. Wilhelm versuchte, wieder Herr über seine Hand zu werden, doch Wanda setzte seinem Bemühen Widerstand entgegen, so daß Wilhelms Hand schließlich stillhielt und ruhig dort liegenblieb, wo Wanda sie angebracht hatte. Wanda trug ein dünnes Kleid und anscheinend auch einen dünnen BH, denn Wilhelm bekam Dinge zu spüren, die ihn nicht kalt ließen. Wandas Brustwarze hatte sich hart und steil aufgerichtet. Dieselbe Funktion eines Körperteils – freilich nicht seiner Brustwarzen – hatte dadurch auch Wilhelm zu verzeichnen, ob er wollte oder nicht. Wenn das bei einem Mann passiert, kann man es sehen, falls die Betrachterin weiß, wohin sie zu gucken hat und sich auch nicht gehemmt fühlt, ihrem Blick freien Lauf zu lassen. Daß dies bei Wanda Krupinsky, einer einundvierzigjährigen Witwe, die im vollen Saft stand, der Fall war, konnte nicht überraschen. Ihre Augen saugten sich an Wilhelms Hosenschlitz fest, als dieser jene berühmte Wölbung gewann, die der Nachweis war, daß sich in einer solchen Hose das Leben, wie eine Witwe vom Schlage Wandas empfinden mochte, in seiner schönsten Form regte.

Mit einer Hand hielt Wanda immer noch Wilhelms Rechte auf ihrer Brust fest; die andere hatte sie aber frei, und sie benutzte diese nun dazu, Wilhelms Penis durch den Stoff seiner Jeans hindurch sanft zu streicheln. Ihr Atem nahm dabei eine stoßweise Gangart an. Ihre Stimme klang belegt, als sie sagte: »Weißt du jetzt, wonach ich Durst habe?«

Da die Frage nicht mehr gut zu verneinen war, erwiderte Wilhelm: »Ja.«

Das, was im Gange war, nennt sich bekanntlich ›Vorspiel‹. Hier war es allerdings ein sehr eigenartiges insofern, als ihm die Küsse fehlten. Und das hatte seinen Grund.

Die Initiative wurde hier ganz und gar von Wanda entwickelt, und für Wanda waren Küsse schon in ihrer Ehe mit Hennes gänzlich abgeschafft gewesen. Warum wohl? Nun, ganz einfach, weil beide unter Mundgeruch gelitten hatten, weshalb in ihrem Liebesleben Küsse keinen Platz mehr gehabt hatten. Dieselben waren sowohl von Wanda als auch von Hennes aus dem Repertoire gestrichen worden, und Wanda war daran noch acht Jahre später gewöhnt.

Wilhelm kam sich sehr schlecht vor. Erstens war für

ihn bei dem, was hier geschah, Wanda eine viel zu alte Frau, eine ›Oma‹; mit Omas sollte ein junger Mann nicht schlafen, weil das unnatürlich war, unappetitlich. Und zweitens empfand er das Ganze als einen Akt der Untreue gegenüber Marianne, die er liebte, wenngleich sich daraus noch gar nichts ergeben hatte, das ihn irgendwie dazu verpflichtet hätte, dem Mädchen die Treue zu halten. Trotzdem kam er sich, wie gesagt, sehr schlecht vor, doch, was half's, sein Geist erwies sich als schwach, schwächer als sein Fleisch. Er hatte seit Monaten keine Frau mehr gehabt – und nun das hier, dieses Angebot!

»Komm«, sagte Wanda und führte ihn in ihr Schlafzimmer. Sie hatte ihm die Hose geöffnet und setzte ihr Streicheln – wenn auch nicht mehr so sanft wie vorher – fort, ohne daß noch der hemmende Stoff eines Kleidungsstückes die Wirkung dieser Tätigkeit herabgemindert hätte. Auch als Wanda nun Wilhelm über den Korridor zum Schlafzimmer führte, geschah dies in der Form, daß sie ihren Griff dabei nicht löste und Wilhelm hinter sich herzog.

Das Ehebett war nach dem Tod von Hennes nicht abgebrochen worden, denn Wanda hatte nie die Hoffnung aufgegeben, daß, wie dem Regen der Sonnenschein, der Trauer auch wieder die Freude folgen würde. Wilhelm wurde also von räumlichen Verhältnissen empfangen, die als die natürlichen für das Heranstehende gelten durften.

Als Wanda unverzüglich begann, ihn nackt auszuziehen – das sei ihr ein besonderer Genuß, sagte sie –, wurde dabei sein Verlangen so stark, daß es für ihn auch dann kein Zurück mehr gegeben hätte, wenn Wanda noch zehn Jahre älter gewesen wäre. Seine Hüllen fielen bei Licht, Wanda wünschte dies. Dann allerdings, als sie selbst an der Reihe war, von ihm entkleidet zu werden, wollte sich plötzlich ihr Standpunkt ändern, und zwar, als sie nur noch BH und Höschen anhatte. Unter Beachtung der richtigen Reihenfolge galt Wilhelms Griff zuerst dem BH, doch Wanda widesetzte sich. Sie erhaschte Wilhelms Hand und führte sie an ihr Höschen. Wilhelm war überrascht, konnte aber sein Erstaunen rasch überwinden. Na gut, dachte er, wenn die hier im Westen eine andere Reihenfolge haben, bitte, warum nicht? Logischer erscheint mir allerdings das, was ich bisher kannte.

Wanda hatte noch eine recht gute Figur, obwohl sie nur schwerlich an einem Kuchenstück, auf das ihr Auge fiel, vorübergehen konnte. Sie liebte Süßigkeiten und stopfte sich manchmal damit regelrecht voll, gehörte aber zu jenen glücklichen Naturen, die sich das erlauben können, weil sie sogenannte schlechte Nahrungsverwerter sind.

Wilhelm streifte ihr das Höschen ab, wobei seine Erektion eine weitere Steigerung erfuhr, soweit das überhaupt noch möglich war. Wanda atmete schwer und starrte wie gebannt auf diesen Penis, von dem sie nicht einmal hätte sagen können, daß er Erinnerungen in ihr weckte. Nein, es waren ganz neue Eindrücke, die sie gewann. Sie staunte und staunte.

»Bist du stark!« stieß sie hervor.

Wilhelm griff wieder nach der Schließe ihren BH's aber sie entwand sich ihm.

»Nein!« sagte sie.

»Warum?«

»Mach erst das Licht aus.«

»Lieber lassen hell.«

»Gern – aber dann bleibt der BH dran.«

Wilhelm begriff endlich das Problem einer Einundvierzigjährigen und entschied sich für Dunkelheit. Immer noch war kein einziger Kuß getauscht worden, und das geschah auch nicht, als Wanda ihre Beine anhob, sie weit auseinandernahm und »Komm!« sagte. »Komm endlich!«

Er drang in sie ein mit einer Gewalt, die sie zurückzucken ließ. So etwas hatte sie noch nie erlebt. Sie fürchtete einesteils den Schmerz, der damit unweigerlich für sie verbunden sein mußte, anderenteils riß es sie hin und sie zögerte nicht, am Rhythmus seiner Bewegungen, die sofort einsetzten, teilzunehmen. Dabei stöhnte sie.

»Ich dir wehtun?« fragte er, ohne zu unterbrechen.

Buchstäblich stoßweise erwiderte sie: »Im Ge-gen-teil.«

Da beide einen Orgasmus lange hatten entbehren müssen, erlebten sie ihn nun rasch – einen Orgasmus zu zweit, den vollkommenen also. Den der Selbstbefriedigung hatten sie natürlich nicht entbehrt; sie vermittelten sich ihn, wie alle in ihrer Lage, regelmäßig, aber jeder weiß, daß dabei über den Rang eines Notbehelfs nicht hinauszukommen ist.

Wandas Lustgefühle waren unbeschreiblich; sie stöhnte, fauchte, ächzte, während sie dem Höhepunkt entgegentrieb, und als er da war, schrie sie.

Alles, so dachte sie, sei erst der Anfang.

Auf seiten Wilhelms ereignete sich so ziemlich das gleiche. Daß es sich aber um einen Anfang handeln würde, dies freilich dachte Wilhelm nicht. Nach seinem Orgasmus hatte Wilhelm nämlich plötzlich von Wanda die Nase voll. Er kam sich schlechter denn je vor.

Wanda hingegen ersehnte nach dem ersten Orgasmus einen zweiten, einen dritten, einen hundertsten, einen tausendsten. Das bedeutete, daß sie an eine lange Bett-Verbindung mit ihrem Untermieter dachte. Um so enttäuschter war sie, als sich zeigte, daß Wilhelm ihre Vorstellungen beileibe nicht teilte. Und aus der Enttäuschung wurde Wut, ja noch mehr – Haß.

Noch war es aber nicht soweit.

»Wilhelm«, sagte sie, den zweiten Orgasmus ansteuernd, »du warst so stark, wie du aussiehst.« Sie kicherte. »Bist du auch so ausdauernd?«

»Nein.«

»Doch«, meinte sie und wollte zu ihrer Hoffnung die nötige Überzeugung hinzugewinnen, indem sie unter der Decke nach Wilhelms Penis haschte. Eine Enttäuschung harrte ihrer, die ihr den Klageruf entlockte: »Oje!«

Schon regte sich aber wieder Optimismus in ihr. Das werde sie schon hinkriegen, sagte sie.

»Nein«, meinte Wilhelm, wobei er ihre Hand von sich wegschob.

Einen kurzen Moment wußte Wanda nicht, was sie sagen sollte. Dann versuchte sie den Griff nach Wilhelms Penis zu wiederholen, doch das brachte ihr wieder nur dieselbe Zurückweisung wie zuvor ein.

»Was hast du?« fragte sie.

»Für mich sein es genug«, lautete Wilhelms ernüchternde Antwort.

»Einmal ist für dich genug?«

»Ja.«

Wanda verstummte. So kann man sich täuschen, dachte sie. Der schlägt eine Kompanie Rocker zusammen, aber im Bett leistet er nur das Mindestmaß. Wenn ich mich da an meinen Hennes erinnere...

Aber Hennes war die Taube auf dem Dach, Wilhelm der Spatz in der Hand.

»Schatz«, sagte Wanda, »du sollst keinen falschen Eindruck von mir haben. Ich liege ganz auf deiner Linie. Ich dachte nur, du seist anders veranlagt, und wollte dir entgegenkommen. Um so besser, daß das nicht erforderlich ist.«

Wilhelm schwieg. Er überlegte, wie er sich aus der Situation, in die er hineingeschlittert war, wieder herauswinden konnte.

»Aber«, fuhr Wanda fort, »du ziehst auf jeden Fall um in mein Schlafzimmer, dann können wir uns ja von Fall zu Fall einigen und unser Verlangen koordinieren.«

Weiß der Teufel, woher Wanda diesen Ausdruck hatte, der einen gewissen Bildungsgrad signalisierte, den sie gar nicht besaß.

Wilhelm schwieg immer noch und dachte nach. Er wollte Wanda nicht allzusehr vor den Kopf stoßen. Feststand aber für ihn, daß er die Affäre mit ihr beenden wollte, noch ehe sie richtig begonnen hatte – also sofort, noch zu dieser Stunde. Den Ausschlag hatte vielleicht gegeben, daß Wilhelm des Mundgeruchs von Wanda gewahr geworden war, als er sie von sich aus im Taumel der Leidenschaft geküßt hatte. So etwas hat, wenn die Ekstase abbricht und auch wieder andere Empfindungen als nur die sexuellen wach werden, Schockwirkung.

»Haben das keinen Zweck«, sagte Wilhelm nun.

»Was hat keinen Zweck?« fragte Wanda.

»Daß ich umziehen in deine Schlafzimmer.«

»Warum nicht? Willst du denn jedes Mal hin und her wechseln zwischen deinem Zimmer und meinem hier?«

»Nein.«

»Was dann?«

»Ich wollen bleiben ganz in meinem; ohne Ausnahme.«

Einige Sekunden vergingen, dann sagte Wanda: »Soll das heißen, daß du von mir nichts mehr wissen willst?«

Wilhelm beeilte sich zu erwidern: »Doch, ich schon wollen wissen von dir, aber außerhalb von Bett. Du verstehen? Ich wollen wissen von dir wie bisher. Also nicht in Bett. Sein das nämlich nicht richtig von uns zwei. Sein ich sehr jung und sein du –«

»Alt?!« schrie Wanda Krupinsky, von aufflammender Wut, einem polnischen Erbe in ihrem Blut, erfüllt.

»Nein, nicht so jung«, versuchte Wilhelm zu retten, was noch zu retten war, und schien damit auch einen gewissen Erfolg zu haben, denn Wanda sagte noch einmal verhältnismäßig ruhig: »Warum fällt dir das erst jetzt ein? Hätte dir das nicht eher klar sein müssen?«

»Doch, du haben recht, ich bitten um Verzeihung.«

Wilhelm glaubte, sein Ziel erreicht zu haben. Das war ja noch glimpflicher abgegangen, als er gedacht hatte. Er setzte sich auf, um aus dem Bett zu steigen, seine Sachen zusammenzuraffen und Wandas Schlafzimmer zu verlassen. All das blieb ihm jedoch vorläufig noch verwehrt.

»Moment«, sagte Wanda, sich zugleich mit ihm aufsetzend. »Ich möchte dich etwas fragen...«

»Ja?«

»War ich denn so schlecht?«

»Nein«, gab Wilhelm der Wahrheit die Ehre. »Du besser als alles, was lernen bisher kennen ich auf diese Gebiet.«

Wandas Zorn erlosch. Nun war ihr alles klar. Dieser junge Tolpatsch hier fühlte sich in Hennes' Bett nicht wohl, sicherlich aus Pietäts- oder Geschmacksgründen. Das hatte sogar etwas für sich. Aber dem konnte Rechnung getragen werden.

»Ich mache dir einen Vorschlag«, sagte Wanda, »du schläfst wie bisher auf deiner Couch, und ich komme dich auf dieser besuchen, sooft wir dazu Lust haben.«

Dann muß uns eben auch das genügen, dachte sie, und mit der Zeit, wenn er zur Vernunft kommt, wird er seine Pietäts- oder Geschmacksgründe schon vergessen, der Idiot.

»Nein«, sagte Wilhelm.

»Was nein?«

»Ich auch das nicht wollen. Ich schon sagen, daß überhaupt nicht wollen mehr mit dir schlafen. Ich auch schon sagen, warum. Geben es aber noch eine Grund, größte von allen.«

»Welchen?« preßte Wanda, in der die Wut zu neuem Leben erwachte, hervor.

»Ich lieben andere Mädchen.«

»Ander*e*?!« fing Wanda zu schreien an, einem Mißverständnis erliegend, das auf Wilhelms fehlerhaftes Deutsch zurückzuführen war. »Wie viele denn, du Hurenbock?«

»Eine.«

Im Grunde war es Wanda natürlich völlig gleichgültig, ob Wilhelm ein Mädchen liebte oder ein ganzes Regiment.

»Das ist dir ja auch sehr früh eingefallen«, geiferte sie, und die Dinge auf den Kopf stellend, fuhr sie fort: »Wenn ich das geahnt hätte, wärst du nie an mich rangekommen, das sage ich dir. Kerle wie du, das sind die richtigen. Denk ja nicht, daß ich auf dich neugierig war. Wem ist denn die Hose fast geplatzt vor Geilheit? Dir! Und jetzt willst du dich hinstellen und so tun, als ob du derjenige bist, der einen Rückzieher macht...«

Wanda geriet mehr und mehr außer sich. Ihre Wut wandelte sich um in Haß.

»Nee, nee«, fuhr sie fort, »du hergelaufener Zigeuner, nicht mit mir! Wie kommst du mir denn vor? Hergelaufener Zigeuner, sage ich, jawohl! Was bist du denn sonst? Woher kommst du denn? Hast du das vergessen? Und wenn dir eine anständige Frau ein Dach überm Kopf bietet, ein nettes Zimmer, Küchenbenützung, alles für eine Miete, welche die Unkosten nicht deckt, dankt ihr das ein solches Subjekt wie du damit, daß er sie mißbraucht, wenn sie ein paar Gläschen getrunken hat und nur dadurch ihren Kopf verliert; daß er das also ausnützt und ihr die Ehre nimmt; daß er sich zum Schluß den Gipfel leistet und glaubt, sie abservieren zu können. Bist du verrückt?«

Wanda Krupinsky knipste ohne Rücksicht darauf, daß sie keinen BH mehr anhatte, ihr Nachttischlämpchen an, sprang aus dem Bett, sammelte rasch Wilhelms Kleidungsstücke, die dort, wo sie ihn ausgezogen hatte, verstreut auf dem Boden lagen, lief mit ihnen zur Tür, riß diese auf, warf Wilhelms Textilien hinaus auf den Gang, stellte sich neben die offene Tür, hob ihren Zeigefinger, wies zur Tür hinaus, wandte sich Wilhelm zu und rief: »Raus mit dir! Aber sofort!«

Wilhelm hatte sich stumm alles angehört, hatte nur die Farbe gewechselt und war sehr rot im Gesicht geworden, nicht aus Scham, sondern ebenfalls aus Wut. Es war ihm aber gelungen, sich zu beherrschen, und zwar bis zuletzt. Wortlos verließ er sein Bett und steuerte – nackt, wie er war – die Tür an, ohne Wanda noch eines Blickes zu würdigen. Als er an ihr vorbei mußte, setzte sie ihrem Haßgesang die Krone auf: »Ihr Zimmer ist Ihnen gekündigt, Herr Thürnagel! Fristlos! Morgen räumen Sie es! Sollten Sie glauben, sich widersetzen zu können, werde ich den Behörden den Grund meiner Kündigung melden. Sie verfolgen mich, Sie haben sich in mein Schlafzimmer eingeschlichen. Verstanden, Herr Thürnagel? Man wird mir glauben und nicht Ihnen, einem Ausländer oder Halbrussen, wie Sie wollen. Die Polizei hat Sie sowieso schon auf dem Kieker.«

Wandas Worte hallten durch die ganze Wohnung.

Das lächerliche an ihnen war die Form – Wanda hatte Wilhelm plötzlich wieder gesiezt. Alles andere als lächerlich war aber der Inhalt. Wilhelm stand auf der Straße, das wußte er.

Eine schlimme Tagesbilanz für Wilhelm. Erst die Schlägereien in der ›Sonnenblume‹, dann die Polizei, dann Wanda Krupinsky. Und das alles, wie gesagt, an einem einzigen Tag.

Auch Marianne konnte mit dem Verlauf dieses Samstags nicht zufrieden sein. Als die Funkstreife Wilhelm mit aufs Revier genommen hatte, fühlte sie sich dafür verantwortlich. *Ich* habe, dachte sie, diesen verdammten Stein ins Rollen gebracht. *Ich* bin an den Tisch der drei Rocker gegangen. *Ich* habe mit denen eine Debatte begonnen. *Mir* ist die Hand ausgerutscht. *Ich* habe Wilhelm zu Hilfe gerufen. *Ich* bin schuld an allem.

Dieses ganze Sündenregister, mit dem sie sich selbst belastete, zählte sie auch vor ihrer Mutter in der Küche auf, nachdem Hauptwachtmeister Polansky zusammen mit seiner Truppe und Wilhelm Thürnagel der ›Sonnenblume‹ wieder den Rücken gekehrt hatte.

Sabines Reaktion sollte bei Marianne Gelassenheit nähren.

»Mach dich nicht verrückt, Kind«, sagte sie.

Doch das fruchtete nichts. Marianne fuhr fort, sich Vorwürfe zu machen. Wenn sie nicht gewesen wäre, sagte sie, säße Wilhelm jetzt noch friedlich bei seinem Bier, und nichts hätte sich ereignet. Kein Streit, keine Rauferei, keine Polizei.

»Aber die drei Kerle hatten es doch auf den schon

vorher abgesehen«, sagte Mutter Sabine. »Das war ja der Grund, warum du dich eingeschaltet hast.«

»Dann hätte ich das anders machen müssen.«

»Wie denn?«

»Mit ihm spazierengehen«, erwiderte Marianne. »Auf jeden Fall mit ihm das Lokal verlassen.«

Sabine nickte.

»Das war doch die Idee Vaters, nicht?«

Als hätte er gehört, daß von ihm gesprochen wurde, erschien Theo Berger in der Küche. Der Betrieb an der Theke war nicht mehr gar so wild. Die zusammengeschmolzene Schar der Gäste gestattete Theo an den Zapfhähnen kleine Pausen. Er schnappte noch auf, was Sabine zuletzt sagte.

»Was war meine Idee?« fragte er sie daraufhin.

Sabine sagte es ihm.

»Stimmt«, bestätigte er und wandte sich Marianne zu. »Aber du wußtest es ja wieder einmal viel besser.«

»Ich gebe ja zu, daß ich einen Fehler gemacht habe«, entgegnete Marianne. »Aber das Schlimmste an der ganzen Sache ist die Polizei, und die habe nicht ich gerufen.«

»Aha«, meinte Theo sarkastisch, »*so* soll der Hase laufen, der Schwarze Peter wird *mir* zugeschoben. Aber warum, frage ich dich, soll die Polizei an der Sache das Schlimmste sein? Das ging doch mit der diesmal sogar noch überraschend glatt ab. Normalerweise stänkern die in solchen Fällen ganz anders herum.«

»Das Stänkern war das wenigste«, sagte Marianne.

Theo fragte ironisch: »Und das meiste, was war das in deinen Augen?«

Marianne schwieg. Sie blickte ihren Vater nur höchst vorwurfsvoll an. Die Antwort übernahm Sabine, indem sie sagte: »Daß sie den Herrn Thürnagel mitgenommen haben.«

»Damit habe ich nichts zu tun«, erklärte Theo mit wegwerfender Handbewegung.

»Vater!« rief Marianne. Ihr war nun doch der Kragen geplatzt. »Damit hast du nichts zu tun?! Er hält dir drei Rocker vom Hals! Er rettet auch unseren Kellner davor, zusammengeschlagen zu werden! Er sorgt dafür, daß dein Lokal heil bleibt! Nicht einmal ein Glas wurde zerbrochen! Er versetzt dich in die Lage, den Schutz deiner Theke nicht aufgeben zu müssen! Und damit hast du nichts zu tun?! Er wird für all das kassiert und –«

»Moment«, unterbrach Theo. »Nicht dafür.«

»Was nicht dafür?«

»Nicht dafür wurde er kassiert.«

»Wofür sonst?« rief Marianne wütend.

»Für seine Tat im Alhambra-Kino«, sagte Theo mit erhobenem Zeigefinger. »Vergiß das nicht.«

»Das war doch dasselbe!«

»Gefährliche Körperverletzung, ja. Anscheinend eine Spezialität von ihm.«

»Nein! Er verteidigt sich, wenn er angegriffen wird! Oder er schützt mich, wie hier!«

»Sprich nicht immer von hier, denk ans Alhambra-Kino. *Deshalb* haben die ihn mitgenommen. Wie oft soll ich dir das noch sagen?«

»Und wie oft soll ich dir noch sagen, daß das dasselbe war?«

»Woher willst du das wissen?«

»Weil ich dabei war!«

Stille.

Dann sagte Sabine: »Um Gottes willen, Kind, das wird ja immer schlimmer. Wo warst du dabei?«

»Das möchte ich auch wissen!« fiel Theo ein.

Marianne setzte die beiden ins Bild. Als Resultat sah sie sich dem Vorwurf ihrer Mutter ausgesetzt, das nicht schon früher gebeichtet zu haben. Während Sabine lamentierte, lief Theo zweimal um den großen Herd, der das Zentrum der Küche bildete, herum. Dabei stieß er unterdrückte Flüche aus.

Vor Marianne anhaltend, sagte er: »Weißt du, was das heißt?«

»Was?«

»Daß du vor Gericht wirst erscheinen müssen.«

»Vor Gericht?« entsetzte sich Sabine.

»Als Zeugin«, sagte Theo.

»Hoffentlich«, nickte Marianne.

»Das hoffst du auch noch?« grollte Theo.

»Jawohl«, erklärte Marianne mit Nachdruck. »Damit ich denen erzählen kann, wie das war. Sollten die mir keine Vorladung schicken, werde ich mich sogar selbst als Zeugin melden, merkt euch das!«

»Bist du verrückt?« riefen Theo und Sabine wie aus einem Munde.

»Nein!« rief Marianne noch lauter, lief plötzlich zur Tür, die ins Treppenhaus führte, und warf sie zu.

Theo und Sabine blickten ihr konsterniert nach. Erst nach sekundenlangem Schweigen sagte Theo in erbittertem Ton: »Das kann so nicht weitergehen mit der!« Er ballte dabei die Faust, um sie auf die Herdplatte zu schmettern, ließ aber davon ab, als ihm einfiel, daß im Herd ein Feuer brannte.

Marianne lief auf ihr Zimmer, stellte sich kurz vor den Spiegel, schlüpfte in einen Staubmantel und verließ das Haus. Ihr Ziel war das zuständige Polizeirevier, dessen Adresse ihr natürlich bekannt war. Sie erreichte es zu Fuß.

Den Weg hätte sie sich aber sparen können. Sie wollte sich irgendwie für Wilhelm verwenden, doch dafür lag auf dem Revier, wie ihr gesagt wurde, keinerlei Bedarf vor, heute jedenfalls noch nicht. Eins nach dem andern, hieß es. Man war nicht unfreundlich, aber absolut unergiebig. Ihren Schützling bekam sie gar nicht zu sehen. Der wurde in einem separaten Zimmer verarztet.

Auf dem Rückweg zur ›Sonnenblume‹ begegnete sie einer Schulfreundin, die sie schon seit Jahren nicht mehr gesehen hatte. Große Freude auf beiden Seiten. Die Freundin – sie hieß Anita – lebte jetzt in Bremen. Sie war einem jungen Mann dorthin gefolgt, den sie bei einem Trip nach Amsterdam kennengelernt hatte.

»Seid ihr verheiratet?« fragte Marianne.

»Spinnst du?« lautete die Antwort. »Wer heiratet denn heutzutage noch – außer Priestern? Wir hausen zusammen!«

Sie hausten zusammen, wie alle in dieser Zeit.

»Und was machst du?« fuhr Anita fort.

»Ich wohne noch bei meinen Eltern.«

Anita lachte.

»Das glaube ich! Marianne, das Musterkind! Immer gewesen!«

»Ach was.«
»Doch, doch.«
»Wie lange bleibst du?«
»In Gelsenkirchen?«
»Ja.«
»Bis morgen. Meine Mutter weint sich jetzt schon wieder die Augen aus. Ich kann dir gar nicht sagen, wie mir das auf die Nerven geht. Ich soll dieses Luderleben aufgeben, meint sie. Gerd – mein Scheich in Bremen – wird sich totlachen, wenn ich ihm das wieder sage: Luderleben.«
»Mach's gut, Anita. War nett, dich zu treffen. Ich muß weiter.«
»Schon? Ich dachte, wir könnten noch eine Tasse Kaffee zusammen trinken.«
»Nein, das geht nicht.«
»Wohin mußt du denn?«
»Zu meinem Freund.«
Sofort war Anitas Neugierde geweckt. Marianne hatte einen Freund.
»Erwartet er dich?«
»Nein.«
»Aber du willst doch zu ihm?«
»Ich muß zu seiner Wohnung.«
»Und wo ist er selbst?«
»Momentan?«
»Ja. Ist er verreist? Ich frage dich deshalb, weil wir dann anschließend doch noch gemeinsam eine Tasse Kaffee trinken könnten.«
»Nein, verreist ist er nicht.«
»Wo ist er dann?«

»Bei der Polizei«, sagte Marianne, die anscheinend der Teufel ritt.

»Ach«, meinte Anita etwas indigniert, denn sie unterlag natürlich dem Trend der jungen Leute, Antipathie gegen die Polizei zu empfinden. »Hat er Dienst?«

»Nein. Der gehört nicht zu denen. Es ist so, daß sie ihn geholt haben. Er wird vernommen.«

Anitas Einstellung änderte sich im Handumdrehen.

»Was?« sagte sie respektvoll. »Ist er links? Hat er demonstriert?«

»Nein.«

»Was dann?«

»Einen zusammengeschlagen.«

»Einen Bullen?«

»Nein, einen Kinobesucher.«

»Einen Kinobesucher? Nur so? Warum denn das?«

»Weil der mich beleidigt hat.«

Anita riß Augen und Mund auf.

»Weil der dich beleidigt hat? Das war der Grund?«

Marianne nickte.

»Mensch«, staunte Anita, »das muß ich Gerd erzählen. Der wird das nicht fassen können – einen deshalb zusammenschlagen! Sicher, wenn der Betreffende ein Bulle gewesen wäre, dann ja. Aber so?«

»Dein Gerd denkt da anders, nicht?«

»Ja, ganz anders.«

»Was macht er denn?«

»Beruflich?«

»Ja.«

»Er studiert noch. Vierzehntes Semester. Politologie und Soziologie. Und der deine? Studiert der noch?«

»Nein.«

»Ist er schon fertig?«

»Er hat nie studiert.«

»Ach so. Was treibt er denn?«

Nun zögerte Marianne mit der Antwort, was eigentlich unvermeidlich war.

»Das... das weiß ich nicht.«

Anita fragte sich, ob das ein Witz sein sollte. Wenn ja, war es ein dünner. Sie blickte Marianne zweifelnd an, die daraufhin beteuerte: »Ich weiß es wirklich nicht, Anita. Er hat es mir noch nicht gesagt.«

»Wie lange kennt ihr euch denn schon?«

»Ein paar Wochen.«

»Ich dachte, eine Stunde.« Anita war plötzlich sauer. »Naja, wenn du mich auf den Arm nehmen wolltest, so ist dir das gelungen. Ich weiß zwar nicht, warum, aber bitte...« Sie blickte auf ihre Armbanduhr. »Gott, ich hatte ganz vergessen, ich wollte ja auch noch zum Bahnhof, um mir eine Platzkarte nach Bremen zu besorgen. Marianne« – sie streckte die Hand aus – »grüß mir deine Eltern.«

»Und du mir die deinen. Gute Fahrt, Anita.«

»Danke. Auf Wiedersehen.«

»Auf Wiedersehen.«

Sie entfernten sich voneinander in entgegengesetzten Richtungen. Nach dreißig oder vierzig Metern drehte sich Marianne noch einmal um und entdeckte, daß auch Anita gerade dasselbe tat. Anstatt einander zuzuwinken, fühlte sich jede ertappt und ging rasch weiter. Und jede schüttelte innerlich über die andere den Kopf.

Sie mit ihrem Scheich, dachte Marianne.

Die mit ihrem Ausgestiegenen, dachte Anita.

Trotzdem, in einem hatte sie recht, sagte sich Marianne. Er muß mir endlich sagen, was er macht.

Ehe sie sich zu Wilhelms Wohnung begab, suchte sie noch einmal, von ihren Eltern unbemerkt, ihr Zimmer auf, um das Paket zu holen, das sie schon seit zwei Tagen für Wilhelm zurechtgemacht hatte. Als ihr dann Frau Krupinsky öffnete, blieb eine leichte Likörfahne nicht unbemerkt, die von der Wohnungsinhaberin ausging. Obwohl Marianne wußte, daß Wilhelm nicht da sein konnte, fragte sie: »Kann ich Herrn Thürnagel sprechen?«

Erwartungsgemäß verneinte Wanda Krupinsky.

Ob sie dann, fuhr Marianne fort, das Paket für ihn abgeben könne?

»Natürlich«, sagte Frau Krupinsky bereitwillig. »Was ist denn drin?«

»Das weiß ich nicht«, log Marianne, mit dem Resultat, daß Wanda Krupinsky sie für eine Botin hielt. Dieser Gedanke war Wanda angenehmer als der Verdacht, der sich im ersten Moment in ihr geregt hatte, der Verdacht nämlich, daß das verdammt hübsche und verdammt junge Mädchen hier mehr mit ihrem Untermieter zu tun haben könnte, als es ihr gefallen hätte. Sie nahm das Paket in Empfang, wobei sie sagte: »Ich werde es ihm auf den Tisch legen.«

Marianne bedankte sich, grüßte und ging.

Zwei Stunden später kam Wilhelm nach Hause, entdeckte, daß in der Küche noch Licht brannte, und fand seine Zimmerwirtin am Küchentisch vor, die längst erkalteten Reste eines Abendessens und eine Flasche Likör vor sich...

Am nächsten Morgen stand Wilhelm, als er nach schlechtem Schlaf erwachte, vor der Frage, was er zuerst machen sollte – besser gesagt: was er überhaupt machen konnte. Es war ja Sonntag, und für Situationen von der Art, mit der er es im Augenblick zu tun hatte, war ein Sonntag nicht geschaffen.

Er brauchte einen Unterschlupf. Doch überall war geschlossen. Kein Amt hatte auf, keine Sozialstelle, keine Zimmervermittlung, kein Geschäft, in dem man, aus Verzweiflung, hätte herumfragen können. Auch die Firma, bei der Wilhelm arbeitete, war am Wochenende tot. Vielleicht hätte er sonst seinen Chef, bei dem er hoch in Ehren stand, um Hilfe angehen können, oder einen seiner Kollegen, die ihn inzwischen auch längst schätzen gelernt hatten.

Was tun? Auf diese Frage fand sich keine vernünftige Antwort – jedenfalls nicht für Wilhelm. Wenn ihm der Gedanke ›Marianne‹ durch den Kopf huschte, tötete er ihn in sich sofort wieder ab. Um Hilfe von dieser Seite zu erbitten, dazu war er zu stolz.

Natürlich lief er durch die Straßen... planlos, ziellos, zwecklos. Dies tat er schon deshalb, um nicht mehr mit Wanda Krupinsky nach dem, was die ihm alles gesagt hatte, zusammen zu sein. Nach vielen Stunden nutzte er die einzige Möglichkeit, die sich ihm am Sonntag bot – er ging in eine Pension. Die paar Sachen, die er besaß, waren aus Wandas Wohnung rasch nachgeholt. Von der vorausbezahlten Miete waren DM 75,- noch nicht abgewohnt. Die Zimmerwirtin hätte sie ihm beim Auszug zurückzahlen müssen. Wilhelm verzichtete jedoch darauf. Er sah darin eine Gelegenheit zu den ersten und letzten Worten dieses Tages, die er an Wanda richtete, indem er grimmig sagte: »Frau Krupinsky, sein das der Betrag für Aufenthalt in Ihre Schlafzimmer.«

Sie rang nach Luft.

»Du... du...«

Die Tür fiel zu und trennte die Kommunikation zwischen Wanda und Wilhelm. Alles, was Wanda an Ausdrücken noch verspätet aus sich herausholen konnte, erreichte Wilhelm nicht mehr.

Nachdem dann durch den Einzug in die Pension das Stigma der Obdachlosigkeit von Wilhelm genommen war, durfte in seinem Kopf auch wieder der Gedanke an Marianne Platz greifen. Dem Wunsch, sie zu sehen, stand nichts Entscheidendes mehr im Wege. Wilhelm fuhr zur ›Sonnenblume‹.

Das Lokal war, wie an Sonntagnachmittagen fast immer, nur spärlich besetzt. Keine zehn Männer waren anwesend. Von ihnen durfte man annehmen, daß sie weder verheiratet noch verlobt noch mit einem Mädchen befreundet waren, denn sonst wäre es ihnen nicht gestattet worden, sich um diese Zeit an einem Wirtshaustisch niederzulassen. Am Sonntag darf die Frau über den deutschen Mann verfügen.

Wilhelm setzte sich wieder an ›seinen‹ Tisch. Bedient wurde er vom Kellner Heinrich. Nur der kannte ihn. Alle anderen der Anwesenden hatten am Tag zuvor nicht in der ›Sonnenblume‹ geweilt, sie wußten also nichts von den dortigen Geschehnissen und den Personen, die daran beteiligt gewesen waren. Auch die Theke war leer. Das bißchen Bier, das verlangt wurde, konnte Heinrich selbst aus den Zapfhähnen laufen lassen. Der Wirt wurde dazu nicht benötigt.

Nach der Begrüßung richtete Heinrich an Wilhelm die Frage: »Wo bleiben Sie denn solange?«

Wilhelm grinste.

»Sie mich vermissen?« Er schüttelte den Kopf. »Sein das unnötig. Ich kein guter Gast.«

»Es geht nicht um mich«, antwortete Heinrich augenzwinkernd.

Wilhelm wurde rot.

»Was wollen Sie denn trinken?« fuhr Heinrich fort. »Ein Bier, nehme ich an.«

»Bitte«, sagte Wilhelm.

Der Kellner ging zur Theke, kam mit dem Bier zurück und stellte es Wilhelm auf den Tisch. Dabei sagte er: »Das geht auf meine Rechnung.«

»Warum?« fragte Wilhelm überrascht. »Ich das nicht annehmen.«

»Da wird Ihnen nichts anderes übrigbleiben«, grinste Heinrich, »weil ich Ihnen nämlich das Glas einfach nicht berechne. Und noch ein paar weitere auch nicht. Was wollen Sie denn dagegen machen?« Und ohne Wilhelm zu Wort kommen zu lassen, fuhr er fort: »Also, was ist jetzt, soll ich Fräulein Berger verständigen, daß Sie da sind, oder nicht? Das hat sie mir nämlich aufgetragen.«

»Ja«, strahlte Wilhelm.

Auch Marianne machte sich als erstes Heinrichs Vorwurf zu eigen, wo er denn solange bleibe. Sie habe schon gedacht, daß er noch verhaftet sei. Ein Anruf beim Polizeirevier habe jedoch diese Befürchtung zerstreut. Trotzdem –

»Sie anrufen bei Polizei?« unterbrach Wilhelm sie freudig.

»Ja.«

»Sie haben Sorge um mir?«

»Mich.«

»Was?«

»Um mich, heißt das.«

»Danke«, sagte Wilhelm. »Aber sein das ganz egal, ob mir oder mich. Auf jeden Fall haben Sorge Sie, das sein entscheidend.« Und voller Seligkeit fügte er hinzu: »Ich wieder lassen verhaften mich.«

»Sind Sie verrückt?«

»Nein, glücklich.«

Man sah ihm an, wie sehr er das in diesem Augenblick wirklich war. Marianne hatte jedoch noch ein Hühnchen mit ihm zu rupfen.

»Sie wurden also schon gestern abend wieder entlassen«, sagte sie.

»Ja.«

»Warum sind Sie nicht noch einmal hierhergekommen? Ich habe *so* gewartet.«

»Weil ich nicht wissen, ob Sie wollen noch einmal sehen mich oder sprechen – oder lieber nie mehr.«

»Wie?« erwiderte Marianne. »Das verstehe ich nicht. Was meinen Sie?«

»Ich sein doch plötzlich Verbrecher, mit dem beschäftigen sich die Polizei in Öffentlichkeit.«

Marianne vermochte ihr angeborenes Temperament nicht mehr zu zügeln und rief: »Sie Idiot!«

»Ja«, nickte Wilhelm glücklich.

»Wie konnten Sie so etwas glauben?«

»Ich dann auch sehen rasch, daß sein ich dumm. Sehen durch Paket, das haben Sie bringen in meine Wohnung, während ich sein bei Polizei.« Wilhelms Miene der Seligkeit wurde plötzlich ernst, als er fortfuhr: »Aber ich nicht annehmen das außer Blatt Papier mit Gedicht.«

»Wilhelm!« sagte Marianne scharf.

»Ja?«

Er blickte sie an, bereit, sich für sie vierteilen zu lassen. Mit ihrer Schärfe im Ton hatte Marianne unwillkürlich einen Ehefähigkeitsnachweis erbracht.

»Wollen Sie mich schon wieder beleidigen?«

»Ich wollen das nie, Marianne«, beteuerte er, die Hand aufs Herz legend.

»Sie tun es aber ununterbrochen – gestern mit dem, was Sie mir zugetraut haben, und heute mit dem Paket, das Sie mir vor die Füße werfen.«

Wilhelm erschrak.

»Ich Ihnen es doch nicht vor die Füße werfen, Marianne.«

»Ich betrachte das aber so.«

»Sie mich erpressen.«

»Schon wieder eine Beleidigung!«

»Bitte nein.«

»Dann hören Sie endlich auf damit!«

»Ja«, sagte Wilhelm seufzend.

Nachdem so der Fall seine Erledigung gefunden

hatte, lockerte Marianne den Grad ihrer Strenge, lächelte kurz und fragte: »Wo waren Sie denn heute die ganze Zeit?«

»Heute?«

»Ja. Frau Krupinsky wußte es nicht.«

»Frau Krupinsky? Sie mit Ihnen sprechen?« Wilhelm brachte das nur mit Mühe hervor.

»Ja. Heute vormittag. Ich wollte nach Ihnen sehen. Hat sie Ihnen das nicht gesagt?«

»Nein.«

»Sie war auch mir gegenüber kurzangebunden.«

Wilhelm wurde es wieder leichter ums Herz.

»Sie nicht viel mit Ihnen sprechen?«

»Nur ein paar unfreundliche Worte. Praktisch hat sie mir die Tür vor der Nase zugeschlagen. Eine unhöfliche Person.«

»Sehr unhöfliche.«

»Und wo waren Sie?«

»Ich müssen suchen Zimmer für mich.«

»Waaas? Wieso denn? Sie haben doch eines?«

»Nicht mehr. Unhöfliche Person mich haben kündigen. Fristlos. Gestern.«

Marianne glaubte sofort den Grund zu wissen.

»Dieses blöde Weib! Wegen der Polizei, nicht?«

»Ja«, nickte Wilhelm.

»Aber warum haben Sie ihr das gesagt?«

»Sie mich fragen, woher ich kommen.«

»Hätten Sie ihr doch irgend etwas anderes erzählt.«

Wilhelm zuckte stumm mit den Achseln. Geschehen ist geschehen, hieß das, man kann's nicht mehr ändern.

Auch Marianne hielt sich nicht mehr lange mit dem, was passiert war, auf, sondern dachte an das, was nun notwendig geworden war. Dabei sah sie, wie sich sofort zeigte, die Dinge ganz klar.

»Sie haben natürlich so schnell nichts gefunden«, sagte sie.

»Sonntag sein schwierige Tag für so etwas«, antwortete er. »Aber morgen schon wieder besser.«

»Und bis morgen, wo bleiben Sie da?«

»In Pension. Schon erledigt.«

»Was kostet das?«

»Fünfundvierzig Mark.«

»Mit Frühstück?«

»Ohne.«

»Die sind ja verrückt.« Sie steckte den Daumen in den Mund und biß darauf herum. Das hatte sie als kleines Mädchen schon immer getan, wenn ein Entschluß in ihr reifte. »Haben Sie sich überlegt, daß das zwei, drei Wochen dauern kann, bis Sie wieder ein eigenes Zimmer finden?«

Wilhelm erschrak sichtlich.

»Das ich nicht glauben«, machte er sich selber Mut.

»Doch, doch – oder sogar noch länger, fürchte ich«, schonte ihn Marianne nicht.

»Warum Sie das fürchten?«

Nun zögerte sie ein bißchen, ehe sie sagte: »Wilhelm, Sie... sehen Sie... ich meine, es ist doch so, daß Sie überall, wie Sie sich vorstellen, den Eindruck erwekken... den falschen Eindruck erwecken, daß Sie Ausländer sind.«

Wilhelm schwieg.

»Und Sie wissen ja, wie das hier ist«, fuhr Marianne fort.

Mit düsterer Miene nickte Wilhelm. »Ja«, sagte er nur und verstummte wieder.

»Aber ich weiß schon, was wir machen«, erklärte Marianne lächelnd.

Er blickte durch sie hindurch. Mit seinen Gedanken schien er plötzlich weit weg zu sein, so daß ihn Marianne fragte: »Warum sagen Sie nichts?«

Schleppend erwiderte er: »Ich überlegen, ob nicht wäre gewesen besser, wenn nicht weggehen aus Rußland.«

»Nein«, stieß Marianne spontan hervor, »das wäre nicht besser gewesen.«

»Doch.«

»Nein.«

In tiefem Ernst sagte er: »Wenn ich abzählen alles, dann geben es vielleicht nur eine Grund, warum Bleiben in Rußland nicht besser.«

»Welchen?«

»Weil dort nicht begegnen ich Ihnen.«

Die Sonne ging auf in Mariannes Gesicht.

»Und ich nicht dir«, sagte sie.

Das durchzuckte ihn. In höchster Spannung fragte er: »Haben ich richtig hören?«

»Was?«

»Daß Sie sagen ›dir‹?«

»Habe ich das gesagt?« erwiderte Marianne scheinbar erstaunt.

»Ja.«

Sie seufzte.

»Dann wird's wohl so gewesen sein.«

»Aber Sie werden wollen das zurücknehmen«, fürchtete er.

»Nein.«

»Nicht?«

Es gibt auch Geduldsfäden der Liebe, die reißen. So einer riß jetzt.

»Nein, du Schafskopf«, sagte Marianne und setzte rasch hinzu: »Du lieber.«

Es wurde still, und das war eigentlich ganz natürlich. Marianne hatte nämlich im Moment alles gesagt, was sie sagen zu müssen glaubte – und Wilhelm konnte nichts sagen. Er war unfähig, den Empfindungen Ausdruck zu geben, die ihn erfüllten. Aber seine Augen, mit denen er Marianne anblickte, sprachen um so deutlicher. Ozeanen von Glück glichen sie.

Die anderen Gäste merkten nicht, was sich in ihrer Nähe abspielte. Nur den Kellner Heinrich, der nicht vergaß, die Tochter seines Chefs im Auge zu behalten, beschlich eine gewisse Ahnung, als er sah, daß Marianne sich von ihrem Bekannten die Hand, die sie auf dem Tisch liegen hatte, streicheln ließ. Das geschah zwar sehr scheu und rasch und nur einmal, aber immerhin, Marianne ließ es zu. Das war bei ihr etwas völlig Neues. Geträumt hatten davon – und nicht nur davon – schon viele junge Gäste der ›Sonnenblume‹, aber gestattet war es noch keinem worden.

»Wilhelm«, sagte Marianne endlich wieder, »du holst dann deine Sachen.«

»Welche Sachen?« fragte er, aus seinem Traum der Seligkeit erwachend.

»Die du in der Pension liegen hast.«

Er blickte sie verständnislos an.

»Was du meinen?«

»Du ziehst hierher.«

Ihm verschlug es die Sprache.

»Zu... zu dir?«

Sie mußte über sein Gesicht lachen, während sie antwortete: »Nee, nee, mein Lieber. – In unser Haus. Wir sind zwar kein Hotel, aber ein paar Zimmer haben wir auch. Eines davon kriegst du.«

Wilhelm überlegte nur ganz kurz.

»Nein.«

Marianne zeigte sich davon nicht überrascht, sie schien damit sogar gerechnet zu haben; sie wäre eher erstaunt gewesen, wenn Wilhelm nicht widersprochen hätte.

»Geht das schon wieder los«, sagte sie, die Augen verdrehend. »Warum willst du nicht?«

»Weil ich nicht haben nötig das.«

»Du kriegst doch das nicht geschenkt, verdammt noch mal!«

Er gab ein bißchen nach.

»Nicht geschenkt? Ich bezahlen?«

»Ja, du Dussel. Du bist ein ganz normaler Gast. Mein Vater wird dich schon abkassieren, keine Sorge, ich kenne ihn diesbezüglich. Ich möchte nur nicht, daß du fünfundvierzig Mark pro Tag berappst, die Hälfte reicht auch, und zwar *mit* Frühstück. Verstanden? Und nebenher kannst du dir in aller Ruhe ein Zimmer suchen, du hast dann Zeit. Ich werde mich auch umsehen. Vielleicht wird mein Vater – wie gesagt, ich kenne ihn – sogar im voraus Bezahlung erwarten. Bist du dazu in der Lage?«

»Selbstverständlich.«

»So selbstverständlich scheint mir das nicht zu sein.« Das ist jetzt die Gelegenheit, dachte sie. »Verdienst du denn so gut?«

»Ja. Mit Überstunden. Und ich sparen.«

»Was machst du denn?«

»Elektrisch.«

»Was elektrisch?«

»Ich sein Elektriker«, entgegnete er. »Bei Storm.«

Elektro-Storm war auf ihrem Gebiet die größte Firma in Gelsenkirchen.

Mariannes Freude zeichnete sich auf ihrem Gesicht ab. Ein bißchen ärgerte sie sich aber auch, und sie fragte ihn deshalb: » Warum sagst du mir das eigentlich erst jetzt?«

»Was?«

»Deinen Beruf.«

»Weil du mich danach fragen erst jetzt.«

Marianne konnte sich eines Seufzers nicht erwehren. »Ja«, sagte sie, »das stimmt.«

Und dann wollte Wilhelm noch etwas von ihr wissen.

»Was sein das, Dussel?«

»Dussel?« erschrak sie über sich selbst. »Damit wollte ich dich nicht beleidigen, Wilhelm.«

»Beleidigen? Ich doch gar nicht wissen, was das sein.«

»Dann will ich es dir sagen«, meinte Marianne lächelnd. »Das kann ein ganz blöder Mensch sein, der einen aufregt, den man auf den Mond schießen möchte; er kann aber auch etwas ganz, ganz Liebes sein, ein Geschöpf, weißt du, das man sehr gern mag, das man... wie soll ich sagen... es kommt auf die Art an, in der man zu einem ›Dussel‹ sagt, ›du Dussel‹... lieb oder böse, verstehst du? Das ist das Entscheidende.«

»Ich verstehen«, nickte Wilhelm.

»Ja?«

»Ich jetzt genau wissen, wer sein ein Dussel.«

»Wer denn?«

Wilhelm strahlte.

»Du.«

Solche Mißverständnisse zwischen Marianne und Wilhelm lagen im Schoß der Zukunft noch viele begraben.

Der Kellner Heinrich kam an den Tisch, um in Erinnerung zu bringen, daß er jederzeit zur Verfügung stünde. Marianne ließ sich aus der Kaffeemaschine an der Theke eine Tasse Kaffee bringen.

»Aber wenn ich die aus habe«, sagte sie zu Wilhelm, »dann machst du dich auf den Weg zu deiner Pension.« Vorher ließ sie sich jedoch von ihm noch Bericht erstatten über das, was das Wichtigste war – die polizeiliche Einvernahme.

»Von wem stammt denn die Anzeige?« fragte sie.

»Vom Verletzten.«

»Dieses Schwein! Er war es doch, der dir an den Kragen wollte!«

Das stimmte nur halb, aber es war kein Wunder, daß Marianne es so sah. In der Anzeige stünde, berichtete Wilhelm, daß er der Angreifer gewesen sei.

»Hoffentlich hast du das korrigiert«, sagte Marianne.

Es habe alles sehr lange gedauert, erklärte Wilhelm. Die Ursache: sein schlechtes Deutsch. Mancher Satz habe dreimal geändert werden müssen, ehe er geeignet dazu gewesen sei, ins Protokoll aufgenommen zu werden.

»Ich frage dich, ob du das korrigiert hast«, wiederholte Marianne.

»Was?«

»Daß du der Angreifer warst.«

Wilhelm nickte eifrig.

»Ich denen sagen, was der vorher sagen zu dir.«

»Und?«

Wilhelm blickte sie stumm an. Seine Miene war ein großes Fragezeichen, als wollte er sagen: Was und?

»Hast du das Entscheidende bestritten? Dir mußte doch klar sein, worauf's ankam?«

»Sicher.«

»Worauf denn?«

»Für mich es ankommen darauf, was der vorher sagen zu dir. Alles andere unwichtig.«

Marianne gab es auf.

»Für dich ja«, seufzte sie. »Aber nicht für die Polizei, für das Gericht. So gehst du doch ins Gefängnis!«

Achselzuckend entgegnete Wilhelm: »Wenn für Polizei und Gericht gelten Ehre von Frau nichts, dann ich halt gehen in Gefängnis. Für dich überall hingehen, Marianne.«

Bei jedem anderen wäre Marianne, wenn er das gesagt hätte, nur in Lachen ausgebrochen – bei Wilhelm nicht. Wilhelm ließ den tiefen Ernst spüren, der hinter seinen Worten steckte.

»Wir brauchen einen guten Anwalt«, erkannte Marianne.

Daß er einen Anwalt brauche, habe man ihm auch bei der Polizei schon gesagt, teilte ihr Wilhelm mit. Ob sie einen wüßte?

Das sei nur eine Frage des Geldes, erwiderte sie.

Dann, erklärte Wilhelm, ginge er lieber ins Gefängnis.

Und damit war wieder ein Punkt erreicht, wo sich erneut Mariannes Temperament entlud. Sie stampfte im Sitzen mit dem Fuß auf den Boden und sagte, wenn er jetzt nicht aufhöre mit seinem Wahnsinn, bringe er sie noch um den Verstand. Ob er sich überhaupt vorstellen könne, was es hier für einen hieße, im Gefängnis gewesen zu sein? Wenn er sie heiraten wolle –

»Oder willst du mich nicht heiraten?« unterbrach sie sich.

Das schien ihm den Atem zu rauben, und er sagte, nachdem er sie sekundenlang angestarrt hatte, nur eines: »Marianne ...«

Das war also die Szene, in der Wilhelm und Marianne – überraschend für sie selbst – sich miteinander verlobten, überraschend insofern, als das Ganze so plötzlich, so früh gekommen war. Sozusagen aus heiterem Himmel.

Die Frage war nun, was andere dazu sagen würden.

Theodor Berger und seine Frau Sabine hatten den ruhigen Sonntagnachmittag dazu benutzt, um zum Friedhof zu fahren und die Gräber ihrer Eltern wieder mal in Ordnung zu bringen. Dieser Aufgabe stellten sie sich in unregelmäßigen Zeitabständen, je nachdem, welches Wetter herrschte. Regnete es viel, mußte häufiger Unkraut gejätet werden. Die zwei Gräber, die sie zu betreuen hatten, lagen nicht weit voneinander entfernt. Begonnen wurde grundsätzlich mit dem Grab der Eltern Theodors, dann folgte das andere. Theodor war ein Mann, der alles geregelt wissen wollte. Deshalb war auch schon die Frage entschieden worden, wo er und Sabine einmal liegen wollten. Die Vereinbarung, die beide getroffen hatten, war: Wer zuerst stirbt, kommt ins Grab seiner Eltern; der andere folgt dorthin nach.

Heute schlug Theodor, als sie nach getaner Arbeit den Friedhof verließen, vor, auch wieder einmal bei seiner Schwester Grete vorbeizusehen. Grete war um zwölf Jahre älter als er und lebte in einem Seniorenheim. Sabine war mit Theodors Vorschlag, der gewohntermaßen mehr einem Diktat glich, einverstanden, und so kam Grete Berger, die zeit ihres Lebens unverheiratet geblieben war, in den unverhofften Genuß, ihrem einzigen Bruder wieder einmal erzählen zu können, welche Probleme es mit ihm in der Schule gegeben hätte. Dadurch gelang es ihr wider Willen, Theo den Aufenthalt bei ihr zu vergällen, so daß er, als er das Altersheim mit Sabine wieder verließ, an diese die Frage richtete, wer eigentlich auf die Idee zu diesem Besuch gekommen sei. Sicherlich sie!

Zu Hause sagte er zu seiner Tochter: »Marianne, wir waren auch bei deiner Tante Grete. Was erzählt dir die eigentlich so, wenn du sie mal besuchst?«

»Alles mögliche«, erwiderte Marianne. »Meistens das, was der Arzt bei der letzten Untersuchung alles festgestellt hat. Und daß ich keinen Fehler mit den Männern machen soll.«

»Mehr nicht?«

»Kaum.«

Theodor nickte zufrieden und fragte dann: »War hier alles in Ordnung während unserer Abwesenheit?«

»Ja«, sagte Marianne. »Ich konnte eines der drei Zimmer im zweiten Stock vermieten.«

Dadurch fühlte sich Sabine angesprochen. Sie erklärte, das Bett noch überziehen zu müssen.

Das sei schon erledigt, sagte Marianne.

»Und wißt ihr«, fuhr sie fort, »an wen ich das Zimmer vermietet habe?«

»Laß mich raten«, meinte Theodor ironisch. »An Anastasia, die Zarentochter.«

»An Wilhelm Thürnagel.«

Theodor und Sabine Berger schauten sich gegenseitig an. Dann räusperte sich Theo und fragte Marianne: »Wie denn das?«

»Er brauchte einen Unterschlupf. Seine Wirtin hat ihm gekündigt.«

»Von heut auf morgen?«

»Fristlos, ja.«

»Und warum?«

»Wegen seiner Schwierigkeiten mit der Polizei.«

»Verständlich«, nickte Theo. »Solche Untermieter mögen die Leute nicht.«

Marianne schwieg. Darauf wollte sie gar nicht eingehen.

»Ich verstehe nur nicht«, fuhr Theo fort, »was er jetzt hier will.«

»Wohnen.«

»Als Untermieter?«

»Nein, als Gast eines Beherbergungsbetriebes.«

Theodor hatte das Bedürfnis, sich eine Zigarre anzuzünden. Das dauerte ein bißchen. Als er dann zwei, drei dicke Wolken zur Decke hatte emprosteigen lassen, sagte er, die Zigarre zwischen den Fingern drehend und sie betrachtend: »Siehst du, gerade das ist es, mein Kind. Wir sind kein Beherbergungsbetrieb, sondern ein reines Gasthaus, also kein Hotel oder so was Ähnliches. Die paar Zimmer, die wir haben, laufen nur nebenbei mit. Kurz und gut, das, was Herr Thürnagel sucht, haben wir ihm nicht zu bieten.«

»Auf die Dauer nicht, nein«, gab Marianne zu.

»Auch nicht für kurze Zeit.«

»Wieso nicht?«

Theos Ton wurde von Antwort zu Antwort härter. Seinen Blick wandte er dabei nicht von der Zigarre ab.

»Er verwechselt uns mit einem Obdachlosenasyl.«

»Nein, das tut er nicht«, sagte Marianne ruhig, aber fest.

»Weiß er, was das Zimmer kostet?«

»Ja.«

»Mit dem Wissen allein ist es aber nicht getan. Ich müßte wohl meinem Geld nachlaufen, und das lehne ich ab.«

Um das, was Theodor lauter wurde, wurde Marianne leiser. Das hatte aber nicht damit zu tun, daß sie etwa vor ihm zurückgewichen wäre. Im Gegenteil. Marianne war zu sehr eine Tochter Theodors, als daß sie sich ins Bockshorn hätte jagen lassen.

»Er bezahlt im voraus«, erwiderte sie.

»Hat er das gesagt?«

»Ja.«

»Ist er dazu auch in der Lage?«

»Ja.«

»Woher stammt das Geld?« In Theo schoß ein entsetzlicher Verdacht hoch. »Etwa von dir?«

»Nein«, sagte Marianne, und dann reichte es ihr. »Aber wenn es so wäre – was dann?«

Das war die Eröffnung ihres Gegenangriffs. Ihr Blick hatte sich in den ihres Vaters gebohrt.

»Was dann?« wiederholte sie, als Theodor nicht gleich wußte, was er antworten sollte.

»Dann müßte man dich in die Klapsmühle stecken.«

»Oder du würdest ganz einfach die Hand auf mein Konto legen, nicht?«

»Sicher.«

»Wie denn?«

»Was... was heißt ›wie denn‹?« fragte Theodor stokkend.

»Das heißt, daß du dazu überhaupt keine Handhabe hättest, und das weißt du auch!«

Theodor fühlte sich dadurch, wie es so schön heißt, aufs Kreuz gelegt und suchte Beistand bei Sabine, die nach alter Gewohnheit ihr Strickzeug hervorgeholt hatte und die Nadeln klappern ließ.

»Sag doch du auch mal was!« forderte er sie auf.

Die Nadeln standen still.

»Was soll ich denn sagen?«

»Hast du denn nicht zugehört?«

»Doch.«

Er wies mit weit ausgestrecktem Zeigefinger auf Marianne.

»Die ist doch verrückt!«

»Schrei nicht so, Theo.«

»Soll ich vielleicht flüstern?«

»Mit Gebrüll machst du nichts besser.«

Das Blut schoß Theodor in den Kopf, er explodierte.

»Wißt ihr, was ihr mich beide könnt? Ich bin doch nicht euer Idiot! Macht doch, was ihr wollt! Ihr werdet schon sehen, wo ihr hinkommt!«

Damit stampfte er zur Tür, riß sie auf, ging hinaus, warf sie hinter sich zu, und es war klar, wo man ihn den ganzen Abend wieder suchen mußte, wenn man ihn finden wollte – hinter seiner Theke.

Sabine, die sich vom Schicksal vieler Mütter, zwischen zwei Feuer zu geraten, ereilt sah, blickte vorwurfsvoll ihre Tochter an, seufzte und sagte: »Kind, du darfst deinen Vater nicht so aufregen. Hast du nicht gesehen, daß er direkt gezittert hat?«

»Nein, das habe ich nicht gesehen«, antwortete Marianne.

»Zumindest war er nahe daran, ich kenne ihn besser als du. Er ist nicht so stabil, wie er aussieht. Solche Auftritte gefährden seine Gesundheit. Leider häufen die sich in letzter Zeit. Das hat es doch früher nicht gegeben.«

»Weil ich zu allem ja und amen gesagt habe.«

»Niemand von uns hat das je von dir verlangt, und niemand verlangt es heute von dir.«

»Mutter«, sagte Marianne, »lassen wir das. Ich weiß genau, was die Atmosphäre in unserer Familie verändert hat. Aber Vater irrt sich – und auch du, Mutter, irrst dich –, wenn ihr zwei vielleicht glaubt, daß sich der alte Zustand je wieder herstellen läßt.«

Sabine blickte hilflos um sich, sie seufzte noch einmal.

»Und alles nur wegen dieses Menschen«, sagte sie. »Dabei weißt du nicht einmal, was er macht.«

»Doch, das weiß ich jetzt.«

»Ja? Was denn?«

»Er arbeitet bei Storm.«

»Bei Elektro-Storm?«

»Ja.«

»Als was?«

»Als Elektriker natürlich.«

»So natürlich ist das gar nicht. Die haben ja auch Hilfsarbeiter und Kraftfahrer und solche Leute.«

Bei Marianne sträubte sich schon wieder das Fell.

»Und du tippst selbstverständlich auf Hilfsarbeiter.«

Für Sabine hätte sich Vorsicht empfohlen, doch sie erwiderte: »Elektriker ist ja auch nicht das Tollste.«

»Aber Gastwirt!« kam es knallhart aus Mariannes Mund.

Schweigen breitete sich aus im Wohnzimmer, bis Mutter Sabine wieder zu stricken anfing und das leise Geräusch der Nadeln vernehmlich wurde. Mein Gott, dachte sie, wenn das ihr Vater gehört hätte! Was ist nur in das Kind gefahren!

Wilhelm Thürnagel merkte schon nach kurzem, was Mariannes Eltern – vor allem der Vater – von ihm erwarteten: er möge möglichst bald wieder verschwinden. Das wurde ihm zwar nicht offen gesagt, aber er hätte die Haut eines Elefanten haben müssen, wenn er nicht gespürt hätte, wie sehr man ihn ablehnte. Bezeichnend war folgender Vorfall:

»Herr Thürnagel«, sagte Theo schon am zweiten Tag zu ihm, »bestehen Sie auf dem Frühstück?«

»Bestehen?« anwortete Wilhelm verwirrt. »Nein.«

»Gut. Für meine Frau wäre das nur eine Belastung. Der Zimmerpreis ermäßigt sich dadurch entsprechend.«

Was aber sagte dazu Marianne? Nun, zwei Tage lang bekam sie die Sache noch gar nicht mit, denn die Eltern sagten ihr nichts und Wilhelm schwieg ebenfalls. Doch dann kam sie ganz einfach von selbst dahinter, weil sie Wilhelm einen Blumenstrauß aufs Zimmer stellte und dabei seinen Frühstückseinkauf für die nächsten Tage entdeckte. Abends als er von der Arbeit kam, fragte sie ihn, was das zu bedeuten habe. Wohl oder übel mußte er es ihr nun sagen. Marianne wurde blaß, dann rot. Als Wilhelm das sah, meinte er rasch: »Du dich nicht aufregen. Mir das nichts ausmachen.«

»Aber mir!«

»Können ich besorgen mir Wurst und Käse oder Marmelade nach eigene Wahl.«

»Und wie kommst du zu etwas Warmem im Magen? Zu Kaffee oder Tee?«

»Nicht brauchen.«

Für Marianne kam das nicht in Frage.

»Jeder braucht etwas Warmes«, sagte sie. »Außerdem ist das überhaupt keine zusätzliche Belastung für meine Mutter.«

»Doch, ich das schon glauben.«

»Unsinn! Du bist ja nicht der einzige Frühstücksgast!«

»Aber der, der aufstehen früher als die anderen.«

Das war allerdings richtig. Wilhelm arbeitete nicht acht, sondern zehn Stunden am Tag und ging dadurch morgens schon sehr bald aus dem Haus. Daß das freilich nicht der wahre Grund dafür war, den Service für ihn einzuschränken, wußte Marianne genau, aber immerhin lieferte es den Vorwand dazu. Kurzentschlossen sagte sie: »Nun gut, dann mache *ich* das.«

»Was?«

»Deinen Kaffee.«

Daraufhin beteuerte Wilhelm erst recht, keinen Kaffee zu brauchen. Kaffee schade sogar seinen Magennerven, die ihn nicht gewöhnt seien. Sie müßte doch wissen, welche Rarität Bohnenkaffee in Rußland darstelle.

»Dann kriegst du Tee«, sagte Marianne.

»Dasselbe gelten für Tee.«

»So?« sagte Marianne und mußte schon fast wieder lachen. »Und was haben wir in jener Nacht auf deinem Zimmer getrunken? Wer hat mir erzählt, was er massenhaft aus Rußland mitgebracht hat? Wer bedauerte, daß er den Samowar zurücklassen mußte? Wer war das?«

Von nun an wurde also Wilhelm morgens von Marianne mit dem Nötigen versorgt. Als Mutter Sabine sah, daß sie – bzw. ihr Mann – dies erreicht hatte, hätte sie das Rad gerne wieder zurückgedreht, aber nun wurde das von Marianne abgelehnt.

»Laß nur, Mutter«, sagte sie, »das läuft jetzt schon richtig so. Ich könnte mir auch gar nicht vorstellen, daß dein Kaffee oder Tee von Wilhelm noch einmal akzeptiert würde.«

»Hat er das gesagt?«

»Nein.«

»Na also.«

»Aber er denkt das. Alles andere wäre nicht normal. Und wenn du mich fragst, ich finde das absolut richtig von ihm.«

»Marianne, ich –«

»Du stehst unter dem Druck Vaters, ich weiß. Aber auch eigenes Dazutun kannst du nicht leugnen. Ihr dürft euch jedoch beide darauf verlassen, daß Wilhelms Zimmer möglichst bald wieder frei sein wird. Er selbst hat zwar wenig Zeit, auf Wohnungssuche zu gehen, aber ich werde ihm das abnehmen. Ich bin schon dabei.«

»Du?«

»Ja. Ich werde nicht ruhen, bis ich Erfolg habe. Für einen wie ihn ist das nicht so einfach. Aber dann«, sagte Marianne, »werdet ihr erleben, daß es auch für euch besser gewesen wäre, wenn er noch hier wohnen würde.«

»Wieso?«

»Weil ich sehr viel bei ihm sein werde, mehr als bei euch.«

Das traf Sabine mitten ins Herz. Tränen schossen ihr

in die Augen. »Marianne«, sagte sie, »vergißt du denn, daß wir deine Eltern sind?«

Ganz ähnlich drückte sich Theodor aus, als ihm Sabine abends im Bett berichtete, was Marianne angekündigt hatte.

»Die denkt nicht mehr an uns«, meinte er, »sonst könnte sie dir so etwas nicht sagen.«

»Was sollen wir tun, Theo?«

»Fest steht, daß sie in ihr Unglück rennt, wenn wir das nicht verhindern.«

»Ich glaube, ich würde das nicht überleben. Sie ist doch unser einziges Kind.«

Theodor sagte eine Weile nichts. Dann stellte er das Ganze in einen globalen Rahmen, indem er grollend hervorstieß: »Diese Scheißpolitiker!«

Und als Sabine den Zusammenhang nicht erkannte, fuhr er fort: »Ihnen haben wir doch diese ganzen Aussiedler zu verdanken.«

Neun Tage später zog Wilhelm Thürnagel aus der ›Sonnenblume‹ aus, und zwar Hals über Kopf. Theodor Berger hatte zum letzten Mittel gegriffen.

Dieses Mittel bestand darin, dafür zu sorgen, daß Frau und Tochter wieder einmal zum Einkaufen nach Essen fuhren. Das bedeutete, daß sie außer Haus waren. Theodor verschaffte sich so die Gelegenheit, ungestört mit Wilhelm zu sprechen, besser gesagt, ihn sich ›vorzuknöpfen‹. Dazu suchte er ihn in seinem Zimmer auf und fackelte nicht lange, indem er, nachdem ihm der überraschte, ja sogar ein bißchen verstörte Wilhelm einen Platz angeboten hatte, begann: »Es geht um Marianne …«

Wilhelm wußte in seiner Verwirrung nicht gleich, was er sagen sollte. Er suchte nach einer Antwort. Das dauerte Theo zu lange.

»Ich lasse nicht zu, daß Sie sie ins Unglück stürzen«, fuhr er fort, »und daß Sie dadurch auch noch meine Frau ins Grab bringen. Das hat die mir nämlich schon angekündigt.«

Wilhelm verlor jäh alle Farbe.

»Herr Berger... ich... ich«, stotterte er, »lieber sterben selber als... als wollen das.«

»Dann Finger weg von unserer Tochter!«

»Finger weg?« In Wilhelms Augen glomm plötzlich ein gefährliches Licht. »Ich nicht gerne hören solche Worte in diese Zusammenhang, auch nicht von Ihnen, Herr Berger. Waren noch nicht meine Finger an Ihrer Tochter.«

»Sie verstehen das falsch«, sagte Theodor rasch, dem blitzartig klar wurde, daß hier kein Tiger gereizt werden durfte. »Im Deutschen hat diese Redewendung nicht den Sinn, den Sie ihr momentan geben.«

»Welchen Sinn dann?«

»Daß Sie sich Marianne aus dem Kopf schlagen sollen.«

»Vergessen?«

»Am besten das, ja.«

»Sein das unmöglich.«

»Wieso?«

»Weil ich lieben sie«, sagte Wilhelm lächelnd. Er hatte sich wieder beruhigt.

»Wenn das stimmt«, erklärte Theo, der mit einem festen Entschluß hierhergekommen war und sich durch nichts von diesem abbringen lassen wollte, »dann verpflichtet es Sie erst recht dazu, Marianne nicht unglücklich zu machen.«

»Ich nicht verstehen, was Sie meinen. Sprechen sie.«

Theo räusperte sich, ehe er begann, Wilhelm klaren Wein einzuschenken.

»Sehen Sie, Herr Thürnagel, das ginge nicht gut mit Ihnen und Marianne. Ich will gar nicht verhehlen, daß Marianne heute vom Gegenteil überzeugt ist – und sie, wie Sie mir sagen, sowieso auch. Aber was könnte denn dabei herauskommen, wenn ihr zwei nicht aufhört, einander nachzulaufen? Eine Ehe, denken Sie sicher. Aber was für eine Ehe! Eine, die nach kürzester Frist schiefgehen müßte. Und warum? Weil ihr zwei einfach nicht zusammenpaßt. Der Unterschied zwischen euch ist zu groß, in jeder Beziehung. Ich hoffe, Sie verstehen, was ich meine, damit es mir erspart bleibt, Ihnen nahezutreten. Sie müssen sich einmal selbst ansehen, kritisch, ohne jede Illusion, und dann einen Vergleich mit unserer Tochter anstellen, wenn –«

»Ich wissen, was wollen sagen Sie«, unterbrach Wilhelm. »Marianne sein reich, ich arm.«

»Ja«, meinte Theodor trocken.

Reich war Marianne zwar durchaus nicht, reich war sie nur in Relation zu Wilhelm, und nichts anderes meinte Theodor auch.

»Ich darüber schon viel nachdenken«, gestand Wilhelm.

»Worüber?«

»Daß sein ich arm, und Marianne nicht.«

Theo horchte auf. Wenn der darüber schon nachgedacht hat, sagte er sich, ist das ja bereits ein Fortschritt. Vielleicht renne ich offene Türen bei ihm ein.

»In einer Ehe«, meinte er, »die halten soll, muß der Mann die Ansprüche der Frau, die sie gewöhnt ist, erfüllen können. Ich glaube, damit sage ich auch Ihnen nicht Neues.«

»Nein.«

»Marianne ist zwar keine Millionärstochter, aber sie hat ihre Garderobe, ihren Schmuck, und zum nächsten Geburtstag bekommt sie von uns auch den kleinen Wagen, von dem sie träumt, seit wir sie den Führerschein machen ließen. Sagen Sie ihr das aber nicht, denn das soll eine Überraschung für sie sein. Sie sehen also, was zu den Lebensgewohnheiten unserer Tochter gehört. Unsere Gastwirtschaft wirft das ab; sie geht gut, das werden Sie ja selbst schon bemerkt haben. Marianne ist unser einziges Kind. Im Grunde haben meine Frau und ich nur immer für sie gearbeitet. Wenn sie Schiffbruch erleiden würde, wäre das für meine Frau der Tod, das sagte ich Ihnen schon. Und sie dürfen das ernst nehmen. So, nun wissen Sie Bescheid.«

In äußerster Spannung wartete Theodor auf Antwort. Nun mußte es sich entscheiden, ob er offene Türen eingerannt hatte oder nicht. Wilhelm saß da und starrte vor sich hin. Mit tonloser Stimme wiederholte er schließlich: »Ich darüber schon viel nachdenken.«

Und nach einer weiteren Pause setzte er hinzu: »Auch noch nachdenken ich über andere Punkt.«

»Über welchen?« fragte Theodor.

»Daß glauben die Leute vielleicht, ich sein Mitgiftjäger.«

»Das kommt noch dazu«, meinte Theodor Berger, eifrig nickend.

Als er dann das Zimmer verließ, durfte er guter Hoffnung sein. *Wie* guter, das zeigte sich aber schon eine halbe Stunde später. Wilhelm kam die Treppe herunter und hatte sein ganzes Gepäck bei sich. Das war ja nicht soviel, daß er es nicht hätte schleppen können. Sein Hauptbesitz waren gute viertausend Mark, die er, seit er in Arbeit stand, schon zurückgelegt hatte. Sie lagen auf einem Konto der Städtischen Sparkasse.

»Herr Berger«, sagte er, »ich machen Weg frei für Glück von Ihre Tochter.«

Theodor jubilierte innerlich.

»Sie ziehen aus?«

»Ja.«

»Jetzt schon?«

»Ja.«

Das übertraf Theodors kühnste Erwartungen. Anstandshalber fragte er aber: »Wissen Sie denn wohin?«

»In Pension.«

»Sie kriegen von ihrer Vorauszahlung noch etwas zurück«, sagte Theo rasch, um zu verhindern, daß sich Wilhelm seinen Entschluß vielleicht noch einmal überlegen könnte, und er ließ der Ankündigung sogleich die Tat folgen, indem er den fälligen Betrag aus dem Portemonnaie holte. »Soll ich ein Taxi rufen?«

»Ja, bitte.«

Während Theo mit dem Telefon beschäftigt war, setzte sich Wilhelm auf einen Stuhl. Seine Züge waren wie versteinert, seine Augen erloschen.

»Noch einen Schnaps?« fragte ihn Theo.

»Nein, danke.«

»Auf meine Rechnung natürlich.«

»Nein.«

»Auch kein Bier?«

»Nein.«

Als das Taxi draußen hupte, richtete Theodor Berger eine letzte Frage an Wilhelm Thürnagel, die eigentlich unvermeidlich war: »Was soll ich Marianne sagen?«

Unendlich fremd blickte ihn Wilhelm an.

»Was Sie halten für richtig«, erwiderte er müde und ging.

»Alles Gute!« rief ihm Theodor nach.

Ein Echo erfolgte nicht. Wilhelm warf auch, als er ins Taxi kletterte, auf die ›Sonnenblume‹ keinen Blick mehr zurück.

Nachdem nun der volle Erfolg Theodors feststand, wäre zu erwarten gewesen, daß sich Freude breitgemacht hätte im Herzen des wackeren Kämpfers für die Belange seiner Tochter. Doch dem war nicht so. Nur einige Minuten lang befand sich Theo in Hochstimmung, dann fiel ihm ein, daß er sich den Fragen Mariannes zu stellen haben würde, und das rief Sorgenfalten auf seiner Stirn hervor. Vor seinem geistigen Auge erschien das Bild einer harten Nuß, die noch zu knacken war von ihm, und diese Erwartung erfüllte sich dann auch ganz und gar.

Sabines erste Frage nach ihrer Rückkehr galt der Küche. Ob denn die Mädchen zufriedenstellend zurechtgekommen seien?

»Absolut«, erklärte Theo. »Und wie war's bei euch? Habt ihr alles gefunden, was ihr gesucht habt?«

Marianne war schon am Auspacken. Die erste Plastiktüte, die sie entleerte, enthielt zwei leichte Pullover. Während Marianne diese aus der Tüte zerrte und auf den Tisch legte, sagte sie: »Hier, sieh mal, an dich haben wir auch gedacht, Vater.«

»Kann ich brauchen«, nickte Theodor, einen der Pullover in die Hand nehmend. »Aber warum denn gleich zwei?«

»Nee, nee«, korrigierte ihn Marianne, »dir gehört nur der eine, den du schon in der Hand hast. Der andere wäre dir viel zu eng, sieh ihn dir doch an. Den deinen hat auch Mutter bezahlt.«

»Und den anderen?«

»Ich.«

»Für dich?«

»Nein, für Wilhelm«, erwiderte Marianne, ohne zu zögern, und lachte. »Nur du oder ein Blinder sieht nicht, daß das auch ein Herrenpullover ist.«

Den Stier bei den Hörnern packend, sagte Theodor: »Hoffentlich hast du dir vorbehalten, ihn umtauschen zu können?«

»Wieso? Die Größe stimmt, das weiß ich.«

»Aber der Empfänger ist nicht mehr da.«

»Was?« stieß Marianne hervor und schaute ihren Vater an, als hätte der irgend etwas Chinesisches gesagt, von dem kein Wort zu verstehen gewesen sei.

»Der ist ausgezogen«, sagte Theodor.

»Ausgezogen?«

»Ja.«

»Wieso denn? Wohin denn?«

Theodor beantwortete keine dieser beiden Fragen,

sondern sagte: »Damit du gleich Bescheid weißt – ich habe ihn *nicht* ausquartiert!«

Mutter Sabine hatte sich auf den nächsten Stuhl niedersinken lassen. Sie hatte Angst vor dem, was kommen würde. Zum Zwecke der Vorbeugung schlug sie vor: »Soll ich uns nicht allen eine gute Tasse Kaffee machen? Ich muß sagen, darauf habe ich mich schon in der Bahn gefreut.«

Marianne schenkte ihr keine Beachtung und blickte nur ihren Vater an.

»Wenn du ihn nicht ausquartiert hast, was hast du dann getan?« fragte sie ihn.

»Siehst du«, wandte sich Theodor an Sabine, »sie fängt schon an. Sie glaubt nicht, daß das sein freier Entschluß war. Dabei schwöre ich, daß auch sie nicht überraschter als ich selbst hätte sein können, als er mit Sack und Pack die Treppe herunterkam.«

Marianne ging zur Tür.

»Wo willst du hin?« fragte Theodor sie.

»Auf sein Zimmer. Ich kann das nicht glauben.«

»Dann überzeuge dich selbst.«

Das einzige, was Marianne von Wilhelm noch vorfand, war das Geschirr und auch das Besteck für zwei Personen, das sie ihm geschenkt hatte. Beides lag – ohne eine Zeile Begleittext – auf dem Tisch.

Marianne ging wieder hinunter zu den Eltern, um das Gespräch mit ihrem Vater fortzuführen. In der Zwischenzeit hatte Theodor Sabine in groben Umrissen über das ins Bild gesetzt, was geschehen war.

»Vater«, sagte Marianne, »gib mir den Brief.«

»Welchen Brief?«

»Den Wilhelm für mich hinterlassen hat. Auf dem Zimmer ist keiner, also muß er ihn dir gegeben haben.«

»Du irrst dich, er hat mir keinen gegeben.«

Mariannes Miene wurde immer verständnisloser.

»Das ist unmöglich!«

»Glaubst du etwa, ich würde ihn dir unterschlagen?«

»Nein, das nicht«, besann sich Marianne, »aber…«

Sie verstummte und bekam feuchte Augen. Ihrer Mutter zerschnitt es das Herz, als sie das sah, und obwohl sich Sabines Interesse mit dem ihres Mannes deckte, fragte sie ihn: »Hat er denn auch nichts mündliches für sie hinterlassen?«

»Nein«, erwiderte Theodor, »obwohl ich ihn gefragt habe, was ich Marianne sagen sollte.«

»Du hast ihn das gefragt?«

»Ausdrücklich sogar.«

»Und seine Antwort?«

Zwischen Sabine und Marianne hin und her blikkend, sagte Theodor: »Ich will es euch ganz genau schildern. Er bat mich, ihm ein Taxi zu rufen. Während ich telefonierte, setzte er sich auf einen Stuhl. Dann warteten wir. Ich bot ihm einen Schnaps an. ›Danke, nein‹, sagte er. Daraufhin ein Bier. Auch ›danke, nein‹. Als das Taxi draußen hupte, fragte ich ihn: ›Was soll ich Marianne sagen?‹ Seine Erwiderung war: ›Was Sie halten für richtig.‹ Wörtlich. Für mich hieß das: Das ist mir doch scheißegal!« Theodor hob die Arme. »Oder hättet ihr das anders verstanden?«

»Nein«, meinte Mutter Sabine mit unsicherer Stimme, unsicher deshalb, weil ihr klar war, daß sie damit auch noch zum Schmerz und zur Enttäuschung ihrer Tochter beitrug.

Marianne weinte in der kommenden Nacht ihre Kissen naß. Doch bis zum Morgen hatte sie sich leer geweint, und als es Zeit zum Aufstehen war, verließ eine andere Marianne das Bett als jene, die in dasselbe am Abend zuvor hineingekrochen war. Sie war härter geworden. Die erste große Enttäuschung ihres Lebens lag hinter ihr. Der Mann, den sie liebte, hatte sich davongemacht. Sie hatte geglaubt, daß auch er sie liebte, aber das war wohl ein Irrtum gewesen, denn sonst hätte er nicht die erste Gelegenheit, die sich ihm bot, dazu benützen können, sie vor vollendete Tatsachen zu stellen. Die strahlenden Augen, mit denen er sie zuvor immer angesehen hatte, der ganze Anschein, den er sich gegeben hatte, all das konnte nur Schauspielerei gewesen sein. Aber warum das? Warum die Prügeleien für mich? fragte sich Marianne. Wahrscheinlich wußte er das selbst nicht. Wahrscheinlich ist er einer, redete sie sich ein, dem es einfach Spaß macht, gewalttätig zu werden. Oder doch nicht? Sollte man ihn nicht doch noch einmal fragen? Wer ›man‹? Ich selbst natürlich.

Marianne rief sich zur Räson: *Ich?! Ich* soll ihm nachlaufen und ihn bitten, sich zu erklären?! — *Ich* nicht!!

Dazu war sie viel zu stolz. Lieber zwang sie sich dazu, selbst ihr ganzes weiteres Leben zu zerstören.

Das gleiche galt für Wilhelm Thürnagel. Auch für ihn gab es kein Zurück mehr. Auch er war ein Sklave seines Stolzes. Man hätte ihn ja für einen Mitgiftjäger halten können...

Wochen vergingen, Wochen, in denen alles die beiden, auf deutsch gesagt, ankotzte. Sie fühlten sich todunglücklich, obwohl es gerade für Wilhelm, wie man so sagt, nicht schlecht lief. Er fand rasch ein Zimmer. Sein Chef besorgte es ihm. Die überhohen Kosten für die Pension entfielen also schon wieder. Dann begann man bei der Firma an eine Beförderung Wilhelms zu denken. Ein zuverlässiges Anzeichen dafür war, daß ihm ein Trupp Elektriker unterstellt wurde. Vorerst probeweise, hieß es, aber das kannte man ja; die Regel war, daß aus einem ›probeweise‹ verhältnismäßig bald ein ›endgültig‹ wurde. Die Hinaufstufung in der Verantwortung bedeutete für Wilhelm natürlich auch ein spürbares Anwachsen seines Verdienstes. Er kaufte sich ein Moped, mit dem er jedoch fast nur zur Arbeit fuhr. Selten benützte er es auch mal dazu, am Sonntag ein bißchen durch die Gegend zu gondeln. In seiner Freizeit lernte er lieber Deutsch. Er tat dies verbissen und machte unglaublich rasche Fortschritte. Er hatte sich ein großes Ziel gesteckt, über das er freilich mit niemandem sprach. Um es zu errechen, würde er das betreiben müssen, was ›Weiterbildung‹ genannt wurde. Weiterbildung besteht aus Lehrgängen und Schulen. Die erste Voraussetzung, um solchen Anforderungen gewachsen zu sein, sind perfekte Sprachkenntnisse. Wilhelm wußte das und büffelte deshalb fast jeden Abend, oft bis über die Mitternachtsstunde hinaus, deutsche Grammatik. An Vokabeln fehlte es ihm ja ohnehin schon nicht mehr. Sein Ziel war es, Elektro-Ingenieur zu werden. Jeder, der ihn kannte und dem das verraten worden wäre, hätte keinen Augenblick daran gezweifelt, daß er es schaffen würde. Und doch kam alles ganz, ganz anders...

Was war mit Marianne? Nun, sie hatte sich kein Ziel gesteckt. Wenn sie sich selbst fragte, was mit oder aus ihr werden sollte, lautete die eigene Antwort, die sie sich gab: eine alte Jungfer. Interessen, welche dieser Gefahr vorgebeugt hätten, hegte sie keine mehr. Die Menschheit schien für sie nur noch aus einem Geschlecht zu bestehen – dem eigenen. Lediglich nachts, wenn sie schlief, war das anders. Dann wurde sie, ihrem Empfinden nach, von Träumen ›verfolgt‹, über die sie keine Gewalt besaß und die alle denselben Namen trugen – Wilhelm.

Marianne war das unglücklichste Mädchen, das der Erdball trug, doch sie wäre lieber gestorben, als auch nur einen einzigen Schritt zu tun, der geeignet gewesen wäre, ihr inneres Elend abzuwenden. Dazu war sie eben zu stolz.

Zwischen Marianne und Wilhelm waren also gewissermaßen die Fronten total verhärtet. An einem Freitagnachmittag aber kamen sie wieder in Bewegung. Davon ahnten allerdings vorläufig weder Marianne noch Wilhelm etwas. Zu sehen war das – im Rückblick – erst wieder Wochen später.

Wie gesagt, an einem Freitagnachmittag...

Wilhelm machte mit seinem Trupp Feierabend. Während die Männer ihr Gerät zusammenpackten, unterhielten sich zwei über ein wichtiges Ereignis, das unmittelbar vor der Tür stand – ein Fußballspiel der firmeneigenen Mannschaft. Die beiden gehörten dieser an. Sie nahm an der Runde der Gelsenkirchener Firmenmannschaften teil, hatte aber bisher nur bescheidene Erfolge erzielen können. Das nächste Spiel – noch am gleichen Abend – sollte gegen die Elf einer Brotfabrik stattfinden. Diese Firma verfügte über eine viel größere Belegschaft als Elektro-Storm, konnte also personalmäßig aus einem Reservoir schöpfen, das dem der ›Stormer‹ weit überlegen war. Mit den Chancen letzterer sah es demnach trübe aus. Zu erreichen war da regelmäßig nur ein sogenanntes ›ehrenvolles Abschneiden‹.

Von den beiden Aktiven aus dem Trupp Wilhelms sagte der eine: »Bernd, wenn ich an heute abend denke, habe ich ein mieses Gefühl.«

Der andere erwiderte: »Glaubst du, ich nicht, Friedrich?«

»Hoffentlich werden wir nicht regelrecht vorgeführt«, sagte Friedrich.

»Wir müssen uns alle hinten reinstellen und verteidigen, damit wir keine Katastrophe erleben«, meinte Bernd.

»Ausgerechnet heute fehlt uns Karl-Heinz, der wichtigste Mann.«

»Wieso, was ist mit dem?« fragte ein dritter namens ›Stummel‹, der den beiden zugehört hatte. ›Stummel‹ war sein Spitzname. Er wurde so genannt, weil er sehr klein war.

»Der mußte nach Augsburg«, antwortete Bernd.

»Was macht er denn da?«

»Sein Vater wird morgen beerdigt.«

»Scheiße! Und wer ersetzt ihn euch als Libero?«

Bernd zuckte die Achseln.

»Weiß ich nicht. Wahrscheinlich der Kurt. Aber darüber soll sich Udo den Kopf zerbrechen.«

Udo Holtkamp war der Kapitän der Mannschaft. Er spielte im Tor. Kurt Brungs konnte sowohl als Stürmer als auch als Abwehrspieler eingesetzt werden. In beidem verkörperte er aber leider nur Mittelmaß.

Stummel verzog skeptisch sein Gesicht.

»Sieht düster aus für euch«, meinte er, sein Resümee aus dem, was er gehört hatte, ziehend. »Meiner Ansicht nach müßtet ihr es in eurer Notlage mal mit einem ganzen neuen Mann versuchen.«

»Woher einen nehmen und nicht stehlen?« seufzte Friedrich, und Bernd pflichtete ihm durch nachdrückliches Kopfnicken bei.

»Und was wäre mit Wilhelm?« fragte Stummel.

Wilhelm Thürnagel befand sich außer Hörweite. Er hatte eine Gelegenheit suchen müssen, das Büro der Firma anzurufen, und war nun in ein längeres Telefonat verwickelt.

»Wilhelm?« antworteten Friedrich und Bernd wie aus einem Munde.

»Ja«, nickte Stummel.

»Wie kommst du auf den?« fragte Bernd.

»Er hat mal was fallen lassen, daß er in Rußland aktiv war.«

»Aktiv?«

»Fragt ihn doch selbst. Ihr wißt ja, wie er ist. Man muß ihm die Würmer aus der Nase ziehen. Mir gegenüber ist ihm das auch nur herausgerutscht, und als ich nachbohren wollte, winkte er ab. Das sei vorbei für ihn, sagte er, basta.«

Bernd blickte Friedrich an.

»Was meinst du?«

»Stummel hat recht«, sagte Friedrich. »Fragen können wir ihn ja mal.«

Und das ging dann so vor sich:

»Wilhelm«, sagte Friedrich, als das Telefongespräch zu Ende war, »wir hören, daß du in deiner Heimat Fußball gespielt hast.«

»Wer sagt das?« erwiderte Wilhelm.

»Stummel.«

Wilhelm schien von dem Gespräch nicht begeistert zu sein.

»Stummel sagt viel«, meinte er abweisend.

Zu kurz geratene Leute sind bekanntlich oft viel empfindlicher als Riesen. Das hat psychologische Gründe. Prompt regte sich Stummel auf: »Was?! Du stellst mich als Waschweib hin?!«

Wilhelm machte eine beschwichtigende Geste.

»Sei nicht gleich beleidigt, ich hab's nicht so gemeint.«

So billig ließ ihn aber Stummel nicht davonkommen.

»Hast du das zu mir gesagt oder nicht?«

»Was?«

»Daß du in deiner Heimat aktiv warst.«

»Ja«, antwortete Wilhelm widerstrebend und setzte hinzu: »Aber ich habe dir auch gesagt, daß das für mich ist vorbei. Verstehst du? Der Hund ist begraben, also Schluß!«

Stummel wandte sich an Bernd und Friedrich.

»Hört ihr das?«

»Ja«, sagten beide und schauten Wilhelm an, und

zwar eine ganze Weile, bis ihm das unbehaglich wurde und er sie fragte: »Was ist? Was wollt ihr?«

»Wir brauchen einen Libero«, erwiderte Friedrich.

»Dann sucht euch einen.«

»Wir haben ihn schon gefunden«, sagte Bernd.

»Wen?« Wilhelm legte sich die Hand auf seine Brust. »Etwa mich?«

»Ja«, nickten die zwei.

»Ihr seid beide verrückt. Wißt ihr auch warum?«

»Warum?« fragte Bernd.

»Aus mehreren Gründen. Erstens habe ich nie auf dem Libero-Posten gespielt.«

»Wo dann?«

»Im Sturm.«

»Auch gut«, sagte Friedrich. »Wir können dich da ebenfalls bitter notwendig brauchen.«

»Und zweitens habe ich überhaupt keine Ausrüstung, keine Schuhe und so weiter.«

»Die kriegst du. Der Größe nach müßte dir alles von Karl-Heinz passen.«

»Von welchem Karl-Heinz?«

»Karl-Heinz Groth. Ein Kraftfahrer der Firma. Unser etatmäßiger Libero. Du kennst ihn vielleicht nicht. Er mußte zu einer Beerdigung. Daraus ergibt sich ja das Hauptproblem für uns heute.«

»Und drittens«, sagte Wilhelm, »fehlt mir, seit ich hier bin, jedes Training. Was das heißt, muß euch doch klar sein. Ich habe keinen Funken Kondition. Kriege ich die auch von Karl-Heinz?« setzte er ironisch hinzu.

Das war nun wirklich ein Problem. Friedrich verstummte, auch Bernd schien zu resiginieren. Da wartete Stummel mit einem Vorschlag auf, der Hand und Fuß hatte. »Und wie wär's mit einer Halbzeit, Wilhelm? Die könntest du doch auf alle Fälle noch durchstehen?«

»Nein!« erklärte Wilhelm kategorisch. »Ein für allemal nein!«

»Du willst uns also hängen lassen?«

Stummel war ein Naturtalent als Psychologe. Er kannte seinen Pappenheimer. Als er Wilhelms entrüstete Reaktion sah, rieb er sich innerlich schon die Hände.

»Was heißt hängen lassen!« protestierte Wilhelm. »Ich lasse niemanden hängen! Das ist doch hier etwas ganz anderes!«

»Das ist es zwar nicht«, ging Stummel noch einen Schritt weiter, »aber vielleicht interessiert dich eben all das nicht mehr sosehr, was denen – oder mir – wichtig erscheint.«

»Wie meinst du das? Was erscheint euch wichtig?«

»Fußball spielen.«

»Und mir?«

»Dein Vorwärtskommen.«

Zweieinhalb Stunden später pfiff der Schiedsrichter die Begegnung zwischen den Firmenmannschaften von Elektro-Storm und Brot-Marten an, und in den Reihen der ›Stormer‹ stand Wilhelm Thürnagel und war bemüht, sein Bestes zu geben, um dem Gegner das Siegen zu erschweren.

Und dieses Beste wurde zur Sensation des Tages...

Zuerst fühlte sich Stummel, der sich als Zuschauer bei jedem Spiel fast mehr hineinkniete als die Aktiven selbst, nicht recht wohl in seiner Haut, trug er doch die

Verantwortung dafür, daß Wilhelm Thürnagel, ein vollkommen unbeschriebenes Blatt, in die Mannschaft aufgenommen worden war. Sollte sich herausstellen, daß sich diese Maßnahme zu einem Fiasko auswuchs, konnte sich Stummel auf allerhand gefaßt machen. Stummel lief deshalb nervös am Rand des bescheidenen Spielfeldes, das Firmenmannschaften zur Verfügung stand, auf und ab und wurde ständig begleitet von einer Gruppe von Arbeitskollegen, die nur darauf warteten, über ihn herzufallen, wenn der Zeitpunkt gekommen sein würde.

»Stummel«, sagte einer, »ich habe das Gefühl, das kostet dich heute noch ein paar Lagen.«

»Oder euch«, sprach sich Stummel selbst Mut zu.

»Man muß ja schon deshalb schwarz sehen«, meinte ein anderer, »weil sich der mit seinem Deutsch im Spiel mit seinen Kameraden nicht einmal richtig verständigen kann.«

»Was das angeht«, sagte Stummel, »mußt du dich gegen den verstecken. Wann hast du mit ihm zuletzt gesprochen?«

»Das ist allerdings schon eine Weile her. Ich gehöre einer anderen Gruppe an.«

»Dann verrate ich dir, daß du den nicht mehr wiedererkennen würdest. Der spricht inzwischen perfekter hochdeutsch als Adolf Tegtmeier seinen Kohlenpottdialekt.«

»Von mir aus gibt er bald ein Buch heraus, Stummel«, ließ sich ein dritter vernehmen. »Heute wäre es mir allerdings wichtiger, daß er den Ball trifft, wenn ihm der vor die Füße fällt.«

Dieser Meinung waren alle, auch Stummel selbst konnte nicht mehr widersprechen.

Das Spiel hatte gleich zu Beginn einen Nackenschlag für die Elektriker parat. Die Bäcker griffen an; aus ihrem Mittelfeld wurde der Ball nach vorn geschlagen; die Nummer Elf bekam ihn, lief die linke Auslinie entlang, wurde nicht angegriffen und drängte auf Höhe der Strafraumgrenze nach innen. Erst jetzt stürzte ihm ein Abwehrspieler der Elektriker entgegen. Ehe ihn der aber erreichen konnte, spielte der Bäcker rasch ab, und zwar noch einmal nach links, wo inzwischen ein eigener Mittelfeldspieler mit nach vorn gelaufen war. Von diesem kam dann nach drei, vier Schritten die entscheidende Flanke. Völlig ungestört von den Elektrikern flog der Ball in deren Strafraum und senkte sich genau auf dem Elfmeterpunkt zu Boden. Dort hätte Kurt, der Ersatz-Libero der ›Stormer‹, stehen und eingreifen müssen. Wer jedoch nicht dort stand, sondern ganz woanders herumirrte, war Kurt. So kam es, daß die Nummer Neun der Bäcker den Ball in aller Ruhe annehmen, ihn unter Kontrolle bringen und ins Gehäuse Udos bugsieren konnte. Für Udo, den Kapitän der Elektriker, gab es nicht die geringste Chance, das Verhängnis abzuwenden.

Doch nicht genug damit. Kaum sechs Minuten später spielte sich fast genau dasselbe noch einmal ab. Der einzige Unterschied war der, daß der Angriff von rechts kam. Die entscheidende Schwachstelle war wieder der Libero, der einfach keinen Blick für das Spielgeschehen hatte: der es völlig an dem fehlen ließ, was der Fachmann ›Stellungsspiel‹ nennt. Ein Libero ohne Stellungsspiel ist soviel wie ein Fischer ohne Netz. Auf keinem anderen Posten ist das Stellungsspiel auch nur annähernd so wichtig wie auf dem des Libero.

Nun stand es also 2:0 für die Bäcker, und das Match war erst neun Minuten alt. Die übrigen 81 Minuten konnten ja noch ›lustig‹ werden – für die Elektriker.

Wilhelm Thürnagel hatte noch keinen einzigen Ball bekommen. Er war ja im Sturm eingesetzt, stand einsam vorne, wartete darauf, angespielt zu werden, was nicht erfolgte, und mußte mitansehen, wie über der eigenen Abwehr die Angriffswellen des Gegners zusammenschlugen.

Dann wäre um ein Haar das 3:0 gefallen, wenn nicht ein Bäcker das Kunststück fertiggebracht hätte, aus einer Entfernung von vier Metern am Tor Udos vorbeizuschießen. Das geht nicht so weiter, sagte sich Wilhelm und wandelte aus eigener Initiative seine Aufgabe eines beschäftigungslosen Stürmers um in die eines überlasteten Abwehrspielers. Und damit setzte die schon erwähnte Sensation ein.

Beim ersten Fallrückzieher, mit dem Wilhelm in Mannshöhe einen Ball von der Torlinie wegholte, nachdem Udo schon geschlagen war, neigten die Zuschauer noch dazu, an das berühmte Korn zu glauben, das auch mal von einer blinden Henne gefunden wird. Nur einer öffnete seiner Begeisterung schon ein kleines Ventil, indem er hervorstieß: »Habt ihr das gesehen?« Dieser eine war Stummel.

Wilhelms zweite Großtat ließ nicht lange auf sich warten. Mit einem Flugkopfball quer durch den Fünfmeterraum machte er einen gefährlichen Schrägschuß des Gegners unschädlich. Schon jetzt stand fest, daß das Spiel – nicht eine Wende, aber eine Änderung erfahren hatte. Die Angriffswogen der Bäcker brachen sich plötzlich an einem sogenannten Felsen in der Brandung.

Bis zur Halbzeit änderte sich das Ergebnis nicht mehr, obwohl das ganze Spielgeschehen nach wie vor in der Hälfte der Elektriker stattfand, die Bäcker also allein am Drücker waren. In der Pause drehten sich die Gespräche aller sowohl in den Kabinen der Mannschaften als auch unter den Zuschauern draußen am Spielfeldrand ausschließlich um Wilhelm Thürnagel.

»Sagt mal«, fragte der Kapitän der Bäcker-Elf seine Teamkameraden, »kennt einer von euch den mit der Nummer neun von denen? Ist der schon mal wo aufgetreten? Oder haben sich die den für heute gekauft? Spielt er schwarz?«

Der Kapitän blieb ohne Antwort. Alle schüttelten entweder die Köpfe oder zuckten die Achseln.

»Dagegen könnten wir nämlich protestieren«, sagte der Kapitän.

In der Kabine der Elektro-Mannschaft selbst gab Udo der Meinung aller Ausdruck, indem er sagte: »Mensch, Wilhelm, du bist der Größte! Hast du in der russischen Nationalmannschaft gespielt?«

Schwer atmend antwortete Wilhelm: »Ich bin jetzt fertig, das sage ich euch. Es hieß, ich soll eine Halbzeit spielen. Darf ich euch daran erinnern?«

In dem Stimmengewirr, das ihm entgegenschlug, drang mit seinem Organ einer durch, der rief: »Du willst aufhören?«

»Ich muß!«

Derselbe Mann fragte alle: »Hat einer eine Spritze für den?«

Kurzes allgemeines Gelächter.

Dann sagte Udo: »Im Ernst, Wilhelm, wir brauchen dich. Wir sind ohne dich hinten vollkommen aufgeschmissen, das hat sich doch gezeigt.«

Wilhelm schüttelte den Kopf. Daraufhin sprach Udo das entscheidende Wort: »Du darfst uns jetzt nicht im Stich lassen!«

Wilhelm schaute ihn mit vorwurfsvoller Miene an, sah in die Runde, bemerkte die Blicke aller, die auf ihn gerichtet waren, ließ sich von der Bank, auf der er saß, rutschen, legte ich auf den Boden, schloß die Augen, blieb regungslos liegen und sammelte so neue Kräfte.

Unter den Zuschauern draußen führte Stummel das große Wort. Eine Gruppe, die sich verfünffacht hatte, umgab ihn. Kein einziger war dabei, der ihn nicht um mindestens zwei Köpfe überragt hätte.

»Na, ihr Würstchen«, sagte er, »ich hoffe, ihr habt euer Geld schon gezählt. Oder besitzt noch einer die Kühnheit zu behaupten, daß ich derjenige bin, der eine Lage schmeißen muß.«

Anerkennendes Geschrei antwortete ihm. Einen Fehler, hieß es aber schließlich, habe er dennoch gemacht.

»Welchen?« wollte er wissen.

Nachdem ihm Wilhelms fußballerische Qualitäten bekannt gewesen seien, hätte er dafür sorgen müssen, daß der Libero-Posten von der ersten Minute an die einzig richtige Besetzung durch diesen Mann gefunden hätte. Dann stünde es jetzt nämlich nicht 2:0 für die Brotfritzen, sondern immer noch 0:0.

»Bin ich Jupp Derwall?« antwortete Stummel. »Ich rede in Udos Aufstellungskompetenzen nicht hinein.«

Die Mannschaften kamen wieder. Überraschenderweise wurden die ›Stormer‹ von ihren Anhängern mit dem größeren Beifall begrüßt. Die Fans der Bäcker-Elf dachten wohl, daß es nicht mehr nötig wäre, ihre Jungs noch besonders anzufeuern. Die Partie sei ja schon gelaufen.

An diesem Eindruck änderte sich zunächst auch nichts, nachdem der Schiedsrichter die zweiten 45 Minuten angepfiffen hatte. Wieder rollten die Angriffe der Spieler von der Brotfabrik, wieder hatten sich die Elektriker ihrer Haut zu wehren. Im Strafraum vor Udos Tor brannte es oft genug lichterloh, doch Hand in Hand damit rückte auch immer mehr die Rolle des großen Feuerwehrmannes in den Vordergrund, der dort am Löschen war.

Langsam ermüdeten die Bäcker. Ihr Druck ließ nach, ihr Schwung war weg. Mehr und mehr machte sich besonders unter ihren Stürmern, an denen es gelegen hätte, die Trefferquote noch zu erhöhen, eine Stimmung breit, der ihr Torjäger Nr. 1, der Mann im Angriffszentrum, Ausdruck gab, indem er zu einem seiner Mitspieler sagte: »Hat ja doch keinen Zweck gegen den.«

»Weißt du was?« entgegnete der andere. »Da hilft nur Härte, um dem den Schneid abzukaufen. Dann steckt er schon zurück. Anders geht's nicht.«

Und schon machte in den Reihen der Bäcker die Losung die Runde: ›Auf die Knochen von dem!‹

Doch sehr rasch zeigte sich, daß dieser Schuß ganz enorm nach hinten losging. Nachdem zweimal hintereinander über die Grenze des Erlaubten hinaus gegen ihn ›eingestiegen‹ worden war, wußte Wilhelm, zu welchem Kurs der Gegner sich entschlossen hatte, und erteilte die entsprechende Antwort. Von nun an fand kein Zweikampf mit ihm mehr statt, aus dem nicht sein jeweiliger Kontrahent als derjenige hervorgegangen wäre, der sich glücklich preisen mußte, daß sein Skelett nicht innerlich auseinandergefallen war.

»Mann«, klagte der Spieler der Bäcker, der die Losung zur Härte ausgegeben hatte, dem Torjäger sein Leid, »hast du schon mal versucht, einen Hydranten zu rempeln. Jetzt weiß ich, wie das ist.«

»Ja, Mann«, entgegnete der Torjäger, »ich auch. Ich habe doch gleich nach dir dasselbe unternommen, als dir noch schwarz vor den Augen war. Du mußt mir deshalb nichts erzählen.«

»Mann«, seufzte der andere noch einmal. Dabei tastete er sich an den Rippen, am Brustkorb, an den Hüftknochen, am ganzen Rumpf ab.

Die Bäcker kehrten rasch wieder zu einer Spielweise zurück, die Stummel, der Wortführer unter den Zuschauern, als ›gesittet‹ bezeichnete. Es trat aber dann zutage, daß die Mannschaft einen Knacks davongetragen hatte. Ihre Offensivkraft war endgültig gebrochen. Das hatte Folgen.

Die Elektriker spürten, daß das nicht mehr nur das Spiel des Gegners war, sondern auch ihres. Erst unmerklich, dann deutlicher kam ein anderer Wind auf, ein Wind, der in die Segel der Elektriker blies. Ganz klar war das zu erkennen, als sich zum erstenmal über die Bäcker Gelächter der Zuschauer erhob. Entzündet wurde dies von Wilhelm. Umgeben von vier gegnerischen Spielern kam er als Schnellster an den Ball, trickste auf engstem Raum alle vier aus, degradierte sie zu Statisten, irritierte sie mit Körpertäuschungen und glänzender Balltechnik, schickte sie dadurch in die verschiedensten Richtungen auseinander, schüttelte sie ab, stempelte sie, wie Stummel verlauten ließ, zu ›Hampelmännern‹. Damit noch nicht genug. Im direkten Anschluß an diese Szene leitete er den ersten gefährlichen Angriff seiner Mannschaft im ganzen bisherigen Spiel ein. Er kam mit dem Ball am Fuß aus dem eigenen Strafraum heraus, den er vorher kein einziges Mal verlassen hatte, seit er vom Sturm in die Libero-Position zurückgegangen war. Das wäre aufgrund der stürmerischen Daueroffensive der Bäcker auch gar nicht möglich gewesen. Doch nun schien sich das Blatt zu wenden, und derjenige, welcher sozusagen den nassen Finger in den Wind hielt, war wieder der unverwüstliche Stummel. Er erklärte: »Meine Herren, die Brotfritzen fangen an, unter Starkstrom gesetzt zu werden.«

Wilhelms erster Vorstoß in die gegnerische Hälfte verpuffte nur deshalb, weil Wilhelm auf sich allein gestellt war. Kein eigener Mitspieler begleitete ihn, um ihn zu unterstützen. Alle waren sie zu überrascht von diesem Novum im Spiel, hatten sie sich doch daran gewöhnt, ausschließlich auf Defensive fixiert zu sein. Sie blieben deshalb hinten stehen und schauten zu, wie Wilhelms Solo damit endete, daß ihn zwei Bäcker vor ihrem Strafraum an den Armen und am Hemd festhielten und ihm ein dritter letztlich auch noch, wie es in der Fachsprache heißt, ›die Beine wegzog‹. Der Schiedsrichter zeigte drei gelbe Karten für ein und dasselbe Foul – auch ein Novum – und mußte sich dabei das Lachen über Wilhelms zerrissenes Hemd verbeißen. Den fälligen Freistoß schoß Wilhelm selbst knapp übers Tor.

Das Ganze passierte in der 72. Minute. Sieben Minuten später erzielten die Elektriker den Anschlußtreffer. Unter Wilhelms Führung waren sie aufgewacht und hatten auf Offensive umgeschaltet. Der Anschlußtreffer, der ihnen glückte, stellte für sie das berühmte Blut dar, das sie lecken mußten, um in der Endphase des Spiels noch die Niederlage abzuwenden. Alles in die Waagschale werfend, stürmten sie mit sämtlichen zehn Feldspielern nach vorn – nur Udo hielt sich noch in seinem Tor auf – und zwangen den Bäckern einen Abwehrkampf auf, der ihrem eigenen, den sie selbst zu führen gehabt hatten, in nichts nachstand. In der 89. Minute fiel der Ausgleich. Beide Tore gingen auf Wilhelms Konto. Das erste köpfelte er nach einem Eckball. Das zweite entsprang einem Gewaltschuß von ihm aus 25 Metern. Seine Mitspieler bildeten einen Berg von Leibern, unter dem sie ihn beim Gratulieren begruben. Ein Wunder, daß er nicht erstickte.

Stummel flippte aus. »Den trage ich vom Platz!« verkündete er in überschäumender Begeisterung. Alle lachten. Das wäre nämlich nichts anderes gewesen, als wenn ein Pony sich ein Turnier-Springpferd hätte aufladen wollen. Stummel beließ es also, nachdem der Schiedsrichter wenige Augenblicke später den Abpfiff hatte ertönen lassen, doch lieber bei seiner Ankündigung. Er stürmte aber nach dem Spiel als erster auf den Platz und ließ es sich nicht nehmen, Wilhelm bis zur Tür der Umkleidekabine das Geleit zu geben, wobei er ihm immer wieder auf die Schulter zu klopfen versuchte, was jedoch infolge der beträchtlichen Größenunterschiede zwischen den beiden auch mit Schwierigkeiten verbunden war. Außerdem mußte er ständig kämpfen, um von anderen, die auch dem Bedürfnis erlagen, mit Wilhelm in Tuchfühlung zu kommen, nicht abgedrängt zu werden.

In dem Gewoge des Pulks, der Wilhelm umgab, rief einer: »Der gehört ja zu Schalke!«

Dieses Wort ging im allgemeinen Begeisterungstaumel unter, hätte es aber verdient gehabt, festgehalten zu werden.

Unter der Dusche hielt Wilhelm die Augen geschlossen und öffnete sie erst, als er merkte, daß der Mann neben ihm ihn angesprochen hatte und eine Antwort erwartete. Im Dampf des heißen Wassers erkannte er Udo, den Mannschaftskapitän.

»Was sagtest du?« fragte er ihn. Er mußte schreien, um das Rauschen des Wassers aus zahlreichen Brausen ringsum zu übertönen.

»Wo du lieber im Bus sitzt, vorn oder hinten?«

»In welchem Bus?«

»In unserem. Die Firma hat ihn gemietet. Wir fahren morgen nach Rüdesheim. Das ist schon lange abgemacht.«

»Was soll ich dabei?«

Udo wollte nicht mehr länger brüllen wie ein Stier und stellte das Wasser seiner Brause ab.

»Hör mal«, sagte er dann, »du gehörst doch jetzt zur Mannschaft. Verstehst du, wir machen diese Fahrt, und die Firma bezahlt sie, Ehefrauen oder Freundinnen inklusive.«

»Nett von der Firma«, meinte Wilhelm, nun auch seinen Hahn zudrehend. »Aber mich betrifft das nicht.«

»Wieso nicht?«

»Weil ich eben *nicht* zur Mannschaft gehöre. Für mich war das heute das erste und das letzte Spiel. Ihr habt einen gebraucht, der einspringt, und das tat ich – damit basta!«

Udo riß die Augen auf, er schaute Wilhelm an wie einen Geistesgestörten und stellte ihm zugleich auch die Frage, die mit seinem Blick übereinstimmte.

»Bist du verrückt?«

»Wieso?«

Udo wandte sich an alle. Um von jedem verstanden zu werden, mußte er wieder brüllen.

»Paßt mal auf, der hier will sich morgen ausschließen. Er gehört nicht zur Mannschaft, hat er mir soeben mitgeteilt. Was sagt ihr dazu?«

Elektriker sind helle Jungs. Dieses Handwerk erfordert Intelligenz. Trotzdem wissen Elektriker nichts von Homer. Das heißt aber nicht, daß nicht auch sie ein homerisches Gelächter anstimmen könnten – so wie jetzt.

Wilhelm ließ sie lachen und begann sich mit Sorgfalt abzutrocknen. Nachdem es wieder ruhiger geworden war, fragte Udo ihn: »Genügt dir das als Antwort?«

Wilhelm zuckte nur stumm mit den Achseln. Das hieß unmißverständlich: Gebt euch keine Mühe.

»Udo«, rief einer, »hast du ihm auch gesagt, daß übernachtet wird in Rüdesheim? Und daß er seine Freundin mitbringen kann? Zahlt alles die Firma!«

Neuerlicher Gelächterchor.

Die Vermutung wurde laut: »Vielleicht hat er gar keine an der Hand.«

»Nein«, bestätigte Wilhelm dies ohne jedes Anzeichen von Verlegenheit, »ich habe keine an der Hand.«

Rüdesheim, wurde ihm daraufhin gesagt, sei berühmt dafür, daß an einem solchen Problem dort noch keiner gescheitert wäre. Die Rüdesheimerinnen seien von jeher auf alleinstehende Männer geeicht.

»Tut mir leid«, machte Wilhelm der Debatte ein Ende und ging zur Tür der großen Gemeinschaftsdusche, »kein Interesse. Ihr müßt euch ohne mich amüsieren. Das gilt nicht nur für morgen. In Zukunft steht euch ja auch wieder euer gewohnter Libero zur Verfügung.«

Damit hielt er den ganzen Fall für erledigt. Doch darin irrte er sich.

Die Mannschaft fuhr zwar ohne ihn nach Rüdesheim und ließ sich dort ohne ihn vollaufen. Den Mädchen, die dabei waren, wurde ohne ihn das zweifelhafte Vergnügen der paarweisen gemeinsamen Nächtigung zuteil. Am Montag aber, als die neue Arbeitswoche begann, erfuhr Wilhelm rasch, daß es nicht so einfach war, die Belange der Mannschaft hintanzustellen. Der Chef der Firma rief ihn zu sich.

Peter Storm, dem der ganze Laden – Zentrale in Gelsenkirchen, neun Filialen über das halbe Ruhrgebiet verstreut, eine in Köln – allein gehörte, war ein Fußballnarr. Sein glühendes Interesse am Fußballsport erschöpfte sich nicht nur am Geschehen der Bundesliga, sondern erstreckte sich auch auf das Abschneiden seiner Firmenmannschaft, die er praktisch als sein Eigentum betrachtete. Normalerweise versäumte er kein Spiel seiner Elf. Das Match gegen das Bäcker-Team hatte er allerdings nicht sehen können, da eine Geschäftsreise nach Holland vorgegangen war. Schon am Montag früh ließ er sich aber über dieses Treffen von Udo Holtkamp Bericht erstatten, und die Folge war, daß Wilhelm Thürnagel, wie erwähnt, zum Chef gerufen wurde.

Peter Storm hatte schon länger ein Auge auf Wilhelm geworfen – aber nicht auf dessen fußballerische Qualitäten, sondern auf die beruflichen. Erstere waren ihm ja unbekannt gewesen.

»Setzen Sie sich, Herr Thürnagel«, sagte er. »Wie war's in Rüdesheim?«

Dabei wußte er von Udo Holtkamp schon längst ganz genau, daß diese Frage ins Leere gehen mußte.

»Das kann ich nicht sagen«, erwiderte Wilhelm.

»Wieso nicht? Waren Sie nicht dabei?«

»Nein.«

»Aber Sie haben doch am Freitag gespielt?«

»Ja.«

»Und *wie* Sie gespielt haben!«

Wilhelm heimste das Lob stumm ein. Er ahnte, was kommen würde, da man ihm von der Fußballbegeisterung des Chefs schon einiges erzählt hatte.

»Warum haben Sie dann am Ausflug nicht auch teilgenommen?« fuhr Storm fort.

»Aus zweierlei Gründen nicht, Herr Storm: erstens, weil ich nicht zur Mannschaft gehöre; ich bin nur einmal eingesprungen...«

»Blödsinn!«

»...und zweitens, weil ich keine Zeit hatte.«

»Keine Zeit? Es war doch am Wochenende. Was haben Sie denn gemacht?«

»Gelernt.«

»Was denn?«

»Deutsch und...«, sagte Wilhelm, brach aber ab.

»Und?« ließ Storm nicht locker.

»Elektrotechnik«, ergänzte Wilhelm.

»Elektrotechnik? Wozu? Sie sind doch bei uns allen Anforderungen, die an Sie gestellt werden, voll und ganz gewachsen.«

»Das genügt mir aber nicht, Herr Storm.«

»Das genügt Ihnen nicht?« Storm blickte Wilhelm neugierig an. »Ich verstehe Sie nicht recht. Was würde Ihnen denn genügen?«

»Die Position eines Elektro-Ingenieurs.«

Nun war's heraus, und der Geschäftsmann Storm ordnete das neue Bild, das er sich von seinem Angestellten Thürnagel zu machen hatte, in Gedanken rasch ein in das Gefüge seiner Firma, in deren Interesse es lag, einen solchen Mann nur noch fester an sie zu binden. Peter Storm zündete sich eine Zigarette an. Dabei überlegte er. Dann sagte er: »Respekt, Herr Thürnagel, Leute wie Sie sind für meinen Betrieb wie geschaffen. Hören Sie...«

Und nun entwickelte der gewiefte Geschäftsmann im Handumdrehen vor dem überraschten, erstaunten, ja verwirrten Wilhelm ein fertiges Konzept. Wilhelm könne, sagte Storm, mit jeder Förderung durch die Firma rechnen. Wilhelm brauche vor allem Freizeit für seine Lernerei. Er könne nicht nur nachts über seinen Büchern hocken. Oder an den Wochenenden. Er habe auch Stunden der Erholung nötig. Das ließe sich aber nur so machen, daß Wilhelms Arbeitszeit bei der Firma verkürzt würde – ohne Lohnausfall selbstredend.

»Ohne Lohnausfall?« fragte Wilhelm verblüfft.

»Ohne Lohnausfall, Herr Thürnagel.«

»Aber das kann doch kein Mensch von Ihnen verlangen.«

Peter Storm lächelte. Es war ein Lächeln eines erfolgreichen Geschäftsmannes – teils gewinnend, teils eiskalt. Menschen, die nicht von Geschäften leben, bringen ein solches Lächeln einfach nicht zustande.

»Ich würde dafür ja auch etwas von Ihnen erwarten«, sagte er.

»Was denn?«

»Daß Sie meiner Firma auch als fertiger Ingenieur nicht den Rücken kehren würden.«

»Sicher nicht.«

»Gut, dann ist das klar«, nickte Storm. »Ich weiß, daß man sich auf Ihr Wort verlassen kann. Trotzdem haben Sie aber bestimmt nichts dagegen, daß wir, wie das im Geschäftsleben üblich ist, über das Ganze noch eine kleine schriftliche Vereinbarung abschließen – der Ordnung halber.«

Wilhelm war von allem ganz benommen.

»Wie Sie meinen, Herr Storm.«

»Schön, dann lasse ich das vorbereiten«, sagte der Chef und warf die Zigarette in einen Aschenbecher, der verdeckt mit Wasser gefüllt war, so daß ein kurzes leises Zischen hörbar wurde. »Das wär's auch schon. Sie können wieder an die Arbeit gehen.«

Wilhelm erhob sich, wobei er sagte: »Ich kann das alles noch gar nicht glauben. Träume ich wirklich nicht?«

»Nein.«

»Sie machen das, obwohl ich mich weigere, in Ihrer Firmenmannschaft zu spielen?«

»Weigern Sie sich denn immer noch?«

Nur noch mit halbem Herzen entgegnete Wilhelm: »Ja.«

Und nun stand er da und wartete darauf, daß der Chef alles widerrufen würde. Das erfolgte aber nicht. Wilhelm irrte sich. Er hätte eben wissen müssen, daß ihn der Chef längst im Sack hatte. Das bißchen Psychologie, das dazu nötig war, schüttelte ein Mann wie Storm sozusagen aus dem Handgelenk.

»Dann muß ich mich eben mit Ihrer Weigerung abfinden«, sagte Storm achselzuckend. »Das ändert aber nichts an unserer soeben abgesprochenen Vereinbarung. Jeder Mensch hat einen freien Willen.«

»Das ändert nichts an dieser Vereinbarung?« fragte Wilhelm ungläubig.

»Nein.«

Wilhelm wurde rot. Er fing an, sich zu schämen.

»Sehen Sie, Herr Storm«, sagte er, »es ist ja so, daß ich gar kein Gewinn für die Mannschaft wäre...«

»Das müssen Sie wissen, Herr Thürnagel.«

»Mir fehlt jede Kondition, und die könnte ich mir nur durch stetes Training aneignen. Dazu habe ich aber keine Zeit.«

»Wieso keine Zeit?« fragte Storm.

»Weil ich lernen muß, lernen, lernen, lernen.«

»Das sehe ich ein«, sagte Storm mit dem ihm eigenen Lächeln. »Aber haben wir nicht gerade eine Regelung getroffen, die Ihnen diese Zeit verschafft, Herr Thürnagel?«

Wilhelm spürte die Daumenschrauben, die ihm da einer angelegt hatte – Daumenschrauben mit Herz sozusagen.

In einem letzten Aufbäumen beklagte er sich: »Sie lassen mir keinen Ausweg, Herr Storm.«

Storm schüttelte den Kopf.

»Wenn Sie das so sehen, Herr Thürnagel, wollen wir nun wirklich über die Sache kein weiteres Wort mehr verlieren...«

Nun schüttelte Wilhelm den Kopf.

»Nein, so geht das nicht.«

»Warum nicht?«

»Weil Sie mich für undankbar halten müssen.«

Peter Storm spürte, daß er dem Sieg ganz nahe war.

»Nein«, sagte er, »das tue ich nicht, Herr Thürnagel. Sie können diesbezüglich außer Sorge sein.«

»Aber das ist nicht normal.«

»Wieso nicht?«

»Weil jeder andere Mensch mich in diesem Licht sehen würde.«

»Ich nicht.«

Wilhelm schwieg kurz, senkte den Kopf, seufzte und

sprach das entscheidende Wort: »Dann habe ich keine andere Möglichkeit mehr – ich spiele.«

Storm gelang es, seine Gesichtszüge unter Kontrolle zu halten. Geschäftsleute müssen dazu stets in der Lage sein. Zu ihrem mimischen Rüstzeug gehört es, daß sie, wenn sie einen Geschäftspartner aufs Kreuz gelegt haben, dies nicht allzu penetrant durch eine Miene des Triumphes erkennen lassen.

Storm streckte also stumm seine Rechte aus, Wilhelm ebenfalls. Die Hände der beiden trafen sich, umschlossen einander. Es wurde ein kräftiger gegenseitiger Händedruck daraus, mit dem zwischen der Firma Elektro-Storm und ihrem Angestellten Wilhelm Thürnagel der neue Bund geschlossen und besiegelt wurde.

In den kommenden Wochen schälte sich bei den Begegnungen der Firmenmannschaften in Gelsenkirchen ein neuer Favorit heraus – die Elf von Elektro-Storm. Hatte sie vorher lediglich eine untergeordnete Rolle gespielt, so eilte sie nun von Sieg zu Sieg und drang zur Spitze vor.

Jeder konnte sehen, daß dies nur auf einen Mann zurückzuführen war – auf Wilhelm Thürnagel. In einer fußballverrückten Stadt wie Gelsenkirchen blieb es nicht aus, *konnte* es nicht ausbleiben, daß der Name dieses Mannes ins Gespräch kam, erst im kleineren Kreis, dann im wachsenden.

Die ›Stormer‹ hatten natürlich auch ein Stammlokal, in dem sie sich nach ihren Spielen zusammensetzten. Früher wurden die Niederlagen ›hinuntergespült‹, nunmehr die Siege ›begossen‹. Den Vorteil hatte auf jeden Fall immer der Wirt. Das Lokal hieß ›Zum Brunnen‹, der Wirt war Pit Schmitz, Theodor Bergers alter Freund.

Wilhelm Thürnagel war zwar der Mann der ›Stormer‹, um den sich auf dem Spielfeld alles drehte, der aber beim Feiern in den Reihen seiner Kameraden fast immer nur eine große Lücke hinterließ. Ins Gasthaus ging er nicht mehr, seit er der Gewohnheit abgeschworen hatte, die ›Sonnenblume‹ aufzusuchen.

Pit Schmitz hörte also lange Wochen zwar vieles über Wilhelm Thürnagel, wenn von diesem in seinem Lokal geschwärmt wurde, aber die Gelegenheit, ihn kennenzulernen, bot sich ihm nicht. Zuletzt wurde er neugierig auf den ›Wunderknaben‹ und entschloß sich, ein Spiel der ›Stormer‹ zu besuchen. Von der gleichen Stunde an gehörte er zu den Fans Wilhelms. Dadurch fing ein Stein, ehe er ins Rollen kam, schon mal an zu wackeln. Niemand ahnte aber davon vorerst etwas, am wenigsten der Hauptbetroffene selbst – Wilhelm Thürnagel.

In der ›Sonnenblume‹ war wieder einmal Hochbetrieb. Samstagnachmittag. Der FC Schalke hatte ein Auswärtsspiel. Wie immer hatten sich an Theos Theke auch wieder seine vier Freunde Johann Schuhmacher, Jupp Maslowski, Fred Szykowiak und Karl Jaworowski eingefunden. Als erster war, wie meistens, Maslowski erschienen, als letzter Jaworowski. Diese Reihung war auch ganz natürlich. Maslowski, der pensionierte Obersteiger, verfügte über einen Überfluß an Zeit; Jaworowski, der noch aktive Waschmittelvertreter, mußte immer noch bis zum letzten Moment herumhetzen, ehe er Feierabend machen konnte.

»Wo bleibst du denn solange?« war er von Maslowski empfangen worden.

»Du hast leicht reden«, hatte er geantwortet. »Die Kohlen laufen mir nicht nach, ich muß noch hinter ihnen her sein. Soeben wurde ich von zwei Kunden noch am Telefon festgehalten, denen erst heute, am Samstag, eingefallen ist, daß sie sofort neu beliefert werden müssen. Ich kann euch sagen, Weihnachtsmänner gibt's! Theo, rasch ein Bier, sonst verdurste ich. Wie steht's in Braunschweig? Schon ein Ergebnis bekannt?«

In Braunschweig spielte Schalke. Ergebnis war noch keines bekannt.

»Was gibt's sonst Neues, meine Herren?« fragte Jaworowski die ganze Runde.

»Der Johann«, sagte Szykowiak, auf Schuhmacher zeigend, »ist heute dran mit einer Lage.«

»Prima! Und warum?«

»Weil er vergangene Woche Opa geworden ist. Zum ersten Mal.«

Jaworowski lachte Schuhmacher an und sagte: »Ich gratuliere, Johann! Was sagte denn deine Frau dazu? War die Freude groß, nicht?«

»Bei meiner Frau?«

»Ja.«

»Im Gegenteil«, grinste Schuhmacher, »die hätte mir beinahe die Augen ausgekratzt.«

»Wieso? Das verstehe ich nicht.«

Schuhmacher grinste verstärkt.

»Weil ich zu ihr gesagt habe, Anna, das ist doch jetzt so, daß niemand mehr von mir verlangen kann, daß ich mit einer Oma schlafe.«

Der Witz war absolut nicht neu, trotzdem wurde brüllend gelacht, und einer rief: »Guuut! Das muß ich mir merken, wenn's bei meiner Alten auch soweit ist.«

Jaworowski fuhr fort, Informationen einzusammeln. Als Vertreter war er ja während der ganzen Woche unterwegs, so daß er am Samstag, wenn er die Freunde traf, dem Bedürfnis zu erliegen pflegte, sie danach auszuforschen, was sich in seiner Abwesenheit so alles ereignet hatte – *wenn* sich etwas ereignet hatte.

Theo Berger war der nächste, dem er sich zuwandte.

»Und wie geht's dir? Alles in Ordnung?«

»Nee«, brummte Theo.

»Nicht? Jemand krank?«

»Nein, aber man könnte diesen Eindruck haben.«

»Wieso denn?«

»Meine Olle spricht nur noch vom Krebs, seit die Frau vom Pit Schmitz – du weißt, mein Kölner Freund – nach ihrer Operation aus dem Krankenhaus entlassen worden ist. Und was mit meiner Tochter los ist, weiß ich auch nicht.«

»Mit Marianne?«

»Ja, die schleicht nur noch wie ein Gespenst durchs Haus«, übertrieb Theo. »Manchmal spricht sie tagelang keine zehn Worte.«

»Wo gibt's denn so was?«

Theo beugte sich über die Theke und raunte Jaworowski ins Ohr: »Weißt du, was ich mir schon einige Male gedacht habe?«

»Was?«

»Die sieht aus, als ob sie ins Kloster gehen wolle.«

Jaworowski schnitt eine Grimasse.

»Ach was! Lächerlich! Nicht die Marianne, Theo!«

»Doch, doch, Karl. Genau so sieht die aus.«

»Seit wann denn?«

Theo zuckte die Achseln und log: »Das weiß ich nicht. Sieh mal, mit solchen Dingen ist es doch so, daß man zuerst überhaupt nicht auf sie achtet. Und dann kommt irgendwann mal der Moment, an dem sie einem auffallen – aber weiß der Teufel, wie lange sie da schon im Gange sind. Verstehst du, was ich meine?«

»Sicher, Theo. Aber da müßte doch in letzter Zeit mal was Außergewöhnliches passiert sein.«

»Im Leben Mariannes?«

»Ja.«

»Das weiß ich eben nicht«, log Theodor Berger wieder. »Ich –«

Der Kellner Heinrich zwängte sich mit einem Tablett leerer Gläser zwischen die beiden, so daß sich Theodor seinen angestammten Pflichten zuzuwenden hatte. Jaworowski trank rasch sein eigenes Glas auch leer und stellte es zu den anderen auf das Tablett. Dann sah er, daß Szykowiak zu einem Tisch junger Leute ging, die ein Transistorgerät auf dem Tisch stehen hatten. Sie hielten die Köpfe zu dem Gerät hingebeugt. Das ließ darauf schließen, daß die Sportübertragung begonnen hatte. Szykowiak stellte sich eine halbe Minute dazu und kam dann an die Theke zurück. Aus seiner Miene war weder Positives noch Negatives zu schließen.

»Und?« fragte Jaworowski ihn, auch im Namen der anderen.

»Null zu null«, lautete die zu erwartende Antwort. »Das läuft ja noch nicht lange.«

Die Rede war natürlich von dem Spiel der Schalker in Braunschweig. Alle anderen Begegnungen fanden zwar auch Interesse, aber erst in zweiter Linie.

Von nun an riß die Verbindung zwischen der Theke und dem Tisch der jungen Männer mit dem Transistorgerät nicht mehr ab. Szykowiak, Jaworowski, Schuhmacher und Maslowski lösten einander dabei ab, diesen Kontakt aufrechtzuerhalten. Immer wieder ging einer der vier hin zu jenem Tisch und kam mit dem jeweils aktuellen Stand der Spiele in den Stadien der Bundesliga an die Theke zurück.

In Braunschweig fiel bis zuletzt kein Tor. Das löste bei den meisten in der ›Sonnenblume‹ wieder einmal Enttäuschung aus, hatte doch jeder mit einem Sieg Schalkes gerechnet. Dabei war, objektiv gesehen, das Unentschieden schon ein Erfolg der Mannschaft.

»Ich sehe«, sagte Karl Jaworowski, »meinen Totoschein darf ich jetzt schon wieder wegschmeißen. Und ihr?«

Den anderen erging es genauso. Nur einer konnte das von sich noch nicht sagen – Theodor Berger. Das lag aber lediglich daran, daß er im Moment überhaupt keine Zeit hatte, auf seinem Schein nachzugucken. An der Theke lief minutenlang ein ausgesprochenes Stoßgeschäft, und dann, als es wieder leichter wurde, war Theos Schein – auch von Theo selbst – in Vergessenheit geraten. Erst zwei Tage später, am Montag morgen, erinnerte sich Theo wieder an ihn und stellte anhand der Zeitung am Frühstückstisch fest, daß er alle Spiele richtig getippt hatte, ihm also ein erster Rang zugefallen war.

Großer Gott! dachte Theo und zwang sich, ganz ruhig zu bleiben. Noch saß er allein am Tisch. Wie üblich, verspäteten sich Frau und Tochter.

Theo führte eine zweite Prüfung durch. Noch einmal verglich er sorgfältigst seinen Totoschein mit den entsprechenden Angaben in der Zeitung. Es stimmte – er hatte einen ersten Rang.

Und die Gewinnsumme für ihn, die auch schon in der Zeitung stand, betrug DM 189972,–.

Großer Gott! dachte Theo abermals. Kann sich das noch einmal ändern? Als Irrtum herausstellen? Hat's das schon mal gegeben, daß sich die Zeitungen korrigieren mußten? Nein, bis jetzt noch nicht!

Nun war er sicher: Ich habe gewonnen!

Wem sage ich es? Sage ich es überhaupt jemandem? Nein, keinem. Erst wenn das Geld auf meinem Konto liegt, dann vielleicht...

Sabine erschien.

»Guten Morgen, Theo«, sagte sie.

»Guten Morgen, Bina.«

»Du hast ja noch gar nicht angefangen.«

»Der Kaffee war mir noch zu heiß.«

Sabine goß ihm und sich je eine Tasse ein. Mit einem hastigen Griff nahm Theo die aufgeschlagene Zeitung, die neben seiner Tasse lag, an sich. Die unerwartete schroffe Bewegung verursachte bei Sabine großes Erstaunen.

»Was hast du denn?« fragte sie.

»Du gießt mir Kaffee über meine Zeitung.«

»Mein Gott!« mokierte sich Sabine. »Über dein kostbares Stück, das wäre ja schrecklich!«

»Du wirst lachen«, konterte Theo, »das ist auch ein kostbares Stück.«

Aber mehr sage ich nicht, ermahnte er sich.

»Warum denn?« fragte Sabine in mildem Spott. »Was steht denn drin? Werden die Steuern herabgesetzt?«

»Nein, im Gegenteil, die wollen die Mehrwertsteuer schon wieder erhöhen, die Ganoven.«

»Gibt's Frieden zwischen Israel und den Arabern?«

»In hundert Jahren noch nicht!«

»Kommt Rummenigge zu Schalke?«

»Das wär' was!« rief Theo mit begeisterter Stimme.

»Dann machst du mich aber wirklich neugierig«, sagte Sabine. »Schieß schon los, was ist es denn?«

»Das errätst du nie, Bina.«

»Ein neuer Totorekord?«

»Heiß!« rief Theo unwillkürlich.

»Wie hoch?«

Theo sah, daß er bremsen mußte.

»Na ja«, meinte er, »kein neuer Rekord, aber etwas, das auch nicht zu verachten ist.«

Mehr sage ich jetzt bestimmt nicht mehr, nahm er sich vor.

»Mit dem Toto hat's also zu tun?« fragte Sabine.

»Ja.«

»Gewann ein besonders Bedürftiger?«

Darüber mußte Theo grinsen, ob er wollte oder nicht.

»Ja«, nickte er.

»Ein Arbeitsloser mit großer Familie?«

»Nein.«

»Ein Behinderter?«

»Nein.«

»Wer dann?«

»Ein Gastwirt.«

Sabine guckte verdutzt. In ihr schoß der Verdacht hoch, auf den Arm genommen zu werden. Trotzdem erwiderte sie: »Ein Gastwirt?«

»Ein bedürftiger Gastwirt, Bina.«

Theo konnte der Versuchung nicht widerstehen, dieses Spielchen fortzusetzen.

»Ich hoffe, du willst mir nicht sagen«, setzte er hinzu, »daß es solche Gastwirte nicht gibt?«

»Doch, doch«, pflichtete Sabine bei, »sogar viele. Sie müssen schwer kämpfen.«

»Richtig, auch hier in Gelsenkirchen.«

»In Gelsenkirchen?« Sabine schüttelte den Kopf. »In Gelsenkirchen wüßte ich allerdings keinen. Dafür sorgen schon unsere braven Bergleute.«

»Keinen bedürftigen Gastwirt?«

»Nein.«

»Der einen Totogewinn nötig hätte?«

»Nein, Theo, da gibt's echt Bedürftigere.«

»Dann sieh doch mal mich an.«

Nun merkte Sabine, worauf Theo hinauswollte, nämlich auf einen Witz, der freilich eher nur ein Witzchen war und niemanden vom Stuhl riß. Da es sich aber von jeher für Ehefrauen empfiehlt, auch auf den dünnsten Scherz von seiten ihrer Ehemänner einzugehen, zwang sich Sabine ein kurzes Lachen ab und sagte: »Das trifft allerdings hundertprozentig zu. Dir müßte endlich mal unter die Arme gegriffen werden, damit du nicht länger dem Wohlfahrtsamt zur Last fällst.«

»Der Ansicht war ich schon lange, Bina.«

Sabine lachte noch einmal pflichtgemäß.

»Leider hat diesbezüglich die Glücksgöttin kein Einsehen«, meinte sie dann.

»Hat sie doch.«

»Was sagst du?«

Theo schob Sabine die aufgeschlagene Zeitung hin und legte seinen Totoschein daneben. Dabei sagte er: »Sieh dir das mal an.«

»Was soll ich mir ansehen?«

»Meinen ersten Rang.«

Sabine blickte weder in die Zeitung noch auf den Toschein, sondern starrte Theo ins Gesicht. Dann begriff sie. Ein schriller Ruf wurde hörbar.

»Theo!«

Theos Mondgesicht fing an zu glänzen.

»Ist das wahr, Theo?«

»Überzeuge dich selbst.«

Diese Aufforderung wurde jedoch von Sabine abermals in den Wind geschlagen. Was sie vor allem wissen wollte, war nur eines.

»Wieviel?«

Nachdruck auf jede Silbe legend, antwortete Theo: »Ein-hun-dert-neun-zig-tau-send.«

»Ein-hun...« Mehr brachte Sabine nicht heraus aus sich. Ihr versagte die Stimme.

Plötzlich erschrak sie. Und wenn das alles nur ein Traum war? Nun wollte sie sich doch davon überzeugen, daß es die Wahrheit war. Sie riß die Zeitung an sich und starrte hinein.

»Wo steht es, Theo?«

Er zeigte es ihr. Laut las sie sich selbst vor: »Einhundertneunundachtzigtausendneunhundertzweiundsiebzig.« Und wiederholte es: »Einhundertneunundachtzigtausendneunhundertzweiundsiebzig.«

Ihr Blick ging wieder zu Theodor.

»Tatsächlich«, sagte sie. »Fast einhundertneunzigtausend Mark.«

Die Zeitung entglitt ihren Fingern, kam auf ihre volle Kaffeetasse zu liegen. Schnell riß Theo sie wieder an sich, um sie vor dem Schaden, den er befürchtete, zu bewahren.

»Die lasse ich mir einrahmen«, verkündete er dabei. »Verstehst du jetzt meine Angst um sie, Bina?«

Sabine nickte, blickte verwirrt um sich, wußte nicht, wohin mit ihren Händen, da ihr das Strickzeug abging, nahm unbedacht einen zu großen Schluck Kaffee, verschluckte sich prompt, hustete und erklärte schließlich, daß sie es immer noch nicht fassen könne.

Theodor verstaute den Totoschein in seiner Brieftasche.

»Glück muß man haben«, sagte er. Dann trug er ihr in aller Strenge auf, kein Sterbenswörtchen von dem Gewinn verlauten zu lassen. Am besten wäre es, meinte er, auch Marianne davon nichts zu sagen.

»Wo bleibt sie überhaupt?« fragte er. »Jeden Tag kommt sie später herunter.«

»Wahrscheinlich hat sie wieder die halbe Nacht gelesen«, antwortete Sabine. »Du mußt ihr das einmal sagen, daß das Wahnsinn ist.«

»Ich? Warum nicht du?«

»Weil das Wort eines Vaters mehr Gewicht hat.«

Nach kurzem, bitterem Lachen sagte Theo sarkastisch: »Das war einmal so in unserer Familie. Die reagiert doch überhaupt nicht mehr darauf, wenn ich mit ihr spreche. Es ist, als ob sie mich nicht hören würde. Siehst du denn das nicht? Wo die mit ihren Gedanken ständig ist, das würde ich gerne einmal wissen.«

Das weißt du sehr gut, dachte Sabine, und ich auch – aber sie sagte: »Du übertreibst.«

»Keineswegs.«

»Auf jeden Fall bin ich nicht deiner Meinung, daß wir ihr den Totogewinn verheimlichen sollen, Theo.«

»Warum nicht?«

»Weil so etwas doch eine freudige Sache für die ganze Familie ist, und weil es deshalb auch auf Marianne eine positive Wirkung haben könnte.«

»Stimmt«, pflichtete Theo bei. »Das wäre möglich. Sagst du es ihr, oder soll ich?«

»Du! Du bist der Gewinner. Spann sie aber nicht solange auf die Folter wie mich.«

»Habe ich dich –«

Theo brach ab und lauschte.

»Sie kommt«, sagte er.

Mariannes Gruß, mit dem sie über die Schwelle trat, war der übliche.

»Guten Morgen.«

»Guten Morgen, mein Kind«, sagte Sabine.

Und Theo: »Guten Morgen, Marianne.«

»Tut mir leid«, entschuldigte sich Marianne, Platz nehmend, »ich habe verschlafen. Hoffentlich habt ihr nicht auf mich gewartet.«

Mutter Sabine war schon dabei, ihr Kaffee einzuschenken.

»Du liest im Bett zu lange«, sagte sie mit mildem Tadel in der Stimme. »Vater wollte dir sagen, daß das Wahnsinn ist.«

»Und warum sagt er mir das nicht selbst?« fragte Marianne ironisch.

Theo dachte an die Folter, auf die er niemanden mehr spannen sollte, und hielt sich daran, indem er verkündete: »Weil ich dir heute etwas anderes sagen möchte.«

»Was denn?« fragte Marianne absolut uninteressiert.

»Wir haben im Toto gewonnen.« Theo sagte mit voller Überlegung ›wir‹.

Mariannes Reaktion war die denkbar knappste.

»So?«

Sie sah, daß Sabine ihr ein Brötchen schmieren wollte und wehrte ab: »Nein, Mutter, bitte nicht.«

»Warum nicht?«

»Ich habe keinen Appetit.«

»Du sollst aber etwas essen!«

»Ich mag nichts.«

»›Ich mag nichts, ich mag nichts‹«, regte sich Sabine auf. »Von dir hört man nichts anderes mehr. Bist du dir im klaren darüber, wo das hinführen muß?«

»Ich kann es mir nicht hinunterzwingen, Mutter«, antwortete Marianne, worauf Sabine resignierend Messer und Brötchen weglegte.

Nun erinnerte Theo noch einmal an das, was er bereits verkündet hatte: »Wir haben gewonnen, Marianne.«

»Das sagtest du schon.«

»Und zwar ziemlich hoch.«

»Gratuliere. Du wirst dich freuen.«

»Du dich nicht?«

Weil ihr klar war, was von ihr erwartet wurde, erwiderte sie: »Doch, ich mich auch.«

»Aber die Summe scheint dich nicht zu interessieren?«

»Sicher.«

»Warum fragst du dann nicht danach?«

»Dann frage ich hiermit danach: Wie hoch ist sie?«

Theos Blick wechselte von seiner Tochter zu seiner Frau.

»Sag es ihr, Bina.«

»Das ahnst du nicht, Marianne«, kündigte Sabine an.

»Nein, Mutter.«

»Einhundertneunzigtausend Mark.«

»Nur?«

Sabine öffnete den Mund, um etwas zu sagen, schloß ihn aber nach diesem ›Nur?‹ wieder. Sie blickte Theo an, und Theo sie. ›Nur?‹ hatte Marianne gesagt. Was hatte sie sich denn erwartet? Diese Frage richtete Theo an sie.

»Wieviel dachtest du denn?«

»Wesentlich mehr.«

»Wieso?«

»In letzter Zeit hast du uns doch schon ein paarmal von einer Million vorgelesen.«

Theo war sehr enttäuscht. Er empfand Mariannes mangelnde Begeisterung irgendwie als ›Undankbarkeit‹, als Undankbarkeit ihm gegenüber, der immerhin eine Summe von fast zweihunderttausend Mark für die Familie gewonnen hatte.

»Hör mal«, beschwerte er sich, »du tust ja gerade so,

als ob zweihunderttausend Mark gar nichts wären. Vielleicht sollte ich mich auch noch entschuldigen dafür, daß es nicht mehr sind.«

»Nein, mußt du nicht, Vater.«

»Vielen Dank«, sagte Theo ironisch. »Du müßtest dich im Spiegel sehen. Es ist dir ins Gesicht geschrieben, was du von diesem Geld hältst.«

»Ach was!« stieß Marianne hervor. Diese Diskussion war ihr zuwider. *Alles* war ihr zuwider, schon längst.

»Du pfeifst auf die ganze Summe«, sagte Theo, obwohl er selbst nicht glaubte, daß dies wahr sein könnte. Um so überraschter war er daher – und fiel er aus allen Wolken –, als Marianne prompt antwortete: »Sagen wir, der Betrag ist mir gleichgültig.«

Das verschlug Theo die Sprache. An seiner Stelle rief jedoch Sabine: »Aber Kind, du bist verrückt! Egal, was mit dem Geld vorläufig geschieht und wie wir es anlegen, am Ende hinterlassen wir es doch dir. Das zählt alles zu deiner Mitgift.«

»Zu meiner Mitgift?«

»Ja, natürlich.«

Marianne schüttelte den Kopf.

»Ich brauche keine Mitgift, Mutter.«

»Rede keinen solchen Blödsinn, jedes Mädchen braucht eine Mitgift.«

Dazu wäre zu sagen gewesen, daß es auf Gottes weiter Erde schon unzählige Mädchen ohne jede Mitgift gegeben hat und immer wieder geben wird. So weit dachte aber Sabine Berger in diesem Moment ihrer Aufregung nicht.

»Ich nicht«, antwortete Marianne knapp.

Was das hieß, war klar.

»Warum nicht?« fragte Sabine trotzdem.

Marianne schwieg. Dann schossen ihr plötzlich Tränen in die Augen, sie sprang auf und lief aus dem Zimmer. Ihre Kaffeetasse blieb voll bis an den Rand stehen; Marianne hatte sie überhaupt nicht angerührt.

Sabine und Theo Berger wußten, daß sie ihre Tochter nun wieder einen halben Tag lang – oder noch länger – nicht mehr sehen würden, es sei denn, sie hätten keine Scheu davor gehabt, mit Gewalt in ihr Zimmer einzudringen.

Nach längerem bedrückendem Schweigen sagte Sabine zu ihrem Mann: »Vielleicht war das, was du mit dem Thürnagel gemacht hast, doch ein Fehler.«

»Nein!« erklärte Theo hart.

»Manchmal glaube ich das.«

»Die muß da durch, Sabine!«

Wenn Theodor auf ›Sabine‹ verfiel, war er nur noch mit Vorsicht zu genießen. Deshalb verzichtete nun seine Frau Gemahlin darauf, die Debatte noch fortzusetzen.

Zwei oder drei Monate später, an einem Mittwoch oder Donnerstag, wurde Marianne von ihrem Vater ans Telefon gerufen.

»Für dich«, sagte er, ihr den Hörer entgegenhaltend.

»Wer ist es denn?« fragte sie leise.

Theo zuckte die Achseln, antwortete ebenso leise: »Ein Doktor Sowieso. Den Namen habe ich nicht verstanden.«

»Ja?« meldete sich Marianne.

Ein sonores Organ sagte: »Doktor Bernin. – Spreche ich mit Fräulein Marianne Berger?«

»Ja.«

»Guten Tag. Ich bin Anwalt...«

Da die Stimme eine Pause machte, womit sie wahrscheinlich Wirkung erzielen wollte, sagte Marianne wieder: »Ja?«

»Vielleicht kommt Ihnen mein Anruf nicht überraschend?«

»Doch.«

»Ich vertrete Herrn Thürnagel... Wilhelm Thürnagel...«

Die Stimme gönnte sich erneut eine Pause, und da auch Marianne nichts sagte, bestand das ganze Telefongespräch ein Weilchen nur noch aus Schweigen. Marianne hatte damit zu tun, sich zu fassen. Wilhelms Name verursachte in ihrem Inneren einen enormen Aufruhr.

»Sie wissen ja, daß gegen Herrn Thürnagel eine Anzeige läuft«, machte sich der Anwalt schließlich wieder bemerkbar.

»Ja«, sagte Marianne mit trockenem Mund.

»Die Gerichtsverhandlung findet in der kommenden Woche statt.«

»Eine Gerichtsverhandlung?« stieß Marianne erschrocken hervor. »Ich dachte, das sei längst erledigt.«

»Wie denn? Durch Einstellung des Verfahrens?« erwiderte Dr. Bernin. »Leider nicht. Dazu ist der Tatbestand, der Herrn Thürnagel zur Last gelegt wird, zu schwerwiegend.«

Marianne schwieg.

Der Anwalt räusperte sich.

»Ich will nicht lange drum herumreden, Fräulein Berger«, sagte er dann. »Die Geschichte ist die, daß es nicht gut aussieht für Herrn Thürnagel. Ich stehe als Verteidiger gegen den Staatsanwalt mit leeren Händen da. Ich habe keine Entlastungszeugen. Die einzige, die dafür in Frage käme, sind Sie, Fräulein Berger, aber Herr Thürnagel will nicht, daß auf Sie zurückgegriffen wird. Er lehnt es ab, daß Sie, wie er sagt, in die Sache hineingezogen werden. Als ich ihm erklärte, daß er dann gleich ins Gefängnis gehen könne, erwiderte er nur: ›Meinetwegen.‹ Nun frage ich Sie, Fräulein Berger, ist das auch Ihre Auffassung und –«

»Nein!« rief Marianne.

»Sehen Sie, das erhoffte ich mir«, sagte Dr. Bernin zufrieden. »Deshalb mein Anruf. Ich baute auf Ihr Gerechtigkeitsempfinden, ganz egal, was zwischen Ihnen und meinem Mandanten vorgefallen sein mag. Sie sind also damit einverstanden, daß ich Sie als Entlastungszeugin aufbiete?«

»Ja.«

»Notfalls auch gegen den Willen des Herrn Thürnagel?«

»So stur kann er doch nicht sein!« brach in Marianne nach langer, langer Zeit wieder einmal ihr Temperament durch.

»Doch, das kann der«, meinte Dr. Bernin. »Ich neigte schon mehrmals dazu, dieses Mandat niederzulegen. Ich bin aber der Anwalt seiner Firma, verstehen Sie, deren Besitzer mich mehr oder minder dazu gezwungen hat, das Mandat zu übernehmen.«

»Und wenn er nun wirklich seinen Widerstand gegen meinen Auftritt als Zeugin nicht aufgibt? Weiß er von Ihrem Anruf bei mir?«

»Dann liegt's bei Ihnen, ob Sie sich darüber hinwegsetzen wollen. Was für ihn auf dem Spiele steht, habe ich Ihnen gesagt. Von meinem Anruf weiß er nichts.«

Marianne zögerte nur ganz kurz, dann sagte sie: »Sie können über mich verfügen, Herr Rechtsanwalt.«

»Danke, Fräulein Berger. Wann wäre es Ihnen möglich, bei mir vorbeizukommen, damit wir noch über das Nötige sprechen können? Möglichst bald, bitte. Die Verhandlung steht ja praktisch vor der Tür.«

»Ja«, sagte Marianne. »Dann am besten heute noch, nicht?«

»Prima! Wie wär's gegen fünfzehn Uhr? Ginge das?... Ja?... Danke. Die Adresse meiner Kanzlei ist folgende...«

Nachdem Marianne aufgelegt hatte, erwartete ihr Vater von ihr eine Erklärung. Er hatte es während des Telefonats nicht für nötig gehalten, sich diskret zurückzuziehen. Marianne sagte aber nicht mehr als: »Ich muß heute nachmittag weg.«

Das genügte aber Theo nicht.

»Wohin?« fragte er.

Marianne zeigte auf den Telefonapparat.

»Zu dem da.«

»Ein Rechtsanwalt?« Das hatte Theo dem Gesprächsbeitrag Mariannes entnehmen können, und daß ihm das als Ausgangspunkt für weitere Vermutungen diente, war naheliegend.

»Ja«, nickte Marianne.

»Was will er von dir?«

»Er braucht mich als Zeugin?«

»Aha.« Dieses ›Aha‹ sprach Bände. Theo fuhr fort: »Auf die Idee, auch mit mir zu sprechen, kam er wohl nicht?«

»Wieso auch mit dir?« entgegnete Marianne kühl.

»Weil ich dein Vater bin.«

»Und was ist mit Mutter? Hätte er dann auch mit der noch sprechen müssen?«

Theo biß sich auf die Zähne. Eine solche Antwort, dachte er, hätte die mir früher geben sollen. Ich weiß nicht, was dann passiert wäre. Aber heute...

»Du gehst also hin?« sagte er.

»Sicher.«

»Auch nach reiflicher Überlegung?«

»Ja.«

»Daß das ein Fehler ist, ist dir wohl klar?«

»Mag sein«, erklärte sie und fügte als Trost, der keiner war, hinzu: »Aber wenn es sich als Fehler herausstellen sollte, verspreche ich dir, das Ganze mit mir selbst auszumachen. Euch werde ich damit nicht belästigen!«

Für die ›Sonnenblume‹ rückte wieder einmal ein sogenannter Ruhetag heran. Theodor Berger freute sich schon auf das gewohnte Zusammentreffen mit Pit Schmitz, aber dann kam im letzten Moment etwas dazwischen. Die Bergers erhielten überraschenden Besuch von einem steinalten Verwandten aus der DDR, den Theo nicht gut seiner Frau allein überlassen konnte. Innerlich fluchend, wollte Theo seinem Freund am Telefon Bescheid sagen, aber dann stellte sich heraus, daß die Verbindung irgendwie gestört war. Nach mehreren Versuchen, die alle scheiterten, rief Theo schließlich den Kellner Heinrich an, von dem er wußte, daß er ganz in der Nähe des Gasthauses ›Zum Brunnen‹ wohnte, erreichte ihn auch und bat ihn, die paar Schritte zu Schmitz hinüberzugehen und ihm zu sagen, was passiert sei. Schmitz und Heinrich waren auch zwei alte Bekannte. Sie duzten sich sogar, und gerade das war der Grund, warum Heinrich es vorzog, seinen Beruf in einem anderen Gasthaus auszuüben. Er hatte es lieber, daß zwischen ihm und dem Chef eine gewisse Distanz bestand.

Als er den ›Brunnen‹ betrat, hatte er den Entschluß gefaßt, ein halbes Stündchen zu bleiben und sich einen Schluck zu genehmigen. Daß dann dieses halbe Stündchen sich ausdehnen und zu einer ganz wichtigen Phase im Leben eines Gelsenkircheners werden sollte, ahnte er nicht.

Das Gastzimmer war nicht übermäßig besetzt, aber der Lärm, der aus dem Nebenzimmer drang, deutete darauf hin, daß dort lebhafter Umsatz gemacht wurde. Ein zweites Anzeichen, das darauf auch noch hindeutete, war, daß der Kellner, zu dessen Revier das Nebenzimmer gehörte, zwischen demselben und der Theke ganz schön hin und her gejagt wurde.

Heinrich trank sein Bier an der Theke. Das gleiche tat auch ein auffallend kleiner Mann, der bereitwillig ein bißchen zur Seite gerückt war, als Heinrich an den Tresen trat. Nach dem ersten genußvollen Schluck nickte Heinrich, das Glas absetzend, hin zur Nebenzimmertür und sagte zum Wirt, der, wie gewohnt, hinter seinen Zapfhähnen stand: »Mordsbetrieb.«

»Geburtstagsfeier«, sagte Pit Schmitz.

»Schätze, die werden bald singen.«

»Fußball-Lieder«, mischte sich grinsend der auffallend kleine Mann ein.

»Fußball-Lieder?«

Pit Schmitz, den Heinrich fragend anblickte, lieferte die nötige Erläuterung. Seine Gäste im Nebenzimmer, sagte er, seien eine ganze Fußballmannschaft. Sie kämen regelmäßig her. Nette Jungs. Von einer Firma. Eine Firmenmannschaft also. Der Chef selbst sei heute auch mit von der Partie, zu Ehren desjenigen, der Geburtstag habe. Dieser sei nämlich der absolute Star der Mannschaft.

»Das sagt Ihnen wohl nicht viel – Star einer Firmenmannschaft?« mischte sich wieder der auffallend kleine Mann ein.

»Sind Sie auch einer von denen?« entgegnete Heinrich.

Der kleine Mann schüttelte den Kopf.

»Nicht direkt.«

»Doch«, sagte Pit Schmitz zu ihm, »du gehörst dazu, ganz und gar, das weiß jeder.«

Die beiden kannten sich also auch schon länger.

»Wie oft spielen die eigentlich so?« fragte Heinrich.

»Wie oft? Was sagst du?« gab Schmitz die Frage an den kleinen Mann weiter. »Du kennst doch den Turnus genau, Stummel.«

»Jede Woche. Sie können sich nicht mehr retten vor Einladungen. Alle wollen den großen Star sehen.«

Nun macht aber mal 'nen Punkt mit eurem großen Star, dachte Heinrich. Was kann das schon sein, der Star einer Firmenmannschaft.

Trotzdem sagte er, um die beiden nicht zu enttäuschen: »Ihr macht einen ja direkt neugierig auf den.«

Stummels Miene wurde plötzlich zu der eines Leichenbitters, während er meinte: »Leider geht er uns bald durch die Lappen.«

»Wieso?«

»Weil ihn uns die Bundesliga wegschnappen wird. Das ist unvermeidlich. Ich wundere mich, daß das nicht schon längst geschehen ist. Aber an *dem* Tag, an dem ihn der erste Trainer sieht, wird's soweit sein.«

Die Bundesliga? Heller Wahnsinn! Heinrich mußte sehr an sich halten, um nicht laut herauszulachen und sich an die Stirn zu tippen. Doch dann schwand dieser Impuls, als er hörte, daß der kleine Mann, den Pit Schmitz ›Stummel‹ genannt hatte, fortfuhr: »Wissen Sie, das ist so, der war in Rußland auf dem Sprung in die Nationalmannschaft der Junioren. Vor einem halben Jahr kam er als Aussiedler hierher nach Gelsenkirchen. Er ist einer, dem man die Würmer aus der Nase ziehen muß. Ein anderer an seiner Stelle hätte großmächtige Sprüche geklopft – *er* hat uns bis vor kurzem noch verheimlicht, was mit ihm überhaupt los war – dort drüben. Nur unser Chef war so schlau, ihm einiges auf den Kopf zuzusagen, und dann mußte er Farbe bekennen. Aber auch nur das Nötigste. Ich bin sicher, daß er uns längst noch nicht alles erzählt hat. Er ist ein Eigenbrötler, wissen Sie. Lebt meistens für sich allein. Hockt ständig auf seiner Bude und büffelt. Will sich weiterbilden, sagt man. Daß er heute hier mitmacht, ist ein großer Ausnahmefall. Ging aber nicht anders, weil er zu seiner eigenen Geburtstagsfeier nicht gut einen Vertreter schicken konnte. Das hätte er jedoch am liebsten getan.« Stummel wandte sich dem Wirt zu. »Oder stimmt das nicht, Pit?«

»Ganz genau«, nickte Schmitz.

Mit skeptischer Miene sagte Heinrich zu Stummel: »Ein solches As wäre aber dem Namen nach, auch hier bei seinem Eintreffen aus Rußland schon bekannt gewesen. Er war doch Nationalspieler, sagten Sie.«

»Nein«, wiedersprach Stummel, »ich sagte, daß er auf dem Sprung in die Junioren-Nationalmannschaft war. Zur gleichen Zeit aber, als seine große Karriere gerade beginnen wollte, die seinen Namen über die Grenzen Rußlands hinausgetragen hätte, war sie auch schon wieder zu Ende. Damals stellten nämlich seine deutschstämmigen Eltern ihren ersten Antrag auf Aussiedlung der Familie in die Bundesrepublik. Damit war alles wie abgeschnitten. In kommunistischen Staaten führt das bekanntlich dazu, daß man schlagartig ganz arm dasteht. Über Nacht ist der Job weg, oft sogar auch die Wohnung in der Stadt, und man fliegt, wenn man Sportler ist, selbstverständlich aus jedem nationalen Kader. Ich bin sicher, daß auch Sie das schon in der Zeitung gelesen haben.«

»Ja«, gab Heinrich zu.

Stummel hob sein Glas, um sich die Kehle, die vom langen Erzählen trocken geworden war, zu befeuchten. Kurz darauf kam einer aus dem Nebenzimmer, der aufs Klosett mußte. Er entdeckte Stummel.

»Mensch, Stummel!« rief er. »Seit wann bist du auch hier? Wir haben dich schon vermißt. Sonst bist du doch immer der erste. Was stehst du hier draußen rum? Komm rein zu uns.«

»Pit und ich hatten uns noch was zu erzählen, Udo«, antwortete Stummel, nahm sein Glas, nickte Heinrich zu und befolgte Udos Aufforderung. Als er das Nebenzimmer betrat, erhob sich in diesem verstärktes Geschrei. Das war der Begrüßungschor für Stummel.

Pit Schmitz und Heinrich hatten ihm nachgeblickt. Nachdem er verschwunden war, sagte der Wirt: »Du glaubst das alles nicht so, wie?«

»Nein«, gab Heinrich zu. »Etwa du?«

»Ich schon.«

»Wirklich?«

»Ich sah ihn ja schon spielen – und du nicht! Der gehört wirklich in die Bundesliga!«

»Sprich doch nicht immer gleich von der Bundesliga!«

»Doch, das tue ich, mein Junge.« Pit beugte sich über die Theke und dämpfte die Stimme. »Ich werde dir sogar noch etwas sagen, aber das bleibt unter uns, hörst du. Es ist ein ungewöhnlicher Zustand, daß sich ein solcher Mann in lächerlichen Firmenspielen verplempert. Wenn man das in Gelsenkirchen noch nicht gemerkt hat, dann soll den Kölnern die Nase draufgestoßen werden. Verstehst du mich, was ich sagen will? Ich habe an den 1. FC Köln geschrieben und ihnen den Fall geschildert, damit sie mal einen Beobachter herschikken. Und weißt du, was darauf erfolgt ist?«

»Nichts.«

»Von wegen!« sagte Pit mit breitem Grinsen. »Es kommt einer her.«

»Es kommt einer her?«

»Er hat sich schon angesagt?«

»Wann?«

»Das liegt bei mir. Ich soll die telefonisch auf ein Spiel aufmerksam machen, das mir geeignet erscheint.« Pits Grinsen wurde noch breiter. »Die halten etwas von mir, mein Junge.«

»Langsam tue ich das auch«, mußte Heinrich zugeben.

»Siehst du.«

Heinrich zeigte mit dem Daumen zur Nebentür.

»Haben die eine Ahnung davon?«

»Bist du verrückt?« stieß Pit hervor. »Die würden mich lynchen! Ausgerechnet ich, ihr Wirt! Verstehst du? Dieser Verräter! Und so weiter! Deshalb wiederhole ich, daß du mir ja zu keinem ein Wort sagst, in ganz Gelsenkirchen nicht! Ich vertraue dir.«

»Das kannst du, Pit.«

»Sonst hätte ich dich auch in das Ganze nicht eingeweiht.«

»Sei ohne Sorge.«

Heinrich stand gerade halb mit dem Rücken zur Nebenzimmertür, als diese aufging, weil wieder jemand auf die Toilette mußte.

»Da ist er«, sagte Pit mit unterdrückter Stimme zu Heinrich.

»Wer?«

»Der, von dem wir die ganze Zeit geredet haben.«

Heinrich drehte sich zur Seite.

»Nein!« rief er völlig überrascht.

Im gleichen Augenblick entdeckte ihn auch Wilhelm Thürnagel und war nicht weniger überrascht als er. Die Begrüßung der beiden fiel herzlich aus. Es gab aber noch einen dritten, dessen Überraschung vielleicht am größten war – Pit Schmitz.

»Ihr kennt euch?« stieß er perplex hervor, als sich Heinrich und Thürnagel die Hände schüttelten. Und nachdem er erfahren hatte, woher die sich kannten, wußte er nicht, ob ihm das zu Bedenken Anlaß geben sollte oder nicht.

Wilhelms ganzes Inneres war vom ersten Moment an, in dem er Heinrich sah, erfüllt von einem einzigen Namen – Marianne! Trotzdem hätte er von sich aus nie die Sprache auf sie gebracht. Das besorgte Heinrich. Als Kellner bereitete es ihm keine Schwierigkeiten, Wilhelm geschickt an einen Tisch zu bugsieren, der von der Theke weit genug entfernt war, um die Garantie zu bieten, daß Pit Schmitz nicht mehr jedes Wort mithören konnte. Das sei nämlich nicht notwendig, fand Heinrich.

Heinrich war schon ein Fan Wilhelms seit jener Stunde, in der Wilhelm die drei Rocker in der ›Sonnenblume‹ Mores gelehrt hatte. Heinrich gehörte auch nicht zu den vielen, die von ihrer Sympathie für Wilhelm schlagartig Abstriche gemacht hatten, als dieser in den Ruch geraten war, kein Deutscher zu sein. Das plötzliche Verschwinden Wilhelms aus seinem Blickfeld war von Heinrich als bedauerlich empfunden worden. Kellner erleben so etwas allerdings laufend, es gehört zu ihrem Beruf.

»Sie machen ja tolle Sachen, Herr Thürnagel«, begann er das Gespräch.

»Ich?«

»Ja.«

»Wieso?«

»Als Fußballer, meine ich. Man hat mir allerhand erzählt.«

»Blödsinn!« sagte Wilhelm wegwerfend. »Ich kicke ein bißchen in einer Firmenmannschaft mit – nicht der Rede wert.«

»Das kann sich ja mal ändern.«

»Das könnte sich nur ändern, wenn ich durch eine Verletzung außer Gefecht gesetzt würde, wodurch dann Schluß wäre mit dem Quatsch. Der raubt mir nur Zeit.«

»Sie büffeln viel«, sagte Heinrich. »Auch das hat man mir erzählt.«

»Wer hat Ihnen das erzählt?«

»Der Wirt hier und Ihr Freund Stummel.«

»Stummel? Den haben Sie auch schon kennengelernt?«

»Er ist ein großer Fan von Ihnen.«

»Er ist ein Idiot«, lachte Wilhelm. »Aber ein netter.«

»Den Eindruck hatte ich auch«, nickte Heinrich und fragte: »Was büffeln Sie denn?«

Sofort war festzustellen, daß Wilhelm darüber nicht gern sprechen wollte, denn er antwortete nur mit deutlichem Widerstreben: »Ach, ich möchte beruflich noch etwas weiterkommen. Vielleicht gelingt es mir.«

Trotzdem fuhr Heinrich fort: »Davon bin ich überzeugt. Wenn ich nur höre, wie Sie in der Zwischenzeit

Ihr Deutsch verbessert haben – fantastisch! Haben Sie etwas dagegen, daß ich das dem Fräulein Berger erzähle?«

Wie vom Blitz getroffen saß Wilhelm da.

»Wem?« stieß er hervor.

»Fräulein Berger. Niemand anders wird sich dafür mehr interessieren als sie.«

»Das... das glaube ich nicht«, antwortete Wilhelm mit rauher Stimme.

»So, das glauben Sie nicht? Dann würde ich an Ihrer Stelle mal der Sache nachgehen, vielleicht glauben Sie's dann«, sagte Heinrich.

Als Wilhelm zwar zu einer Antwort ansetzte, dann aber doch schwieg, fuhr der Kellner fort: »Ich sehe ja die ganze Zeit, was mit der los ist, seit ihr euch verkracht habt. Und ich sehe jetzt auch, was mit Ihnen los ist. Ich –«

»Wir haben uns nicht verkracht«, unterbrach Wilhelm.

»Was dann?«

»Herr Berger...«, setzte Wilhelm wieder an, verstummte jedoch abermals, starrte vor sich hin und meinte dann: »Ist ja egal. Es war schon völlig richtig so.«

Ging dem Kellner ein Licht auf? Anscheinend ja, denn er sagte mit nachdenklichem Blick: »Soso, der Herr Berger...«

Er ließ das verklingen, zündete sich eine Zigarette an, nahm einen tiefen Lungenzug, blies den Rauch aus und fuhr schließlich wieder fort: »Dann kann ich mir einiges denken.«

Ein zweiter Lungenzug. Anschließend: »Sie müssen mir nichts mehr erzählen, Herr Thürnagel.«

»Ich habe Ihnen doch gar nichts erzählt«, meinte Wilhelm.

»Doch, doch.«

Wilhelm erhob sich. In seinem Inneren war sozusagen eine Lawine an Gefühlen losgetreten worden, die ihn nur quälten. Solange er hier sitzenblieb und mit Heinrich sprach, konnte das nicht besser werden. Deshalb machte er Schluß.

»Ich muß jetzt wieder rein zu den anderen«, sagte er. »War nett, Ihnen zu begegnen. Kommen Sie öfter hierher?«

»Ich wohne in der Nähe.«

»Vielleicht treffen wir uns wieder.« Hoffentlich nicht, dachte er aber und streckte die Hand aus. »Tschüß!«

Sogar diesen neudeutschen Gruß hatte er also auch schon übernommen.

»Tschüß!« sagte auch Heinrich, Wilhelms Hand ergreifend. »Soll ich niemanden grüßen?«

Wilhelm überlegte nur einen winzigen Augenblick.

»Nein!« sagte er hart und drehte ab.

Kopfschüttelnd blickte ihm Heinrich nach. In diesem Kopfschütteln lag ein Widerspruch, der zwar nur stumm war, dem es jedoch keineswegs an Entschiedenheit mangelte.

In der Geschäftsstelle des FC Schalke 04 läutete das Telefon. Anwesend war Alfred Borm, der Geschäftsstellenleiter, 52 Jahre alt, kahlköpfig, gutem Essen und

Trinken zugetan, nur durch eine Schalker Niederlage aus der Ruhe zu bringen. Anwesend war auch Walter Tyk, der Zeugwart des Vereins. Tyk war in die Geschäftsstelle gekommen, um darauf aufmerksam zu machen, daß in absehbarer Zeit wieder einmal ein größerer Posten Fußbälle bestellt werden müßte.

»Ist gut«, sagte Borm. »Was heißt ›in absehbarer Zeit‹?«

»Sagen wir, im Lauf der nächsten zwei Monate«, entgegnete Tyk. »Oder –«

In diesem Moment läutete, wie erwähnt, das Telefon. Borm hob ab. Am Apparat war einer der vielen Spinner, mit denen es Fußballvereine immer zu tun haben. Diese Leute sind davon überzeugt, den Stein der Weisen im Fußballsport gefunden zu haben. Allen ist eigen, daß sie klüger sind als der jeweilige Nationaltrainer, mit dessen Mannschaftsaufstellungen sie niemals einverstanden sind. Sie schreiben Leserbriefe an die Sportredaktionen der Presse. In die Geschäftsstellen der Bundesligavereine dringen sie sogar persönlich vor. Zumindest belästigen sie sie mit Briefen und Telefonanrufen. Alfred Borm mußte gerade wieder einen solchen Fall durchstehen.

Er ließ den Mann quatschen, deckte die Muschel mit der Hand zu und sagte, die Augen verdrehend, zu Tyk: »Einer aus dem Jenseits. Weißt du wer?«

»Wer denn?«

»Sepp Herberger.«

Tyk lachte.

»Was rät er uns?«

»Daß wir uns einen Spieler unter den Nagel reißen

sollen, der alles in den Schatten stellt, was es bisher gegeben hat. Wir hätten ihn angeblich vor der Nase. Wir bräuchten nur zuzugreifen.«

Der Geschäftsstellenleiter hörte auf, mit dem Zeugwart zu sprechen, nahm die Hand von der Muschel und sagte: »Jaja, das machen wir, wir sehen uns den an, Herr... wie war Ihr Name?... Heinrich?... Danke. Sie können sich darauf verlassen, ich spreche mit dem Trainer... jaja... sicher... das ist absolut richtig, Herr Heinrich...«

Borm deckte die Muschel wieder zu, verdrehte abermals die Augen und sagte zu Tyk: »Jetzt erzählt er mir, wo dieses Veilchen im verborgenen blüht. Weißt du, wo?«

»Wo?«

»Bei einer Firmenmannschaft.«

Darüber konnte Tyk nicht einmal mehr lachen.

»Leg doch auf«, sagte er.

So etwas gehörte aber nicht zu den Verhaltensweisen des Geschäftsführers Borm, der auch einen Spinner nicht vor den Kopf stoßen wollte, da er wußte, daß gerade die verrücktesten Fans auch die treuesten sind. Er fuhr daher fort, dem Mann am Telefon zuzuhören und dessen restlichen Blödsinn über sich ergehen zu lassen. Dabei schloß er allerdings die Augen und senkte den Kopf auf die Brust, um in dieser charakteristischen Stellung das Ganze leichter zu ertragen.

Der Zeugwart Tyk überlegte, ob er nicht gehen und später wiederkommen sollte.

Plötzlich riß Borm die Augen auf und zugleich den Kopf hoch.

»Was sagten Sie!« rief er in die Muschel.

Tyk sah, daß Borms Gesicht einen Ausdruck überraschter Spannung angenommen hatte, und das veranlaßte ihn, noch einmal auf seinen Stuhl, von dem er sich schon halb erhoben hatte, niederzusinken. Dazu trug auch noch bei, daß Borm ihm, den Hörer ans Ohr gepreßt, winkte, noch nicht zu gehen.

Die Äußerungen des Spinners erschienen dem Geschäftsstellenleiter auf einmal wichtig genug, um den Hörer vom rechten ans linke Ohr zu wechseln und sich mit seiner Schreibhand, die dadurch frei wurde, Notizen zu machen. Zum Schluß sagte er: »Vielen herzlichen Dank, Herr Heinrich. Sie können sich darauf verlassen, daß wir reagieren werden, ganz gewiß. Vielleicht haben Sie unserem Verein tatsächlich einen großen Dienst erwiesen.«

Als der Hörer auf der Gabel lag, fragte der Zeugwart Tyk: »Was war denn das plötzlich?«

Borm machte es spannend. Er blickte auf den Zettel mit den Notizen, unterstrich etwas, legte den Schreiber weg und ließ endlich die Bombe platzen, indem er sagte:

»Hinter dem ist der 1. FC Köln schon her.«

»Mach mich nicht schwach.«

»Das gleiche empfand ich auch, als ich es hörte.«

»Hinter einem Firmenkicker?«

»Ja«, nickte Borm. »Aber der soll russischer Juniorennationalspieler gewesen sein.«

»Und der treibt sich hier rum?«

»Ja – und ist zu haben für 'n Appel un en Ei.«

Tyk schüttelte den Kopf.

»Das kann doch alles nicht wahr sein!«

»Dachte ich erst auch, Walter – bis der das vom 1. FC Köln sagte. Das hat mich gepackt. Stell dir vor, die kommen uns zuvor und das wird in Gelsenkirchen bekannt. Die Fans jagen uns aus der Stadt.«

»Allerdings.«

»Möchtest du so etwas riskieren?«

»Nein.«

Geschäftsführer Borm nahm den Zettel mit den Notizen, den er während dieses Gesprächs mit dem Zeugwart auf dem Schreibtisch hin und her geschoben hatte, an sich und sagte: »Dann laß uns aktiv werden...«

Zum Aufruf kam vor dem Schöffengericht beim Amtsgericht Gelsenkirchen die Strafsache gegen Wilhelm Thürnagel wegen Körperverletzung. Es war 8.45 Uhr morgens. Der Beginn der Verhandlung war auf 9.00 Uhr festgesetzt. Auf dem Flur vor dem Gerichtssaal fanden sich nach und nach alle Beteiligten ein. Die meisten waren schon da. Auf der einen Seite versammelte sich das Aufgebot des Staatsanwalts: der Verletzte namens Georg Kozurka; zwei Freunde von ihm, die damals zusammen mit ihm das Kino hatten besuchen wollen; die Dame an der Kasse; überraschenderweise auch Frau Wanda Krupinsky, Wilhelms ehemalige Zimmerwirtin.

Auf der anderen Seite des Flurs stand Rechtsanwalt Dr. Bernin mit seinem Mandanten Thürnagel und sprach leise auf ihn ein. Zu den beiden hatte sich Peter Storm, Wilhelms Chef, gesellt und rauchte eine Zigarette nach der anderen; ein Zeichen seiner Nervosität. Marianne fehlte noch.

Einen Fremdkörper unter allen Anwesenden auf dem Flur stellte Stummel dar. Er hatte mit der Verhandlung direkt nichts zu tun, war weder ein Verletzter, noch ein Zeuge der Anklage, noch ein Zeuge der Verteidigung. Und trotzdem gehörte er dazu – wie sehr, das sollte sich noch herausstellen.

»Also«, raunte Dr. Bernin, »beherzigen Sie, was ich Ihnen gesagt habe, Herr Thürnagel. Beschuldigen Sie sich nicht selbst. Als Angeklagter sind Sie dazu nicht verpflichtet.«

»Nein«, meinte Wilhelm reichlich fatalistisch. Es schien ihm an Engagement zu fehlen. Man konnte den Eindruck haben, daß er das Ganze als ein ihm irgendwie unbegreifliches Theater ansah.

Stummel machte sich an die Personengruppe ran, die das Aufgebot des Staatsanwalts darstellte.

Auf der Treppe erschien Marianne. Sie hatte ein dunkles Kostüm an, war blaß, hatte deutlich abgenommen und sah trotzdem noch wunderbar aus. Wilhelm entdeckte sie sofort. Im Gegensatz zu ihr schoß ihm die Röte ins Gesicht. Dr. Bernin machte sie und Storm miteinander bekannt. Erst nachdem dies geschehen war, kam auch Wilhelm an die Reihe, von ihr begrüßt zu werden. Sie gab ihm mit einem kleinen Lächeln die Hand und sagte: »Guten Tag, Wilhelm.«

»Was machst *du* hier?« kam es schroff aus seinem Mund.

»Ich werde aussagen.«

»Das wirst du nicht!«

»Doch.«

Wilhelm erriet natürlich, wem das zu verdanken war, und wandte sich dem Betreffenden zu. Mit einem Blick, vor dem man sich fürchten mußte, fuhr er ihn an: »Herr Rechtsanwalt, ich habe Ihnen ausdrücklich gesagt, daß ich das nicht will!«

Ehe Dr. Bernin ein Wort der Rechtfertigung äußern konnte, meinte Marianne ruhig: »Wilhelm, was du diesbezüglich gesagt hast – zu wem immer –, das spielt überhaupt keine Rolle. Es ist *mein* Wille, hier aufzutreten, verstehst du?«

Wilhelm war noch röter geworden, Marianne noch blasser. Ihr Blässe war aber kein Zeichen der Schwäche.

»Einzig und allein *mein* Wille!« setzte sie noch eins drauf.

»Und es ist *meine* Verhandlung!«

Der lächerliche Besitzanspruch, den Wilhelm damit erhob, hätte eigentlich Belustigung erregen müssen, tat es aber nicht, denn dazu war die Situation zu ernst. Dr. Bernin dachte an die Verhandlung, die vor der Tür stand, und sagte zu Peter Storm: »Das kann ja heiter werden.«

Daraufhin glaubte Storm, als Chef Wilhelms etwas erreichen zu können.

»Verdammt noch mal, Thürnagel«, schimpfte er, »spielen Sie hier nicht verrückt, sonst gehen wir alle nach Hause und lassen Sie allein die Sache durchstehen!«

»Das wäre mir auch am liebsten!«

Und das war und blieb die Einstellung, mit der Wilhelm in die Verhandlung ging, denn gleich darauf öffnete sich die Tür des Saales und der Gerichtsdiener forderte alle auf, einzutreten.

Eine Gerichtsverhandlung beginnt mit der sogenannten Zeugenbelehrung, in der sowohl den Zeugen der Anklage als auch denen der Verteidigung vom Vorsitzenden unter Androhung empfindlicher Strafen gesagt wird, daß sie die reine Wahrheit zu sagen hätten – und nichts als diese. Dann werden sie alle wieder hinausgeschickt aus dem Saal, um draußen ihren Aufruf – jeder einzeln – abzuwarten. Zurück bleibt nur der Angeklagte. Die Anklageschrift wird verlesen. Wenn das geschehen ist, setzt die Vernehmung des Angeklagten ein.

»Herr Thürnagel«, sagte der Richter, »Sie haben gehört, was Ihnen zum Vorwurf gemacht wird. Haben Sie auch alles genau verstanden?«

»Ja.«

»Brauchen wir keinen Dolmetscher?«

»Nein.«

»Es könnte ja sein«, meinte der Richter mit nachsichtiger Miene, »daß Ihre Deutschkenntnisse nicht ausreichen. Sagen Sie uns das aber lieber gleich, damit sich davon nicht eventuell nachträglich Berufungsgründe ableiten lassen.«

Dr. Bernin kam Wilhelm mit der Antwort zuvor.

»Herr Vorsitzender«, sagte er zum Richter, »die Deutschkenntnisse meines Mandanten reichen absolut aus. Das Gericht wird sich davon überzeugen können.«

»Aber aus dem polizeilichen Vernehmungsprotokoll geht das nicht so sicher hervor.«

»Das war vor Monaten.«

»Und inzwischen hat, wollen Sie sagen, Ihr Mandant dazugelernt?«

»Ja.«

Der Vorsitzende schien nicht so ganz überzeugt, aber er sagte: »Na gut, dann können wir ja anfangen.«

Erklärlicherweise wirkte dieses Intermezzo zwischen dem Vorsitzenden und dem Verteidiger auf Wilhelm demütigend. Es schädigte ihn in seinem Selbstwertgefühl und nahm ihn daher noch mehr ein gegen die ganze Veranstaltung hier.

»Also, Herr Thürnagel«, begann der Vorsitzende noch einmal, »Sie haben gehört, was Ihnen die Staatsanwaltschaft zum Vowurf macht...«

»Ja.«

»Wie stellen Sie sich dazu? Was haben Sie uns zu sagen? Wahrscheinlich wollen Sie das meiste bestreiten?«

»Nein.«

Die Augen aller im Saal – nicht nur die des Vorsitzenden – richteten sich überrascht auf Wilhelm.

»Sie wollen das nicht bestreiten?«

»Nein«, wiederholte Wilhelm.

»Was wollen Sie dann?«

»Die Wahrheit sagen.«

»Sehr gut!« konstatierte der Vorsitzende, erfreut den Schöffen an seiner Linken, dann den zu seiner Rechten, dann wieder Wilhelm anblickend. »Mal was ganz Neues. Das verkürzt ja das Verfahren enorm. Dürfen wir also annehmen, daß das, was in der Anklageschrift steht, stimmt?«

»Ja.«

Der Verteidiger sprang auf.

»Herr Vorsitzender –«

»Bleiben Sie sitzen«, wurde er vom Richter beschieden, »Sie kommen schon noch dran. Im Moment spreche ich nur mit dem Angeklagten. Wenn Sie an der Reihe sind, erteile ich Ihnen das Wort.«

»Ich möchte nur –«

»Später, Herr Rechtsanwalt!«

Dr. Bernin setzte sich wieder, mit resigniertem Blick.

»Herr Thürnagel«, fuhr der Richter fort, »Sie geben also das Delikt der Körperverletzung, das Ihnen zur Last gelegt wird, zu?«

»Ja.«

»Sie machen keine Notwehr geltend?«

»Nein.«

»Dann müssen Sie uns aber sagen, warum Sie den zusammengeschlagen haben.«

»Weil die Dame in meiner Begleitung beleidigt wurde.«

»Worin bestand diese Beleidigung?«

»Sie wurde als Ausländernutte bezeichnet.«

»Mehr nicht?«

Wilhelms Blick flammte auf.

»Das genügte!«

»Ich meinte«, bügelte der Richter den Fehler etwas aus, den er zweifelsohne gemacht hatte, »daß da ja noch etwas hinzugekommen sein könnte: daß der z. B. auch noch ausgespuckt hat. War das – oder etwas Ähnliches – der Fall?«

»Nein.«

»Das Schimpfwort allein hat also Ihre Affekthandlung ausgelöst?«

»Ja.«

»Hätten Sie sich keine andere Reaktion von Ihnen vorstellen können?«

»Welche denn?« fragte Wilhelm mit einer Schroffheit, die einem Angeklagten keineswegs zuzubilligen war.

»Eine Beleidigungsklage.«

»Dazu hätte ich den Namen des Betreffenden erfahren müssen.«

»Sichcr.«

»Sie meinen, ich hätte den danach fragen sollen?«

Der Richter merkte, daß er sich vergaloppiert hatte, und war bestrebt, sich wenigstens halbwegs aus der Affäre zu ziehen, indem er sagte: »Zumindest versuchen hätten Sie das können.«

Im Zuhörerraum wurde leises Gelächter laut.

»Dann wären wir genausoweit gewesen«, erwiderte Wilhelm trocken. »Nur hätte der *mich* zusammengeschlagen, wenn ich ihm nicht zuvorgekommen wäre.«

»Dann säßen aber jetzt auch nicht Sie auf der Anklagebank, sondern er.«

Wilhelm zuckte mit den Achseln.

»Meine Herren«, sagte daraufhin der Richter zu seinen Schöffen, zum Staatsanwalt und auch zum Verteidiger, »ich glaube, wir können uns hier, nachdem der Angeklagte uneingeschränkt geständig ist, einiges an Zeugeneinvernahme ersparen...«

Allgemeines zustimmendes Kopfnicken, sogar auch vom Verteidiger, der innerlich dazu übergegangen war, einen solchen Mandanten sich selbst zu überlassen.

Der Vorsitzende blickte in seine Akte, blätterte darin herum, fand anscheinend das, was er suchte, und sagte:

»Dann möchte ich eigentlich nur noch die Zeugin Marianne Berger – wegen der Beleidigung – und natürlich den Verletzten selbst hören. Zuerst aber die Berger, das dürfte am raschesten gehen...«

Ganz so rasch ging es aber mit der dann doch nicht.

»Fräulein Berger«, begann der Vorsitzende, nachdem der Gerichtsdiener sie hereingerufen hatte und ihre Personalien festgestellt worden waren, »zu Ihrer Information: Der Angeklagte ist voll geständig. Was das Gericht von Ihnen noch wissen möchte, ist die Antwort auf eine einzige Frage: Fühlten Sie sich damals durch den Ausdruck, der fiel, beleidigt?«

»Natürlich«, erwiderte Marianne.

»Sehr?«

»Außerordentlich.«

»Aber Sie haben nicht auf den Angeklagten eingewirkt, gewalttätig zu werden?«

»Doch.«

Ganz kurze Stille.

Dann rief Wilhelm von der Anklagebank her: »Marianne!«

Marianne drehte sich nach ihm um.

»Doch?« fragte der Richter höchst überrascht.

»Ja«, nickte Marianne. »Normalerweise wäre ja überhaupt nichts passiert. Leider wollte ich das in jenem Moment nicht einsehen. Jedenfalls wäre Herr Thürnagel von sich aus mit Sicherheit nicht gewalttätig geworden.«

»Er *ist* aber gewalttätig geworden!«

»Weil ich das von ihm erwartet habe. Ich wollte, daß er mir Genugtuung verschafft.«

Wieder machte sich Wilhelm bemerkbar.

»Marianne, was redest du da für einen Quatsch? Was soll das? Davon ist doch kein Wort wahr!«

Sie hörte ihn nicht.

»Wenn er«, sagte sie zum Richter, »nicht so reagiert hätte, wie ich es erwartete, wäre er für mich absolut erledigt gewesen.«

»Haben Sie denn etwas zu ihm gesagt, ihm etwas zugerufen?«

»Nein, das nicht«, entgegnete sie ohne das geringste Zögern. »Aber das war auch nicht nötig. In solchen Momenten genügt ein Blick, und der war damals von mir eindeutig.«

»Die lügt!« schrie Wilhelm mit zorniger Stimme.

Nun wandte sich Marianne ihm zu.

»Ich lüge nicht! Ich sage die Wahrheit!«

»Und *wie* du lügst! Merkst du denn nicht, welches Licht durch das, was du hier erzählst, auf dich fällt? Die Wahrheit ist, daß du mit der Sache überhaupt nichts zu tun hast, verdammt noch mal! Nur ich ganz allein! Du warst mir im Gegenteil sogar furchtbar böse und hast mich mit Vorwürfen überschüttet – oder stimmt das vielleicht nicht?«

»Nein«, sagte Marianne fest.

Daraufhin griff sich Wilhelm an den Kopf und stöhnte: »Ich werde wahnsinnig!«

»Sie sind jetzt mal still und bleiben es«, sagte der Richter streng zu ihm, und als das nicht fruchten wollte, drohte er ihm die Verhängung einer Ordnungsstrafe an.

Dann ging's wieder mit Marianne weiter. Und zwar brachte jetzt der Staatsanwalt ihr gegenüber einen Verdacht zum Ausdruck.

»Wissen Sie«, meinte er, »ich könnte mir denken, daß Ihre Aussagen zugunsten des Angeklagten beeinflußt werden von eventuellen Beziehungen zwischen Ihnen und ihm. So etwas erleben wir hier immer wieder.«

»Aber nicht heute«, entgegnete Marianne schlagfertig.

»Nicht?«

»Nein! Beziehungen, wie Sie sie meinen, gab es zwar mal zwischen Herrn Thürnagel und mir, aber nur ganz kurze Zeit. Inzwischen sind sie längst abgebrochen. Wir sehen uns nicht mehr.«

Damit war auch der Staatsanwalt ›bedient‹. Die Zeugin Marianne Berger wurde vom Gericht entlassen; sie durfte gehen. Anschließend verkündete der Vorsitzende eine Pause von zehn Minuten, obwohl die Verhandlung noch gar nicht so lange gedauert hatte. Der Grund stand in keinem Zusammenhang mit dem Verfahren, sondern lag auf einem anderen Gebiet. Und zwar war der Vorsitzende ein wahnsinnig starker Raucher, der sich deshalb zu häufigen Unterbrechungen seiner Verhandlungen gezwungen sah.

Schöffen, Vorsitzender und Staatsanwalt verschwanden im Beratungszimmer, alle anderen gingen hinaus auf den Flur, um sich ein bißchen die Beine zu vertreten oder eben auch eine Zigarette zu rauchen.

Auf dem Flur war Stummel zu sehen, wie er mit dem Trio sprach, das vom Staatsanwalt dazu ausersehen war, dem Angeklagten das Genick zu brechen. Das Trio war: Georg Kozurka, der Verletzte; seine zwei Freunde. Überraschenderweise schien es Stummel gelungen zu sein, einen geradezu herzlichen Kontakt mit den dreien herzustellen. Er scherzte mit ihnen, puffte sie in die Seite und nannte sie abwechselnd ›Kollegen‹ oder ›Kameraden‹. Man mußte sich fragen, wie das so weit hatte kommen können.

Nun, Stummel hatte sich, wie schon erwähnt, kurz vor Beginn der Verhandlung an das Trio rangemacht. Dann hatte die Zeugenbelehrung im Saal stattgefunden, und als die drei wieder herauskamen auf den Flur, liefen sie direkt Stummel in die Arme, der ihnen verkündete: »Ich muß mit euch sprechen.«

»Was wollen Sie?« fragte Kozurka barsch.

»Mich kannst du ruhig duzen«, antwortete Stummel. »Ich bin der gleiche Lohnempfänger wie ihr. Und noch etwas bin ich, wenn ich mich nicht täusche, genauso wie ihr.«

»Was?«

»Schalke-Fan.«

Wie auf Kommando grinsten Kozurka und seine zwei Spezis gemeinsam.

»Mann«, meinte Kozurka viel freundlicher, »da mußt du dich aber anstrengen, wenn du diesbezüglich mit uns gleichziehen willst.«

Stummel blickte ihn kurz an, dann sagte er: »Ich habe mich hier umgehört. Du bist doch der sogenannte Verletzte?«

»Ja«, nickte Kozurka, fuhr aber dann mit verdrossener Miene fort, »weißt du, der ganze Scheiß, der hier läuft, paßt mir nicht. Wenn man sich kloppt, soll sich doch kein Gericht einmischen.«

»Dann hättest du keine Anzeige erstatten dürfen.«

»Dazu wurde ich doch praktisch gezwungen.«

»Von wem?«

»Von der Krankenkasse.«

»Dann will ich dir sagen, was nun das Ergebnis ist: Der FC Schalke 04 bekommt einen großen Spieler nicht.«

»Was?« stieß Kozurka völlig verständnislos hervor. Seine zwei Spezis guckten genauso dumm wie er.

»Hört zu…«, begann Stummel und erzählte den dreien, wer Wilhelm Thürnagel eigentlich sei. Und wenn Stummel ein Bild von Wilhelm Thürnagel entwarf, dann hätte dies auch ein Bild von Franz Beckenbauer sein können. Der einzige Unterschied war nur der, daß es noch an der Entdeckung Thürnagels mangelte. Diese Entdeckung stünde aber nun vor der Tür, berichtete Stummel. Entweder lande Thürnagel beim 1. FC Köln, der bereits an ihm dranhänge, oder beim FC Schalke, von dem ihm auch schon ein konkretes Angebot vorliege, nachdem sich ihn der Trainer angesehen habe. Von wem es nunmehr abhinge, für welchen Verein er sich entscheiden werde, das könne man sich ja denken.

»Nämlich einzig und allein von dir!« schloß Stummel, mit dem Zeigefinger Kozurka auf die Brust tippend.

»Wieso von mir, Mann?«

»Weil es in *deiner* Hand liegt, ob der heute verurteilt wird. Wenn ja, dann kotzt den ganz Gelsenkirchen an und er haut ab.«

Georg Kozurka blickte seine zwei Spezis an, diese ihn. Keiner sagte etwas.

»Das hat er mir selbst schon mitgeteilt«, log Stummel leichten Herzens, »daß er dann beim 1. FC Köln unterschreibt.«

Stummel hielt plötzlich seine Geldbörse in der Hand. Nun lieferte er sein Meisterstück. Er entnahm der Börse einen Hundertmarkschein und hielt ihn Kozurka hin, wobei er sagte: »Hier, nimm ihn, du könntest ja glauben, daß ich ein ausgekochter Hund bin und euch nur ein einziges großes Märchen aufgetischt habe, um meinen Freund zu retten. Deshalb schlage ich dir nun vor, daß du den Schein einsteckst, dir die nächste Telefonzelle suchst, den FC Schalke anrufst und denen erzählst, was hier vor Gericht läuft. Dann werden die nämlich aus der Haut fahren. Sie werden dich fragen, ob du wahnsinnig bist. Ob du für den Verein überhaupt nichts übrig hast? Ob du dafür einzutreten gedenkst, daß die nächste Meisterschaft nach Köln geht? Das werden die dich fragen! Aber wenn das nicht passieren sollte, wenn du feststellen solltest, daß ich euch hier angelogen habe, dann sagst du mir das und kannst den Hunderter behalten. Verstanden? Aber nur dann! Wenn du erfährst, daß ich die Wahrheit gesagt habe, bekomme ich ihn zurück. Klar?«

Stummel siegte.

Nachdem Kozurka und seine zwei Freunde einander wieder angeblickt hatten, fiel die Entscheidung. Kozurka sagte zu Stummel: »Mann, du hast mich überzeugt, steck deinen Blauen wieder ein. Ich bin nicht dafür, daß die Post unnötig verdient.«

Kurz darauf ging die Saaltür auf und Marianne kam auf den Flur heraus, nachdem sie als Zeugin vom Gericht entlassen worden war. Sie hatte sich der Aufgabe, die sie sich selbst gestellt hatte, entledigt und strebte zur Treppe, um das Gerichtsgebäude möglichst rasch zu verlassen und nach Hause zu fahren. Wanda Krupinsky lief ihr aber nach, holte sie auf der Treppe ein und verwickelte sie in ein Gespräch, in dem sich ihr blindwütiger Haß auf Wilhelm entlud.

»Verzeihen Sie«, begann sie, »ich möchte Sie etwas fragen...«

»Ja?« sagte Marianne.

»Und zwar ganz offen. Darf ich das?«

»Bitte.«

»Was haben Sie mit Herrn Thürnagel zu tun?«

Klar, daß Marianne sofort innerlich Abwehrposition bezog. Was geht das dich an? dachte sie.

»Nichts«, antwortete sie knapp.

»Sie sind nicht seine Freundin?«

Diese Indiskretion hätte sich erübrigt, wenn Wanda vorher im Gerichtssaal miterlebt hätte, wie praktisch die gleiche Frage vom Staatsanwalt der Zeugin Berger gestellt worden war. Da war aber Wanda gezwungen gewesen, sich auf dem Flur zu langweilen und auf ihren eigenen Aufruf als Zeugin zu warten – wie übrigens immer noch.

»Nein!« sagte Marianne schroff.

Damit entfiel eigentlich der Grund für Wanda, mit

Marianne zu sprechen. Ihr Haß auf Wilhelm war aber so groß, daß sie das, was sie über ihn loswerden wollte, trotzdem nicht für sich behalten konnte.

»Sind Sie froh«, sagte sie, »sonst hätte ich Sie vor ihm warnen müssen.«

»Warnen?«

»Er hat mich vergewaltigt.«

Marianne prallte zurück.

»Vergewaltigt?«

»Praktisch vergewaltigt, ja. Er hat bei mir gewohnt, wissen Sie...«

»Ich weiß«, sagte Marianne mit Knien, die ihr schwach werden wollten. »Ich war ja schon mal bei Ihnen, mit einem Paket für ihn...«

»Ach ja richtig, das waren Sie. Ich dachte mir schon, daß Sie mir bekannt vorkommen. Jetzt erinnere ich mich genau. Am gleichen Abend ist das damals passiert. Als später die Polizei zu mir kam, um mich über ihn auszufragen, habe ich über dieses Kapitel noch geschwiegen – man schämt sich ja als Frau – und denen nur gesagt, daß ich ihm nach meinen Beobachtungen in punkto Gewalttätigkeit alles zutraue. Daher meine heutige Vorladung. Vor Gericht kann ich natürlich mein bisheriges Schweigen, wenn die mich fragen werden, nicht fortsetzen. Der Gipfel von dem war der, daß er mir dafür auch noch Geld vor die Füße geworfen hat. Stellen Sie sich das einmal vor. Ist das Zynismus oder nicht? Aber als Frau ist man ja wehrlos gegen alles.«

Marianne war so durcheinander, daß ihr nicht einmal der hanebüchene Widerspruch zwischen ›Vergewaltigung‹ und ›Geld dafür‹ bewußt wurde. Darüber konnte sie sich erst später Gedanken machen. Im Moment war sie dazu nicht in der Lage. Sie konnte kaum mehr sprechen. Ihre Lippen zitterten. In diesem Augenblick ging erneut die Saaltür auf und die anderen kamen heraus, nachdem der Vorsitzende für sich die Zigarettenpause, die schon erwähnt wurde, eingelegt hatte. Wilhelm entdeckte Marianne, wie sie zusammen mit Wanda Krupinsky auf der Treppe stand, und ging rasch auf die beiden zu. Wanda, die ein schlechtes Gewissen hatte, erschrak und verdrückte sich mit den Worten »Vor dem habe ich Angst« rasch in die Toilette, die nur wenige Schritte entfernt war.

»Marianne«, sagte Wilhelm erregt, als er sie erreichte, »würdest du mir bitte diesen ganzen Wahnsinn, den du da drinnen vom Stapel gelassen hast, erklären und –«

Abrupt brach er ab, da ihm bewußt wurde, wie sie aussah. Schrecklich! Als würde sie gleich ohnmächtig werden. Selbst aus den Lippen schien ihr jedes Blut gewichen zu sein.

»Was hast du?« stieß er hervor.

»Laß mich«, sagte sie nur.

»Nein, ich lasse dich nicht. Sag mir, was los ist. Ich möchte dir helfen.«

»Du mir helfen?« Marianne schüttelte den Kopf. »Du kannst nicht einmal mehr dir selbst helfen.«

»Was?«

»Wirst schon sehen, was die heute noch mit dir machen.«

»Die hier?«

»Ja.«

»Das ist mir doch egal!«

Marianne blickte ihn an, nickte traurig.

»Ja, Wilhelm, diesen Eindruck habe ich von dir, daß dir überhaupt alles egal ist. Was immer du machst, das scheint dir absolut egal zu sein.«

»Wovon redest du?«

Nach kurzem Zögern sagte Marianne: »Ich mache dir einen Vorschlag. Stell diese Frage zurück bis nach deiner Verhandlung hier. Dann wird sie sich nämlich erübrigt haben, weil du die Antwort wissen wirst.«

»Aber –«

»Adieu, Wilhelm«, unterbrach ihn Marianne, drehte ab und schritt die Treppe hinunter.

Und er stand da und blickte ihr nach und starrte auch noch in ihre Richtung, als sie schon geraume Zeit verschwunden war.

Auf dem Flur war Stummel zu sehen, wie er mit Kozurka und Genossen scherzte. Schließlich löste er sich von ihnen und ging auf Peter Storm, den Chef seiner Firma, zu. Storms Gesicht wirkte zornig.

»Wie steht's denn?« fragte Stummel.

»Beschissen«, brach es aus Storm heraus. »Der Narr scheint ja auf eine Verurteilung direkt geil zu sein. Ich weiß gar nicht, warum ich mir das antue, der Verhandlung beizuwohnen. In der Firma hätte ich so viel zu erledigen. Und der Anwalt sitzt auch nur da und läßt sich vom Richter niederbügeln. Wofür bezahle ich den?«

Stummel lächelte.

»Vergessen Sie ihn, Herr Storm.«

»Wen?«

»Den Anwalt.«

»Wieso? Ich verstehe Sie nicht.«

»Lassen Sie ihn ruhig dasitzen«, sagte Stummel. »Ich glaube, das spielt keine Rolle mehr.«

»Was? Wie meinen Sie das?«

»Ich habe mit Kozurka gesprochen.«

»Wer ist Kozurka?«

»Der sogenannte Verletzte.«

»Und was ist mit dem? Verdammt noch mal, lassen Sie sich nicht so die Würmer aus der Nase ziehen!«

»Seine Aussage wird, denke ich, den Verteidiger überflüssig machen.«

»Und das«, fragte Storm ungläubig, »wollen Sie erreicht haben?«

»Ja.«

Storm atmete tief ein.

»Also«, sagte er dann mit Nachdruck, »wenn das zutrifft, mein Lieber, suche ich nach einer anderen Verwendung in der Firma für Sie, weil Sie den Nachweis einer besonderen Befähigung erbracht haben. Aber noch kann ich mir das, was Sie sagen, nicht vorstellen.«

»Sie werden es sehen«, sagte Stummel mit größter Selbstsicherheit.

Und nicht nur Storm, sondern alle sahen es dann.

»Herr Kozurka«, sagte der Richter, als die Verhandlung wieder lief, »wir wissen, daß Sie aufgrund der Ihnen vom Angeklagten zugefügten Verletzungen bettlägerig waren. Wie lange?«

»Bettlägerig?«

»Ja, wie lange?«

»Bettlägerig war ich nicht.«

»Nicht?« Der Richter steckte überrascht seinen Kopf

in seine Akte und blätterte in ihr herum. »Sie waren doch krankgeschrieben?«

»Das muß noch lange nicht ›bettlägerig‹ heißen. Zur Bettlägerigkeit hat da noch viel gefehlt.«

Der Richter ließ von der Akte ab, obwohl er das ärztliche Attest, nach dem er suchte, noch nicht gefunden hatte, blickte Kozurka an und sagte: »Das klingt ja gerade so, als ob Sie uns Ihren damaligen körperlichen Zustand als gar nicht so sehr beeinträchtigt darstellen wollten?«

»Was?« sagte Kozurka, dem das zu akademisch gewesen war. Wer sich mit ihm verständigen wollte, mußte sich schon wesentlich einfacher ausdrücken. Das begriff nun der Vorsitzende.

»Das klingt so«, wiederholte er, »als ob Ihre Verletzungen gar nicht so schlimm gewesen wären.«

»Richtig«, nickte Kozurka.

»Richtig?« rief der Vorsitzende, der keineswegs eine solche Antwort, sondern eine absolut gegenteilige erwartet hatte. »Sie waren doch, steht irgendwo in den Akten, halbtot?«

»Lächerlich.«

Das war der Moment, in dem sich der Staatsanwalt, der seine Felle nicht davonschwimmen sehen wollte, einschaltete, indem er sagte: »Herr Kozurka, mir scheint, Sie legen hier Wert auf die Rolle des harten Mannes, der erkennen lassen will, wie leicht er so etwas wegsteckt. Darauf kommt's aber überhaupt nicht an, im Gegenteil, das Gericht will die Straftat des Angeklagten aufhellen, und dazu ist notwendig, daß Sie das, was er Ihnen zugefügte, zwar ohne Übertreibung, aber auch ohne jede Beschönigung schildern. Verstehen Sie mich?«

»Ja«, antwortete Kozurka. »Mein Fehler war, daß ich den unterschätzt habe.«

Daraufhin sagte der Staatsanwalt: »Sie verstehen mich anscheinend nicht. Sie hatten doch nicht die Absicht, das gleiche zu tun wie der Angeklagte – nämlich auch zuzuschlagen?«

»Doch.«

Dieses ›Doch‹ war es, das der ganzen Verhandlung eine neue Richtung gab. Der Staatsanwalt hoffte natürlich, es wäre eine Fehlleistung seines wichtigsten Zeugen gewesen, aber seine Hoffnung mußte er begraben, denn Georg Kozurka ging nicht nur nicht mehr von seinem Bekenntnis ab, sondern verstärkte es sogar noch, indem er erklärte: »Meine zwei Freunde werden Ihnen das ebenfalls bestätigen, notfalls durch Eid. Es hätte also keinen Zweck, wenn ich das abstreiten würde.«

Nun war auch der Verteidiger zu neuem Leben erwacht. Er fragte Kozurka, ob er ihn vielleicht so interpretieren dürfe, daß ihm der Angeklagte damals eigentlich nur zuvorgekommen sei.

»Genau«, nickte Kozurka bereitwillig.

Ohne zu zögern, schmiedete Dr. Bernin das Eisen, solange es heiß war.

»Darf ich mal«, fuhr er fort, »die Situation so schildern, wie ich sie sehe. Herr Thürnagel kam also auf Sie zu – die Dame in seiner Begleitung war ja beleidigt worden – und Sie blickten ihm entgegen. Was dachten Sie in diesem Moment?«

»Muß ich das sagen?«

»Müssen nicht, aber...« Das Weitere ließ Dr. Bernin in der Schwebe.

»Komm nur her, du Scheißausländer.«

Im Zuhörerraum wurde gelacht.

Dr. Bernin verzog aber keine Miene.

»Das war also Ihr Gedanke?«

»Ja.«

»Daraus geht doch hervor, daß Sie schon entschlossen waren, auch zuzuschlagen?«

»Was denn sonst!«

»Obwohl Sie gar nicht wissen konnten, ob das auch Ihr Gegner vorhatte?«

»Was der vorhatte, spielte diesbezüglich keine Rolle.«

»Was hätten Sie denn gemacht, wenn sich gezeigt hätte, daß sich Ihre Erwartung nicht erfüllte? Wenn also z. B. Herr Thürnagel Sie nur ganz friedlich nach Ihrem Namen gefragt hätte?«

»Nach meinem Namen?«

»Nach Ihrem Namen, um gegen Sie Anzeige wegen Beleidigung zu erstatten. Hätten Sie ihm den gegeben?«

So was Blödes hatte Kozurka schon ewig nicht mehr gehört. Er mußte sekundenlang kämpfen, um nicht laut herauszulachen.

»Nein«, erwiderte er dann.

»Was hätten Sie ihm denn gegeben?«

»Muß ich das sagen?«

»Müssen nicht, aber...«

»Einen Arschtritt.«

Während unter den Zuhörern verstärkt wieder Gelächter laut wurde, resümierte Dr. Bernin: »Es ist also in der Tat so, daß Ihnen Herr Thürnagel auf alle Fälle nur zuvorgekommen ist. Wenn ihm das nicht gelungen wäre, hätte *er* den kürzeren gezogen.«

»Sicher.«

»Das wäre ihm also unter keinen Umständen erspart geblieben.«

»Nein.«

»Gibt es einen klassischeren Fall von Notwehr?«

Diese Frage richtete Dr. Bernin nicht mehr an Kozurka, sondern an das Gericht, worauf der Staatsanwalt, geleitet von dem Bestreben, für sich zu retten, was noch zu retten war, sagte: »Sie meinen wohl einen klassischen Fall anderer Art, nämlich wo wieder einmal der Ermordete schuld ist und nicht der Mörder, Herr Rechtsanwalt?«

Die Ironie verpuffte.

Schon geschlagen, fragte der Staatsanwalt seinen Hauptzeugen, von dem er so schnöde im Stich gelassen worden war: »Warum haben Sie eigentlich Anzeige erstattet? Können Sie mir das sagen?«

Zuerst zuckte Kozurka nur mit den Achseln, dann bürdete er aber die Verantwortung doch noch einmal der Krankenkasse auf, die ihn, sagte er, mehr oder minder in die Enge getrieben hätte, gegen seinen Willen.

Die Verhandlung war praktisch zu Ende. Die Entscheidung des Gerichts war nicht mehr zweifelhaft. Auf die Anhörung der restlichen Zeugen wurde verzichtet. Als der Vorsitzende schließlich das Urteil verkündete, das auf ›Freispruch für den Angeklagten‹ lautete, stieß dieses lediglich bei Wanda Krupinsky auf Widerspruch, die sich wieder einmal in ihrer Überzeugung bestätigt fand, daß es keine Gerechtigkeit mehr gebe auf der Welt.

Der erste Weg nach der Verhandlung führte Wilhelm zu einer Telefonzelle. Er rief Marianne an. Der Zufall fügte es, daß sie gleich selbst am Apparat war. Der Aufruhr in ihrem Inneren hatte sich noch nicht gelegt.

»Marianne«, begann Wilhelm, »die Verhandlung ist vorüber und ich weiß, entgegen deiner Ankündigung, trotzdem nicht, wovon du gesprochen hast. Also wovon?«

Mariannes Antwort lautete: »Zu was wurdest du verurteilt?«

»Zu nichts. Ich wurde freigesprochen.«

Das hielt Marianne für unmöglich.

»Warum sagst du mir nicht die Wahrheit?« fragte sie ihn.

»Aber das *ist* die Wahrheit! Ich gebe zu, daß ich davon selbst überrascht war. Den Ausschlag gab die Aussage Kozurkas. Kozurka war der Hauptbelastungszeuge, weißt du, der, mit dem ich zusammengerasselt bin. Er hat mich überhaupt nicht be-, sondern ausschließlich entlastet.«

Zum erstenmal wurde Marianne das perfekte Deutsch Wilhelms bewußt. In ihrer Aufregung im Gerichtsgebäude hatte sie darauf überhaupt nicht geachtet. Wie gern hätte sie sich nun dafür begeistert! Doch nein, jetzt spielten solche Dinge keine Rolle mehr.

»Und was war mit der Aussage deiner ehemaligen Zimmerwirtin?« fragte sie.

»Die fiel aus. Auf die wurde verzichtet. Ich frage

mich, was das Weib bei der ganzen Veranstaltung überhaupt wollte. Was hätte sie erzählen können? Ich weiß es nicht.«

»So?«

Das kleine Wörtchen traf Wilhelm wie ein Blitz. Urplötzlich sah er vor seinem geistigen Auge wieder Marianne und Wanda zusammen auf der Treppe stehen, sah auch noch einmal, wie sich Wanda rasch verdrückte. Großer Gott, dachte er, und darüber habe ich mir gar keine Gedanken gemacht!

»Marianne, bist du noch da?«

Eine kleine Ewigkeit, in der Wilhelm mit sich zu tun hatte, war vergangen.

»Ja«, antwortete sie.

»Was«, packte er den Stier bei den Hörnern, »hat die dir erzählt?«

»Alles.«

»Was alles?«

»Daß du sie vergewaltigt hast.«

»Verge...« Das Wort wollte nur halb heraus aus ihm. Er verstummte. Unbeschreibliche Wut flammte in ihm auf, Wut gegen Wanda Krupinsky. Wäre sie zur Stelle gewesen, hätte ihn nichts davon abhalten können, ihr das Genick zu brechen. Ebenso rasch, wie die Wut gekommen war, verrauchte sie aber auch wieder und machte einer tiefen Traurigkeit in Wilhelm Platz. Er wußte, daß das, was er jetzt sagen würde, etwas Endgültiges war.

Mit einer Stimme, die für ihn selbst fremd klang, sprach er in die Muschel: »Und das glaubst du?«

Ohne zu zögern, hängte er dann ein.

Zwischen Wilhelm Thürnagel und Marianne Berger war es ein für allemal aus.

In der Folgezeit überstürzten sich die Ereignisse. Wilhelm wollte weg aus Gelsenkirchen. Er teilte dies seinem Chef mit, der ihn daraufhin natürlich nach seinem Motiv fragte.

»Es gibt hier einen Menschen«, antwortete Wilhelm ganz offen, »dem ich nie mehr begegnen möchte. Ich kann sonst meine Ruhe nicht mehr finden.«

»Ein Mädchen?«

»Ja.«

»Aber so etwas geht doch vorüber?«

»Nein, niemals!«

Peter Storm spürte, daß da nichts mehr zu machen war. Wilhelm und die Firmenmannschaft – dieser Traum war aus. Um aber Wilhelm nicht ganz zu verlieren, sagte Storm: »Ich kann Sie zu einer unserer Filialen in einer anderen Stadt versetzen. Welche würden Sie vorziehen?«

»Die am weitesten weg ist.«

»Das wäre die in Köln.«

»Gut.«

»Und wann? Möglichst bald, nehme ich an.«

»Ja.«

»Schön. Aber Sie müssen mir vorher noch einen Nachfolger auf Ihrem Posten hier einarbeiten.«

»Selbstverständlich.«

Stummel stand an der Theke bei Pit Schmitz. Er machte ein Gesicht wie tagelanges Regenwetter und sprach kaum ein Wort. Pit sah sich das eine Zeitlang an, dann sagte er: »Junge, was ist mit dir? So kennt man dich doch gar nicht. Hattest du Pech in der Liebe?«

»Scheiß auf die Liebe!« antwortete Stummel zornig. »Wilhelm haut ab!«

»Wilhelm Thürnagel?«

»Ja.«

»Und wieso?«

Stummel erzählte das, was er wußte. Viel war es nicht. Auch nichts Genaues. In der Firma kursierten Gerüchte, sagte er. Von einem Weib werde gemunkelt. Mit Wilhelm selbst wage darüber keiner zu sprechen. Bekannt sei aber, wohin er ginge.

»Wohin denn?« fragte Pit.

»Nach Köln.«

Pit nahm dies kommentarlos zur Kenntnis. Er erwies sich damit als ein Mann, der sich, wenn das erforderlich war, unter Kontrolle hatte.

Stummel trank sein Bier aus, blickte unentschlossen in sein leeres Glas und schob es dann von sich.

»Noch eins?« fragte ihn Pit.

»Nein«, erwiderte Stummel. »Zahlen.«

»Zahlen? Du hast doch erst zwei?«

»Mit schmeckt's heute nicht.« Stummel hielt schon die Geldbörse in der Hand. »Was bekommst du?«

Pit winkte ab.

»Laß man, das geht heute auf meine Rechnung.«

»Wofür?«

»Fürs Wiederkommen«, sagte Pit, im Inneren dachte er aber: für deine Auskunft.

Stummel war dann kaum fünf Minuten weg, als die Tür aufging und der Kellner Heinrich erschien, mit einer geschwollenen Backe. Er verlangte einen Schnaps gegen seine Zahnschmerzen, die ihn, wie er berichtete, heute davon abgehalten hätten, seinen Dienst in der ›Sonnenblume‹ anzutreten.

»Ihr habt heute alle eure Probleme«, sagte Pit Schmitz.

»Wer noch?« fragte Heinrich.

»Stummel.«

»Stummel?«

»Du kennst ihn doch. Der kleine Mann, der vor kurzem zusammen mit dir hier an der Theke stand. War bis vor wenigen Minuten auch wieder da.«

»Ach ja, der. Und was fehlt ihm?«

»Der hat zwar keine Zahnschmerzen, aber Kummer. Vielleicht weißt du's auch schon: dein Bekannter Wilhelm Thürnagel haut ab.«

»Weiß ich nicht«, stieß Heinrich hervor. »Der haut ab? Wohin denn?«

»Nach Köln«, sagte Pit und grinste bedeutsam.

»Dann läuft das ja in deinem Sinne«, meinte Heinrich, grinste dabei aber nicht. »Hat er denn bei denen schon unterschrieben?«

Pit zuckte die Achseln.

»Das weiß ich nicht. Wenn nicht, dann ergibt sich das aber ja nun von selbst. Stummel sprach davon, daß ein Weib dahinterstecken soll.« Pit hatte sich dazu schon eine Theorie gebildet, die preiszugeben er nicht zögerte. »Durchaus möglich das, nicht? Kann doch gut sein, daß er eine leckere Kölnerin kennengelernt hat, der er nun folgen will. Kölnerinnen« – er küßte sich die Fingerspitzen – »sind Zucker.«

Heinrich schwieg. Seine Theorie war eine ganz andere, und er wußte, welche der beiden stimmte – die seine oder die von Pit? Die seine!

»Noch ein Schnaps?« fragte Pit.

Heinrich lehnte ab. Auch ihm schmeckte keiner mehr.

Sabine Berger und ihre Tochter Marianne saßen im Wohnzimmer. Sabine blätterte in einer Illustrierten, Mariannes Kopf steckte, wie üblich, in einem Buch. Das sah aber nur so aus. In Wirklichkeit las Marianne nicht, sondern starrte schon seit einer Stunde mit leeren Augen auf die gleiche Seite. Ihre Gedanken waren ganz woanders.

Die Stille des Zimmers wurde unterbrochen von Sabine, die hervorstieß: »Entsetzlich!«

Marianne schreckte auf.

Sabine war auf einen Bericht über einen Guru in Indien gestoßen, der seine Aufgabe darin sah, junge europäische Mädchen, die ihre Heimatländer verlassen hatten und zu ihm gezogen waren, Gott näherzubringen. Dazu war notwendig, daß sie sich entkleideten und, wenn er meditierte, nackt um ihn scharten, um durch ihn die Liebe Gottes körperlich zu erfahren. Die Fotos in der Illustrierten vermittelten davon lebhafte Eindrücke. Im Text war von verzweifelten Eltern die Rede, deren Appelle an die Töchter, zurückzukehren, alle ungehört verhallt waren.

»Sieh dir das an«, sagte Mutter Sabine zu Marianne, wobei sie ihr die Illustrierte hinschob. »Ein solcher Wahnsinn wird heutzutage geduldet.«

Marianne betrachtete die Fotos, las die Bildunterschriften, sagte nichts.

»Wo bleibt da die Polizei?« fuhr Sabine fort.

Die nächste Frage richtete sie an sich selbst und an die ganze deutsche Nation: »Sind wir verrückt? Dafür bezahlen wir Entwicklungshilfe?«

Marianne schwieg. Sie schwieg aber nicht mehr, als Sabine empört sagte: »Daß sich diese Mädchen nicht schämen!«

»Vielleicht sind sie glücklich, Mutter.«

Sabine glaubte sich verhört zu haben.

»Wie bitte?«

»Ich könnte mir das sehr gut vorstellen, Mutter.«

»Bist du verrückt?«

Marianne sprach mehr zu sich selbst, als sie antwortete: »Weißt du... weit weg von hier sein... alles vergessen... ganz weit weg sein... in einer anderen Welt... dort bleiben... nie mehr zurückkehren...«

Sie verstummte, starrte die Fotos an.

Und Sabine starrte ihre Tochter an. Schieres Entsetzen hatte sie gepackt.

»Marianne«, rief sie, auf den Bericht in der Illustrierten zeigend, »du willst doch nicht sagen, daß das auch etwas für dich währe?«

Marianne sagte nicht ja. Sie sagte aber auch nicht nein. In dem Blick, mit dem sie ihre Mutter ansah, lag jedoch mehr ein Ja als ein Nein.

Schlagartig wurde sich dadurch Sabine bewußt, daß es höchste Zeit war, etwas Unausdenkbares zu verhindern.

»Wenn du es nicht tust«, sagte sie abends im Bett zu

ihrem Mann, »dann ich! Weißt du, wo du sonst deine Tochter vielleicht bald suchen kannst?«

»Wo?«

»In Indien.«

Theodors vier Freunde – Johann Schuhmacher, Jupp Maslowski, Fred Szykowiak, Karl Jaworowski – saßen mit ihm zusammen im Nebenzimmer, das nicht in Betrieb war. Sie hatten ihn um ein ›ungestörtes Gespräch‹ gebeten.

»Nun bin ich aber neugierig, was ihr wollt«, sagte er, nachdem sie alle Platz genommen hatten.

»Heinrich hat mit uns gesprochen«, begann Jaworowski.

»Heinrich? Was denn?«

»Er hat den jungen Mann getroffen, der ein paar Tage bei dir gewohnt hat...«

Jaworowski machte eine bedeutsame kleine Pause.

»...und den du dann vor die Tür gesetzt hast«, knüpfte Maslowski an.

»Ich habe ihn nicht vor die Tür gesetzt«, sagte Theodor. »Er ist von selbst gegangen.«

»Heinrich erzählt etwas anderes.«

»Sagt mal«, regte sich Theodor auf, »was hat denn der diesbezüglich überhaupt zu erzählen? Das geht doch den einen Dreck an!«

»Er hat festgestellt«, erklärte nun Szykowiak so unbeeindruckt wie die drei anderen, »daß der junge Mann – Wilhelm Thürnagel heißt er wohl? – deine Tochter liebt. Das gleiche ist umgekehrt der Fall.«

Theodors Erregung wuchs rasch an, sie wurde zum

Zorn. »Den schmeiße ich raus!« kündigte er mit rotem Kopf an. »Wie kommt mir der denn vor? Will der etwa die Interessen von diesem Beutegermanen vertreten? Das werde ich ihm rasch austreiben! Und von euch«, fauchte er seine Freunde an, »hätte ich auch etwas anderes erwartet, als daß ihr euch mit einem Kellner über meine Privatangelegenheiten unterhaltet!«

»Immer mit der Ruhe, Theo«, sagte Schuhmacher. »Heinrich läßt dir bestellen, daß du ihn nicht hinauswerfen mußt, falls du das vorhaben solltest. Er geht dann von selbst und fängt bei Pit Schmitz an.«

»Bei wem?«

»Bei deinem Freund Schmitz. In deinem Laden hier, meint er nämlich, wird sowieso bald nicht mehr viel zu verdienen sein.«

»Was?«

»Dir werden die ganzen Schalke-Fans wegbleiben, meint er.«

Wenige Konjunkturen sind so schwankend wie die der Gastwirte. Deshalb leiden die Gastwirte unter der ständigen Angst, ihr Geschäft könnte plötzlich nachlassen.

»Warum sollten mir die Schalke-Fans wegbleiben?« antwortete Theodor im Handumdrehen wesentlich moderater.

»Das hängt mit diesem Beutegermanen, wie du ihn nennst, zusammen«, sagte Schuhmacher.

»Wieso?«

Diese Frage bedurfte einer Beantwortung, die eine gewisse Zeit in Anspruch nahm, da sie umfassend, stichhaltig und überzeugend sein mußte, galt es doch

Theo den Eindruck zu vermitteln, er habe einem neuen Pele oder Franz Beckenbauer die Wertschätzung versagt und trage so die Verantwortung dafür, daß der Mann der Stadt Gelsenkirchen – und damit Schalke – den Rücken kehren wolle.

Karl Jaworowski, als Vertreter der Redegewandteste, schonte Theo nicht. Er hielt ihm alles vor Augen und erzielte die größte Wirkung, als er die Mitteilung, Thürnagel werde vom 1. FC Köln ›gekauft‹ werden, verband mit der Frage: »Und weißt du, wer das gefingert hat?«

»Wer?«

»Dein Freund Pit Schmitz.«

Wenn alles passieren durfte – das nicht!

»Was soll ich machen?« stöhnte Theodor ratlos. »Ich konnte doch das alles nicht ahnen.«

»Was du machen sollst, das ist die einfachste Sache der Welt«, sagte Jaworowski. »Du akzeptierst ihn als deinen Schwiegersohn.«

Theo zuckte zusammen.

»Das wird ihn an unsere Stadt binden«, bekräftigte Schuhmacher.

»Nein«, legte sich Theo noch einmal quer, »das könnt ihr von mir nicht verlangen. Meine Tochter hat Anspruch auf eine gute Partie – nicht auf eine mit so einem! Meine Tochter bringt in ihre Ehe eine Viertelmillion mit!«

Das hätte er besser nicht sagen sollen.

»Da könnt ihr mal sehen«, sagte Schuhmacher zu den anderen, »was der uns schon aus der Tasche gezogen hat.«

»Nicht euch«, widersprach Theodor grinsend. »Hauptsächlich dem Toto.«

»Dem Toto? Wann?«

»Vor kurzem.«

»Wieviel?«

»Hundertneunzigtausend Mark.«

»Waaas?« riefen Johann, Jupp, Fred und Karl im Chor.

»Glück muß man haben«, grinste Theo.

»Und das sagst du uns jetzt erst?« warf ihm Szykowiak vor.

»Euer Fest entgeht euch nicht, das lasse ich schon noch steigen.« Theo kehrte zum alten Thema zurück. »Aber seht ihr jetzt ein, daß ich für meine Tochter etwas anderes verlangen kann als einen Aussiedler?«

Dazu sagte nun wieder Jaworowski das Passende.

»Einen Aussiedler?« wiederholte er ironisch. »Einen Beutegermanen?« Er blickte Theo kopfschüttelnd an. »Sag mal, bist du bekloppt? Wie lange sollen wir dir noch erzählen, daß der bald sein Geld in der Bundesliga verdienen wird. Und zwar in einem einzigen Jahr schon das Doppelte deines lächerlichen Totogewinns! Dann kannst *du* dem nicht mehr wechseln!«

Theodor Berger hätte nicht Theodor Berger sein müssen, wenn das seinen Widerstand nicht gebrochen hätte.

Mann, dachte er, darauf hätte ich seit einer Viertelstunde selbst auch kommen können. Aber so ist das, wenn man sich mal in etwas verbohrt hat und nicht mehr von zwölf bis Mittag denkt.

Eine letzte Frage beschäftigte ihn noch.

»Und wer garantiert mir, daß der nicht schon bald eine Verletzung davonträgt, die ihn zum Sportinvaliden stempelt?«

Von diesem Risiko konnte ihn niemand entbinden.

Der berühmte Canossagang eines deutschen Kaisers im Mittelalter zu einem Papst ist in die Geschichte eingegangen. Der Ausdruck wurde zum Synonym für Demütigung.

Theodor Berger war kein Kaiser, Wilhelm Thürnagel war kein Papst, doch das, was Theodor Berger antrat, war ein klassischer Canossagang zu Wilhelm Thürnagel.

Theo ermittelte telefonisch Wilhelms Privatadresse bei der Firma Elektro-Storm. Man gab sie ihm ohne weiteres, weil er sagte, er müsse Wilhelm Post nachsenden.

Es war abends. Wilhelm saß über seinen Büchern, als Theodor bei ihm, von der Zimmerwirtin eingelassen, erschien. Theo hatte sich mit drei oder vier Klaren in Form gebracht. Sie hatten ihm sein Unternehmen überhaupt erst als durchführbar erscheinen lassen.

»Sie werden überrascht sein, mich zu sehen, Herr Thürnagel«, begann er.

Diese Vermutung traf zu.

»Ja«, sagte Wilhelm.

»Ich komme... ich komme...« Theo hätte anscheinend noch zwei oder drei Klare mehr gebraucht. »Verzeihen Sie«, unterbrach er sich, »hätten Sie einen Schnaps für mich? Ich habe Magenschmerzen«, begründete er seinen Wunsch.

»Rum«, sagte Wilhelm. Rum goß er sich in letzter Zeit manchmal in seinen Tee.

»Ich werde mich revanchieren«, versprach Theodor, »wenn Sie wieder zu mir ins Lokal kommen.«

Wilhelm blickte ihn mit ausdrucksloser Miene an.

»Ich werde zu Ihnen nicht mehr ins Lokal kommen, Herr Berger«, sagte er.

»Doch.« Theo hatte rasch hintereinander zwei Rum getrunken.

»Nein.«

»Und wo wollen Sie sonst Ihre zukünftige Frau treffen?«

Theo war in diesem Moment stolz auf sich selbst. Wie habe ich diese Kurve gekriegt? lautete sein Eigenlob, das er sich innerlich selbst aussprach. Toll!

Um so konsternierter war er, als Wilhelm erwiderte: »Meine zukünftigte Frau? Ich glaube nicht, daß ich jemals heiraten werde, Herr Berger.«

Theo kippte den dritten Rum.

»Auch nicht Marianne?«

»Nein.«

»Aber hören Sie, Sie scheinen nicht zu begreifen, warum ich hier bin. Ich habe meinen Standpunkt geändert. Ich bin nun nicht mehr gegen diese Verbindung.«

Vielleicht hat er das nicht verstanden und ich muß mich anders ausdrücken, dachte Theo, als Wilhelm schwieg. Er sagte deshalb: »Ich bin nicht mehr gegen Sie als Schwiegersohn.«

»Warum nicht mehr?« antwortete nun Wilhelm doch.

Darauf war Theo vorbereitet. Daß diese Frage kommen würde, war ja von Anfang an klar gewesen.

»Weil ich mich daran erinnert habe«, sagte er, »wie das bei mir damals war. Ich besaß doch auch nichts – oder nur ein altes Gasthaus – und meine Frau war diejenige, die kapitalmäßig was an den Füßen hatte. Ihr Vater hätte also auch sagen können, von dem läßt du die Finger. Er tat es nicht.«

»So sehen Sie also das jetzt?«

»Ja«, beteuerte Theo. »Ich muß bescheuert gewesen sein, sage ich Ihnen ganz offen. Darf ich mir noch einen einschenken?«

»Sie können die Flasche mitnehmen.«

Ein mißlungener Witz.

»Die Flasche mitnehmen?« Theo lachte. »Davon habe ich doch mehr als genug zu Hause.«

»Für unterwegs«, sagte Wilhelm.

Also kein Witz. Beinharter Ernst. Wilhelm stöpselte die Flasche zu und hielt sie Theo hin. Theo war so überrascht, daß er unwillkürlich zugriff. Dann erhob sich Wilhelm, wobei er sagte: »Ich bringe Sie noch hinaus.«

»Aber... aber«, stotterte Theo, »wir müssen doch noch... doch noch über vieles reden...«

»Nein.«

»Zum Beispiel über die Mitgift... Eine Viertelmillion.«

»Darüber wird sich Ihr zukünftiger Schwiegersohn sicher sehr freuen.«

Theodor Berger war dabei, aus allen Wolken zu fallen.

»Aber der sind doch Sie!« rief er.

»Irrtum, Herr Berger.«

»Warum nicht?«

»Fragen Sie Ihre Tochter.«

Wilhelm hielt die Tür auf. Theos Sturz aus den Wolken war vollzogen. Schon auf der Treppe gluckerte die Flasche wieder, deren Hals sich Theo an die Lippen gesetzt hatte.

Als er seine heimatlichen Gefilde wieder erreichte, befand er sich in einem Zustand, der seine Frau nach einem einzigen Blick zu der Frage inspirierte: »Wie siehst du denn aus? Wo warst du eigentlich plötzlich?«

Theo hatte seiner Familie sein Vorhaben, zu Wilhelm zu fahren, verheimlicht. Er war einfach verschwunden.

»Bei diesem Arschloch«, sagte er zornig.

»Bei welchem...« Den Rest verschluckte sie.

»Bei Thürnagel.«

Das wollte Sabine nicht glauben.

»Du weißt doch gar nicht, wo der jetzt wohnt«, sagte sie.

Theo bewies ihr das Gegenteil, indem er ihr Wilhelms Adresse nannte. Das ließ aber immer noch die Frage offen, warum er sich so plötzlich zu dieser Fahrt entschlossen hatte.

Was denn passiert sei, erkundigte sich Sabine.

»Ihr heizt mir doch alle ein«, entgegnete er. »Oder hast du vergessen, wie du mich unter Druck gesetzt hast?«

Hoffnung erwachte jäh in Sabine. Sie fragte: »Und? Habt ihr euch geeinigt?«

»Geeinigt? Wie kommst du darauf?«

»Ich seh' doch, daß ihr mitsammen getrunken habt.«

»Er nicht, Bina.«

»Etwa nur du?«

Theo nickte.

»Großer Gott«, regte sich Sabine auf, »was wirst du denn da wieder angestellt haben! Das ist ja furchtbar! Was hast du denn zu ihm gesagt?«

Die Erinnerung daran belebte den Zorn in Theo wieder.

»Das Beste wäre gewesen«, erklärte er, »ihm zu sagen, daß er mich am Arsch lecken soll.«

»Theo!!«

»Statt dessen bin ich vor ihm herumgekrochen, habe ich mich und unsere Tochter gedemütigt, habe sie ihm angetragen wie saures Bier, eingerahmt in eine Mitgift von einer Viertelmillion – und was war der Erfolg? Ich soll mir beides – Tochter und Mitgift – in den Hintern stecken, hat er gesagt.«

»Das hat er gesagt?«

»Gesagt nicht, aber gedacht.«

Sabine war so aufgeregt, daß sie ihr Strickzeug aus der Hand legte und achtlos beiseite schob.

»Ich kann das nicht glauben«, sagte sie. »Ich sehe nur, daß du sicher alles verdorben hast.«

»Nichts habe ich verdorben!« widersprach er. »Da war nichts zu verderben, von Anfang an nicht!«

»Hast du ihm denn gesagt, daß Marianne ihn liebt? Daß sie zugrunde geht ohne ihn?«

»Nein, Gott sei Dank nicht. Da wäre ja die Demütigung noch schlimmer gewesen.«

Sabine blickte ihren Göttergatten an. Gegen ihn aufzumucken, war etwas absolut Ungewohntes von ihr. Jetzt geschah es aber.

»Weißt du, was du bist?« sagte sie zu ihm. Nach sekundenlanger Pause, in der sie ihm Zeit gab, sich auf das, was kommen würde, vorzubereiten, fuhr sie fort. »Ein Idiot!« Und damit kein Zweifel mehr blieb, setzte sie hinzu: »Ein Riesenidiot!«

Sie stand auf, ging zur Tür.

»Wo willst du hin?«

»Zu ihm.«

»Bist du vom wilden Affen gebissen? Du holst dir die gleiche Abfuhr wie ich!«

»Das will ich erst sehen«, erklärte Sabine. »Und wenn ja, dann habe ich als Mutter wenigstens nichts unversucht gelassen, um Unglück von meinem Kind abzuwenden.«

»Du bleibst hier! Ich befehle es dir!«

»Theo«, sagte eine ganz neue Sabine, »du kannst befehlen, was immer du willst – und wem immer –, mich interessiert das nicht mehr, verstehst du?«

Damit rauschte sie aus dem Zimmer, und Theo besaß nicht mehr den Elan, ihr nachzulaufen und ihr in den Weg zu treten. Er fragte sich, was er an Dingen, welche die Welt auf den Kopf stellten, heute noch erleben müßte. Dann hockte er sich vor den Fernseher. Wim Thoelke war am Fragen, warum sich Napoleon, als Goethe vor ihm stand, über die Tatsache gewundert habe, daß seine Generäle nicht auch Gedichte schrieben. Der Kandidat anwortete, das sei ganz einfach, warum sich der kleinwüchsige große Korse darüber gewundert habe, nämlich weil –

In diesem Augenblick hatte der Sender Tonausfall, und Theo Berger war verzweifelt bemüht, dem Kandidaten den entscheidenden Teil der Antwort vom Mund abzulesen. Es gelang ihm nicht. Als der Ton wieder kam, war Wim Thoelke am Fragen, was das achte Gebot mit der neunten Symphonie von Beethoven zu tun habe. Diese Frage bewegte Theo nicht sosehr. Er interessierte sich eben mehr für Geschichte und Literatur, und weniger für Religion und Musik. Er schlief ein.

Er wachte wieder auf, als er Sabine in der Diele rumoren hörte. Sofort war ihr anzusehen, daß sie keinen Erfolg gehabt hatte, jedenfalls nicht den Erfolg, den sie sich gewünscht haben mochte.

»Wo ist Marianne?« fragte sie. »Immer noch auf ihrem Zimmer?«

»Ich habe sie noch nicht gesehen«, antwortete Theo.

»Komm mit, wir müssen mit ihr reden.«

»Was war bei dem?«

»Komm mit.«

Marianne saß an ihrem kleinen Schreibtisch, mit dem ihr hübsch eingerichtetes Zimmer ausgestattet war, und starrte auf einen Globus, den sie einmal zu Weihnachten bekommen hatte.

Sabine sagte spontan: »Kind, gib das Ding weg!«

Als Marianne nicht reagierte, nahm Sabine selbst den Globus und stellte ihn auf den Schrank. Dann setzte sie sich. Theo folgte ihrem Beispiel. Und nun sagte Sabine: »Ich war bei Wilhelm Thürnagel.«

Marianne sagte nichts. Nur ihre Augen, mit denen sie Sabine anschaute, wurden groß und fragend.

»Dein Vater ebenfalls«, fuhr Sabine fort.

Daraufhin sah Marianne mit den gleichen Augen auch Theo an.

»Ich verstehe nicht«, sagte sie schließlich.

»Nun mußt *du* zu ihm«, erklärte Sabine.

»Ich?« stieß Marianne hervor.

»Ja.«

»Niemals! Eher sterbe ich!«

Man konnte sehen, daß Sabine der Atem wegzubleiben drohte. Ihre Stimme fing an zu zittern, aber das ging rasch wieder vorüber. Sabine wußte, daß sie sich jetzt zusammennehmen mußte.

»Ja, das glaube ich«, sagte sie. »Eher stirbst du; auf dem Weg dazu bist du ja schon länger und das scheint dir auch völlig egal zu sein, was mit dir geschieht. Aber wenn du schon nicht an dich selbst denkst, dann denk doch wenigstens ein bißchen an uns – an mich, an deinen Vater... und an ihn.«

»An ihn denke ich bestimmt nicht!« sagte Marianne trotzig.

»Aber er an dich.«

»Nein, Mutter, das weiß ich besser. Dem habe ich nie viel bedeutet.«

»Du bist ein Schaf, wenn du das glaubst!«

»Und du weißt nicht, was passiert ist.« Marianne dachte, als sie das sagte, an Wanda Krupinsky. Mehr wollte sie darüber nicht verlauten lassen.

»Ich glaube eher, daß *du* nicht weißt, was passiert ist«, erklärte Sabine.

»*Ich* weiß es, Mutter, und damit wollen wir es genug sein lassen.«

Unsicher geworden blickte Sabine von Marianne zu

Theodor, der bis zu diesem Moment kein Wort geäußert hatte, und fragte ihn: »Hattest du ihr davon schon mal was gesagt?«

»Wovon?«

»Von deinem Gespräch mit Wilhelm, während wir in Essen beim Einkaufen waren.«

»Nein.«

»Dann –«

Marianne fuhr dazwischen: »Während wir in Essen beim Einkaufen waren? An diesem Tag setzte sich Wilhelm aus dem Haus hier ab? Warum? Nun höre ich, daß du da ein Gespräch mit ihm hattest, Vater. Davon wurde mir ursprünglich nichts gesagt. Welches Gespräch war das?«

»Ich hatte dir ausdrücklich mitgeteilt, daß ich ihn nicht ausquartiert hatte. Und dabei bleibe ich!«

»Welches Gespräch war das, Vater?« blieb Marianne unerbittlich.

Theos Blick ging hilfesuchend zu Sabine, aber von der war kein Beistand zu erwarten, sondern eher das Gegenteil. Sabine meinte nämlich: »Sag es ihr! Etwas anderes hat jetzt keinen Zweck mehr.«

»Dann sag du es ihr!«

Bereitwillig wandte sich Sabine wieder Marianne zu. »Dein Vater erklärte ihm, daß er keine Partie für dich wäre.«

»Keine Partie?« wiederholte Marianne im ersten Moment verständnislos.

»Daß du Anspruch auf eine bessere hättest.«

»O Gott!« Jetzt hatte Marianne begriffen. »Das zielte ja auf seine Mittellosigkeit!«

Um einem Ausbruch von ihr zuvorzukommen, sagte Sabine rasch: »Dein Vater wollte nur dein Bestes – übrigens mit meiner Zustimmung.«

»Und dazu mußtet ihr ihm das antun«, meinte Marianne erschüttert. Ausbruch kam aber keiner von ihr. Nach bedrückender Stille fuhr sie fort: »Ich verstehe nur eines nicht. Warum hat er dasselbe von mir gedacht? Warum hat er mich mit euch in einen Topf geworfen? Er hätte doch sonst mit mir darüber noch einmal gesprochen. Das tat er aber nicht. Sicher hat er sogar gedacht, daß der Anstoß zu diesem Gespräch von mir kam...«

»Mir scheint, das denkt er leider auch heute noch«, fiel Sabine ein, »denn als ich von ihm wissen wollte, was der Grund für euer Zerwürfnis sei, antwortete er: ›Das müssen Sie Ihre Tochter fragen.‹ Aber –«

»Ganz das gleiche hat er auch zu mir gesagt«, unterbrach Theo.

»Aber darin irrt er doch, Marianne«, schloß Sabine. »Und das mußt du ihm klarmachen, dann renkt sich alles wieder ein.«

Marianne zuckte hoch.

»Renkt sich alles wieder ein? Ich will nicht, daß sich mit so einem wieder etwas einrenkt!«

»Warum sagst du ›mit so einem‹? Wie klingt denn das? Du liebst ihn doch!«

»Nein!« rief Marianne. »Einen Menschen, der mich so tief beleidigt hat, der mir so etwas zutraute, der einen derart fiesen Charakter mir unterstellte, einen solchen Menschen kann ich nicht lieben, Mutter, sondern nur hassen!«

»Hassen?«

»Ja, hassen!« belog sich Marianne selbst.

Sabine konnte in diesem Augenblick über ihre Tochter innerlich nur lächeln. »Dann würde ich ihm aber das auch noch ins Gesicht sagen«, erklärte sie listig.

»Meinst du?«

»Unbedingt! Wenn schon Fronten geschaffen werden müssen, dann klare, das ist in solchen Fällen immer das beste. Dabei zeigt der andere sein wahres Gesicht, und es fällt einem leicht, ihn wirklich zu vergessen.«

Dann wäre es auch unvermeidlich, dachte Marianne, daß noch einmal das Kapitel ›Wanda Krupinsky‹ aufs Tapet käme, diese schändliche Angelegenheit, die ihn in den Boden versinken lassen müßte.

Und Marianne verkündete ihren Eltern den Entschluß, sich umgehend zu Wilhelm zu begeben.

Theo stand unter der Wirkung des an diesem Abend schon genossenen Alkohols. Ihm gerieten die Dinge etwas durcheinander. Er kannte sich nicht mehr aus, was nun überhaupt geplant war. Ging Marianne zu dem, um mit ihm ein für allemal Schluß zu machen? Oder nicht? Schwebte ihr das Gegenteil vor? Vielleicht war sie sich sogar weder über das eine noch über das andere im klaren?

»Auf alle Fälle«, sagte er zu Marianne, ehe sie das Haus verließ, »sollst du noch eines wissen, damit du vor Überraschungen sicher bist, wenn du mit ihm sprichst: Der wird bald Millionär. Wie du von dieser Mitteilung Gebrauch zu machen gedenkst, ob positiv oder negativ, weiß ich nicht. Das soll mir auch egal sein. Ich mische mich nicht mehr ein. Meine Hoffnung ist nur die, daß mich die Schalke-Fans nicht boykottieren.«

Nicht Marianne, sondern Sabine antwortete: »Der wird bald Millionär? Wieso? Wo?«

»In der Bundesliga.«

Die beiden Frauen blickten einander an. Dann setzte sich Sabine hinter Theos Rücken rasch ein imaginäres Glas an die Lippen und kippte sich dessen imaginären Inhalt in den Mund. Es war das berühmte Zeichen dafür, daß jemand zuviel getrunken hatte.

»Du?!« sagte Wilhelm, als Marianne in sein Zimmer trat.

»Ja, ich.«

Und nun ging's eine Zeitlang Schlag auf Schlag.

»Bitte, setz dich.«

»Danke, nein, ich bin nicht gekommen, um es mir hier bequem zu machen, sondern nur, um dir ein paar Kleinigkeiten zu sagen, die du dir hinter die Ohren schreiben kannst.«

»Zum Beispiel?«

»Erstens sollst du nicht glauben, daß meine Eltern heute auf meine Veranlassung hin zu dir gekommen sind. Von diesem Wahnsinn hatte ich überhaupt keine Ahnung.«

»Zweitens?«

»Zweitens sollst du wissen, daß du mich zutiefst beleidigt hast. Ich habe davon heute erst erfahren, sonst hätte ich dir schon eher mitgeteilt, daß du dich dafür als von mir geohrfeigt betrachten kannst.«

»Drittens?«

Marianne schien verblüfft zu sein.

»Willst du dazu nicht erst Stellung nehmen?«

»Zu Erstens und Zweitens?«

»Ja.«

»Erstens: Ich habe nicht geglaubt, daß deine Eltern heute auf deine Veranlassung hin zu mir gekommen sind. Zweitens: Ich habe dich nie beleidigt.«

»Doch, das hast du!«

»Inwiefern?«

»Weil du geglaubt hast, ich würde dich wegen deiner Armut ablehnen! Das hast du mir zugetraut!«

»Nein.«

Aus dem Konzept gebracht, fragte Marianne: »Was heißt nein?«

»Nein heißt, daß ich nie geglaubt habe, daß du mich wegen meiner Armut ablehnen würdest.«

Dies rief natürlich Verwirrung in Marianne hervor. Sie blickte sich nach einem Stuhl um.

»Darf ich mich setzen?« fragte sie.

»Natürlich.«

Sie nahm Platz, während sie sagte: »Aber du bist doch verschwunden wie ein Dieb in der Nacht? Warum das?«

»Weil ich eingesehen habe, daß dein Vater recht hatte. Wenn ich dich wirklich lieben würde, sagte er, könnte ich das nur durch einen Verzicht auf dich beweisen. Zu deinem Glück wäre ein anderer Mann als ein Bettler die Voraussetzung.«

Mariannes Augen wurden schmal.

»Sagte er Bettler?«

»Nein, nicht«, korrigierte sich Wilhelm rasch. »Aber wenn er es gesagt hätte, wäre doch von ihm ein Nagel auf den Kopf getroffen worden.«

»Nein, du Idiot!« Sie erschrak über sich selbst. »Entschuldige, das wollte ich nicht sagen, aber ich bin schon ganz konfus. Ist ja auch kein Wunder. Einmal denke ich, du liebst mich nicht, dann erfahre ich, wie jetzt, du liebst mich doch – das *muß* einen ja kaputtmachen! Was ist nun richtig? Liebst du mich oder nicht?«

»Ich liebe dich.«

»Wilhelm, ich dich doch auch!« rief sie und wartete darauf, daß er sie in seine Arme reißen, sie abküssen und überhaupt alles mit ihr machen würde, was er nur machen wollte.

Doch nichts dergleichen geschah. Wilhelm blieb auf seinem Stuhl sitzen.

»Ich liebe dich«, wiederholte er in tiefem Ernst. »Aber das ändert nicht unsere Situation, Marianne.«

Das Strahlen in ihrem Gesicht erlosch.

»Was soll das heißen?«

»Daß ich nach wie vor der Meinung bin, du verdienst einen anderen Mann.«

»Ich will keinen anderen Mann!«

»Wir würden nur zusammenpassen, wenn du – so ist das nun mal in der kapitalistischen Welt – auch so mittellos wärst wie ich.«

Marianne mußte darüber nicht lange nachdenken.

»Sag mal, ist das dein Ernst?« fragte sie ihn.

»Ja.«

»Nun gut, dem kann man leicht Rechnung tragen. Hör zu, was ich dir jetzt sage, und das ist *mein* Ernst: Ich verzichte auf meine Mitgift, und wir fangen beide bei Null an.«

»Nein«, schüttelte er in seiner Sturheit, die ihr ja nicht unbekannt war, den Kopf, »du gibst eine Viertelmillion weg, das will ich nicht.«

»Eine Viertelmillion? Wer sagt das?«

»Dein Vater.«

»Dann hat er dir schon mehr gesagt als mir.« Plötzlich wurde sie zornig. »Was habt ihr denn über mich hier überhaupt alles gesprochen? Wurde um mich geschachert?«

»Nein!« erwiderte Wilhelm nachdrücklich. »Ich sage dir doch, daß du für mich sowieso nur ohne jede Mitgift in Frage kämst.«

»Na also«, meinte Marianne schon wieder besänftigt. »Dann betrachten wir diesen Punkt als erledigt – aber nun endgültig!«

»Es gibt noch einen anderen«, erklärte Wilhelm.

»Welchen?«

»Du traust mir etwas viel Schlimmeres zu als das, was du glaubtest, daß ich es dir zugetraut hätte.«

»Was traue ich dir zu?« fragte Marianne, obwohl sie die Antwort schon kannte.

»Eine Vergewaltigung.«

Marianne sah ihn einen langen Augenblick an, dann schüttelte sie ebenso lange den Kopf. Dabei sagte sie: »Nein, nein, nein, das stimmt nicht, Wilhelm! Ich gebe zu, das *hat* einmal gestimmt, aber jetzt stimmt es nicht mehr. Und daß es einmal gestimmt *hat*, ist auch nur auf meine grenzenlose Enttäuschung über dich, auf meine Wut, meinen Abscheu, meine Verachtung zurückzuführen. Du warst mir davongelaufen, und ich hatte dich so geliebt. Du hattest nur mit mir gespielt, dachte ich, das *mußte* ich doch denken. Einem solchen Menschen ist alles zuzutrauen. Ich gebe zu, das dachte ich sogar noch bis zum heutigen Abend, obwohl schon Zweifel an mir genagt hatten, da ich gewisse Widersprüche in den Behauptungen dieses Weibes entdeckte. Aber dann siegte in mir immer wieder die Enttäuschung über dich, die Wut. Heute abend habe ich sogar noch gesagt, daß ich dich hasse. Welcher Blödsinn! Inzwischen weiß ich doch, daß du alles andere als Abscheu oder Verachtung verdient hattest, daß alles ein großer Irrtum von mir war, dem auch der Wahnsinn entsprang, dir eine Vergewaltigung zuzutrauen. Du mußt mir verzeihen. Ich weiß nicht, warum dir dieses Weib so etwas anhängen wollte. Ich bin aber sicher, daß kein Wort von dem, was sie erzählte, stimmt. Vielleicht hat sie das Ganze geträumt und später als Wirklichkeit empfunden. Es soll solche Fälle geben, aber ich glaube, daß das nur möglich ist bei Menschen, die schon einen geistigen Defekt haben. Was meinst du?«

Die Versuchung war groß für ihn, Marianne bei ihrem Glauben zu lassen, aber er widerstand der Verlokkung. Marianne sollte die Wahrheit hören und dann entscheiden, ob sie ihn noch mochte.

»Was ich meine, wird dich schmerzen«, antwortete er.

»Wieso?«

»Weil ich dir eröffnen muß, daß du übers Ziel hinausschießt, wenn du glaubst, daß die *alles* nur geträumt hat.«

Marianne schluckte. In ihre Augen trat Angst.

»Wilhelm«, meinte sie mit kleiner Stimme, »zerstöre jetzt bitte nicht noch einmal alles. Sag nicht, du *hast* sie – zwar nicht ganz, aber halb – vergewaltigt.«

»Nein.«

»Sondern?«

»Ich habe mit ihr geschlafen.«

»Ohne Zwang? Ganz normal?«

»Ja.«

In Marianne erwachte umgehend ein ganz normales Interesse. »War dir die nicht zu alt?«

»Schon.«

»Und trotzdem hast du das gemacht mit ihr?«

»Leider.«

»Das verstehe ich nicht. Oder doch«, unterbrach sie sich, »ich verstehe es. Die hat dich nach allen Regeln der Kunst verführt.«

»Ja«, nickte er, sich momentan das Grinsen verbeißend, »das kann man sagen – obwohl ich mich nicht besser machen will, als ich bin.«

»Soll das heißen, daß du zugibst, ein schlechter Mensch zu sein?«

»Ja.«

»Daß du zerknirscht bist?«

»Ja.«

»Und daß das nie mehr vorkommen wird?«

»Nein.«

»Dann verzeihe ich dir.«

Sie sagte das so reizend, daß Wilhelm einfach hingerissen war. Der letzte Rest an Vorbehalten in seinem Inneren, die er gezüchtet hatte, brach zusammen, und

Marianne bekam nun ihren Wunsch erfüllt. Sie wurde geküßt und geherzt und geküßt und geherzt, daß ihr der Atem zu vergehen drohte. Wilhelms Leidenschaft sprang auf sie über, und die ihre auf ihn. Das Resultat war unvermeidlich.

»Zeig mir«, flüsterte sie ihm heiß ins Ohr, »wie sie dich verführt hat.«

Er zuckte ein bißchen zurück.

»Nein, das paßt nicht zu dir.«

Ihrem Mund konnte sein Ohr nicht entfliehen.

»Ich möchte aber, daß du es mir zeigst.«

»Nein.«

»Dann versuche ich's auf eigene Faust...«

Und so geschah es.

Wilhelm machte sich hernach Vorwürfe.

»Das hätte ich dir nicht antun dürfen«, sagte er.

Sie lagen noch auf der Couch und hielten einander umarmt.

»Antun?« antwortete Marianne. »Mir ist noch nie so etwas Schönes angetan worden.«

»Das glaube ich nicht. Es war doch das erstemal bei dir.«

»Trotzdem.«

»Wenn ich das geahnt hätte...« Er verstummte, blieb eine Weile still liegen und sagte dann plötzlich: »Ich möchte, daß wir möglichst rasch heiraten.«

»Ich auch.«

»Wir brauchen eine Wohnung.«

»Und Möbel.«

»Und Betten und Geschirr und einen Kühlschrank und –«

»Wir brauchen Geld«, sagte Marianne.

»Ja. Ich werde versuchen, meinen Chef um einen Kredit anzugehen.«

»Mitgift kommt nach wie vor keine in die Tüte?«

»Nein!« sagte Wilhelm.

Plötzlich kicherte Marianne.

»Was lachst du?« fragte Wilhelm sie.

»Ich mußte an meinen Vater denken. Der hatte getrunken. Und weißt du, was er in seinem Rausch sagte?«

»Was?«

»Du bist bald Millionär«, lachte Marianne. »In der Bundesliga.«

Wilhelm schwieg. Erst als Marianne noch einmal kicherte, sagte er: »Und wenn dem so wäre?«

»Was?« fragte Marianne.

»Wenn dem so wäre?«

»Ich verstehe dich nicht.«

»Die hängen an mir dran.«

»Wer?«

»Der FC Schalke und der 1. FC Köln.«

Marianne setzte sich mit einem Ruck auf.

»Ist das wahr?«

»Ja. Bis jetzt zeigte ich denen allerdings die kalte Schulter. Ich habe mir nämlich ein anderes Ziel gesteckt.«

»Welches?«

»Ich möchte Elektro-Ingenieur werden.«

»Kannst du denn nicht beides machen?«

Wilhelm seufzte tief.

»Werd' ich wohl jetzt müssen...«

QUELLENVERZEICHNIS

DER GEHEIMTIP

Die Erstfassung dieses Romans erschien in den 50er Jahren unter dem Titel »Meier in Madeira«.

(Der Titel erschien bereits in der Allgemeinen Reihe mit der Band-Nr. 01/6758.)

GLÜCK MUSS MAN HABEN

(Der Titel erschien bereits in der Allgemeinen Reihe mit der Band-Nr. 01/6110.)